사람이 악마다

사람이 악마다

안창근 장편소설

창해

차례

프롤로그

　밤은 도시에 활력을 불어넣었다. 금요일 밤, 자정이 가까워지는 시간이지만 홍대 앞은 화려하게 비상하고 있었다. 갖가지 색의 네온사인은 계속해서 깜빡거리고, 차량은 끊임없이 몰려들고, 지하철은 순환을 계속하고, 거기서 쏟아진 사람들은 비틀거리며 택시를 잡는 사람들 사이를 뚫고 어딘가를 향해 바삐 걸어가고 있었다. 올해 초 강력계에 들어온 김동영은 이곳이 밤에 피어나는 꽃 같다고 생각했다. 그것도 잔뜩 가시를 머금은 장미 같은 꽃.

　이번 주만큼은 이곳을 피하라는 방송이 수차례 나갔지만 사람들은 개의치 않았다. 오히려 주말이 되면서 인파가 눈에 띄게 늘어나는 추세였다. 하긴 그럴 만했다. 홍대는 폭발할 것 같은 젊음의 해방구다. 밤새도록 젊음을 불태울 수 있는 클럽, 술, 마약, 섹스. 모든 향락이 제공되는 이곳은 절로 피를 들끓게 한다.

　"별일 없지? 혹시 졸고 있었던 건 아니지?"

　잠시 볼일을 보러 갔던, 유명 야구 선수와 이름만 같은 박찬호가 조수석에 타며 질문했다.

　"졸 틈이 어디 있습니까? 저기 저 애 진짜 끝내주는데요."

　김 형사가 모퉁이를 돌아 나오는 여자를 가리키며 말했다. 170센티 정도의 키에 미끈하게 빠진 모델 같은 몸매의 소유자였다. 짧은 미니스커트가 그녀의 각선미를 한결 돋보이게 했다.

"여긴 진짜 다른 세상 같다. 매일 이런 곳에서 잠복하라고 하면 얼마나 좋겠냐? 안 그래?"

"전 속이 쓰려 죽겠습니다. 다들 저렇게 신나게 즐기는데 이런 비좁은 차 안에 처박혀 있어야 하니."

"그나저나 정말 이곳이 확실할까?"

박 형사가 공구함에서 서류를 꺼내며 말했다.

"유령이 보낸 암호도 있죠?"

"당연히 있지. 그것도 첫 장에 있다."

박 형사는 첫 페이지를 빼서 김 형사에게 건네줬다.

살인예고
다음 주 어둠이 내려앉고 화려한 축제가 열릴 때 붉은 죽음을 맞이하게 될 것이다.
AABBBABBBAABBABAABBAAAABBAAAAAAABAA

"유령이라는 녀석 진짜 미친놈 아닐까요? 제목이 살인예고라니? 이건 미쳐도 단단히 미친 겁니다. 이 또라이 새끼 때문에 우리가 이 고생을 해야 하는 겁니까?"

이 한 통의 이메일 때문에 그들은 월요일부터 잠복근무 중이었다. 그들 외에도 백여 명의 인원이 요소요소에 배치됐다. 평소 이곳에 배치되는 인원을 제외하고도.

"놈을 얕보지 마. 그 새끼가 벌써 두 명이나 죽였어."

박 형사는 가스총을 만지작거리며 말했다. 상부에 실탄 지급을 요청했지만 단칼에 거부당했다. 유동인구가 많은 곳이라 오발사고의 위험이 극도로 높다는 이유 때문이었다. 그래서 일선 형사들에게는 가스총과 스턴 건만 지급됐다. 물론 비상대기 중인 경찰특공대는 실탄을 장착하고 있었다. 그나마 방검복이 지급된 덕분에 한시름 놓긴 했다.

"그런데 암호처럼 적혀 있는 이 부분이 정말 이곳 홍대를 가리키는 게 확실해요?"

김 형사가 알파벳이 마구잡이로 나열된 마지막 줄을 가리키며 질문했다.

"'셰익스피어는 없다'는 힌트를 고려해봤을 때 홍대가 확실하다고 그러더라고. 전문가 말이니 틀림없겠지. 왜, 아닌 것 같아? 뭐 생각나는 거라도 있어?"

범인은 직접 '셰익스피어는 없다'는 힌트를 보내왔다.

"저 같은 무식한 말단이 뭘 알겠습니까? 그나저나 이렇게 사람이 많은데 어떻게 이곳에서 살인을 한다는 거죠? 더구나 사방에 경찰까지 쫙 깔려 있는데."

"뺑카일 가능성이 농후하지만 모르지. 정말 미친놈이라서 이런 곳에서 대량학살극을 벌이려고 계획하고 있는지도. 얼마 전 일본에서 실제로 그런 일이 벌어졌잖아."

"아키하바라 역 앞에서 벌어진 사건 말이죠? 참! 녀석이 두 번째 범행부터 눈에 띄게 잔인해졌다고 했죠?"

"그래서 이 난리잖아. 엎친 데 덮친 격으로 언론까지도 냄새를 맡아서 아주 난리를 쳐대고 있고 말이야. 오다가 보니까 기자새끼들 아주 쫙 깔렸더라. 그러니 졸지 않도록 특별히 신경 쓰도록 해. 우리가 무슨 실수나 저지르지 않을까 눈독 들이는 놈들이 한둘이 아니야."

박 형사는 담배에 불을 붙이며 말했다.

"근데 쟤들 뭐 하는 거죠?"

김 형사가 바로 앞 대로로 쏟아져 나오는 사람들을 보며 말했다.

"그러게. 쟤들 도대체 뭐 하는 애들이야?"

그들은 하나같이 해괴한 복장을 하고 있었다. 좀비 가면을 뒤집어 쓴 사람도 있었고, 해골, 프랑켄슈타인, 늑대인간 가면을 쓴 사람도 있었다. 커다란 목걸이를 주렁주렁 매단 부두교 신자처럼 보이는 사람도 눈에 띄었다. 그들은 놀라운 속도로 도로를 점령했다.

"우리 지금 라쿤 시티에 있는 거 아니죠?"

김 형사는 차문을 열며 말했다.

"야! 괜히 나서지 마. 우린 잠복하라는 명령을 받았지 도로정리 하라는 명령을 받은 게 아니야."

박 형사는 상대의 옷깃을 잡아당기며 말했다.

"정신병원에서 단체로 탈출했나? 그러기엔 숫자가 너무 많은데요."

갖가지 가면을 쓴 사람들이 쓰나미처럼 몰려들었다. 그들은 도로는 물론 인도까지 들어찼다. 사방에서 클랙슨 소리가 울려 퍼졌지만 그들은 아랑곳하지 않았다. 곳곳에서 차에서 내린 운전자, 보행자 들과 가벼운 실랑이가 벌어졌다. 하지만 비명 소리와 함께 익숙한 음악이 흘러나오자 상황은 돌변했다.

장관이었다. 가면을 쓴 수백 명의 사람이 마이클 잭슨의 〈스릴러〉에 맞춰 일사불란하게 춤을 췄다. 길을 걷던 사람도, 클랙슨을 울리던 사람도, 심지어 실랑이를 벌이던 사람까지 박수를 치며 환호했다.

"마이클 잭슨의 인기는 정말 상상을 초월하는군요."

김 형사가 얼마 전 유명을 달리한 고인을 떠올리며 말했다.

"이 세상에 마이클 잭슨 노래 한번 안 듣고, 문워크 한번 따라 해보지 않은 사람이 있을까?"

"그렇긴 하죠."

김 형사는 익숙한 노래와 눈앞에 펼쳐진 화려한 플래시몹에 정신을 뺏겼다. 그런데 노래가 끝나갈 때쯤 묘한 엇박자가 신경을 거슬렀다. 그는 웅성거림을 느꼈다. 그것은 눈에 띄게 커지고 있었다.

조롱하는 듯한 웃음소리와 함께 노래가 끝났다. 플래시몹 참가자들은 약속이나 한 듯 썰물처럼 빠져나갔다. 그러자 소동의 진원지가 확실하게 드러났다.

두 형사의 눈이 허공에서 마주쳤다. 그곳으로 가야 할지 판단이 서지 않았다. 음악이 아닌 실제 비명 소리가 잔뜩 긴장한 두 사람을 재촉했다. 그들은 문을 열고 번개처럼 달려갔다. 하지만 곧 장벽에 부딪쳤다. 플래시몹을 마치고 빠져나가던 사람들과 구경하던 사람들이 그곳으로 몰려들고 있었다.

"경찰입니다. 비켜주세요."

결국 김 형사는 자신의 신분을 밝힐 수밖에 없었다. 그래도 인파를 헤치는 건 쉽지 않았다. 거친 파도를 거슬러 헤엄치는 것 같았다.

현장에 도착한 그들을 기다리고 있던 건 피투성이가 된 채 엎드린 자세로 쓰러져 있는 여자와 역시 피를 잔뜩 뒤집어쓴 남자였다. 남자는 울먹이며 쓰러진 여자를 지혈 중이었다. 별 소용이 없어 보였지만 그는 포기하지 않았다. 박 형사는 가지고 있던 무전기로 다급하게 지원을 요청했다.

"어떻게 된 겁니까?"

김 형사는 피를 잔뜩 뒤집어쓴 남자에게 질문했다. 남자는 충격을 심하게 받은 눈치였다. 몇 번이나 반복하고 나서야 김 형사의 말을 알아들었다.

"어떻게 된 일인지 저도 영문을 모르겠습니다. 한참 춤을 추고 있는데, 갑자기 이 여자가 비틀거리며 바닥에 쓰러지는 거예요. 그래서 부축하려고 다가갔더니 피를 잔뜩 흘리고 있었어요."

남자는 울먹이며 말했다.

"누가 찔렸는지 보셨어요?"

김 형사는 주위를 둘러보며 말했다. 모두가 고개를 저었다. 남자가 말했다.

"목격자를 찾기는 힘들 겁니다. 사람이 워낙 많은 데다 다들 춤에 열중해 있었거든요."

"그럼 당신도 플래시몹 참가자입니까?"

"네, 저도 참가했습니다. 여기 있는 사람 대부분이 참가자입니다."

그는 주위를 둘러보며 말했다. 동의의 표시로 다들 고개를 끄덕였다.

"그런데 왜 아무도 범인을 못 본 겁니까?"

"직접 참여해봐야 압니다. 춤에 빠져서 심지어 옆에 누가 있었는지도 기억하지 못하는 상황이었습니다."

"그래도 뭔가 봤으니까 이분에게 온 것 아닙니까?"

김 형사는 피해자를 내려다보며 말했다.

"제가 기억하는 건 이 여자가 바닥에 쓰러지는 순간부터입니다. 처음엔 그냥 장난치는 줄 알았는데……. 그래서 피를 흘리는 것도 장난인 줄 알았는데……. 곧 진짜 피라는 걸 알게 됐습니다. 지혈하려고 최선을 다했는데……. 아무래도 너무 늦은 것 같습니다."

말만 그렇게 할 뿐 남자는 포기하지 않았다. 그는 상처 부위를 강하게 압박했다. 하지만 크게 입을 벌린 상처를 통해 얼마 남지 않은 생명이 빠져나갔다. 바닥은 이미 흥건했다.

혹시나 하는 마음에 김 형사는 피해자의 맥을 짚어보았다. 안타까웠다. 생명이 꺼져간다는 게 손끝으로 느껴졌다. 구급차가 도착해도 아무런 도움이 안 될 것이다.

그는 소용없는 줄 알면서도 피해자에게 질문을 던졌다. 이미 의식을 잃은 상대는 아무런 대답이 없었다. 그는 주위를 둘러보며 피해자의 소지품을 찾았다. 피해자의 오른편 위쪽에 있는 작은 핸드백이 눈에 띄었다. 재빨리 핸드백을 확인했다. 다행히 아무도 건드리지 않았다. 핸드백은 굳게 닫혀 있었다. 핸드백을 들어 올리며 주인이 있느냐고 질문했다. 다들 고개를 저었다.

혹시 살해도구가 버려지진 않았는지 근처를 빠르게 수색했다. 하지만 사람들이 너무 많아서 곧 포기하고 말았다. 동료들의 도움이 절실히 필요했지만 도로란 도로는 사람과 차 들로 꽉 막혀 있었다.

그는 피해자에게 집중했다. 피해자의 품을 뒤졌다. 지갑도 핸드폰도 없었다. 핸드백을 확인했다. 몇 가지 화장품과 열쇠, 지갑 따위가 들어 있었다. 지갑에는 카드와 약간의 현금이 들어 있었다.

신분증을 꺼내 피해자의 얼굴과 대조해봤다. 사진이 더 잘 나오긴 했지만 본인이 틀림없었다. 피해자의 이름은 김소현. 올해 겨우 스물두 살이다. 주소지는 서초구 방배동이었다. 신분증 뒤에 학생증도 같이 들어 있었다. 홍대 학생은 아니었다.

피해자의 반지와 손목시계, 귀걸이, 목걸이도 그대로 있었다. 금품을 노린 범행은 절대 아니다. 그런데 아무리 뒤져도 핸드폰이 보이지 않았다. 아무래도 바닥에 떨어진 다음 무수한 사람에게 짓밟혔을 가능성이 높았다.

"혹시 누가 찔렀는지 본 사람 없어요? 여기 쓰러진 사람하고 같이 온 사람도 없습니까?"

통화를 마친 박 형사가 근처를 돌며 고함을 내질렀다. 하나같이 고개를 내저을 뿐 대답하는 사람은 없었다. 곧 요란한 소음을 내며 구급차와 경찰차가 몰려왔다. 그 뒤를 카메라와 마이크를 든 기자들이 쫓아왔다.

"씨발, 우린 이제 뒤졌다."

어느새 김 형사 옆에 온 박 형사가 말했다. 그의 얼굴은 허옇게 질려 있었다. 마치 뱀파이어에게 피를 모두 빨린 사람 같았다.

"야! 뭐 해? 하다못해 깡통이라도 뒤지는 척해. 카메라가 찍고 있어. 얼른."

박 형사는 김 형사의 귀에 대고 빠르게 속삭였다. 말을 끝내자 그는 종종걸음으로 바로 옆 골목으로 들어갔다. 김 형사는 반대편 골목으로 뛰듯이 걸어갔다. 그는 복잡한 골목을 더듬다 멈춰 섰다. 담배를 연달아 두 대나 피웠지만 흥분은 좀체 가라앉지 않았다.

그는 이런 사태를 방지하기 위해 동원된 몸이다. 그런데 그의 눈앞에서 살인사건이 벌어졌다. 더구나 누가 살해했는지 전혀 감을 잡지 못하고 있다. 창피하고 화나고 분했다.

담배를 비벼 끄는데 피해자의 핸드백을 들고 있다는 데 생각이 미쳤다. 그러고 보니 현장부터 확보했어야 한다. 한꺼번에 너무 많은 사람이 몰려들어서 별 필요는 없어 보였지만.

모든 것이 혼란스럽고, 심지어 숨 쉬는 것도 짜증 났다. 당장 뭘 해야 할지 막막했다. 앞으로 쏟아질 문책을 생각하면 눈앞이 캄캄했다. 일단 박 형사부터 만나봐야 한다. 그보다는 훨씬 고참인 데다 눈치 빠른 박 형사라면 뭔가 답을 줄 거라 생각했다. 정답은 아니더라도.

오늘따라 되는 일이 하나도 없었다. 무전기는 차에 놔두고 왔고 핸드폰은 계속 불통이었다. 이번 사건 때문에 이 지역의 통화량이 급증하는 모양이다. 차에 돌아가자. 거기 가면 무전기가 있다. 김 형사는 목적지를 정했다.

대로변으로 나오는 김 형사를 향해 카메라가 몰려들었다. 어떻게 이렇게 잘 쫓아다니는지 감탄이 나올 정도였다. 그는 곧 이유를 깨달았다. 주위에 앙증맞은 여자 핸드백을 든 남자는 그뿐이었다.

"맨 처음 현장에 도착한 경찰이시죠? 범인을 보셨습니까? 범인은 살인을 예고했던 유령이 맞습니까?"

왠지 낯이 익은 기자가 질문을 던졌다. 김 형사는 대답 대신 카메라를 밀치며 앞으로 나아갔다. 사방에서 마이크가 날아들었다. 마치 그를 두들겨 패려는 듯이.

"바로 앞에서 살인사건이 벌어졌는데 경찰은 뭐 하고 있었던 겁니까? 범인은 미리 살인을 예고하지 않았습니까?"

두꺼운 갑옷도 꿰뚫을 것 같은 날카로운 질문이 날아들었다. 욕을 뱉고 싶었지만 카메라가 너무 많았다.

김 형사는 고개를 푹 숙이고 무작정 달렸다. 사정없이 머릿속을 때리던 질문공세가 곧 사라졌다. 그는 뒤를 흘끗 돌아보았다. 강력계에서도 가장 빠른 그를 쫓아올 수 있는 기자는 없었다.

그는 모퉁이를 돌자마자 멈춰 섰다. 잠시 호흡을 고르며 혹시라도 쫓아오는 사람이 없는지 주의 깊게 확인했다. 아무도 없다는 판단이 들자 담배에 불을 붙였다. 기침이 쏟아졌다. 한참을 달린 후라 폐를 쇠스랑으로 긁어대는 것처럼 쓰렸다. 핸드폰은 여전히 불통이었다.

"씨발, 좆같네. 이런 씨발 새끼."

그는 비로소 참았던 욕을 내뱉었다. 대상이 누구인지 명확하지 않았다. 어쩌면 자신을 향한 것인지도 몰랐다. 이러고 있으니 죄인이 된 기분이 들었다. 기자들한테 쫓기는 입장이라 그런 게 아니었다. 해야 할 일을 하지 못했기 때문이었다.

문득 하늘을 올려다보았다. 신이 자신을 도와줄지도 모른다는 헛된 희망을 가지고. 하지만 깜깜할 뿐이었다. 그는 그것이 곧 자신에게 들이닥칠 미래란 걸 절감했다.

1부

1

그것은 빅뱅이었다. 어떤 공포영화도, 무서운 놀이기구도 그것에는 역부족이었다. 감당할 수 없는 공포에 눈이 멀고, 귀가 멀고, 머릿속이 텅 비어버렸다. 영겁의 시간이 지난 후, 다시 눈과 귀가 트였지만 세상은 그녀가 알고 있던 그것이 아니었다.

이전의 모든 삶은 철저하게 파괴되어버렸다. 꽃향기에 취하고, 가벼운 바람에도 설레던 그녀는 폭발과 함께 사라져버렸다. 그토록 좋아했던 음악도, 문학도, 심지어 일상의 활력소가 되어주던 개그 프로그램도 모두 무의미해졌다.

조사와 치료 과정 역시 끔찍했다. 경찰은 그 고통스러운 순간을 계속해서 환기시켰다. 그녀는 또다시 발가벗겨졌다. 더구나 그들은 그녀가 잘못한 건 아닌지 끈질기게 추궁했다. 왜 더 큰 소리로 비명을 지르지 않았는가? 상대가 무기로 위협한 것도 아닌데 왜 더 적극적으로 저항하지 않았는가? 심지어 그녀를 진찰했던 의사조차도 그녀를 책망했다. 그는 그녀의 상처가 별거 아니라며 의심의 눈초리로 그녀를 바라봤다.

하지만 그런 고통은 법정에서 받은 모독에 비할 바가 아니었다. 법정은 마지막으로 남아 있던 한 줌의 자존심마저 짓밟아버렸다. 엉엉

울기만 하던 그녀에게 법관은 피고인이 그녀를 '걸레' 또는 '더러운 걸레'라고 말한 적이 있느냐고 질문했다. 그 순간 그녀는 진지하게 자살을 고민했고 아무런 답변도 하지 않았다. 아니, 할 수가 없었다.

시간이 지나자, 당연하다는 듯 육체의 상처는 아물었지만 정신의 상처는 그렇지 않았다. 그날의 기억은 너무나 또렷하게 각인되어서 뇌를 들어내지 않는 한 절대 잊을 수 없었다. 그녀의 몸에 닿았던 그자의 거친 손길, 뜨거운 숨결, 역겨운 냄새. 모든 것이 너무나 생생했다.

끔찍한 기억이 한풀 꺾이자 아무것도 생각할 수 없는 몽롱한 시간이 찾아왔다. 그녀는 넋이 나간 사람처럼 아무런 감정도 느끼지 못했다. 그 흐릿했던 기간이 지나자 두려움이 해일처럼 몰려왔다. 세상 모든 남자가 악한으로 보였다. 바로 뒤에서 걸어오는 남자가 당장이라도 자신을 덮칠 것만 같았다. 그녀는 하염없이 눈물만 흘렸다.

공포보다 더 괴로운 건 배신감이었다. 참혹했다. 분했다. 지독히도 외로웠다. 심지어 부모님마저도 그녀를 믿어주지 않았다. 사춘기 시절 잠시 빗나갔던 영향 때문일 것이다. 부모님은 여자는 항상 제 몸을 반듯이 관리해야 한다는 말을 입에 달고 사는 분들이었다.

그녀가 직접 겪어본 정의는 막연하게 알던 그것과는 확연하게 달랐다. 수치심을 무릅쓰고 재판정에서 증언까지 했건만, 그자는 집행유예로 풀려났다. 모욕과 분노가 그녀를 경찰의 길에 들어서게 했다. 부모님의 완고한 반대가 있긴 했지만 그녀는 꺾이지 않았다.

경찰생활은 힘들었다. 하지만 그녀가 간절하게 원하던 것이었다. 각고의 노력 끝에 범인이 검거됐다는 소식을 들을 때면 그녀의 고통도 한 땀씩 덜어지곤 했다. 힘든 일상이었지만 그녀는 밝아지고 있었다. 결정적으로 그녀의 마음을 열게 한 건 사랑이었다. 두 번 다시는 사랑을 할 수 없을 줄 알았는데.

그때 두 번째 빅뱅이 그녀를 덮쳤다. 충격은 당연하다는 듯, 어김없이 그녀를 변화시켰다. 피를 말리는 고뇌로 불면의 밤을 보내면서도, 고개가 절로 돌아가는 참혹한 죽음을 보면서도, 가슴을 쥐어뜯는 사연들을 들으면서도, 심지어 악마들과 대면할 때조차도 초연했던 그녀였는데…….

오늘 그녀는 세 번째 빅뱅을 향해 나아가고 있다. 앞선 두 번의 빅뱅과는 달리 피할 수도 있었다. 어느 누구도 그녀에게 강요하지 않았다. 심지어 만류하기까지 했다. 하지만 그녀는 더 이상 회피하고 싶지 않았다. 범죄자들로부터 도망 다니지 않듯이.

차량의 숫자가 눈에 띄게 줄어들었다. 조금 있으니 차는 고사하고 사람의 모습도 보이지 않았다. 도로에 보이는 건 노란 중앙분리선뿐이었다.

저 멀리로 교도소의 위압적인 담장이 눈에 들어왔다. 세상으로부터 범죄자들을 격리하기 위해 만든 차단막. 하지만 저 높은 담은 허울뿐이다. 저 웅장한 외양으로도 피해자들의 고통을 막아주지는 못한다.

그녀는 주차장 가장자리에 차를 댔다. 시간을 확인했다. 예상보다 너무 일찍 도착했다. 시동을 끄고 흥분을 가라앉히려 노력했다. 심장은 여전히 격렬하게 폭주하고 있었다. 커피, 아니 술 생각이 간절했다. 그다지 잘 마시지는 못하지만.

약속 시간이 되었다. 고개를 푹 숙인 채 차에서 내렸다. 이미 두 번의 빅뱅을 경험했지만 결코 쉽지 않았다. 그녀를 기다리던 담당자가 걸어오지 않았다면 그냥 돌아가버렸을 것이다.

과연 무엇이 진실일까? 그는 내가 기억하던 모습 그대로일까? 그녀는 의문을 간직한 채 빅뱅을 향해 성큼 나아갔다.

2

그녀뿐만 아니라 모든 이에게 특별한 방문이었다. 따라서 접견 역시 면회실이 아니라 따로 마련된 장소에서 이루어질 예정이었다. 이를 위해 창고로 사용하던 방을 개조했다고 들었다. 그렇다고 요식적인 절차들이 무시된 건 아니었다. 핸드폰, 열쇠, 심지어 핀 따위의 금속제 제품은 일체 반입 불가였다.

노희진은 콤팩트를 열어 마지막으로 자신의 상태를 확인했다. 얼굴은 여전히 붕 떠 있었다. 밤새 잠을 설쳐서 화장이 제대로 먹지 않았기 때문이다. 속이 상했지만 화장을 다시 할 수는 없었다. 다크서클이 보이지 않는 것만 해도 다행이었다. 그녀는 소지품을 모두 핸드백에 넣어 통째로 맡겼다.

가는 길에 몇 가지 주의사항들을 들었다. 그런데도 방에 들어가자 다시 한 번 보안규정에 대한 설명이 이어졌다. 교도관은 교장선생님 같았다. 아무도 귀 기울이지 않는다는 걸 알면서도 끝까지 자기 할 말을 다 했다.

일부러 그렇게 한 건지 실내에는 가구가 거의 없었다. 널찍한 책상하나와 의자 두 개, 입구 반대편 벽에 걸려 있는 화이트보드가 전부였다. 창살이 쳐진 창문이 있어서 밖을 내다볼 수 있었다. 그거라도 없었다면 숨이 막혀서 질식했을 것이다. 그녀를 이곳까지 안내했던 교도관은 보안규정에 대한 설명이 끝나자 문밖에서 대기했다.

벽과 천장, 심지어 화이트보드까지 차가운 흰색이었다. 너무 차갑고 날카로워서 가볍게 스쳐도 살을 벨 것만 같았다. 그녀는 가볍게 진저리를 치며 긴장을 달래려 노력했다.

그녀는 출입구를 마주 보고 앉았다. 군이 교범을 따르기 위해 취한 행동은 아니었다. 그가 도착했을 때 자신의 등부터 보길 원하지 않았기 때문이었다.

모든 사람이 그에게 등을 돌렸다. 심지어 그의 가족과 애인조차도. 그것이 그를 얼마나 괴롭혔을지 그녀는 누구보다 잘 알고 있었다.

그녀는 손목시계를 뚫어져라 쳐다보았다. 약속 시간에서 10분이 지났다. 어렵게 면담요청을 받아들였다고 들었는데. 결국 마음을 돌린 것일까? 이대로 돌아가면 상부에 뭐라고 보고해야 하지?

얼굴을 맞대고 대화를 나눈다는 건 큰 의미가 있다. 언어라는 수단뿐만 아니라, 얼굴 표정과 몸짓 등으로 상대를 탐색할 수 있다. 상부의 우려는 정말 사실일까? 만일 그렇다면, 그 치밀한 감시망을 어떻게 뚫었을까?

20분이 지났다. 더 이상 시간의 포로가 되기는 싫었다. 그녀는 창가로 걸어가 창밖을 내다보았다. 높은 건물에 가려 겨우 한 뼘의 하늘만 허락됐다. 이곳에서는 하늘을 올려다볼 자유도 허용되지 않는 걸까? 비로소 자신이 서 있는 곳이 감옥이라는 걸 실감했다.

감옥. 범죄자들이 세상과 격리된 곳.

하지만 이곳에도 비둘기가 날고 있었다. 그녀가 사는 곳과 마찬가지로. 아니다. 자세히 보니 달랐다. 이곳의 비둘기는 도심의 그것보다 훨씬 높고 힘차게 날아다녔다. 마치 수감자들의 염원을 담고 있기라도 한 듯이.

복도를 걸어오는 발걸음 소리가 들렸다. 그녀는 소리에 집중했다. 한 명의 발소리가 아니다. 만일 그가 면담을 거절했다면 한 명만 올 것이다. 그가 온 것이 분명하다. 가슴이 요동쳤다. 그녀는 얼른 자리에 가서 앉았다.

처음 보는 교도관이 문을 열고 들어왔다. 널찍한 교도관의 어깨 뒤로 그의 모습이 보이자 그녀는 엉거주춤 일어섰다.

숨이 멎었다. 시선과 정신을 모두 뺏겨버렸다. 허름한 죄수복을 입고 있는데도 그는 여전히 잘생겼다.

정신 차려. 그녀는 스스로에게 주문을 걸었다.

연쇄살인범들의 외양만 보고는 그들이 어떤 사람인지 전혀 파악할 수 없다. 그들은 희멀건 눈으로 상대를 쳐다보지도, 이를 드러내며 증오를 표시하지도 않는다. 오히려 정상인의 모습을 하고 있다. 그들은 친절하고, 때로는 수줍어하기도 한다. 밤길에 마주쳐도 그다지 위협적이라고 느껴지지 않을 정도다.

교도관이 그녀를 빤히 쳐다봤다. 그녀는 고개를 살짝 끄덕였다. 교도관은 그의 수갑을 풀어주고는 그에게 몇 가지 주의사항을 전달했다. 그는 무표정한 얼굴로 고개를 끄덕였다. 그녀가 기억하는 모습보다 살이 조금 빠지긴 했지만 혈색은 아주 좋았다. 고마웠다. 교도관은 그와 그녀를 번갈아 쳐다보더니 방을 나갔다.

무슨 말을 해야 하지? 밤새 수십 번이나 연습했지만 빅뱅 때문에 머릿속이 텅 비어버렸다. 다행스럽게도 그가 먼저 입을 열었다.

"조금 늦었지? 시간이 이렇게 된 줄 몰랐어."

감미로운 목소리다. 다행히 그녀의 심장은 터지지 않았지만, 머릿속은 여전히 백지장 같았다. 뭐라고 답변해야 할지 몰랐다. 오랜만이라고 해야 하나? 잘 지냈냐고 해야 하나? 아니면 얼굴이 좋아 보인다고 해야 하나?

시간이 없었다. 그가 다가오고 있었다. 그의 숨결을 느낄 수 있을 정도로. 그녀는 현기증을 느꼈다. 제발. 여기서 쓰러지면 안 돼.

그녀가 머뭇거리는 새, 그가 손을 내밀어 악수를 청했다. 그녀는 담담하게 그의 손을 쥐었다. 그의 크고 따뜻한 손이 그녀의 작은 손을 완전히 감싸 쥐었다. 그녀는 움찔하지 않으려고 최선을 다했다.

그의 따스한 체온을 느끼자 신기하게도 이성이 제자리를 찾았다. 이성은 그녀를 다시 냉철한 사람으로 돌려놓았다. 가장 먼저 그의 가슴에 낙인처럼 찍혀 있는 빨간색 명찰에 눈이 갔다. 1120. 그는 강민수라는 이름 대신 1120으로 불리는 사형수일 뿐이다. 다음 순간 그녀는 그의 머릿속을 엿볼 수 있었다. 그는 달라지지 않았다. 그가 늦은 건 절대 실수가 아니다. 그냥 넘길 수도 있는 문제지만, 그는 시작부터 그녀를 지배하려는 게 분명했다.

이전에도 그랬지만 이번에도 그의 매력적인 외모에 속았다는 사실에 화가 치밀어 올랐다. 그는 여전히 지배욕에 불타고 있다. 세 명의 여성을 살해한 그때처럼.

정신 차려. 넌 그와 싸우려고 여기 온 게 아니야. 넌 일 때문에 왔어. 그녀는 자신을 달래려 노력했다. 분노가 가라앉자 빈자리를 공포가 메웠다. 순간적으로 소름이 돋았다. 겁먹지 마!

만일의 사태에 대비해 문밖에 건장한 교도관이 두 명이나 대기하고 있다. 더구나 방 안에 무기가 될 만한 건 하나도 없다. 그래도 목이 말랐다. 그는 빙긋이 웃고 있는데도 흉기를 든 것보다 위압적이었다. 세 명의 여자를 살해한 연쇄살인범이라서 그렇게 느낀 게 아니다. 그는 타고난 카리스마의 소유자인데, 감옥생활이 그의 카리스마를 한층 단련시켰다.

그는 맞은편 의자에 앉아서 물끄러미 그녀를 바라봤다. 아무런 말도 심지어 위협적인 행동도 하지 않았지만 그가 제왕처럼 느껴졌다. 그녀는 수첩을 뒤지는 척 살짝 고개를 숙였다.

"내 눈길이 부담스러워?"

강민수는 희진을 주시하며 말했다.

그녀는 어떤 대답도 할 수 없었다. 목이 탔다. 하지만 침을 삼킬 순 없었다. 그건 긍정을 의미하기 때문이다.

"혹시 이런 생각을 하고 있는 건 아니겠지? 연쇄살인범들은 사람을 빤히 쳐다보곤 한다. 마치 육식동물이 사냥할 때처럼. 하지만 사냥을 하지 않을 땐 눈을 마주치지 않는다."

"아뇨! 그런 건 아니에요."

목이 메어서 첫 음절이 갈라졌다. 속이 상했다. 머릿속에서는 어떻게든 자신이 이 대화를 주도해야 한다는 외침이 울렸지만 무슨 말을 해야 할지 도무지 감을 잡을 수 없었다. 눈물을 쏙 빼는 엄격한 교육과 정과 수많은 실전을 경험했건만.

"왜 말이 없지? 막상 내 얼굴을 보니 감격한 거야? 그나저나 무슨 바람이 불었기에 날 찾아온 거야? 봄바람, 아니 여름바람이 불었나? 아니면 통상적인 연쇄살인범에 대한 인터뷰야?"

"당신은 날 봐도 전혀 놀라지 않는군요."

"이 세상에 더 이상 날 놀라게 할 일은 없어. 아! 딱 하나 있군. 다시 세상구경을 하는 거."

"그럴 일은 절대 없다는 걸 잘 알 텐데요."

자신도 모르게 목청이 높아졌다. 희진은 한숨이 터져 나오려는 걸 겨우 참았다. 그는 여전히 무죄를 주장하고 있다. 사실 놀랄 일은 아니다. 그는 검거될 때부터 한결같이 무죄를 주장했다. 그렇다고 완전한 무죄를 주장한 건 아니다. 한 건은 인정했지만, 나머지 두 건의 살인에 대해서는 철저하게 부정했다.

"멍청한 경찰들은 아직도 내가 살인을 더 저질렀다고 생각하고 있지. 그래, 내가 시체들을 어디에 숨겨뒀는지 알아내려고 온 건가?"

"경찰이 그 정도로 무능하고 명청하진 않아요. 난 선배를 용의자 취급하려고 이곳까지 온 게 아니에요."

희진은 그와 눈을 마주치며 말했다. 그의 눈에서 격렬한 파도가 일 것이라고 예상했지만 대해처럼 잠잠했다.

"그래서 나한테 뭐더라, 그 유령이라고 불리는 놈에 대한 조사를 부탁하려는 거야? 그토록 유능하고 똑똑한 경찰들이?"

민수는 차가운 미소를 지으며 말했다.

"그게 무슨 말이에요?"

희진은 깜짝 놀랐다. 그녀가 방문한 목적은 일급비밀이었다. 교도소에 있는 어느 누구도 방문 목적을 알지 못한다. 경찰에서도 극히 일부만 알고 있었다.

"역시 그놈 때문이었군."

민수는 빙긋이 웃었다. 그녀는 아무런 말도 할 수 없었다.

"오래간만에 만났는데 다투긴 싫어. 그냥 순순히 인정하는 게 어때?"

"어떻게 알았어요?"

희진은 순순히 인정했다. 이런 사소한 일로 모든 걸 망치고 싶진 않았다.

"뭐 별로 어려운 건 아니었어. 우선 넌 날 용의자로서 인터뷰하기 위해서, 즉 여죄를 더 추궁하기 위해서 온 건 아니라고 말했지."

"내가 거짓말을 하고 있다는 생각은 안 했어요?"

"난 널 잘 알아."

민수는 희진을 빤히 쳐다보며 말했다. 그녀는 고개를 돌리려다 마음을 고쳐먹었다. 굳이 그의 눈길을 거부하고 싶지 않았다. 눈이 마주치자 그는 그럴 줄 알았다는 듯 빙긋이 웃었다.

"더구나 경찰이라는 조직에 대해서도 잘 알고 있어. 그들이 인터뷰를 원했다면 절대 널 보내지 않아. 넌 나하고 너무 가까워서 객관적인 시선을 유지하기 힘들거든. 더구나 여죄를 추궁하러 왔냐는 질문에 대답할 때 네 얼굴에 역겨운 표정이 전혀 나타나지 않았어. 입술이 위로 올라가지도, 콧마루와 미간에 주름이 잡히지도 않았어. 만일 여죄를 추궁하러 왔다면 혐오감을 표시하는 게 정상인데 말이야. 그럼 도대체 왜 왔을까? 개인적인 용무로? 하지만 넌 내가 보고 싶어서 온 게 아니야. 그랬다면 일반 면회실에서 만났을 거야. 이런 비밀스러운 만남은 너 같은 말단 경찰의 능력으로는 불가능한 일이니까."

"그래서요?"

"간단하잖아. 이 만남은 어떤 식으로든 상부와 관련되어 있는 거지. 자! 상부에서 널 보냈어. 왜 유능한 수사관들을 제쳐두고 널 보냈을까? 그 이유는 조금만 생각해보면 알 수 있지. 넌 누구보다 나하고 가까운 사람이었어. 그러니까 상부에서 뭔가를 부탁하기 위해 널 보냈다고 생각하는 건 너무나 자연스러운 추측이지. 경찰은 정말 중요한 일이 아니면 이렇게 비밀스러운 만남을 주선하고 특사까지 보내지는 않아. 당연히 그쪽에 굉장히 중요한 일이 있는 거고, 그래서 날 원한다고 추측할 수밖에 없지. 안 그래?"

그녀는 아무런 대답을 하지 않았다. 하지만 그가 이를 긍정의 의미로 받아들였음을 알 수 있었다.

"이 좁은 곳에 처박혀 있어도 세상이 어떻게 돌아가는지 알 수 있어. 더구나 세상을 떠들썩하게 만드는 유령이라는 녀석에 대한 소문은 나도 익히 들어서 잘 알고 있다고."

"여전하군요."

"사실 이 모든 건 네가 알려준 거야."

"내가 알려줬다고요?"

"난 내 가설을 입증할 아무런 증거도 가지고 있지 않았어. 하지만 네가 바로 증거였어. 넌 내 추측을 듣는 순간 숨을 깊이 들이마시더군. 고개를 가볍게 저으면서 말이야. 그건 경이를 느낄 때 자신도 모르게 나타내게 되는 행동이야."

"그동안 사람 감정을 읽는 것만 공부했나 보군요."

희진은 좀 전에도 그가 그녀의 표정을 읽었다는 걸 떠올리며 말했다.

"잘 알겠지만 이곳의 일상은 미치도록 따분해. 그런 소일거리라도 없으면 미쳐버릴 거야. 또한 이곳은 지극히 위험한 곳이기도 하지. 사람을 해치거나 죽인 무시무시한 놈들이 잔뜩 모인 곳이거든. 그것도 경찰에 대한 증오심으로 똘똘 뭉친 녀석들로 말이야. 이런 상황에서 상대의 감정을 읽느냐 그렇지 못하냐는 생존과 직결되는 문제지."

"그런데 공부는 어떻게 한 거죠? 그동안 반입한 책 중에 얼굴 움직임 해독법, 그러니까 FACS(Face Action Coding System)에 관한 도서는 한 권도 없었는데."

경찰은 그간 민수에게 반입된 도서와 편지 목록을 샅샅이 조사했다. 물론 그녀도 그 조사에 참여했다.

"기본적인 지식을 가지고 있긴 했지만 거울이야말로 진정한 스승이었어. 거울을 보면서 다양한 감정 상태에서 어떤 표정을 짓는지를 주의 깊게 연구했어."

"독학으로 FACS를 마스터했다는 말이군요."

그녀는 진심으로 감탄했다. 이전부터 그는 그녀에게 거대한 벽과 같은 존재였는데, 그는 어느새 에베레스트 산이 되어 있었다.

"사실 FACS는 꽤 오랜 역사를 가지고 있어. 위대한 천재 포가 탄생시킨 명탐정 뒤팽이 「도둑맞은 편지」에서 이에 대해 언급했을 정도야. 어떤 내용인가 하면……."

민수는 잠시 머뭇거리다 곧 그 구절을 거침없이 뱉어냈다.

"나는 어떤 사람이 얼마나 영리한지, 멍청한지, 착한지, 나쁜지, 또는 지금 무슨 생각을 하는지 알고 싶으면, 그 사람의 표정과 최대한 똑같은 표정을 지어봐요. 그러면서 그 표정에 걸맞게 내 정신이나 마음에 어떤 생각이나 감정이 떠오르는지 느껴보지요."

"그 문장을 다 외우다니 대단하네요."

"할 일이 없어서 읽은 책을 또 읽고 또 읽고 수십 번 반복해봐. 저절로 외우게 되어 있어. 특히나 마음에 드는 구절은 잊으려고 해도 잊을 수가 없지."

"그래도 FACS를 독학한다는 게 말처럼 쉽지만은 않았을 텐데요."

"사람은 환경의 동물이야. 여기 있는 사기꾼 놈들은 하나같이 FACS를 마스터했어. 그것도 나보다 몇 수는 위야."

"아무튼 도와줄 거예요?"

"퀴드 프로 쿼(Quid pro quo: 오는 게 있어야 가는 게 있다)!"

민수는 빙긋이 웃으며 말했다.

여전히 매력적인 미소다. 그녀는 자신도 모르게 미소를 머금었다. 그의 매력에 반했다기보다는 행운에 감사했기 때문이다. 이쪽의 속내를 알게 되면 야멸치게 거절할 거라고 생각했는데 도리어 그가 먼저 거래를 제안했다. 곧 그녀는 밤새도록 외웠던 내용을 기계적으로 내뱉었다.

"우선 햇볕이 잘 드는 1등급 독방이 배정될 거예요. 지금 있는 눅눅한 방과는 비교도 되지 않을 거예요. 원한다면 운동 시간과 면회 시간을 늘릴 수도 있어요. 특별한 경우에 한해 특별면회실도 사용할 수 있고요. 또한 보고 싶은 책과 잡지, 신문은 언제든지 받아볼 수 있어요. 감독관의 입회하에 인터넷을 이용하는 특권을 누릴 수도 있을 거예요."

"그게 다야?"

민수는 잠시 침묵한 후 말했다.

"원한다면 다른 재소자들처럼 작업도 할 수 있어요. 내가 보장할 수 있는 건 거기까지예요."

"그것 가지고는 턱없이 부족한데."

민수는 방을 천천히 걸어 다녔다.

희진은 속이 탔다. 가진 패를 모두 내보였건만 그는 전혀 만족하지 않는 눈치였다. 설마 자신의 무죄를 밝혀달라는 건 아니겠지? 그건 그가 경찰과 협상할 마음이 전혀 없다는 걸 의미한다.

역시 그랬나? 바로 '퀴드 프로 쿼'를 외친 건 단지 상대를 조종하기 위한 지배욕의 발로였던 건가? 그럴 가능성이 높다. 그는 처음부터 경찰과 협상할 마음이 추호도 없었을 것이다.

이대로 가면 실패다. 그녀는 진실을 알고 싶어서 여기까지 왔다. 빈손으로 돌아가긴 죽기보다 싫었다. 결심했다. 역시 그 방법밖엔 없다. 역효과가 날 가능성이 높지만 이것저것 따질 상황이 아니었다.

"이런 말 하긴 그렇지만, 녀석을 잡을 자신은 있나요? 자존심 상하는 얘기지만 녀석은 정말 뛰어나요. 감탄사가 절로 나올 정도로요."

희진은 민수를 힐끗 쳐다봤다. 그는 여전히 무표정했다. 그간 다른 사람의 감정을 읽는 것뿐만 아니라 자신의 감정을 숨기는 연습도 한 게 분명하다. 그녀는 한층 강하게 나갔다.

"경찰을 조롱하는 여느 연쇄살인범이 그렇듯 녀석도 나르시시스트예요. 하지만 녀석은 그들보다 훨씬 침착하고 치밀한 데다 기막히게 영리해요. 녀석이 보낸 편지에는 이런 구절이 있어요. 난 절대 경찰에 잡히지 않는다. 그건 멍청한 녀석들이나 하는 짓이다. 그래서 그들은 감옥에 처박혀 있지만 난 다음 표석을 찾아 오늘도 사유롭게 거리를 서성인다."

순간적으로 민수의 안색이 변했다. 바로 무표정한 얼굴로 돌아왔지만 그를 잘 아는 희진은 그 짧은 순간을 놓치지 않았다.

"아쉽게도, 아니 분통이 터지지만 녀석의 말은 모두 사실이에요. 우리 능력으로는 녀석을 잡을 수가 없어요. 선배가 있었으면 어땠을지 몰라도."

희진은 어깨를 으쓱이며 말했다. 민수는 물끄러미 창밖을 응시할 뿐 아무런 말도 하지 않았다. 희진의 입술이 바짝 타들어갔다. 물을 마시고 싶었지만 그의 눈치가 보여서 참았다.

별안간 그가 고개를 돌리며 말했다.

"좋아! 지금부터 몇 가지 요구사항을 말하지. 어차피 네가 결정권을 가지고 있는 건 아니니까 상부에 전달하기만 해."

희진은 가볍게 고개를 끄덕였다.

"우선, 범인을 잡게 되면 경찰 조사가 끝난 이후, 아니 형이 확정된 후 녀석과 인터뷰를 할 수 있게 해줘."

"꼭 필요한 일인가요?"

"어떻게든 녀석과 대화를 나눠보고 싶어. 그 정도는 어렵지 않게 해줄 수 있을 거라고 봐. 그리고 가장 중요한 건 이거야. 앞으로도 경찰의 수사를 계속 도와줄 테니까 연쇄살인사건이 발생하면 나한테도 반드시 알려줘야 해."

"그게 전부예요?"

"물론 네가 처음에 제시한 조건은 기본적으로 포함되는 거야. 이의 없지?"

그녀는 뭐라고 대답해야 할지 몰라 잠시 침묵했다.

"뭐 해? 내 요구사항은 이게 전부야. 잘 가!"

민수는 고개를 돌리고 교도관을 불렀다. 그들은 귀를 쫑긋 세우고 있었던지 민수의 목소리가 들리기 무섭게 문을 열고 들어왔다.

그녀를 인솔했던 교도관이 주차장까지 그녀를 안내했다. 가는 길에 핸드백을 돌려받았다. 그녀는 내용물을 뒤진 흔적을 발견했지만 그냥 모른 척했다. 앞으로 계속 볼 텐데, 이 정도 일로 얼굴을 붉혀서는 곤란했다.

육중한 철문이 닫혔다. 그녀는 차에 가서 털썩 주저앉았다. 다리에 힘이 풀려서 당장은 운전을 할 수 없을 것 같았지만 시동을 걸고 차를 몰았다. 교도소 담장이 성냥갑처럼 보일 때 갓길에 차를 세웠다. 그리고 생각을 정리했다.

그는 비교적 순순히 이쪽의 제안을 승낙했다. 그건 상부의 염려가 단순한 기우라는 걸 뜻하는 걸까? 아니면 그가 본격적으로 게임에 뛰어들려는 걸까? 언제부턴가 그녀를 괴롭히기 시작한 두통이 몰려왔다.

머리는 아팠지만 기분은 나쁘지 않았다. 인정하긴 싫지만, 그와 같이 있는 순간이 생각만큼 괴롭지 않았다. 오히려 즐거웠다. 믿을 수 없게도(사실 당연한 일이지만) 그는 그녀를 설레게 했던 그때만큼 매력적이었다. 그를 또 보고 싶다는 욕망이 그녀의 가슴속에서 움트고 있었다.

3

새벽 4시에 거울을 들여다본다는 건 결코 즐거운 일이 아니다. 잠을 설쳐서 부스스한 데다 하루가 다르게 늙어가고 있음을 자각하게 만들기 때문이다. 황종철은 주름진 얼굴에 찬물을 끼얹었다. 피부가 이전처럼 탄력을 가지기를 기대하며.

지친 건 피부뿐만이 아니었다. 그의 정신은 곱절로 나이를 먹었다.

뜨거웠던 정열은 온데간데없고 피로만이 엄습했다. 그런데 왜 이 꼭두새벽에 일어났을까? 그건 자신의 존재를 다시 한 번 증명하고 싶은 욕심 때문이었다.

면도를 할까 말까 망설였다. 굳이 면도까지 할 필요는 없었다. 하지만 면도를 하지 않으면 좌절감이 그를 따라다닐 것 같았다. 그는 꼼꼼하게 면도를 했다. 온수로 면도 거품을 씻어내자 한결 젊어진 사내가 빙긋이 웃고 있었다.

그는 부지런히 출근준비를 마치고 원룸을 나섰다. 아무도 그를 배웅해주지 않았다. 그는 혼자였다. 아내는 1년 전 그를 떠났다. 그녀는 열정적인 그를 사랑했을 뿐, 낙담하고 기가 꺾여 술독에 빠진 남자를 사랑하지는 않았다.

다행인지 불행인지 그들 사이에 자식은 없었다. 그래서 쉽게 갈라설 수 있었을 것이다. 이별을 전후해서 불면의 나날들이 이어졌다. 한 번의 큰 실패 이후, 그는 모든 것에서 패배하고 있었다.

그것은 은밀하게 다가왔다. 언제부턴가 그는 따끈따끈한 기사를 건지는 데 실패하고 있었다. 경쟁사 기자들이 한바탕 휘젓고 난 뒤 떠오른 부유물만 겨우 챙겼다. 갈수록 시경 캡의 목청이 높아졌지만 어쩔 도리가 없었다. 한때 메이저 일간지에서 스카우트 제의를 받기도 했건만 어쩌다 밥그릇 챙기기도 버거운 상황이 되어버렸다.

캡은 잠시 쉬는 게 좋을 것 같다고 충고했다. 하지만 그가 거부했다. 한번 쉬면 영원히 돌아오지 못할 것 같았다. 그의 책상을 후배 기자가 차지하지 않을까 하는 우려보다는 기자로서의 감을 완전히 잃어버릴지도 모른다는 걱정이 앞섰다.

슬럼프를 벗어나기 위해 별짓을 다 해봤다. 기사가 될 만한 건 뭐든지 건드렸다. 9·11, 심지어 프리메이슨의 음모론에 대한 것까지 다뤄

봤다. 하지만 별 소득이 없었고 캡의 문책은 여전했다.

결국 시시콜콜한 대학가 뉴스에까지 손을 뻗쳐야 했다. 학생들의 동향, 다양한 동아리 활동 소개, 대학가 화제의 인물들에 대한 기사를 실었다. 그렇게 나쁘진 않았다. 학창시절로 다시 돌아간 기분도 들고, 젊고 희망찬 그들의 모습을 보는 건 끔찍한 시체를 보는 것보다 백만 배는 즐거웠다.

늘 그렇듯, 세상은 끊임없이 변하고 있었다. 요즘 대학생들의 관심사는 이전과는 확연하게 달랐다. 모든 것을 태울 듯 뜨거웠던 분노, 그 분노를 대변했던 화염병과 쇠파이프, 사정없이 눈물 콧물을 뽑아내던 최루탄은 어디에도 보이지 않았다. 요즘 학생들은 학살에 분노하고, 약자를 동정하며, 이상적인 혁명을 꿈꾸지 않았다. 그들은 지극히 현실적이라서 한층 잔인한 취직과의 전쟁을 치르고 있었다.

모두가 거기에만 관심을 쏟는다면 기삿거리가 될 만한 건 하나도 없었을 것이다. 자유로운 청춘답게 그들은 다양한 분야에 관심을 쏟고 있었다. 왜 하는지 이해하기 힘든 야마카시 같은 엑스스포츠에 열광하는 부류도 있었고, 비록 소수지만 여전히 사회문제에 집착하는 학생들도 있었다.

학생들의 취미는 정말 다양했다. 골프나 요트 같은 고급스러운 운동부터, 요가나 간단한 워킹까지 각자의 취향대로 즐겼다. 고아원이나 양로원을 방문하는 학생이 있는가 하면 심리 치료를 도와주는 봉사활동에 참여하는 학생도 있었다. 이런 다양성 덕분에 최소한의 의무방어전을 치를 수 있었다.

하지만 그가 적었던 대부분의 기사들은 몰고(기사가 빠지는 것)되곤 했다. 그때마다 캡은 좀 더 재미있게 써보라고 숭고했다. 그는 성날 최선을 다했다. 여기서 더 나아가라는 건, 빗발치는 총탄을 피해 적진 앞까지 돌격한 병사를 원위치시키는 것과 다르지 않았다.

하지만 모든 이가 캡과 같은 말을 했다. 편집회의 때도, 휴게실에서 커피를 마실 때도, 심지어 술집에서도 그 말을 들을 수 있었다.

"황 기자 이제 한물갔어."

그 단어는 비수가 되어 그를 갈가리 찢어놓았다. 그의 자존심은 되돌릴 수 없는 상처를 입었다. 사표를 적지 않는 건 그가 이 일을 정말 좋아하기 때문이었다. 아니다. 솔직히 말하자면…… 그가 할 줄 아는 게 이것밖에 없기 때문이었다.

분노와 좌절로 격분하는 그를 누군가가 흔들어 깨웠다. 그는 무거운 눈꺼풀을 힘겹게 떴다.

"선배님! 5시입니다. 이만 일어나세요."

후배인 김민철이었다. 직장뿐만 아니라 대학 후배이기도 해서 그와는 각별한 사이였다. 잠시 눈을 붙이며 그에게 깨워달라고 부탁했던 게 생각났다.

"그래, 고마워."

황 기자는 억지로 웃음을 지어 보였다. 온몸이 몽둥이에 맞은 듯 쑤셨다. 그는 자리에서 일어나 커피자판기로 향했다. 좀 전에 꾼 꿈 때문에 몸뿐만 아니라 마음까지 침울해졌다. 꿈속에서 그는 1년 전의 일상을 반복하고 있었다. 끊임없이 침몰하던 그때를.

하지만 지금의 그는 그때와는 확연히 다른 사람이었다. 그는 기적처럼 부활했다. 그의 기사는 독자를 끌어모았고, 심지어 공중파 방송에서도 수시로 그를 인터뷰했다. 덕분에 연예인이 부럽지 않을 정도의 인기와 돈을 거머쥘 수 있었다.

그 모든 건 기막힌 우연 덕분이었다. 어느 날, 전국을 떠들썩하게 만들고 있는 유령이라는 연쇄살인범이 그에게 연락을 해온 것이다. 다른 기자를 제쳐두고 오직 그에게만.

4

희진은 최대한 빨리 보고서를 작성했다. 재촉하진 않았지만 문지훈 경감이 초조하게 기다리고 있음을 잘 알고 있었기 때문이다. 그는 희진이 오는 모습을 보더니 직접 문을 열며 그녀를 맞아주었다.

"좋은 결과가 있었다니 정말 다행이야."

문 경감은 희진이 건네준 보고서를 받으며 말했다.

"제가 한 게 뭐 있습니까. 다 경감님 덕분입니다. 정치는 정말 싫다고 입버릇처럼 말씀하긴 하셨지만요."

이번 일을 기획한 사람이 바로 문 경감이다. 범죄자의 심리에 누구보다 정통하고 민수를 잘 알기에 이 방법을 제안한 것이다.

비록 한때 경찰이었다고 하지만 연쇄살인범에게 조언을 구하는 걸 좋아하는 경찰은 없었다. 통제가 불가능한 민수를 어떻게 제어할지도 의문이었다. 문 경감을 노골적으로 비난하고 조롱하는 목소리가 날이 갈수록 높아졌다. 그런데도 그는 한 치의 흔들림 없이 풍랑을 헤쳐나갔다.

그는 1세대 프로파일러로 이 분야를 국내에 정착시키는 데 지대한 공헌을 한 인물이다. 굵직굵직한 사건을 해결하는 데 큰 도움을 주면서 언론에도 여러 번 소개됐다. 덕분에 상부의 두터운 신임을 받고 있었다. 그게 그가 가진 최고의 무기였다. 거기에 특유의 친화력과 논리력이 더해지면서 결국 반대하는 사람들을 설득하는 데 성공했다.

하지만 여전히 반대의 목소리는 높았다. 그래서 한층 조심해야 했다. 행여 조그마한 꼬투리라도 잡히면 문 경감과 그녀는 가루가 될 때까지 짓이겨질 것이다.

"노 경장이 보기엔 민수가 진심으로 우리를 도와줄 것 같아? 아니, 그 전에 민수가 녀석과 관련이 있는 것 같아?"

문 경감은 보고서를 덮으며 질문했다.

"아직은 잘 모르겠습니다. 제 개인적인 느낌을 물으신다면, 유령과 직접적인 관련은 없어 보입니다. 이건 계속 만나면서 지켜보도록 하겠습니다. 그리고 우리 예상대로 그는 유령에게 지대한 관심을 보였습니다. 사실 우리를 도와준다기보다는 유령과의 승부를 즐기기 위해서 최선을 다할 것이라고 생각됩니다."

"그렇게 되면 정말 다행이지. 그리고 보고서에 적힌 것 외에 특별히 따로 요구하는 건 없었어?"

"보고서에 적힌 게 전부입니다."

"이 정도라면 아무 문제 없어. 좋아! 녀석의 요구사항은 전부 수용하도록 하지."

"수사 자료는 어떻게 할까요? 어느 수준까지 그에게 공개해야 하는 겁니까?"

"일단은 유령이 보내온 암호부터 공개하자고. 민수의 호기심을 최대한 자극하도록 말이야. 이후 상황을 봐가면서 자료를 공개하도록 하지. 가장 중요한 건 녀석이 자료들을 보면서 어떻게 반응하는지 잘 관찰해야 한다는 거야."

"자료 공개에 대해서는 확실하게 상부의 허락을 받으신 겁니까?"

"다 처리했어. 걱정 마. 잔소리처럼 들리겠지만 보안에 각별히 신경 쓰도록 해."

"네! 걱정하지 마십시오. 참! 감방에 몰래카메라를 설치하는 건 어떻게 됐습니까?"

"교도소 측에서 반대해서 그건 무산됐어. 잘못되면 그쪽만 욕을 먹는 일인 데다 민수 녀석이 유령과 소통할 어떠한 방법도 없다고 주장하더군. 전화는 물론 우편물도 검열하기 때문에 녀석이 자신들 몰래 누군가와 연락한다는 건 불가능하다고 해."

"직접 가보니 보안이 철저한 곳이긴 했습니다. 그래서 말인데 아무리 생각해봐도 그가 유령과 관련되어 있을 것 같진 않습니다."

"다른 수감자를 통해서 연락을 취하고 있는지도 몰라. 그건 좀 더 지켜봐야 확신할 수 있을 거야. 아무튼 오늘 수고 많았어. 피곤할 텐데 일찍 들어가서 쉬도록 해. 내일 바로 찾아갈 거지?"

"네. 그럴 예정입니다."

"그럼 계속 수고해줘."

방을 나서자 피로가 몰려왔다. 며칠간 잠을 설쳤다. 어제는 거의 한숨도 못 잤다. 너무 많이 마시는 건 아닌가 걱정됐지만 그녀는 커피 한 잔을 빼 들고 자리로 돌아갔다. 내일 민수에게 가져갈 서류를 꼼꼼하게 챙겼다. 이전에 문 경감과 미리 만들어둔 민수와 나눌 대화 내용도 점검하고 또 점검했다.

모든 걸 마치자 밤 11시가 훌쩍 지났다. 늦은 시간이라 차가 밀리지 않아서 좋았다. 그녀는 창문을 열고 시원한 밤바람을 즐겼다.

집에 도착해 방문을 열었다. 적막했다. 그녀를 반겨줄 사람은 고사하고 애완동물도 하나 없었다. 그녀는 습관적으로 체인을 걸고 집 안을 점검했다. 창문은 나갈 때와 마찬가지로 모두 굳게 닫혀 있었다. 검사를 끝내기 무섭게 침대에 털썩 쓰러졌다. 옷도 갈아입고, 씻어야 했지만 당장은 아무것도 할 수 없었다.

깜빡 잠이 들었나 보다. 그녀는 힘겹게 눈을 떴다. 30분이 지나 있었다. 악몽이라도 꿨는지 온몸이 땀에 흠뻑 젖어 있었다. 당장 옷을 벗고 샤워를 했다. 시원한 물줄기를 맞고 있으니 정신이 돌아왔다. 머리를 말리는데 목이 말랐다. 냉장고를 열어보니 캔맥주가 눈에 띄었다. 그녀는 맥주를 마시며 방 안을 둘러보았다.

참 황량한 방이다. 가수나 영화배우 사진, 심지어 영화포스터 한 장 붙어 있지 않았다. 그 흔한 가족사진이나 풍경사진도 없었다. 심지어 인형 하나 없었다. 이 방에서 유일하게 손을 쓴 흔적은 그녀가 직접 조립한 책장뿐이었다. 책장에 있는 책은 대부분 범죄학과 관련된 것들이었다. 또래 여자들이 좋아하는 칙릿 소설이나 패션 잡지는 눈을 씻고 찾아봐도 보이지 않았다. 방 분위기만큼이나 어두운 책장이었다.

하지만 그녀에게는 정말 고마운 방이다. 경찰이 돼서 가장 좋았던 건 부모님으로부터 경제적으로 독립할 수 있다는 점이었다. 그녀는 당연하다는 듯 방부터 구했다. 가족들은 만류하는 척했지만 그녀는 그들의 속마음을 잘 알고 있었다. 그들은 그녀를 보지 않아도 된다는 사실에 감사하고 있었다.

처음부터 그녀는 부모님에게 짐이었다. 셋째 딸. 아들을 간절히 원했던 부모님에게는 청천벽력이 따로 없었을 것이다. 그래도 4년 후, 그토록 원하던 아들을 얻은 게 부모님 입장에서는 불행 중 다행이었을 것이다.

언니들과 남동생과도 그다지 사이가 좋은 편은 아니었다. 아이가 많은 집안에는 사소한 질투가 넘쳐나게 마련이다. 그 미묘한 경쟁에서 그녀는 항상 뒤처졌다.

어쩌다 경찰, 그것도 프로파일러가 됐을까? 그녀가 일선 경찰이 되지 않은 건 성차별 때문이 아니었다. 그녀는 공격적인 성향이 다분했다. 그까짓 성차별쯤은 충분히 감내할 수 있었다. 오히려 도발하고 싶은 마음까지 있었다. 그녀가 일선 경찰이 되지 않은 건 다른 이유에서였다.

솔직히 그녀는 피살자의 가족을 만나서 가장 사랑하는 사람이 그들 곁을 떠났음을 말할 자신이 없었다. 그건 너무 가혹한 일이었다. 비록 부고를 알릴 자신은 없었지만 범인에게서 도망갈 마음은 추호도 없었다. 그래서 그녀는 프로파일러의 길을 택했다.

오늘은 이 길에 들어선 이후 가장 길고 힘든 하루라는 생각이 들었다. 그녀에게 이 임무가 맡겨졌을 때부터 주위의 반대는 극심했다.

연쇄살인범들은 사람을 조종하는 데 능숙하다. 처음 보는 여자를 아무런 의심도 받지 않고 낯선 곳으로 데려가는 건 아무나 할 수 있는 일이 아니다. 그들은 그녀가 민수에게 세뇌되어 민수의 말도 안 되는 무죄 주장에 동조하지 않을까 걱정했다.

사실 민수의 주장은 일리가 있었다. 범행에 대해 자백하긴 했지만 (그것도 처음 한 건에 대해서만), 사실 법적으로 인정받기 힘든 상황에서 행해진 것이었다. 자백 외에 그를 범인으로 지목할 수 있는 건 하나도 없었다. 지문, DNA, 범행에 사용한 흉기, 범행 현장을 목격한 증인, 그 어느 것도 없었다.

그렇게 걱정하면서도 그녀를 보내지 않을 수 없을 정도로 상황은 급박했다. 유령은 노골적으로 경찰을 조롱했다. 여론도 결코 경찰에 호의적이지 않았다. 그들의 표현을 빌리자면 무능의 극치였다. 심지어 범행을 예고하기까지 했는데도 경찰은 속수무책이었다. 급기야 대통령까지 이에 대해 언급하는 지경에 이르렀다. 경찰총장의 목이 날아가는 건 시간문제였다.

누구의 아이디어였을까? 수사회의 때 누군가 무심코 던진 '연쇄살인범이야말로 최고의 프로파일러다.'는 말이 그녀를 여기까지 몰고 왔다.

5

멋진 드라이브 코스였다. 도심지에서는 볼 수 없는 푸르른 녹음과 상큼한 공기, 일자로 쭉 뻗은 도로. 거기다 이용하는 사람이 거의 없어서 더 좋았다. 희진은 에어컨을 켜는 대신 창문을 열고 여름을 마음껏 즐겼다. 활짝 핀 해바라기들이 태양처럼 눈부셨다. 약속만 없다면 하루 종일 달리고 싶었다.

어제 본 교도관이 그녀를 기다리고 있었다. 이번에는 가방을 차에 두고 내렸다. 대신 몇 가지 서류와 음식을 챙겼다. 교도관은 음식에 대해서만큼은 꼼꼼하게 점검했다. 여름이라 상하지나 않았을까 염려된다고 했다. 그래서 특별히 아이스박스째로 가지고 가는 걸 허락했다.

민수는 정확하게 약속 시간에 모습을 드러냈다. 그는 이번에는 악수를 청하지 않고 바로 자리에 앉았다. 그녀가 가지고 온 초밥을 권하자 사양 않고 깨끗이 먹어치웠다. 하나 먹어보라는 말도 없이. 캔커피를 건네자 이것도 거절하지 않았다. 그가 커피를 모두 마시자, 희진이 말했다.

"선배의 조건을 모두 수용하기로 했어요. 지금 당장 어제 제시한 독방으로 옮기고, 원하는 책뿐만 아니라 음악 CD도 제공하기로 했어요."

"선심 한번 크게 쓰는군. 참! 미처 말하지 못한 몇 가지 추가사항들이 있어."

민수가 다리를 꼬면서 말했다.

"어떤?"

희진은 침을 삼키며 질문했다.

"걱정하지 마. 별거 아니니까. 첫째, 내가 면담하는 사람은 오직 너

하나뿐이야. 아무도 동석해서는 안 돼. 둘째, 우리가 나누는 대화는 어떤 식으로든 기록되어서는 안 돼. 대화 내용을 녹음해서도 안 되고, 노트에 적어서도 안 돼. 설명이 필요할 경우 화이트보드에 몇 가지 내용을 기재하겠지만 설명이 끝나면 바로 지워버릴 거야. 그러니까 모든 걸 너의 기억에 의지해야 한다는 얘기야. 사실 이건 그쪽에서 더 원할 것 같군. 범죄자한테 도움을 받았다는 사실은 어떤 일이 있어도 감춰야 할 테니까."

"그게 전부인가요?"

그녀는 안도감을 느끼며 질문했다.

"이것 외에 간단한 추가사항들이 있어. 이 방을 사용하는 동안 생수와 커피, 간단한 간식거리는 무제한으로 제공해줄 것."

민수는 잠시 뜸을 들였다. 그는 얼굴을 바짝 갖다 대며 말했다.

"가장 중요한 건 이거야. 경찰의 조사 자료를 빠짐없이 열람할 수 있도록 해줘."

"커피와 간식은 원하는 대로 해주겠어요. 하지만 모든 자료를 열람할 수 있는 권한이 나한테는 없어요. 그건 상부와 협의해봐야 할 것 같아요."

"내가 아는 게 적을수록 녀석을 잡을 확률도 그만큼 줄어들게 돼. 굳이 말 안 해도 잘 알지? 아무튼 내 요구사항은 이게 전부야."

"알겠어요."

"자! 이제 녀석에 대해서 얘기해줘."

"가져온 자료가 하나도 없는데요."

"그럼 그 서류는 뭐야?"

민수는 턱 끝으로 희진이 가지고 온 서류를 가리켰다.

"몇 가지 통계양식이에요. 이곳 사람들이 의심하지 않게 선배에 대해서 몇 가지 조사를 하는 걸로 위장했거든요."

"아무튼 사건에 대해서는 잘 알고 있지? 서류를 외울 정도로."

"네, 그렇긴 해요."

"그럼 차근차근 기억나는 대로 설명해줘. 시간은 많아. 사실 내가 가진 건 시간뿐이야."

"일단 어느 수준까지 자료를 공개할지 상부와 협의해야 해요."

"자꾸 같은 말 반복하게 하는데 정보가 부족할수록 프로파일링이 잘못될 확률이 높아져."

민수가 이마에 주름을 잡으며 말했다.

"최대한 모든 정보를 공개하도록 요청할게요. 참! 그동안 녀석이 보낸 암호는 공개해도 된다고 해서 모두 가져왔어요. 이미 해독이 끝난 것들이라 군이 감출 필요가 없거든요."

희진은 가져온 자료를 건넸다.

"이게 유령이 보낸 암호야?"

민수는 첫 장에 있는 알파벳이 무작위로 나열된 문서를 가리켰다.

```
T  I  M  Y  L  N  M  N     P
A  E  R  M  U  L  H  E  O  N
P  F  E  G  I  W  C  D  O  V
S  F  G  S  D  P  L  T     P
V  X  M  A  K  E  D  F  E  R
I  N  G  I  P  F  W  Q  A  K
T  N  R  E  O  S  E  O  U  H
T  B  V  C  X  A  M  D  U
O  Z  C  L  Q  R  T  F  S  Z
R  T     E  Y  U  J  G  K  Z
```

"네, 녀석이 자신의 이름을 밝힌 암호죠. 달랑 이것만 보내서 장난

메일인 줄 알고 그냥 넘겼대요."

"BTK 킬러가 보낸 메시지하고 비슷해 보이는군."

BTK는 Bind(묶다), Torture(고문하다), Kill(죽이다)의 약자다. BTK 킬러는 묶고 때리는 방법으로 1974년부터 열 명을 죽인 희대의 연쇄살인범이다. 그는 경찰을 조롱하고 자신의 업적을 떠벌림으로써 희열을 얻곤 했다. 그는 언론에 유령이 보낸 것과 유사한 퍼즐을 보내기도 했다.

"해독해보니 그것과는 좀 달랐어요. BTK 킬러는 좌우나 대각선 방향을 따라서 단어를 배열했지만 이건 그보다는 좀 복잡하거든요."

희진은 빙긋이 웃으며 말했다.

"처음에 이거 무시했던 놈은 잘렸거나 외지로 쫓겨났겠군."

민수는 코웃음을 치며 말했다.

"경찰이 계속 무시하자 유령은 황 기자에게 메일을 보내기 시작했어요. 그런데 황 기자도 암호를 풀지 못하자 힌트를 보내줬죠. 덕분에 암호를 풀 수 있었고요."

희진은 Archimedes' constant라는 글자가 적힌 서류를 가리켰다.

"Archimedes' constant라? 아르키메데스라면 유명한 그리스의 학자잖아. 그런데 아르키메데스의 상수라고? 그게 뭐더라?"

민수는 이마를 찡그리며 기억을 떠올리려고 노력했다. 희진은 거들려다가 그만두었다. 자존심 강한 그를 자극하고 싶지 않았다.

"그래! 아르키메데스의 상수는 파이(π)야. 파이 맞지?"

"네, 맞아요."

"음. 이 암호가 어떤 식으로 돼 있는지 알 것 같군."

"암호를 해독한 서류를 따로 챙겨 왔는데, 놓고 갈까요?"

"아니, 그냥 가져가. 암호는 내가 직접 풀어보겠어. 녀석이 남긴 암호인 만큼 이건 그 무엇보다 중요한 단서야. 녀석의 지적 수준과 어느 분야에 관심을 가지고 있는지를 알게 되겠지. 암호가 메일로 전달됐다고 했지?"

"익명의 이메일 계정을 통해 처음에는 경찰에, 이후로는 쭉 황 기자에게 전송됐어요."

"직접 손으로 적은 편지가 배달된 적은 한 번도 없었어?"

"그런 경우는 단 한 번도 없었어요. 무척 조심스러운 녀석이거든요."

"익명 이메일이라도 아이피 조회를 해보면 녀석이 어디서 메일을 보냈는지 알아낼 수 있을 텐데."

"녀석은 일반 가정의 무선공유기를 해킹해서 메일을 보냈어요. 그래서 잡을 수가 없었죠."

"컴퓨터에 대한 기본 지식은 있다는 얘기군."

"굳이 해킹할 것도 없어요. 무선공유기에 대한 보안이 얼마나 취약한지 나도 이번에 처음 알았어요. 아무튼 그동안 녀석한테 받은 암호는 모두 해독했으니까, 혹시 막히는 게 있으면 언제든 물어봐요."

희진은 상대의 전투력을 상승시키기 위해 일부러 도발했다.

"아 참! 당연한 얘기지만 현장은 다 가봤겠지?"

"물론 하나도 빠짐없이 다 가봤죠."

"이제부터 네가 내 눈과 귀가 되어야 해."

"걱정 말아요. 몸으로 때우는 건 자신 있으니까."

"오늘 가져온 자료는 이게 전부지?"

"네."

"그럼 이만 돌아가도록 해. 지금부터 신나게 암호를 풀어봐야겠군. 마지막으로 이메일을 보낸 지 얼마나 됐지?"

"그렇게 오래되진 않았어요. 녀석의 냉각기를 고려해보면 당분간 아무런 연락이 없을 가능성이 높아요."

"녀석의 냉각기는 보통 석 달 정도였지?"

"네. 그럼 내일 같은 시간에 올게요."

"덕분에 잘 먹었어."

"뭘요. 내가 아니라 문 경감님이 사신 거예요. 감사는 그쪽에 해요."

"문 경감님이?"

민수의 안색이 눈에 띄게 어두워졌다.

"그럼 내일 봐요."

"잘 먹었다고 전해줘."

민수는 혼잣말을 하듯 말했다.

6

황 기자는 메일함을 열었다. 스팸메일만 가득했다. 눈을 씻고 찾아봐도 유령으로부터 온 메일은 없었다. 하긴 유령이 메일을 보냈다면 당장 경찰한테서 연락이 왔을 것이다.

경찰은 그의 메일 계정을 24시간 감시 중이다. 때문에 원래 가지고 있던 메일 계정은 유령 전용이 되어버렸다. 할 수 없이 업무와 개인적인 용도로 사용할 메일 계정을 따로 만들어야만 했다.

하지만 전혀 귀찮지 않았다. 유령은 그를 다시 살려준 생명의 은인이었다. 녀석의 메일은 피해자들에게는 죽음을 의미했지만 그에게는 부활을 의미했다. 그러나 그 사실을 미처 몰랐던 그는 유령에게서 온 첫 메일을 아무 생각 없이 지워버렸다.

정상적인 사람이라면 누구나 그렇게 했을 것이다. '첫 번째 살인'이라는 이상한 제목에다 의미 없는 알파벳만 나열되어 있었기 때문이다.

누가 봐도 파일이 깨진 것처럼 보일 뿐이었다. 보낸 사람의 주소도 스팸메일을 연상케 했다. 익명의 외국 서버 계정으로 온 것인 데다 계정 이름도 'phantom'이라는 단어와 여러 가지 숫자가 조합된 지저분한 것이었다.

사실 유령이 보낸 메일을 처음 받은 건 경찰이었다. 그는 여러 차례 메일을 보냈지만 그들은 이를 장난이라고 판단해 철저히 무시했다. 그러자 유령이 황 기자에게 접근한 것이다.

며칠 후, 그 계정으로 다시 메일이 왔다. 이번에는 바로 지우지 않았다. 제목이 그를 한껏 자극했기 때문이다.

'나는 살인자다.'

이런 식의 제목을 사용하는 스팸메일은 본 적이 없었다. 무뎌지긴 했지만 여전한 그의 감각이 오래간만에 대물의 입질을 느꼈다. 기대와 달리 메일 내용은 지극히 간단했다.

전에 보낸 메일은 잘 받았나?
한 달 전, 화성시 해운산에서 목이 졸린 채 발견된 여자는 내가 죽였다.
이제 시작이다.

장난일 가능성이 더 높았다. 하지만 그는 이것이야말로 생애 최고의 기삿감이라는 묘한 예감에 사로잡혔다. 그는 당장 해당 사건을 조사했다. 정말 한 달 전 젊은 여자가 해운산에서 목을 맨 채 발견됐다. 경찰은 자살로 판단했고, 이미 시체까지 화장한 상태였다. 어렵사리 당시 사건을 조사했던 경찰과 연락을 취할 수 있었다. 타살이라는 증거는 없었지만 자살이라고 단정 지을 증거도 없었다.

육감이 그를 자극했고 이번만큼은 그도 포기하지 않았다. 잠자리에

들 때마다 절망이 그를 괴롭혔지만 아침 일찍 일어나 끈질기게 사건을 물고 늘어졌다. 그는 사망자의 주변 인물들을 모두 만나봤다. 하나같이 그녀가 자살할 사람이 아니라는 말뿐이었다. 어느샌가 그는 여자가 타살됐다고 확신했다.

하지만 이를 기사화하지는 못했다. 정황증거뿐 구체적인 증거는 어디에도 없었기 때문이다. 더구나 그는 섣불리 달려들다 큰 실패를 경험했다.

그날 이후 녀석에게서 온 메일은 한 통도 없었다. 하지만 녀석에게 메일을 보내지는 않았다. 녀석이 정말 범인이라면 다시 연락을 취해올 것이었다. 더 확실한 증거를 가지고.

그의 예상대로였다. 살인자라고 밝힌 메일이 온 지 정확하게 한 달이 지나자 새로운 메일이 왔다. 제목도 없고 단 두 줄의 내용만 담고 있었다.

조사는 마쳤나?
왜 기사가 나오지 않나?

그는 정황증거만 있을 뿐, 구체적인 증거가 전혀 없어서 기사화할 수 없다는 내용의 답장을 보냈다. 녀석에게 증거를 보내달라고 요구하고 싶었지만 억지로 참았다. 이건 일종의 기싸움이었다. 한번 밀리면 그 관계를 역전시키기 어렵다.

1년 같은 하루하루가 흘러갔다. 녀석은 무려 한 달이 지나서야 제목도 없는 답장을 보내왔다.

난 무시당하지 않겠다.

단 한 줄의 문장이 전부였다. 그런데 사진 파일이 하나 첨부되어 있었다. 사진에는 잔인하게 살해된 여자의 시체가 찍혀 있었다. 황 기자는 곧바로 전문가에게 사진 감정을 의뢰했다. 사진의 메타데이터도 모두 저장되어 있었고, 조작된 흔적은 전혀 찾을 수 없었다. 아쉽게도 GPS가 내장된 카메라가 아니라서 위치정보는 얻을 수 없었다. 촬영 시간은 그날 오후 7시경이었다. 그러니까 오래된 사진이 아니라 금방 찍은 따끈따끈한 사진이었다.

그는 녀석에게 이게 무슨 사진이냐고 질문했다. 녀석은 메일을 확인하는 대신 다시 메일을 보내왔다. 이제부터 메일 내용은 절대 확인하지 않을 테니 제목에다 질문 사항을 적으라고 요구했다. 혹시나 바이러스를 심어놓지 않았나 의심하는 눈치였다. 아무튼 녀석의 요구사항대로 제목에다 질문을 적었더니 한 줄의 답변을 보내왔다.

첫 번째 메시지를 해독하면 알려주겠다.

그는 잘못해서 메일을 지웠다며 첫 번째 메시지를 다시 보내줄 것을 요구했다. 녀석은 바로 메시지를 보내왔다. 하지만 암호를 해독하는 건 결코 쉽지 않았다. 그래서 힌트를 달라고 메일을 보냈다. 다음 날 단 한 줄의 답변이 왔다.

Archimedes' constant

이것만 가지고 암호를 풀 수는 없었다. 그는 경찰에 신고를 해야 할지에 대해서 깊이 고민했다. 그들에게 오랜간만에 잡은 대어를 넘기긴 싫었다. 하지만 자신의 능력으로는 이 암호를 풀 수도, 녀석을 상대할 수도 없다는 걸 잘 알고 있었다.

결정적으로 녀석은 경찰에 대해 전혀 언급하지 않았다. 시경 캡과 장시간 회의한 끝에 경찰에 연락하는 것으로 결론을 내렸다. 단 경찰도 그들의 조사과정에 대해 이쪽에 아낌없이 정보를 공개한다는 조건을 달았다.

전문가들이 달라붙자 암호는 해독되었다. 그동안 경찰은 사진을 정밀하게 감정했지만 피살자가 사망했다는 사실만 확인했을 뿐, 거기가 어디인지 피살자가 누구인지는 전혀 밝혀내지 못했다.

첫 번째 암호의 답을 보내자 유령은 답장을 보내왔다. 자신에 대한 기사를 내면 시체에 대한 힌트를 주겠다고 했다. 경찰과 협의한 끝에 유령에 대한 짤막한 기사를 냈다. 기사가 나가고 한 시간 후 유령에게서 메일이 왔다.

악마의 정확한 숫자는?

처음 메일을 받았을 때, 황 기자는 유령이 자신을 놀린다고 생각해서 욕설을 내뱉었다. 반면 경찰은 그에게 신중할 것을 요구했다. 괜히 범인을 자극해서 좋을 것이 없다고 충고했다. 경찰과 함께 이 암호에 매달렸지만 지나치게 막연한 문제였다. 할 수 없이 힌트를 달라는 메일을 보냈다.

하루, 이틀, 속절없는 시간이 흘러갔지만 답장은 오지 않았다. 황 기자는 캡을 설득해서 유령에 대한 짤막한 기사를 다시 내보냈다. 그날 오후 유령에게서 다시 메일이 왔다.

Grillot De Givry

운 좋게도 황 기자는 오컬트에 대해서 어느 정도 지식이 있었고(소위 암흑기 시절 이런 부류의 기사까지 다룬 경험이 있었다) 이 분야의 전문가들도 많이 알고 있었다. 그는 가장 먼저 암호를 풀었지만 경찰과 같이 움직였다.

녀석이 준 힌트를 바탕으로 시체를 찾고 이에 대한 기사를 적었다. 당연히 기사는 이번 살인만 다루지 않고, 유령이 죽었다고 주장했던 첫 번째 피해자에 대한 내용까지 다뤘다.

곧 첫 번째 살인에 대한 전면적인 재조사가 이뤄졌다. 이미 시신을 화장해버린 뒤라 사인을 정확하게 밝힐 순 없었지만 타살이라고 의심할 수 있는 증거들이 속속 발견됐다.

언론에 연락을 취해온 연쇄살인범에 대한 반응은 뜨거웠다. 그가 적는 기사마다 수천 개의 댓글이 달렸고, 그는 거의 매일 추가 기사를 적었다. 그러자 유령에게서 다시 메일이 왔다.

기사 잘 봤다.

다음 조건만 지키면 계속 너하고만 연락하겠다.

1. 나에 대한 기사를 적어도 일주일에 한 번 이상은 적어야 한다.

2. 내가 특별히 요구하는 내용에 대해서는 원문 그대로 기사화해야 한다.

3. 경찰에 협조해도 상관없다. 하지만 그들이 나에게 메일을 보내는 건 허락하지 않는다. 난 오직 너를 통해서만 연락한다.

4. 날 계속 유령이라고 불러라. 잭 더 리퍼나 조디악 킬러 같은 이름으로 부르는 건 절대 허용하지 않는다.

5. 나는 멍청한 녀석들과는 급이 다르다. 괜히 내 뒤를 캐고 다닐 필요는 없다. 난 절대 잡히지 않으니까.

유령은 충실하게 약속을 이행했다. 그는 황 기자에게만 연락을 취해왔다. 그에 대한 보답으로 황 기자는 유령에 대한 기사를 계속 내보냈다. 사실 녀석보다 그가 더 간절하게 원했다. 유령 덕분에 한물갔다던 그가 세간의 주목을 받게 됐다. 이전 보다 훨씬 뜨겁게.

전국을 떠들썩하게 만들었던 유령에 대한 관심이 잠시 식으려고 할 즘, 녀석은 누구도 상상하지 못했던 엽기적인 범행을 저질렀다.

언제부턴가 유령은 자신에 대한 기사를 신문 1면에 실어줄 것을 요구했다. 무조건 거부할 순 없었다. 유령은 그의 밥줄이었다. 황 기자는 정말 최선을 다했지만 처음부터 그건 불가능한 요구였다. 황 기자는 너무 무리한 요구라는 답장을 보냈다.

자신의 요구가 수용될 수 없다는 걸 깨달은 유령은 한동안 연락을 끊었다. 이대로 끝나는가 싶었는데 다시 메일이 날아왔다.

살인예고
다음 주 어둠이 내려앉고 화려한 축제가 열릴 때 붉은 죽음을 맞이하게 될 것이다.
AABBBABBBAABBABAABBAAAABBAAAAAAABAA

놀랍게도 살인을 예고하는 협박편지였다. 마지막 줄이 암호라는 건 알 수 있었지만 그의 능력으로 해독은 불가능했다. 그래서 이전처럼 힌트를 달라는 메일을 보냈다. 기다렸다는 듯 답장이 날아왔다.

셰익스피어는 없다.

암호를 해독한 건 그의 메일 계정을 감시하고 있던 경찰이었다. 그는 학창시절부터 셰익스피어에 관심이 많았다. 실제 셰익스피어로 지목되는 베이컨에 대해서도 잘 알고 있었고 관련 서적들을 탐독해왔다. 그는 유령이 보낸 메시지가 책 제목이라는 걸 알아챘다. 그 책에 따르면 실제 셰익스피어는 유명한 철학자 프랜시스 베이컨이다. 사실 그는 A와 B 두 알파벳만 사용된 걸 보고 베이컨 암호라는 걸 어렴풋이 눈치챈 터였다.

그다지 복잡하지 않은 암호라 금방 해독됐다. 유령이 남긴 암호는 'HONGDAE'였다. 홍대. 너무 막연한 내용인 데다 예고살인이라는 점 때문에 반신반의하는 목소리가 높았다. 그렇다고 그냥 넘길 수도 없었다. 이미 두 명을 살해한 잔인한 살인범이 보낸 협박장이었기 때문이다.

공교롭게도 이 정보가 언론에 흘러나갔다. 경찰은 그를 의심했지만 그는 경찰을 비난했다. 경찰의 요청 때문에 그는 이에 대한 내용을 기사화하지 못했다. 그 탓에 두 눈 뻔히 뜨고 특종을 놓친 꼴이 되어버렸다. 기자의 생리를 알 리 없는 경찰은 그게 눈앞에서 범인을 놓치는 것보다 더 애가 탄다는 걸 털끝만큼도 이해하지 못했다. 아무튼 서로가 서로를 비난하는 동안 예고살인에 대한 소문은 전국으로 퍼져갔다.

사람들의 관심은 그들의 예상을 뛰어넘었다. 진짜 살인이 벌어질까 하는 호기심에 가뜩이나 유동인구가 많은 홍대에 평소의 배 가까운 인파가 몰려들었다. 그리고 그 인파가 절정에 달하던 금요일 저녁, 예고한 대로 살인이 벌어졌다. 그것도 수많은 경찰과 취재진, 시민이 지켜보는 앞에서.

당시 플래시몹을 촬영하던 시민들을 통해 피해 여성을 찍은 동영상이 급속도로 퍼져나갔다. 경찰은 어떻게든 이를 단속하려고 최선을 다했지만 역부족이었다. 유령은 삽시간에 온 나라를 떠들썩하게 만들었다. 심지어 대통령까지 상황의 심각성을 언급하는 지경이었다.

경찰은 유령을 잡기 위해 총력을 기울였지만 여태 변변한 단서 하나 잡지 못하고 있었다. 그런 경찰을 놀리기라도 하듯 유령은 종종 경찰을 조롱하는 메시지를 보내왔다.

오늘은 뭘 가지고 유령에 대한 기사를 적어야 할까? 경찰 관계자를 인터뷰하려던 계획은 물거품이 되어버렸다. 물론 처음부터 약속을 정했던 건 아니다. 그동안의 경험을 통해 경찰과는 약속을 하지 않는 게 좋다는 걸 체험했다. 약속을 잡는다는 건 기자가 언제 어디에 나타날지 상대에게 알려줄 뿐이었다.

경찰과 기자는 공생관계지만 양쪽 다 상대편을 그다지 좋아하지 않는다. 그건 경찰 쪽이 더 심한 편이다. 그들은 기자와 인터뷰하는 건 물론 기자가 옆에 있는 것도 꺼렸다. 그래서 중요한 인터뷰를 하려면 기습하는 방법밖에 없었다. 사자가 물소를 사냥하듯 수십 번의 실패를 경험해야만 하지만.

오늘은 오전과 오후 두 번의 기습이 모두 실패로 돌아갔다. 또 한 번의 기습을 감행할 여유도 없었다.

그렇다고 노련한 그가 기사를 적지 못할 이유는 없었다. 이럴 때마다 나타나는 익명의 관계자를 등장시킨 다음 약간의 상상력을 동원하면 그만이다. 사실 우려먹으려고 마음만 먹으면 소재는 무궁무진했다. 황 기자는 자신의 기사에 독자들이 보일 뜨거운 반응을 상상하며 열심히 기사를 적었다.

7

"My name is Phantom. 이게 처음에 보낸 메시지에 있던 암호였어.

맞지?"

민수가 말했다.

"맞아요. 쉽지 않은 암호인데 금방 풀었군요."

역시 대단하다. 그의 총명한 두뇌는 전혀 녹슬지 않았다. 희진은 진심으로 그를 칭찬했다. 사실 그를 칭찬한 데에는 그의 자존심을 만족시켜주려는 의도가 깔려 있었다. 그게 그를 붙잡아둘 수 있는 가장 강력한 동기였다.

"뭐 여러 가지 단서가 많았잖아. 녀석이 자신을 유령이라고 밝혔다는 건 이미 알고 있었어. 이런 식의 암호 메시지였다는 건 몰랐지만 말이야. 중간에 공백이 있어서 당혹스럽긴 했지만 아무튼 답은 이미 나와 있잖아. 그걸 바탕으로 끼워 맞췄다고 봐야지."

```
T  I  M  Y  L  N  M  N     P
A  E  R  M  U  L  H  E  O  N
P  F  E  G  I  W  C  D  O  V
S  F  G  S  D  P  L  T     P
V  X  M  A  K  E  D  F  E  R
I  N  G  I  P  F  W  Q  A  K
T  N  R  E  O  S  E  O  U  H
T  B  V  C  X  A  M  D  U
O  Z  C  L  Q  R  T  F  S  Z
R  T     E  Y  U  J  G  K  Z
```

유령이 보낸 암호는 'MY NAME IS PHANTOM'이다. 정확하게는 'MY N(A)ME IS P(H)ANTOM( )'이 녀석이 보낸 메시지였다. 중간에 A와 H가 공백이고 문장이 끝난 걸 알리기 위해 마지막에 또 공백을 넣었다.

힌트인 아르키메데스의 상수는 초월수 파이다. 암호는 바로 이 파이 값의 숫자에 따라 적혀 있었다. M은 세 번째에, Y는 M에서 첫 번째에, N은 Y에서 네 번째에, A—암호 메시지에는 공백으로 되어 있다—는 N에서 첫 번째에…….

"그래도 파이 값을 정확하게 모르면 찾기 불가능했을 텐데요. 파이 값을 소수점 몇 자리까지 외우는 거예요?"

"여기 있으면 말이야, 할 일이 정말 없어. 같은 책을 수십 번 읽고, 심지어 몽땅 외워버리기도 하지. 할 게 그것밖에 없거든. 이렇게 신체가 구속되어 있는 몸이라서 말이야. 구속 하니까 징벌방이 생각나는군."

"징벌방요?"

"처음 감방에 갇혔을 때는 정말 죽고 싶은 마음밖에 없었어. 한마디로 눈에 뵈는 게 없었지. 덕분에 징벌방에 갇히기도 했어. 그곳은 지독하게 좁아. 몸을 움직이려고 해도 손가락 하나 까딱할 수 없어. 더구나 그 답답한 곳엔 빛도 한 점 들어오지 않았어."

민수는 커피를 한 모금 마셨다. 희진은 그의 무표정한 얼굴 뒤에 감춰진 깊은 분노를 보았다. 그건 백두산도 날려버릴 것 같았다.

"하지만 그런 곳에 갇혀 있다고 해서 머릿속까지 감금되는 건 아니야. 난 거기서 유럽과 아프리카로 여행을 떠나기도 했고, 시간을 거슬러 조선시대와 중세시대를 돌아다니기도 했어. A부터 시작해서 내가 아는 모든 영단어를 떠올리기도 했어. 심지어 복잡한 수학문제를 풀어보기도 했지.

징벌방을 나온 이후로 난 단 한 번도 문제를 일으키지 않았어. 그 끔찍한 구속이 싫었다기보다는 내가 하고 싶은 걸, 아니 나에게 주어진 유일한 자유인 지식에 대한 탐구를 만끽하고 싶어서였어. 징벌방에 있으면 면회는 물론 독서도 금지되거든. 이후 난 모범적으로 수감생활에 임했고, 덕분에 항상 책과 가까이할 수 있었어. 신체의 자유가 구속됐

다는 것에 대한 반대급부 때문인지 지식에 대한 갈증은 엄청났어. 불
이 꺼져서 책을 읽을 수 없는 시간을 제외하면 난 항상 책을 읽었어.
무협지부터 고전 명작까지 구할 수 있는 책은 모조리 읽어 치웠어. 수
비학도 그중 하나야. 마침 수비학 책을 가지고 있는데 그 책에는 파이
값이 25자리까지 나와 있어."

"25자리까지 외운다는 말이군요."

"그런데 좀 이상하지 않아? 왜 'My name is Phantom'이라고 했을
까? 그냥 'I am Phantom'이 더 낫지 않았을까?"

"우리가 조사한 바에 의하면 범인은 강박적인 성향이 강해요. 굳이
'내 이름은 유령이다'는 메시지를 보낸 건 언론에서 자신을 유령이라
고 불러주기를 원했기 때문이 아닐까요?"

"그럴 수도 있지. '내 이름은 유령이다'가 '나는 유령이다'보다는 그
런 면에서 더 강한 메시지를 보내는 셈이니까."

"두 번째 암호도 풀었어요?"

그녀는 이미 답을 알고 있었지만 의무적으로 질문했다.

"응. 이건 답이 숫자더군. 7,405,926. 그러니까 국번을 제외한 번호
가 740에 5926인 핸드폰 전화번호지?"

"정확해요. 그런데 이건 어떠한 정보도 새어 나가지 않았는데…….
어떻게 그렇게 쉽게 풀었어요?"

"녀석이 보낸 힌트 덕분이지. 'Grillot De Givry'는 내가 아는 이름이
거든. 난 오컬트에도 관심이 있어. 물론 마법에도 관심을 가지고 있고
말이야."

"해리 포터도 읽었나 보군요. 아니, 외우고 있나 보군요."

"생각보다 마법에 관한 책들은 많아. 오컬트도 마찬가지고. 그 분야
에 관심이 있는 사람이라면 그리오 드 지브리라는 이름을 들으면 바

로 『마법사의 책』을 떠올릴 거야. 거기에 보면 악마들의 숫자에 대해 자세하게 나와 있지. 1,111을 제곱한 1,234,321에 6을 곱하면 악마들의 정확한 숫자가 나와. 그게 바로 7,405,926이야."

"그렇지만 그게 핸드폰 번호인 줄은 어떻게 알았죠?"

"처음에는 주소나 위도, 경도가 아닐까 생각했는데 곧 생각을 바꿨어. 요즘 세상에 가장 쉽게 사람을 찾을 수 있는 방법이 뭘까? 그건 바로 핸드폰을 통한 위치추적이야. 녀석은 시체가 있는 곳을 알려주기 위해 시체 옆에다 핸드폰을 놔둔 거지? 암호를 통해서 그 번호를 알려 줬고?"

"맞아요, 유령은 시체 옆에 놔둔 핸드폰 번호를 알려주기 위해 암호를 보냈어요. 해독이 늦어지는 바람에 핸드폰 배터리가 간당간당해서 겨우 찾았지만요. 선배가 있었다면 그렇게까지 시간이 걸리지는 않았을 텐데."

희진은 민수의 동정을 살폈다. 민수는 여전히 무표정했다. 칭찬을 받는 게 워낙 당연해서일까?

"핸드폰 배터리가 떨어질 때까지 아무도 시체를 발견하지 못한 걸 보면 꽤 외진 곳이었겠군. 그래! 꼼꼼한 놈이니 일부러 그런 장소를 골랐을 거야. 암호를 풀기 전에 시체가 발견되면 경찰을 가지고 노는 희열을 만끽할 수 없을 테니까. 참! 핸드폰은 피살자 거였어?"

"대포폰이었어요."

"음……. 그럼 특정 번호를 가진 사람을 골라서 죽인 건 아니란 말이군. 그나저나 여기까지 암호를 풀다 보니까 녀석이 숫자에 대단히 집착한다는 느낌을 받았어."

"그래요, 녀석은 숫자에 비정상적으로 집착하는 것 같아요. 상막증이 느껴질 정도로 말이죠."

"그걸 통해서 녀석의 정체를 밝혀내지는 못했어? 대포폰이라고 해도 번호 추적은 해봤을 거 아냐. 강박증을 가진 놈이라면 특별히 그 번호를 가진 핸드폰을 구하려고 돌아다녔을 텐데."

"물론 조사해봤어요. 그런데 명의도용을 한 데다 한두 사람의 손을 거친 게 아니더라고요."

"모든 연결고리를 다 뒤져봤는데도 건진 게 없어?"

"중간에 외국인의 손에 넘어가는 바람에 거기서 고리가 완전히 끊어졌어요. 이후 몇몇 불법체류자들의 손을 타다가 유령한테까지 넘어간 것 같아요."

"꼼꼼한 놈이니만큼 무척 신경을 썼겠지. 핸드폰에 저장되어 있는 데이터도 없었지?"

"사실 너무 많아서 문제였어요. 이전에 저장되어 있던 데이터를 완벽하게 지우려고 쓰레기 데이터를 여러 번 덮씌워놨더군요."

"정말 영리한 놈이군. 아무튼 세 번째 암호가 제일 쉬웠어."

"셰익스피어에도 관심이 많았나 보군요?"

"뭐 이름만 아는 정도지. 사실 난 그를 둘러싼 음모론에 더 흥미를 느끼고 있거든."

"녀석이 남긴 '셰익스피어는 없다'는 힌트는 책 제목이죠. 그 책도 읽어봤어요?"

"운 좋게도. 사실 셰익스피어라는 이름과 암호가 나온다면 그 책을 읽어보지 않아도 바로 프랜시스 베이컨을 연상할 수 있어. 베이컨 암호는 비교적 널리 알려진 거라서 앞의 두 암호보다 풀기가 몇 배는 더 쉽지. 굳이 힌트가 없어도 해독하기 어렵지 않았을 거야. 그렇지?"

민수는 희진을 흘끗 보며 질문했다. 그녀는 고개를 끄덕여주었지만 그와 눈을 마주치진 않았다. 가지고 온 베이컨 암호 자료를 물끄러미

내려다봤다. 베이컨 암호는 다음과 같은 두 가지 버전이 있는데 유령
이 보내온 건 두 번째 것이었다.

1) A=AAAAA G=AABBA N=ABBAA T=BAABA
    B=AAAAB H=AABBB O=ABBAB U+V=BAABB
    C=AAABA I+J=ABAAA P=ABBBA W=BABAA
    D=AAABB K=ABAAB Q=ABBBB X=BABAB
    E=AABAA L=ABABA R=BAAAA Y=BABBA
    F=AABAB M=ABABB S=BAAAB Z=BABBB

2) A=AAAAA H=AABBB O=ABBBA V=BABAB
    B=AAAAB I=ABAAA P=ABBBB W=BABBA
    C=AAABA J=ABAAB Q=BAAAA X=BABBB
    D=AAABB K=ABABA R=BAAAB Y=BBAAA
    E=AABAA L=ABABB S=BAABA Z=BBAAB
    F=AABAB M=ABBAA T=BAABB
    G=AABBA N=ABBAB U=BABAA

해독은 간단하다. 암호 메시지인 AABBBABBBAABBABAABBAA
AABBAAAAAABAA를 다섯 자리씩 끊으면 다음과 같이 된다.
AABBB/ABBBA/ABBAB/AABBA/AAABB/AAAAA/AABAA/
이를 두 번째 표에 대입하면 'HONGDAE'가 된다.

"세 번째 사건만 보면 테러리스트들과도 성향이 아주 비슷해. 테러
의 두 가지 목적 알지?"
민수가 질문했다.
"선전과 공포."
희진은 재빨리 대답했다.

"녀석은 언론을 통해 이걸 기막히게 극대화시키고 있어. 그래서 세 번째 암호를 정할 때 일부러 쉬운 걸 골랐을 거야. 빨리 해독할수록 선전 효과와 공포가 극대화되는 법이거든. 그나저나 가지고 온 수사 자료는 그게 전부야?"

민수는 희진이 펼쳐놓은 서류를 가리키며 말했다.

"오늘은 이게 전부예요."

"이 자료는 나한테 전부 공개된 것들이란 말이지?"

"네. 하지만 방에 가지고 갈 수는 없어요."

희진은 서류를 넘겨주며 말했다.

서류 넘기는 소리만이 가득했다. 희진은 자리에서 일어나 창가로 갔다. 그곳은 여기서 유일하게 맘에 드는 공간이었다. 찬란한 햇살과 자유가 있는 곳. 잠시 후 그녀는 고개를 돌려 민수를 확인했다. 그는 자료에 푹 빠진 상태였다. 커피 마시는 것도 잊은 듯 따라놓은 커피가 그대로 있었다.

문득 그의 죄가 밝혀지지 않았으면 어땠을까 하는 생각이 들었다. 그는 여전히 잘나가는 수사관이었을 것이다. 지금쯤 둘이 결혼을 했거나 결혼준비에 바빴을 것이다. 어쩌면 헤어졌을지도 모른다. 하지만 그럴 가능성은 희박했으리라는 걸 그녀는 잘 알고 있었다. 결혼했으면 잘 살았을까? 그의 본모습을 알지 못한다면 그랬을지도 모른다는 생각이 들었다.

교도관이 가볍게 문을 두드렸다. 시간이 다 되었다는 신호였다.

"가기 전에 내가 문제 하나 내지."

민수는 서류를 덮으며 말했다.

"문제라뇨?"

"범인은 특별히 좋아하는 책과 숫자가 있어. 그게 뭔가 하는 게 질문이야. 혹시 알고 있어?"

"글쎄요."

"다음번엔 정답을 가져올 거라고 믿어. 좀 더 상세한 수사 자료도."

민수는 가볍게 윙크하며 말했다.

8

문 경감은 희진의 몇 장 되지 않는 보고서를 꼼꼼하게 읽었다. 그는 마지막 장을 덮으며 질문했다.

"분위기는 어땠어? 협조적이었어?"

"네. 분명 즐기고 있는 눈치였습니다."

"하긴 이런 멋진 승부를 놓칠 놈이 아니지."

그는 시선을 창밖으로 돌렸다. 잠시 후 그가 질문했다.

"보고서에 언급되지 않은 특이사항은 없었어?"

"수사 자료를 보여달라고 강력하게 요구하더군요. 그리고 보고서에도 적었지만 『오페라의 유령』과 숫자 5에 대한 것도 이미 알고 있는 눈치였습니다."

"하긴 녀석 정도면 암호를 해독하면서 그 정도는 충분히 눈치챌 만하지."

갑자기 문 경감은 고개를 들어 그녀를 빤히 쳐다보았다.

"왜? 민수가 범인이라서 그것까지 알고 있다는 생각이 들어? 여전히 녀석이 의심스러운가?"

"그건 아닌데……. 솔직히 잘 모르겠습니다. 아침에는 그가 범인이 아니라고 생각하는데 밤이 되면 그가 범인이라는 생각이 지워지지 않습니다.”

“힘들겠지만 견뎌내도록 해.”

“수사 자료는 어떻게 할까요?”

“화제를 돌리려는 걸 보니 많이 혼란스러운가 보군.”

“그는 저에 대해 너무 많은 걸 알고 있습니다. 그리고 부끄러운 얘기지만…… 그가 저보다 뛰어난 수사관이란 건 부정할 수 없는 사실입니다. 그래서 그에게 속고 있는 건 아닐까 하는 생각이 뇌리를 떠나지 않습니다.”

자신을 속인, 무엇보다 자신의 인생을 망쳐버린 남자를 다시 믿는다는 건 죽은 사람이 다시 살아날 거라고 믿는 것만큼이나 힘들었다. 그와 나눴던 수많은 대화와 추억들. 그것이 모두 기만이라는 걸 깨달았을 때, 그녀는 믿음이라는 단어를 지우려고 했다.

무엇보다 괴로운 건, 강간당했던 그때처럼 눈을 감으면 그것에 관한 꿈을 꾼다는 사실이었다. 꿈속에서 그는 어리석은 그녀를 비웃고 조롱했다. 그녀는 매일 밤 배신을 견뎌내야만 했다.

“희진아! 그건 당연한 반응이야.”

문 경감은 그녀의 이름을 불렀다. 사석에서 그는 허물없이 그녀의 이름을 부르곤 했다.

“제가 정말 걱정하는 건 제 그런 속마음을 그가 눈치채지 않을까 하는 겁니다.”

“의심은 나 혼자 하는 걸로 충분해. 전에도 몇 번 얘기했지만 너의 머릿속에서 의심이라는 단어를 지우는 데 최선을 다하도록 해. 명심해. 그게 이 작전을 성공시키는 핵심 요소야. 힘들겠지만 좀 더 노력해줘. 그리고 수사 자료는 서너 번에 걸쳐 전부 공개하는 게 어때? 일부를 공개하지 않을까도 생각해봤는데, 어차피 녀석이 범인이라면 그걸 모를 리가 없잖아?"

"위에서 허락했다고 하지만 수사 자료를 전부 공개하는 건 위험하지 않을까요?"

"두 가지 이유에서 전부를 공개해야 해. 우선 그의 신뢰를 얻는 데 그 이상 가는 방법은 없어. 그리고 그가 아는 게 많을수록 범인에 대해서도 많이 알게 돼."

"경감님. 주제넘은 말 같지만 그에게 너무 많은 걸 기대하는 건 아닙니까? 그가 뛰어나다는 건 누구도 부정할 수 없지만 그는 경찰이 아니라 범죄자입니다. 그가 이쪽의 모든 정보를 손에 쥔다면 수사를 망칠 방법은 무궁무진합니다. 그가 조금이라도 나쁜 마음을 먹는다면 그를 막는 건 불가능합니다."

"글쎄. 그 얘기도 이미 결론이 나지 않았었나? 무엇보다 난 베팅할 때 화끈하게 하거든. 그러는 너는? 너도 이미 올인하지 않았니?"

"그럼 이만 가보겠습니다."

희진은 고개를 숙이며 말했다.

"그래, 내일도 수고해줘. 참! 민수에게 황 기자에 대한 질문은 해봤어?"

"아뇨. 아직 안 했습니다. 사건에 대한 진도가 별로 안 나가서요. 분위기가 좀 더 무르익으면 그때 하는 게 좋을 것 같습니다."

"했던 말 자꾸 반복해서 미안한데 너의 직감을 믿는 게 가장 중요해. 녀석은 영리하고 기가 막힐 정도로 눈치가 빠르니까 말이야. 그리고……."

문 경감은 잠시 멈칫거렸다. 하지만 희진은 그가 무슨 말을 하려는지 알고 있었다. 그도 그녀가 그걸 안다는 걸 알고 있었다.

"절대 흔들리지 마."

"최선을 다하겠습니다."

9

황 기자는 가장 먼저 눈에 띈 비즈니스호텔로 들어갔다. 그곳이 그의 새로운 작업실이었다. 그는 노트북 가방을 두들기며 현대문명에 감사했다. 이놈 덕분에 굳이 사무실에 갈 필요가 없어졌다. 필요한 자료는 모두 하드에 저장되어 있고, 기사를 작성해서 이메일로 전송하기만 하면 된다.

그러고 보니 집 구경을 못한 지 사흘째로 접어들고 있었다. 일 때문이 아니라 특종 때문이었다. 유령이 계속해서 잭팟을 터트리는 바람에 유령 전담 기자로 알려진 그도 덩달아 언론의 표적이 되어버렸다. 그런 유명인사가 특종을 예고하자 반응은 한반도를 불태울 정도로 뜨겁게 달아올랐다.

가장 먼저 반응을 보인 건 기자들이었다. 특종에 목마른 그들에게 황 기자는 마르지 않는 샘이나 마찬가지였다. 그들의 후각과 끈기는 남달랐다. 심지어 식당 화장실을 갈 때도 따라붙었다.

홍대에서 벌어진 희대의 살인사건으로 유령은 외신기자들까지 자극했다. 전 세계에서 특종을 찾아 몰려들었다. 이런 상황에 페어플레이가 통할 리 만무했다. 황 기자는 물론 회사 직원들의 컴퓨터나 핸드폰을 해킹하려는 시도가 빈번했다. 심지어 휴지통까지 뒤진다는 소문이 돌았다.

캡은 특종을 빼앗기지 않기 위해 특단의 조치를 취했다. 그는 황 기자에게 당분간 숨어 지내라고 명령했다. 사무실은 물론 집 근처에도 얼씬하지 못하게 했다. 생활비는 카드 대신 현금만 사용하고 숙소도 매일같이 바꾸라고 명령했다. 사용하던 핸드폰은 압수하고 비상연락을 위한 새로운 핸드폰과 메일 계정(둘 다 캡과 황 기자만 아는)을 지급했다. 그는 마치 탈옥수가 된 기분이었다.

그는 엘리베이터에 타기 전 습관적으로 미행을 확인했다. 눈에 띄는 사람은 없었다. 도망자 신세가 짜증 나긴 했지만 기막힌 스릴도 맛보게 해주었다. 살아오면서 요즘처럼 즐거운 적은 없었다. 덕분에 유령의 머릿속을 조금은 엿볼 수 있었다. 녀석도 마찬가지일 것이다. 자신의 결과물을 보며, 쾌감이 우주 끝까지 치솟는 어마어마한 황홀경을 체험하고 있을 것이다.

방은 넓진 않지만 안락했다. 필요한 것은 다 갖춰져 있었다. 푹신한 침대, 자그마한 테이블, 일인용 소파, 대형 벽걸이 TV에 컴퓨터까지 있었다. 그는 창가에 있는 테이블에 가방을 내려놓고 냉장고 문을 열었다. 시원한 맥주가 그리웠지만 냉장고에는 생수뿐이었다. 잠시 맥주를 주문할까 망설였다. 참자. 일단 기사부터 끝내야지. 그는 생수병을 따며 생각했다.

물을 한 모금 마시고 노트북의 전원을 연결했다. 메일함을 확인했다. 캡에게서 새로 온 메일은 없었다. 그는 크게 기지개를 켠 다음 유령에 대한 기사를 작성했다. 사실 특종은 별거 아니었다. 정말 유령이 살인을 저질렀는지 경찰의 요청으로 확인한 것뿐이었다. 현장에서 쓸 만한 물적 증거가 하나도 나오지 않자(이전 사건도 마찬가지였지만) 누가 살인범인지에 대한 의견이 분분했다. 유령이 했다는 의견이 지배적이긴 했지만 명성을 노린 모방범의 소행이라는 의견도 힘을 얻고 있었다. 심지어 각종 음모론까지 등상했다. 외계인의 짓이라는 설에서부터 정부에 대한 불만을 은폐하려는 정보기관의 소행이라는 의혹까지 나왔다.

음모론이 기승을 부릴수록 무능한 경찰에 대한 비판의 목소리도 덩달아 높아졌다. 이에 경찰은 황 기자에게 확인을 부탁했다. 나흘 전 황 기자는 유령에게 '정말 네가 살인을 저질렀나?'라는 질문을 던졌다. 다음 날 유령은 '내가 그랬다.'는 짧은 답장을 보내왔다. 하지만 아직 경찰은 이에 대한 공식입장을 밝히지 않았다. 그래서 황 기자의 기사가 한층 큰 의미를 가지는 것이다.

이번 기사는 살인범의 확인 외에 경찰의 조사과정도 같이 담고 있었다. 경찰 입장에서는 기분 나쁘겠지만 황 기자는 비판적인 이전의 입장을 고수했다.

사실 경찰의 입장을 전혀 이해하지 못하는 건 아니다. 홍대 앞에서 실제로 살인이 벌어질 거라는 데 대해 경찰은 물론 황 기자도 회의적이었다. 녀석의 범행이 대담해지고 있긴 했지만 예고살인, 더구나 대로변에서 살인을 할 거라곤 확신하지 못했다.

지금에서야 하는 말이지만 경찰보다 황 기자가 몇 배는 더 안달했다. 유령이 정말 저질러버리면 무사히 탈출하는 건 불가능해 보였기 때문이다. 녀석이 체포되면 특종도 사라진다. 그건 이전의 비참한 생활로 돌아간다는 걸 의미했다.

그런데 황 기자의 걱정은 기우였다. 녀석은 지독하게 영리했다. 유령은 탈출이 용이한 곳을 살해 장소로 선정했다. 범행 장소는 골목들이 복잡한 미로처럼 연결되어 있고 통행량도 많은 곳이었다. 더구나 사람이 들끓는 금요일 밤을 택했다. 덕분에 누구도 범인의 동선에 대해 알지 못했다. 때문에 경찰은 눈앞에서 범인을 놓쳤고, 현장통제에도 실패해 현장에서 증거를 확보하는 데도 완전히 실패했다.

사건 이후 많은 사람의 도움을 얻어 현장을 촬영한 동영상과 사진을 수집했지만 살해 장면을 담은 건 하나도 없었다. 당초 예상했던 인원의 대여섯 배에 달하는 엄청난 인파가 몰려든 데다 주변에는 위에서 내려다보며 찍을 수 있는 고층건물도 없었기 때문이다. 간혹 살해 동영상을 팔겠다는 연락이 오기도 했지만 확인 결과 다 조작된 것들이었다.

마지막 남은 단서는 플래시몹뿐이었다. 그걸 기획한 사람이 유령일 가능성이 농후했다. 하지만 기획자를 찾는 건 서울에서 김 서방 찾기나 마찬가지였다. 플래시몹 얘기는 마이클 잭슨이 사망했을 때부터 전 세계의 인터넷을 떠돌아다녔다. 그래도 경찰은 처음으로 홍대를 플래시몹 장소로 지명한 자를 찾기 위해 총력을 기울였다. 국내 포털에 이에 대한 글을 올린 몇 명을 조사했지만 모두 무혐의로 풀려났다.

그런데 단순히 조사에만 실패한 게 아니다. 황 기자가 경찰을 강도 높게 비판하는 건 조사과정에서 그들이 저지른 불법행위 때문이다. 경찰은 영장도 없이 이메일과 전화통화를 도청했고, 몰래 가택을 수색하기도 했다. 심지어 가혹행위까지 저질렀다. 그들은 잠을 재우지 않는 방법으로 용의자들을 괴롭혔다. 무능한 건 참을 수 있지만 부당한 폭력을 행사한 데 대해서만큼은 가혹한 비난을 받아 마땅했다.

무능한 경찰과 신출귀몰하는 범인. 사건 전담 기자에게 이보다 더 좋은 소재가 있을까? 더구나 연일 특종을 터트릴 자료까지 준비되어 있다. 그는 무아지경에 빠져 정신없이 자판을 두들겼다. 그의 기사에 환호와 찬사를 보낼 독자들을 떠올리며.

10

희진은 아찔했다. 기분이 좋은지 연신 싱글벙글하는 데다 깔끔하게 면도를 해서 그런지 민수는 한층 젊고 활기차 보였다. 기억 속 그 모습처럼.

"그래, 숙제는 잘 했어?"

민수가 질문했다.

"글쎄요. 잘 모르겠어요."

희진은 어깨를 으쓱였다.

"뭐야? 정말 생각나는 게 없어?"

"굳이 유령이라는 이름을 사용한 걸 보면…… 혹시 오페라의 유령을 좋아하는 건 아닐까 하는 생각이 들긴 하는데……. 사실 유령이 나오는 책은 셀 수 없이 많잖아요."

"걱정하지 마. 오페라의 유령 맞아. 그럼 숫자는?"

민수는 한층 환하게 웃으며 말했다.

"정말 오페라의 유령이 맞아요? 그런데 숫자는 진짜 모르겠어요."

그녀는 고개를 저으며 말했다.

"녀석은 5라는 숫자에 집착하는 게 분명해."

민수는 오른손 다섯 손가락을 활짝 펼쳐 보였다.

"5요?"

"그래. 숫자 5. 그래서 특별히 오페라의 유령을 선택하지 않았을까 하는 생각이 들어."

"왜 그런데요?"

"오페라의 유령을 읽어 보긴 했지?"

"그럼요."

이번 사건 때문에 수십 번도 더 읽었어요. 희진은 그 말을 속으로 삼키며 대답했다.

"자 그럼 내용을 잘 생각해봐. 오페라의 유령은 5번 박스석을 사용하는 데다 지하 5층에 살고 있었어. 결정적인 건 이름이야. 유령 이름은 에릭이지. 에릭은 수비학적으로 5와 관련이 깊거든. 자! 이걸 한번 보라고."

민수는 화이트보드에 다음과 같이 적었다.

$$E \quad R \quad I \quad C$$
$$5 + 200 + 10 + 20 = 235 = 5 \times 47$$

"수비학에 따르면 알파벳 E는 숫자 5와 대응돼. R은 200과 대응하지. 이런 식으로 에릭이라는 이름을 수비학적으로 분석하면 235가 되는데 이 값은 5곱하기 47이 돼. 그러니까 에릭은 숫자 5와 깊은 관련을 가진 이름이란 말이지. 더구나 첫 살인은 교살이라고 했지. 혹시 올가미로 살해하지 않았어?"

"맞아요! 첫 살인 현장에는 범행에 사용한 올가미가 남아 있었어요."

희진은 전율을 느꼈다. 그녀는 굳이 놀란 감정을 숨기지 않았다. 민수가 이를 놓칠 리 없었다. 괜히 숨기다가는 의심을 받을 수 있었다.

민수가 말했듯 표정은 감정을 드러내지만 그 이유까지 설명해주지는 않는다. 민수는 그녀가 자신의 영리함에 놀랐다고 생각할 뿐, 그가 신문에 나와 있지 않은 사항까지 알고 있기에 흥분했다는 것까진 알지 못한다.

"역시나 그랬군."

민수는 오른손을 움켜쥐며 말했다.

"잘 들어. 그건 단순한 올가미가 아니야."

"글쎄요. 현장에 남아 있던 올가미는 어느 철물점에서나 파는 평범한 밧줄로 만든 올가미였어요. 더구나 묶는 방식도 특별하지 않았고요."

그녀는 헛기침을 했다. 민수가 부담스러울 정도로 그녀를 빤히 쳐다보고 있었다.

"사실…… 좀 특이하긴 했어요. 교수형 매듭을 사용했으니까요. 하지만 인터넷 검색만 할 줄 알면 교수형 매듭을 만드는 건 초등학생도 할 수 있어요. 그래서 올가미에 대한 조사 역시 막혀버렸죠."

"재료나 묶는 방식은 크게 문제가 안 돼. 올가미 자체의 의미가 특별하다는 거야. 그건 펀자브의 올가미였을 거야."

"펀자브의 올가미?"

"기억 안 나? 오페라의 유령에 나오는 유령의 살해도구! 그런데 올가미보다는 펀자브라는 게 더 중요해."

"왜죠?"

"한때 오페라의 유령에 관심이 많아서 자연스레 펀자브에 대해서도 조사를 했었는데 말이야. 펀자브라는 단어는 두 개의 페르시아어로 이루어져 있어. 다섯을 뜻하는 '펀지'와 물을 뜻하는 '아브', 둘의 합성어야. 역사적으로 다섯 개의 하천 또는 강이 흐르는 땅을 의미하지."

"그럼 올가미도 숫자 5와 관련되어 있었던 거군요."

"플래시몹이 벌어질 때 살인을 저지른 걸 봐도 유령은 오페라의 유령을 아주 좋아하는 게 틀림없어. 오페라의 유령에서도 살인을 예고하지. 그리고 한창 오페라가 진행 중일 때 샹들리에를 떨어뜨리는 기막힌 방법으로 살인을 저지르잖아?"

"이번에 저질러진 예고살인도 기상천외하긴 했어요."

"범인이 남긴 메시지에서 붉은 죽음이 언급된 것도 오페라의 유령 때문일 거야. 작품에서 에릭은 자신을 가리켜 붉은 죽음이라고 말하잖아."

"붉은 죽음은 포의 「붉은 죽음의 가면」에서 유래된 것 아니에요?"

"아무튼 오페라의 유령에서 붉은 죽음이라는 단어가 사용되고 있어. 그리고 5에 관한 것도 방금 말한 게 전부가 아니야. 마지막 범행 때 사용했던 베이컨 암호는 다섯 개의 알파벳으로 이루어져 있어."

"하지만 첫 번째와 두 번째 암호는 5와 관련이 없었잖아요."

"꼭 그렇지도 않지. 두 번째 암호는 핸드폰 번호를 알려주려니 어쩔 수 없이 5와 전혀 상관이 없는 암호체계를 썼지만, 첫 번째 건 5와 관련이 있어. 그건 10×10 행렬이야. 왜 꼭 10×10이어야 했을까? 9×9 나 11×11을 쓸 수도 있는데 말이야."

"5×5는 아니잖아요?"

"그건 5×5 행렬로는 필요한 메시지를 모두 표시할 수 없기 때문이야. 그래서 5의 배수인 10을 선택했을 거야. 더 있어. 범인의 요구사항은 네 개도 여섯 개도 아닌 다섯 개였어. 참! 첫 번째 시체가 발견된 나무도 의미가 있어."

"어떤 의미요?"

"시체는 자작나무에 매달린 채 발견됐어. 그런데 자작나무는 숫자 5 를 의미해. 게다가 이번 살인은 금요일에 이뤄졌어. 범인이 외국인이라면 금요일이 한 주의 여섯 번째 날이겠지만, 한국인이라면 금요일은 다섯 번째 날이 되지. 내가 보기에 유령은 분명히 한국인이야. 그래서 금요일을 골랐을 거야."

희진은 감탄하기보다는 공포를 느꼈다.

민수는 여러 가지 면에서 눈에 띄는 인물이었다. 그는 심리학 석사학위 소지자로 프로파일러로 특채됐다. 그는 예술을 좋아했고, 책 읽는 것을 즐겼으며, 컴퓨터에도 능숙했다. 거기다 운동능력과 격투실력도 탁월했다. 그가 검거되지 않았다면 지금쯤 FBI 행동과학분과에서 연수를 받고 있을 것이다. 한마디로 그는 촉망 받던 인재였다.

그렇다고 해도 하룻밤 만에 실로 엄청난 정보를 알아냈다. 조사팀이 몇 개월이나 허비한 다음에 알아낸 사실들을. 의혹이 다시 고개를 내밀었다. 정말 그가 유령과 연관되어 있는 걸까? 희진은 그럴 가능성을 부정하기 힘들었다. 높이 올라갔던 만큼 추락의 고통 또한 상상하기 힘들 정도로 컸을 것이다. 세상을 향해 복수의 칼을 갈 만큼.

항상 사람이 악마다. 살인범들은 멀리 있지 않다. 그들은 평범한 우리의 이웃이다. 그리고 그 악마들은 다른 사람을 조종하는 데 탁월한 능력을 보여준다. 더구나 그를 추종하는 자들이 한둘이 아니다.

현직 프로파일러가 연쇄살인을 저질렀다는 건 엄청난 이슈가 됐다. 열기는 한국에만 머물지 않았다. 방송을 타고 전 세계로 퍼져나갔다. 그러자 이해하기 힘든 부류들이 몰려들었다. 그들은 어떻게든 민수와 접촉하려고 시도했다. 개중에는 그를 스승으로 삼고자 하는 자도 있었고, 신처럼 떠받들고 섬기려는 자도 있었다. 그와 결혼하려는 여자도 줄을 섰다. 민수 정도면 그런 맹목적인 추종자를 조종하는 게 결코 어려운 일이 아니다. 그중에 한 명이 유령일지도 모른다고 그녀는 생각했다.

"아! 플래시몹을 기획할 때 마이클 잭슨을 택한 것도 그가 5와 관련 있어서 그러지 않았을까 싶어."

민수가 말했다.

"마이클이라는 이름이 수비학적으로 5와 관련 있나요?"

"아니. 그의 이름은 숫자 2와 관련이 있어. 미들 네임인 조지프 (Joseph) 역시 5와는 관련이 없어. 또한 마이클은 9형제 중 일곱 번째로 태어났어. 1958년 8월 29일에 태어났으니까 출생일도 5와는 무관하지."

"그럼 〈스릴러〉라는 곡이 5와 관련되어 있어요?"

"아니. 〈스릴러〉도 딱히 5와 관련 있지는 않아. 녀석이 〈스릴러〉라는 곡을 택한 건 아마도 분장을 통해 자신의 모습을 완벽하게 감출 수 있다는 점이 크게 작용했을 거야."

"덕분에 한 방 제대로 먹긴 했죠."

희진은 고개를 절레절레 흔들었다.

"다시 마이클로 돌아가보자고. 그는 태어날 땐 5와 별 관련이 없었지만 살아가면서 5와 큰 인연을 가지게 돼. 우선 다섯 살이라는 어린 나이에 세계 최연소 리드보컬로 연예계에 데뷔해. 그리고 올해 6월 25일, 50세의 아까운 나이로 유명을 달리했어. 나에게 팝이 뭔지 알려준 영웅이었는데…… 그 모든 것보다 더 멋진 건 그룹 이름이야. 잘 알겠지만 그를 처음 세상에 알린 건 그 유명한 잭슨 파이브였어."

"하긴 잭슨 파이브가 워낙 유명하긴 했죠. 그래서 마이클 잭슨을 택했다는 건 다소 무리가 있어 보이지만, 전혀 근거 없는 추측은 아니군요."

"들어봐. 마이클 잭슨을 좋아한 이유는 더 있어. 오페라의 유령에서 에릭은 음악의 천사로 묘사되고 있어."

"마이클 잭슨이라면 현대판 음악의 천사로 불릴 만하다 이거군요?"

"더구나 마이클 잭슨은 화상과 코의 상처 때문에 짙은 화장으로 얼굴을 감추고 다녔어. 마치 가면을 쓴 것처럼 말이야."

"듣고 보니 오페라의 유령과 연관 지을 수 있는 부분이 꽤 많군요. 그나저나 그 모든 추측이 정확하다면 유령은 왜 그토록 5에 집착하는 걸까요?"

희진은 딕을 피너 질문했니.

"글쎄, 그것까지 알 수는 없지. 혹시 범인은 육손이가 아닐까 하는 생각이 들긴 해. 다섯 개가 정상인데 여섯 개의 손가락이나 발가락을 가지고 태어나서 특별히 5에 집착하는지도 모르지."

"그럴 수도 있겠군요. 어쩌면 단순히 행운의 숫자인지도 모르죠. 생일이라든가? 선배처럼 5월 5일에 태어나서 5를 좋아하는 건지도 모르잖아요."

희진은 민수의 눈치를 살피며 질문했다. 그의 얼굴에서는 여전히 아무것도 읽을 수 없었다.

"뭐 그럴 수도 있겠지. 아무튼 범인은 오페라의 유령처럼 외모에 자신이 없는 놈이 틀림없어. 아니, 매사에 자신이 없을 거야. 한 명의 기자에게만 편지를 보냈다는 건 그가 많은 사람과의 접촉에 자신이 없다는 걸 보여주고 있어. 문장도 그래. 가령 두 번째 살인을 한 후 보낸 '난 무시당하지 않겠다.' 같은 문장을 보면 녀석은 그런 느낌을 받는 데 익숙한 게 틀림없어. 그런 감정들 때문에 오페라의 유령에 심취했는지도 모르지. 그나저나 가지고 온 수사 자료는 그게 전부야?"

민수는 희진이 가지고 온 서류철을 턱짓하며 말했다. 어제 가지고 온 것과 양에서는 별 차이가 없었다. 하지만 오늘 가져온 자료에는 현장 사진과 유령이 보낸 사진, 부검 사진 등이 있었다.

"미안해요. 이게 전부예요. 상부에 자료 공개를 요청해놨으니까 조금만 더 기다려줘요."

전부 공개해도 된다는 허락을 받았지만 희진은 민수의 호기심을 자극하기 위해 자료를 조금씩 공개할 생각이었다.

"혹시 그게 경찰이 가지고 있는 전부는 아니겠지?"

민수는 웃으며 말했다. 희진은 그가 비웃고 있다고 느꼈다. 그래서 대답하지 않았다.

"아무래도 그런 것 같군. 처음부터 제대로 된 물증이 있었으면 나 같은 놈한테 부탁하러 오지도 않았을 거 아냐?"

"할 말이 없네요. 하지만 잘 알다시피 경찰이 일사천리로 처리되는 조직은 아니잖아요. 수사 자료를 다 공개하려면 시간이 좀 걸릴 거예요. 부족하지만 그래도 한번 살펴봐요."

그녀는 미소 지으며 서류철을 내밀었다. 민수는 서류를 받자마자 급하게 넘겼다. 그가 당당한 목소리로 말했다.

"자료를 보면서 들을 테니 수사 상황에 대해 알려줘."

"첫 번째 살인의 경우, 부끄러운 얘기지만 우리가 실수한 부분이 아주 많아요. 처음에는 단순한 자살인 줄 알았거든요. 유령이 메시지를 보내서 자신이 범인이라는 걸 밝히지 않으면 자살로 처리됐을 거예요."

"그런 식으로 처리된 사람이 한둘이 아니지."

"그래서 두 번째 범행부터는 확실하게 타살 흔적을 남겼는지도 모르겠어요. 그럼 첫 번째 범행의 전체적인 상황에 대해서 설명할게요."

첫 번째 시체는 화성시 해운산에서 발견됐다. 시체가 발견된 곳은 등산로에서 많이 벗어난 개울가였다. 마침 버섯을 찾아 산을 뒤지던 사람이 시체를 발견했다. 사망자는 젊은 여성이었다. 시체는 커다란 자작나무에 교수형을 당한 것처럼 매달려 있었다. 발견 당시 피살자는 검은색 재킷과 청바지, 등산화 차림이었다. 겉으로 봐서는 다투거나 다친 흔적은 보이지 않았다.

한 가지 의문스러운 점은 유언장은 고사하고 간단한 쪽지 한 장 남아 있지 않다는 점이었다. 물론 자살의 이유는 무궁무진하다. 그렇다곤 해도 가족이나 자신을 자살로 몰고 간 사람에게 간단한 메시지 정노는 남기는 법인데.

경찰은 현장 사진 몇 장 찍는 걸로 조사를 마무리했다. 그나마 시신을 수습하기 위해 나무를 절단할 때 목에 감긴 밧줄을 그대로 둔 건 잘한 일이었다. 목에 감긴 밧줄을 제거하면 어떤 매듭 방식이 사용되었는지 확신할 수 없고, 밧줄로 인해 생긴 목의 상처와 현장에서 발견된 밧줄의 매듭이 일치하는지를 판단할 수 없기 때문이었다. 조사 결과 목의 상처와 현장에서 발견된 밧줄은 일치했다. 그래서 서둘러 조사를 마무리 지었다.

시체는 화장했기 때문에 이후에도 부검을 할 수 없었다. 하지만 몇 가지 추측과 법의학적 단서가 그녀가 타살되었다는 점을 입증해주었다. 목이 졸릴 때 반항한 흔적은 없었지만 그건 그녀가 결박당한 상태에서 목이 졸렸기 때문이었을 것으로 추측된다.

결정적인 증거는 범행 현장을 담은 사진에서 나왔다. 밧줄이 걸려 있던 나뭇가지에 난 흠집이 너무 컸던 것이다. 자살을 했다면 흠집은 정확하게 밧줄 굵기만큼 나야 한다. 하지만 흠집이 밧줄의 굵기보다 훨씬 두껍다는 건 피살자를 끌어올렸다는 걸 의미한다.

다행히 밧줄을 미처 처분하지 않은 덕분에 밧줄에 남아 있던 증거도 찾을 수 있었다. 시체를 매달아 끌어올릴 때는 밧줄이 나무껍질에 쓸리면서 나무와 접촉한 모든 면이 지저분해진다. 반면 자살의 경우는 나뭇가지에 감긴 부분만 지저분해진다. 조사 결과 나뭇가지에 감긴 부분 밖에서도 나무껍질에 쓸린 흔적을 발견할 수 있었다.

"조금만 더 자세하게 조사해봤다면 그런 멍청한 짓은 하지 않았을 텐데."

민수는 혀를 찼다.

"부검도 하지 않고, 다른 증거를 찾을 생각도 전혀 하지 않았단 말이지. 단서는 전부 날아가버린 거군. 어떤 살인범이고 첫 범행에서 실수할 확률이 가장 높은데 말이야. 이건 경찰이 유령을 도와준 꼴이군. 알아서 모든 증거를 없애버렸으니."

민수는 대답을 갈구하는 눈빛이었지만 희진은 응하지 않았다. 민수는 집요했다.

"살해 직후 유령이 메시지를 보냈는데 그것도 전부 무시했다며? 도대체 초동수사를 어떻게 했기에 그런 걸 놓칠 수 있어?"

"아무런 물적 증거도 없이 익명 이메일로 자신이 살인범이라고 주장하는데, 그런 것까지 다 조사하려면 지금 인력으로 턱없이 부족하다는 거 잘 알잖아요?"

"그래도 결국 녀석이 말한 위치에서 시신을 발견했잖아?"

"현장조사 결과 타살 흔적을 발견할 수 없었어요. 그래서 우연히 시신을 발견한 사람이 그런 식으로 제보한 거라고 판단한 거라고요."

"그게 핑계가 될까? 차라리 죽은 시체를 고문해서 자살했다고 자백시키지 그랬어? 그랬으면 언론에 책잡힐 일도 없었잖아? 아 참! 화장했다고 그랬지?"

민수는 이마를 슬쩍 치며 말했다.

"잘못한 건 사실이지만 너무 심한 것 같네요. 그 문제에 대해서는 그만하죠. 살펴볼 사건이 아직 많이 남아 있으니까요."

그녀는 두 번째와 세 번째 사건을 빠르게 정리했다. 두 번째 살인 역시 시 외곽에 시체를 유기했다. 시신은 하남시 검단산에서 발견됐다. 첫 범행에서 경찰이 시신을 금방 찾지 못한 게 마음에 들지 않았던 모양이다. 유령은 시신을 찍은 사진을 전송하고 시신의 위치를 알려줄 핸드폰을 일부러 현장에 놓고 갔다. 하긴 그렇게 하지 않았으면 아직까지 시신을 발견하지 못했을지도 모른다. 등산로에서 벗어난 곳인 데다 시신을 매단 게 아니라 울창한 수풀 사이에 그냥 눕혀놓았기 때문이다.

시신의 눈은 감겨 있지 않았고 수건 따위로 눈을 가리지도 않았다.

그렇다고 벌거벗은 상태에서 다리를 활짝 벌린다든지 하는 모욕적인 자세와도 거리가 멀었다. 시신은 실종 당시 착용한 옷을 그대로 입고 양팔을 허리에 붙인 상태에서 잠자는 자세로 누워 있었다. 옷에는 칼에 찔린 흔적이 전혀 없었다. 피살자를 살해한 후 사진을 찍고 옷을 다시 입힌 게 분명했다. 심지어 속옷도 빼먹지 않았다.

부검 결과 사인은 과다출혈이었다. 유령은 피살자를 무려 스물다섯 번이나 난자했다. 피살자가 사망한 후에도 계속 칼로 찔렀다. 피살자가 저항한 흔적은 전혀 없었다. 강간당한 흔적도 발견되지 않았다. 독극물 검사 결과 독성분은 전혀 검출되지 않았지만 미량의 GHB가 검출됐다.

현장조사 결과 피살자는 시신이 발견된 곳에서 살해된 건 아닌 것으로 파악됐다. 현장을 샅샅이 뒤졌지만 피의 흔적은 어디에도 남아 있지 않았다. 그러고 보면 사진을 찍은 장소는 실내가 분명하다. 그곳에서 피살자를 살해했을 가능성이 높다.

아쉽게도 유령이 보낸 사진만으로는 장소를 알아낼 수 없었다. 사진의 배경이 된 건 주변에서 흔히 볼 수 있는 콘크리트 바닥이다. 사진을 찍은 카메라에는 GPS가 내장되어 있지 않아서 위치정보도 전혀 없다. 하긴 그런 중요한 정보를 그냥 넘겨줄 유령이 아니다.

피살자의 머리와 옷에서 미량의 석면이 검출된 것도 범행 장소가 발견 장소가 아님을 알려주었다. 현장에는 석면이 검출될 여지가 전혀 없었기 때문이다. 그래서 피살자가 공사 현장을 지나쳤거나 범인이 건설노동자가 아닐까 하는 의문이 제기됐다.

그런데 석면은 광범위하게 퍼져 있다. 일상에서 늘 이용하는 지하철 구내에서도 검출되고, 벽, 천장재, 표면재, 각종 배관·덕트의 보온 목적으로 사용되는 단열재, 바닥타일, 천장보드를 비롯해서 자동차 브레이크 라이닝, 헤어드라이어, 세탁기와 같은 전자제품에도 사용된다. 심지어 고무장갑, 에어백, 풍선, 아이들의 크레파스에까지 쓰인다.

피살자가 마지막으로 목격된 곳은 홍대의 한 클럽이었다. 경찰은 유령이 그곳에서 약에 취한 여자를 납치한 후, 특정 장소에서 살해한 것으로 추측하고 있다.

시신을 좀 더 빨리 발견했더라면 현장에 남아 있을지 모를 발자국이나 타이어 자국 따위를 확보할 수 있었겠지만, 경찰이 도착했을 때 현장에 증거는 하나도 남아 있지 않았다.

세 번째 살인은 널리 알려진 바와 같이 희대의 예고살인이었다. 사실 경찰은 반신반의하고 있었다. 범행수법을 보면 유령은 무척 용의주도한 놈이다. 그런 놈이 갑자기 나 잡아가라며 대로변에서 살인을 저지를 것 같진 않았다. 그런데 녀석은 수백 명이 지켜보는 상황에서 살인을 저질렀다. 이번에도 사인은 과다출혈이었다. 뒤에서 신장을 연속해서 찔린 게 치명타였다. 놈의 살해수법은 진화하고 있었다. 이번에는 시간이 없어서 그랬겠지만, 겨우 다섯 번을 찔렀는데 한 방 한 방이 모두 치명적이었다.

세 번째 살인 현장에서도 증거물은 발견되지 않았다. 사실 증거물이 남아 있을 수가 없었다. 워낙 많은 사람이 몰려들었기 때문이다.

"처음 두 사건 모두 등산로에서 많이 벗어난 곳에서 시신이 발견된 거야?"

민수가 질문했다.

"네. 아무래도 사람이 많이 다니는 곳은 피한 것 같아요. 들킬 위험이 높으니까."

"평소에 등산객이 많은 곳이야?"

"아뇨. 두 곳 모두 등산객이 즐겨 찾는 곳은 아니에요."

"하긴. 그런 것까지 다 고려해서 시체를 유기했겠지. 혹시 모를 목격자를 남기면 곤란하니까. 역시 용의주도한 놈이야."

"그래도 목격자가 있길 바랐는데 한 명도 없었어요."

사실 전혀 없었던 건 아니다. 오히려 너무 많아서 문제였다. 거액의 포상금을 걸자 전화가 빗발쳤다. 하지만 신뢰할 수 있는 증언은 하나도 없었다.

"사전에 그 지역을 정밀하게 탐사한 모양이군. 시체가 발견된 곳을 기웃거리던 수상한 사람을 기억하는 사람도 없었어?"

"전혀 없었어요."

"이게 유령이 보낸 사진인가?"

민수는 수십 군데를 난자당한 두 번째 피살자의 사진을 흔들며 말했다.

"네, 그래요."

"이건 실내에서 찍은 것 같은데?"

"네, 시신을 유기하기 전에 찍은 걸로 보여요. 시신은 수풀에서 발견된 데다 사진과 달리 옷을 다 입고 있었거든요."

"사진을 찍은 곳이 살해 장소일 가능성이 높군. 그나저나 정말 흥미로운데. 처음에는 교살을 시도했다가 두 번째부터는 칼로 난자하다니."

민수는 턱을 쓰다듬으며 말했다.

"살인을 하는 근원적인 동기인 시그니처(signature: 서명)와 달리 MO(범행수법)는 언제든 바꿀 수 있는 거니까요. 실제로 살해방법을 바꾼, 엄밀히 말하자면 살해방법이 진화된 연쇄살인범들도 많잖아요."

"그래도 이렇게 확 바뀐다는 건 무척 흥미로운데. 물론 동일범의 소행이라고 해도 환경이나 피해자의 행동, 시간적 여유나 범행 당시의 기분 등에 따라 모든 범죄에는 차이점이 있게 마련이지만 말이야…….

첫 살인이 생각만큼 세상의 이목을 끌지 못하니까 보다 잔인한 방법으로 바꾼 건 아닐까? 가만, 그럼 왜 첫 살인부터 엽기적으로 하지 않은 걸까? 토막을 낸다든지, 내장을 끄집어낸다든지, 여러 가지 방법이 있는데 말이야."

"처음에 교살을 시도한 건, 펀자브의 올가미라는 단서를 알려주기 위해서 일부러 그런 거 아닐까요? 이후에는 교살을 다시 하지 않은 걸 보면 그럴 가능성이 다분해 보여요."

"그렇기도 하고, 막상 해보니 교살이 결코 손쉬운 살해방법은 아니라는 사실을 깨달았을 수도 있겠지. 칼로 찌르는 것만큼이나 잔인한 방법이긴 하지만, 놈의 환상을 완전히 충족시켜주지 못했을 수도 있고……. 영리한 녀석인 만큼 주어진 상황에 따라서 범행수법은 언제든지 변할 수 있어."

"사람이 목이 졸리는 순간 바로 죽는 건 아니죠. 목을 졸라 죽이는 데는 시간이 필요해요. 어떨 때는 아주 오랜 시간이 걸리기도 하고요. 때로는 희생자의 몸부림 때문에 목을 조르던 압력을 늦추기도 해요. 그 잠깐의 공백 동안 공기가 피해자의 폐로 들어가고 그만큼 죽음이 뒤로 미뤄지죠. 교살의 마지막 단계는 목을 조른 후 5분에서 15분 사이에 일어나요. 토하고, 대소변을 지리게 되죠. 호흡이 정지됐다고 끝은 아니에요. 심장은 그 후로도 몇 분 동안 계속해서 뛰니까요. 생각만 해도 끔찍하군요."

진저리를 치던 희진은 뭔가를 깨달았다. 자신의 말에 너무 심취해서 그걸 잊고 있었다. 아니나 다를까 그의 표정이 싸늘하게 변해 있었다.

"그래! 이제 모든 걸 이해할 수 있게 됐어. 그랬던 거군. 처음부터 내가 잘못 추리했던 기야. 경찰이, 아니 네가 날 찾아온 건 수사에 도움을 얻기 위해서가 아니었어."

민수는 처음으로 감정을 표출했다. 그의 몸이 격렬하게 요동쳤다. 덩달아 목청도 높아졌다.

"넌…… 넌 단지 내가 유령과 연결되어 있는지 아닌지 확인하고 싶었던 거야. 유령이 단순히 나의 모방범인지, 아니면 내가 녀석을 조종하고 있는지 확인하고 싶었던 거지. 그렇지 않아? 어서 대답해!"

민수는 당장이라도 그녀를 덮칠 기세였다. 희진은 여기서 밀리면 끝이라는 사실을 너무나 잘 알고 있었다. 그래서 당당하게 대답했다.

"오해예요. 우리, 아니 난 선배가 유령과 관련되어 있다고 생각하지 않아요. 생각해봐요! 분명 녀석의 살해수법은 선배와 유사한 점이 있긴 해요. 첫 번째는 교살이고, 이후 두 번째와 세 번째 살인은 모두 칼로 잔인하게 난자했어요. 하지만 시그니처는 완전히 달라요. 녀석은 살인을 저지를 때마다 자신이 경찰보다 우월하다는 걸 강조하고 싶어서 위험을 무릅쓰고 이쪽에 연락을 취해왔다고요."

"내가 널 잘못 가르쳤군. 아니면 거짓말이 너무 어설프든지. 아무래도 후자인 것 같군."

민수는 자리에서 벌떡 일어나 방 안을 서성였다. 붉게 달아오른 그의 얼굴은 좀처럼 가라앉지 않았다. 잠시 후, 그는 격렬한 몸짓과 함께 울분을 토해냈다.

"녀석과 나의 시그너처도 일치해. 난 살해 후 현장에서 직접 사건을 조사했지. 아니, 그랬다고 경찰이 주장했지. 내 경우 굳이 경찰이나 언론에 연락을 취하지 않아도 범죄 현장에 직접 찾아가서 아무런 방해도 받지 않고 모든 조사과정을 지켜볼 수 있었어. 경찰이 단서를 찾지 못해 헤매는 모습을 지켜보면서 충분히 우월감을 만끽할 수 있는 상황이었다고. 녀석이 언론에 연락한 건 단지 경찰이 아니라서, 나처럼 살해 현장에서 우월감을 만끽할 수 있는 위치가 아니라서 취한 행동일 뿐이야. 그런데 시그니처가 다르다고? 그게 말이 돼? 응? 어서 대답해봐!"

희진은 아무런 대답도 할 수 없었다. 그게 긍정을 의미한다는 사실을 그녀는 잘 알고 있었다.

"시그니처까지 같다는 건 단순한 모방범이 아니야. 그래, 이제 알겠어. 숫자 5에 대한 것도 다 알고 있었지? 병신같이 그런 줄도 모르고 잘난 척했으니 얼마나 같잖았겠어?"

민수는 코웃음을 쳤다.

"유령이 5에 집착하는 건 내 생일이 5월 5일이라서 그렇다고 추측하고 있는 거지? 좀 전에 내 생일을 언급한 것도 그 때문이잖아. 안 그래?"

민수는 희진을 노려보며 말했다. 그녀는 대답하지 않았지만 그는 이미 답을 알고 있을 터였다.

"그러니까 넌, 아니 너희들은 내가 유령이라는 미치광이 녀석을 조종하고 있다고 생각하는 거지? 이런 젠장. 당장 나가!"

민수의 음성이 확연하게 높아졌다. 마지막에 가서는 절규하는 것 같았다. 놀란 교도관이 안을 들여다봤다. 희진은 재빨리 괜찮다는 제스처를 취했다.

"제발 진정해요. 지금 선배는 억측을 하고 있어요."

"억측이라고? 그럼 좀 전에 너한테 순간적으로 나타났던 놀라움과 두려움은 뭔데?"

민수는 상대를 날카롭게 쏘아봤다. 희진은 움찔하지 않으려고 최선을 다했지만 자신이 없었다. 그래도 그의 시선을 피하지 않았다.

"그건 이성을 잃어서 사건수사에서 손을 떼겠다는 말을 할까 두려웠던 서예요."

"그래! 표정은 그 사람의 감정을 드러내지만 왜 그런 감정이 생겼는지는 말해주지 않지. 좋아. 두려움은 그렇게 설명한다고 치자. 깜짝 놀란 건 뭔데? 그건 비밀을 들켰기 때문에 튀어나온 자연스러운 반응이야."

희진은 대답할 말을 만들기 위해 머리를 굴렸지만 머릿속은 텅 빈 백지였다. 그와 눈을 마주치고 있는 것만으로도 버거운 상태였다.

"첫 번째 살인을 자살한 것처럼 위장한 것도 너희들 눈에는 아주 당연하게 보였겠지. 범인은 경찰에 깊은 원한을 가진 사람이야. 그는 경찰의 무능력을 조롱하기 위해 살인까지도 서슴지 않고 행할 수 있는 인물이지. 그걸 널리 알리기 위해 위험을 무릅쓰면서 언론에 접촉하기까지 하고 말이야."

거침없이 말을 쏟아낸 민수는 잠시 호흡을 가다듬었다.

"이 모든 게 경찰에 대한 깊은 증오심 때문이라고 생각하겠지? 너희들의 그 망할 프로파일에 딱 맞는 사람이 바로 나 강민수고 말이야. 그렇지?"

입안 가득한 말들 때문에 희진의 뺨이 부풀어 올랐다. 씁쓸하고 비참한 단어들뿐이라 억지로 삼키기만 했다.

"마지막으로 경고한다. 정중하게 요청할 때 당장 여기서 나가!"

민수는 문을 가리키며 그녀를 집어삼킬 듯 으르렁거렸다. 하지만 그녀는 두렵지 않았다. 오히려 가슴이 시렸다. 그는 상처 입은 야수였다. 그것도 살갗이 모두 벗겨진.

민수는 뒤돌아서더니 화이트보드를 지우기 시작했다. 더 이상의 대화는 무의미했다. 오히려 상대를 자극할 뿐이었다. 그녀는 차분하게 서류를 정리했다. 그녀가 방을 나서는데도 민수는 여전히 화이트보드를 지우고 있었다. 아무것도 적혀 있지 않은 하얀 화이트보드를.

그녀는 밖으로 나가는 대신 그에게 달려가 힘껏 안아주고 싶었다. 오래전 그때처럼. 하지만 그녀는 조용히 방을 빠져나갔다. 지금은 그의 세상에 들어갈 수 없음을 잘 알기 때문이었다. 그곳은 그가 초대해 줘야만 들어갈 수 있는 곳이다. 하지만 앞으로 그녀 앞으로 발부될 초대장은 없을 것 같았다. 영원히.

11

돌아가는 길은 끔찍했다. 그녀는 차선을 걸쳐서 가다 삿대질을 당하기도 했고, 신호가 바뀐 줄도 모르고 멍하니 서 있기 일쑤였다. 민수의 분노도 신경 쓰였지만 문 경감을 만날 걸 생각하면 쥐구멍에라도 숨고 싶었다. 그간 문 경감이 얼마나 고생했는지 그녀는 누구보다 잘 알고 있었다. 감히 출산의 고통에 비할 정도로 험난한 여정이었다.

문 경감 방의 문을 여는 데는 많은 용기가 필요했다. 수십 번의 망설임 끝에 노크를 했다. 들어오라는 굵은 음성이 사형을 선고하는 것처럼 들렸다. 보고서도 없이 빈손으로 온 그녀를 본 순간 문 경감은 사태를 직감했다. 그는 직접 커피를 뽑아 와서는 조근조근 질문했다.

"그러니까 결국 민수가 우리의 속내를 알게 됐다는 거야?"

문 경감은 담배에 불을 붙이며 말했다. 한때 담배를 끊었던 그가 최근 들어 담배를 찾는 횟수가 눈에 띄게 늘어났다.

"죄송합니다. 모든 게 제 불찰이었습니다."

"널 책망하려는 건 아닌데, 어쩌다 들통난 거야?"

희진은 당시 상황을 최대한 상세하게 설명했다. 단어와 조사는 물론 분위기까지 전달하기 위해 최선을 다했다.

"그건 누구의 잘못도 아니야. 죄책감 가질 필요 없어. 그렇게 녹녹한 놈이 그걸 눈치채지 못한다는 건 처음부터 불가능한 일이었어. 그런데 너무 빨리 알아버렸군."

문 경감은 라이터로 탁자를 툭툭 치기 시작했다. 그는 수십 번을 치고 나서야 입을 열었다.

"이제 어떻게 하지? 아무래도 민수가 범인이 아니라는 느낌이 드는데. 녀석이 범인이었으면 이쪽의 정보를 캐내기 위해 모른 척 넘어갔을 가능성이 높아. 생각해봐! 얼마나 좋은 기회야? 수사 상황도 다 알 수 있고, 멍청한 것들이 자신의 손안에서 놀아나는 꼴을 보며 자위할 수도 있고 말이야."

"그렇긴 합니다. 더구나 정말 분노하는 눈치였습니다."

"위의 눈치도 그렇고 녀석에 대한 조사는 여기서 종결하는 게 좋지 않을까?"

문 경감은 수화기를 만지작거리며 말했다. 당장이라도 전화를 걸 기세였다. 하지만 말만 그렇게 할 뿐이라는 걸 그녀는 잘 알고 있었다. 그래서 더 맘이 쓰였다.

"수사에 도움을 받는 부분은 어떻게 합니까? 그는 여전히 최고의 프로파일러입니다."

"하긴 그는 어느 누구보다 연쇄살인범에 대해서 잘 알고 있지. 무엇보다 우린 색다른 시각으로 사건을 볼 수 있는 사람이 절실히 필요하단 말이야……. 이거 정말 쉽지 않군. 전에 민수가 눈치챌 경우에 대한 대비책을 마련해놓지 않았었나?"

"몇 가지 대비책이 있긴 하지만 완전히 돌아선 그의 마음을 되돌리는 건 쉽지 않아 보입니다. 일단 그에게 이번 사건과 관련된 기사들을 계속 보낼 생각인데 그것만으로는 힘들 것 같습니다."

"대책이란 게 겨우 그게 전부였어?"

문 경감은 고개를 갸우뚱거리며 말했다.

그녀는 창피했다. 시간도 없었고, 무엇보다 민수가 이쪽의 제안을 받아들일 가능성이 희박했던 상황에서 만든 대책들이라 제대로 된 것이 없었다.

"그가 가장 화난 부분은 제가 그를 믿지 않았다는, 아니 제가 그를 배신했다는 것입니다. 그래서 그에게 편지를 보낼 생각인데 이게 얼마나 먹혀들지 솔직히 자신할 수 없습니다."

"오히려 민수를 더 자극하기만 할 텐데."

문 경감은 새 담배에 불을 붙이며 말했다.

"다른 수사관을 배정하면 어떨까요?"

"그건 더 힘들 거야. 녀석이 우리의 요구를 들어준 건 오직 한 가지 이유, 바로 너 때문이었으니까."

문 경감은 그녀를 빤히 쳐다보며 말했다.

그렇다. 민수가 수사에 참여하고 의욕을 보인 건 모두 그녀 때문이었다. 그런데 그녀는 모든 걸 망쳐버렸다. 전 애인은 배신에 치를 떨고 있다. 그를 이용하려던 계획도 모두 물거품이 되어버렸다.

그녀는 고통스럽게 자문했다. 내 인생에서 제대로 한 게 과연 뭐가 있을까? 아무것도 없었다. 할 수만 있다면 가슴을 쥐어뜯고 싶었다.

"저 경감님. 이건 정말 힘든 부탁인데요……. 민수 선배에 대한 수사 자료를 슬쩍 넘겨주면 어떨까요? 어차피 재판은 끝났잖아요. 자료가 넘어간다고 해서 크게 문제가 될 것 같지는 않습니다."

"아서. 그건 진짜 안 돼. 상부에서 허락해줄 리도 만무할뿐더러 우리 무덤을 파는 짓이야. 잔뜩 독이 오른 녀석에게 우리 약점을 쥐여주는 건 목숨을 내놓는 거나 마찬가지야."

문 경감의 목청이 높아졌다.

"죄송합니다. 생각이 짧았습니다."

"너한테 열 낸 게 아니니까 오해하지는 마."

잠시 어색한 침묵이 흘렀다. 문 경감은 결국 자리에서 일어나 정신없이 서성이기 시작했다. 그가 담배를 완전히 끊었을 때, 담배 생각이 날 때마다 하던 버릇이었다. 하긴 담배를 피우는 것보단 그쪽이 백배는 유익하다.

"이건 어떨까요?"

"어떤?"

문 경감의 새우 눈이 반짝였다.

"그간 민수 선배를 만나면서 느낀 게 있습니다. 그는 여전히 과거를 산다는 점입니다. 그는 감옥에 들어가기 전의 일상을 반복해서 떠올리는 눈치였습니다. 연쇄살인범으로 검거되기 몇 년 전이 그의 인생에서 가장 빛나던 시기였으니까요. 전에 경감님이 보낸 초밥을 먹으며 꽤 감동하는 눈치였습니다. 그 시절 경감님과 선배가 아주 가깝긴 했잖아요. 그래서 말인데……."

희진은 머뭇거렸다.

"내가 직접 그를 찾아가봐 달라는 거지? 이번 일에 대해서 사죄하고 어떻게든 그의 마음을 달래보라는 거 아냐?"

"네."

"이 친구야! 그런 걸로 부담스러워하지 마."

문 경감은 크고 따뜻한 손으로 그녀의 어깨를 다독이며 말했다. 그녀는 순간적으로 움찔했으나 참을 수 있었다. 남자가 몸에 손대는 걸 극도로 싫어하지만 문 경감은 그녀에게 친오빠, 아니 아버지 같은 존재였다.

"난 유령을 잡기 위해서라면 목숨까지 내놓을 수 있어. 그런데 민수 녀석 찾아가는 게 뭐 그리 어려운 일이라고? 네 말대로 그 녀석 장기간의 독방생활이 미치도록 따분할 거야. 일단 민수를 만나보도록 하지. 하지만 너무 큰 기대는 하지 마. 이미 마음이 완전히 돌아섰을지도 모르니까."

"그는 여전히 경감님을 존경하는 눈치였습니다. 경감님이 직접 찾아가시면 마음을 돌릴지도 모릅니다."

"알겠어. 최선을 다해보지. 그나저나 민수를 통해 건진 건 없어?"

"큰 진전은 없었습니다. 어쩌면 그는 그 이상을 알고 있지만 화가 나서 저한테 알려주지 않았을 가능성도 있습니다."

"민수가 수사에 계속 관여하게 된다면 어떤 식으로든 녀석과 접촉할 수밖에 없는데. 생각해보니 잘됐어. 이번 기회에 녀석을 만나서 확실하게 상황정리를 하는 게 좋겠어. 그것도 안 되면 그땐 진짜 비장의 방법을 사용해야지."

"꼭 그렇게까지 해야 합니까?"

"누구에게도 피해가 가지 않는 일이야. 걱정 마."

"하지만."

희진은 거기까지 말하고 바로 입을 다물어버렸다. 문 경감의 결심은 확고해 보였다. 그녀는 수고하시라는 인사를 남기고 방을 나섰다.

12

민수는 아침부터 설렜다. 화창한 날씨 때문은 아니었다. 보고 싶던 사람과의 만남이 예정되어 있었다. 좁고 어두운 실내로 들어서자 뿌연 유리창 너머로 낯익은 얼굴이 보였다. 요즘은 머리를 기르고 체중을 줄여서 그나마 봐줄 만하지만 처음 봤을 때 양철수는 결코 옆자리에 앉고 싶지 않은 부류였다.

하지만 험악한 겉모습과 달리 속마음은 따뜻했다. 그래서 물심양면으로 녀석을 도와줬다. 살아오면서 가장 잘한 일이 있다면 바로 그것일 것이다. 그는 절망에 빠진 사람에게 새로운 인생을 열어준 걸 항상 뿌듯해했다.

"형님 잘 지내시죠? 저번 주에 왔다가 면회를 거절당해서 깜짝 놀랐습니다."

철수가 말했다.

"그땐 사정이 좀 있었어."

"무슨 일 있습니까?"

철수는 눈을 부라리며 말했다. 따뜻한 놈이라는 걸 알지만 눈을 치켜뜨니 진짜 야차처럼 생겼다.

"아무 일 없어. 까마귀들이 365일 24시간 불철주야로 지켜주는데 무슨 일이 있겠어? 그래, 넌 어때? 사업은 잘돼? 어머님은 건강하시고?"

"안 그래도 어머니가 안부 꼭 전해달랍니다. 조만간 한번 들르시겠답니다."

"아서라. 이런 험한 곳에 뭐하러 오시게 하냐? 그냥 좋은 곳에 가서, 좋은 것 보고, 좋은 음식 드시라고 전해줘. 마음만으로 충분해."

"절대 그런 말 들으실 분이 아닌 거 잘 아시잖습니까? 하나뿐인 자식, 그것도 말썽만 피우던 놈 사람 만들어주고 누명까지 벗겨줬는데…… 진짜 형님 아니었으면 저 아직도 감방에 있을 겁니다. 세상을 향해 이를 부득부득 갈면서요."

"좋은 것만 생각해. 돈 모아서 어머니 호강도 시켜드리고 장가도 가야지."

어머니라는 단어를 떠올리자 마음이 아렸다. 민수는 자신의 가족을 생각했다. 사건이 터지기 무섭게 아버지는 집을 팔고(어차피 빚 때문에 처분해야 하는 상황이었다) 아는 사람 한 명 없는 낯선 고장으로 이주했다. 이후 빚쟁이도 피할 겸 외부와의 모든 연락을 끊고 지냈다.

어머니는 아버지를 따라가지 않았다. 풍으로 쓰러져 간병이 필요했기 때문이었다. 여전히 거동이 불편하다고 들었다. 여태 그를 찾아오지 않은 건 그런 모습을 보이기 싫어서일 것이다.

철수가 마음에 든 건 보기 드문 효자였기 때문이다. 그들 모자를 처음 본 건 바로 이 면회실에서였다. 철수 다음 차례가 민수였다. 그에게는 면회 오는 사람이 거의 없었지만 그날따라 전직 경찰이자 문 경감과 각별한 사이인 손광영이 그를 찾았다. 오래간만의 면회에 잔뜩 들떠 있는데 철수 모자는 허락된 면회 시간이 끝났는데도 방을 떠나지 않았다. 그의 어머니는 정말 애절하게 울었다. 철수도 닭똥 같은 눈물을 뚝뚝 떨궜다. 민수도 교도관도 차마 그들을 재촉하지 못했다.

그 모습을 지켜보고 있으니 감전이라도 된 것처럼 아찔했다. 당시 그는 모두에게 배신당한 충격 때문에 분노로 들끓고 있었다. 그런데 그들을 통해 진정한 사랑과 믿음을 보게 됐다. 그는 철수를 유심히 관찰했다. 어머니를 대하는 작은 행동 하나하나에서 애정이 느껴졌다. 교도관을 대하는 태도도 깍듯했다. 절대 천성이 나쁜 놈은 아니라는 판단이 들었다. 그는 철수의 얼굴에서 분노를 읽었지만 그건 억울함에 대한 항변 같은 거라는 생각이 들었다.

그날 이후 그는 하루에 한 번 있는 운동 시간을 이용해 철수에게 접근했다. 철수는 금방 마음을 열고 모든 걸 털어놓았다. 녀석은 자신의 말에 의하면 억울한 누명을 썼다. 그의 집 근처에서 픽지기를 당한 피해자가 그를 범인으로 지목했다. 순식간에 당한 일이라 누가 때렸는지 제대로 보지도 못했으면서.

피해자는 꽤 크게 다쳤다. 그는 장애판정까지 받았다. 화가 난 피해자와 그의 가족에게는 복수할 대상이 필요했다. 막대한 보상금을 걸고 일가친척까지 모두 동원돼서 범인을 찾아 나섰다. 그들의 광범위한 그물망에 사건 당시 우연히 근처를 지나갔던 철수가 걸려들었다.

철없던 시절 동일 전과로 체포되었던 게 화근이었다. 철수의 과거를 알고 있던 가게 주인이 그날 근처를 지나던 철수를 목격했다. 그는 전단지를 보자마자 이를 피해자 가족에게 알렸다. 목격자는 딱 그 한 명뿐이었다. 더구나 범행 현장을 목격한 것도 아니었다. 경찰은 철수의 집과 은행 거래내역 등을 꼼꼼히 조사했지만 어떠한 물증도 찾지 못했다. 그런데도 철수는 1심에서 졌다. 물론 그건 철수만의 문제는 아니었다. 가진 것이 없는 자에게 재판이란 운을 시험하는 무대일 뿐 정의와는 거리가 멀었다.

변호사가 항소가 힘들다는 우울한 소식을 가져올수록 민수는 철수의 사건에 빠져들었다. 경찰 조사과정을 누구보다 잘 아는 그는 조사과정에서의 문제점을 꼼꼼하게 짚어냈다. 그는 이를 철수에게 알렸고 철수는 그의 변호사와 이 정보를 공유했다. 지루한 법정다툼이 이어진 끝에 결국 철수는 무죄로 풀려났다. 석 달 뒤, 진짜 범인이 검거되면서 모든 의혹은 깨끗하게 해소됐다.

두 사람은 잠시 철수의 가게에 대해 얘기했다. 처음에는 꽤 고생했지만 이제 조금씩 자리를 잡아가는 듯했다.

"그런데 상소는 완전히 물 건너간 겁니까?"

철수가 말했다.

"이미 끝난 지 오래야."

"주제넘은 얘기처럼 들릴지도 모르겠지만 희망까지 버리진 마세요."

철수는 민수와 눈을 마주치며 말했다. 민수는 대답 대신 고개를 끄덕여주었다.

"그런데 형님 얼굴이 많이 안 좋습니다. 무슨 일이 벌어지고 있는 겁니까? 감히 어떤 새끼가 형님을 괴롭히는 겁니까? 새로 온 까마귀 새끼가 겁대가리 없이 설치는 겁니까?"

"그런 거 아냐. 개인적인 일이 좀 있어서 그래."

"이곳에 있는데 무슨 개인적인 일이 있다는 겁니까?"

"몸은 이곳에 갇혀 있지만 정신은 자유로워."

"무슨 뜻인지?"

"그냥 그런 게 있어. 아무튼 네놈 얼굴을 보고, 너한테서 풍기는 자유의 냄새를 맡으니까 진짜 좋다. 가슴이 탁 트이는 것 같다."

"형님도 하루빨리 세상으로 나와야 할 텐데."

철수는 말끝을 흐렸다.

"그나저나 아직도 그쪽 애들하고 만나는 건 아니지?"

민수는 철수가 억지로 쾌활한 척하지만 어딘가 표정이 무거운 게 계속 마음에 걸렸다. 철수는 조직에서 완전히 손을 뗐다고 말하지만 여전히 그쪽과 연락하는 눈치였다. 더구나 가게를 열 때 그들에게 적지 않은 도움을 받은 것 같았다.

"솔직히 말씀드릴게요. 문제가 좀 있습니다. 사실 그것 때문에 왔습니다."

"왜? 무슨 일인데?"

"잘 아시겠지만 제가 직접적으로 나선 적은 단 한 번도 없습니다. 그런데 며칠 전부터 경찰들이 들쑤시고 다닌답니다. 제 가게도 감시하는 눈치고요."

"그러게 그쪽하고 완전히 손 끊으라고 했잖아."

민수는 화를 억누르며 최대한 차분하게 말했다. 화를 낸다고 해결되는 일은 없었다. 오히려 문제만 더 키울 뿐이었다.

"가끔 안부 인사만 전할 뿐입니다. 어쩔 수 없었습니다. 채무관계로 엮여 있다 보니 안 볼 수가 없는 입장이라서요."

"뭐야? 그래서 그놈들 알바라도 한 거야?"

철수는 해결사였다. 사람을 찾는 데도 귀신같았고, 상대의 얼굴만 보면 돈이 있는지 없는지 기가 막히게 알아냈다. 결정적으로 그의 얼굴을 보면 누구나 벌벌 떨며 지갑을 열었다. 그렇지만 그는 단 한 번도 폭력을 행사한 적은 없다고 주장했다. 그건 재판과정에서 모두 확인됐던 사실이다.

"물론 매달 나가는 이자를 생각하면 알바 뛰고 싶은 생각이 없었던 건 아닙니다. 하지만 제가 다시 태어난 날 형님하고 약속했잖습니까? 두 번 다시 그런 일 하지 않겠다고. 하지만 같이 엮어버리면⋯⋯."

"그렇군. 조직폭력범죄로 엮으면 끝이 없지. 골치 아픈 문제네."

"어떻게 하는 게 좋을까요? 어디 시골에라도 잠시 내려가 있을까요? 조용해질 때까지. 어머니 요양도 할 겸."

"아서라. 그러면 경찰들이 더 의심해. 그리고 가게는 어떡할 거야? 이제 겨우 자리 잡았다며?"

"휴. 그래서 정말 걱정입니다."

"일단 생각 좀 해보자. 경찰이 널 잡아넣을 결정적인 단서는 없겠지만, 너까지 조사한다는 건 뭔가가 있다는 말인데⋯⋯."

민수는 그 뭔가가 뭔지 금방 깨달았다. 그는 절로 욕이 튀어나오려는 걸 억지로 참았다. 무엇보다 시간이 없었다. 짧은 면회 시간이 벌써 끝나가고 있었다.

"형님. 정말 죄송합니다. 이 못난 놈이 맨날 민폐만 끼치고."

"아냐. 내가 진짜 너 때문에 산다. 넌 내 몫까지 두 사람의 인생을 사는 거야. 그러니까 두 배로 힘내. 알았지? 야 인마! 인상 펴. 걱정 마. 별일 없을 거야. 어떻게 대처하는 게 좋을지는 생각을 좀 해봐야겠다. 다음 주에 올 수 있어?"

"네. 형님이 오라면 만사 제쳐두고 뛰어와야죠."

"그때까지 어떻게 하는 게 좋을지 고민해볼 테니 그때 다시 보자."

"형님! 얼마 안 되지만 영치금 넣어놨습니다. 그리고 정말 고맙습니다."

철수는 자리에서 일어나 90도로 고개를 숙이며 말했다.

13

문 경감에게는 지독하게 긴, 아니 힘든 하루하루가 이어졌다. 수사는 여전히 지지부진했다. 이에 언론은 언론대로 상부는 상부대로 그를 압박했다. 그나마 유령이 살인을 저지르지 않은 게 천만다행이었다.

민수를 설득하는 작업 또한 난항을 겪었다. 민수는 그와의 면회를 줄기차게 거절했다. 그렇다고 손을 놓을 수는 없었다. 그는 게임을 즐기는 민수의 성격을 최대한 이용하려고 노력했다. 민수에게 매일같이 유령과 관련된 신문 기사와 자료들을 보냈다.

그래도 민수는 꿈쩍하지 않았다. 인내심도 바닥났고 시간도 없었다. 비겁하지만 민수의 약점을 이용해야만 했다. 사실 민수는 약점이 거의 없었다. 더 이상 잃을 게 없는 몸이기 때문이었다. 그의 유일한 약점은 철수였다. 철수는 민수가 세상과 소통하는 유일한 통로이자 삶의 끈을

놓지 않는 이유였다.

너무 비열한 건 아닌가 하는 생각이 들었지만 앞뒤 가릴 입장이 아니었다. 민수의 침묵에 유령이 동조하는 것도 마음에 걸렸다. 아니라는 생각이 더 강하지만 아직 민수에 대한 의심을 거둘 만한 상황은 아니었다.

비겁할수록 더 정곡을 찌르는 법이다. 약점을 건드리자 민수는 결국 면회를 허락했다. 문 경감은 희진이 사용하던 특별면회실로 안내되었다. 창고를 개조한 것치곤 꽤 깔끔한 방이었다. 그는 자리에 앉아 민수에 대해 생각했다. 이 좁은 공간에서 사랑하는 여인과 함께하며 겪었을 그의 절망을 호흡했고, 자신에 대한 그의 분노를 예감했다. 이런 식으로 만나고 싶진 않았는데. 삶이란 참 가혹하다는 생각이 들었다.

민수는 약속 시간을 정확하게 맞춰서 들어왔다. 몇 년 만에 보는 얼굴이지만 전혀 낯설지 않았다. 그동안 계속 마음속에 담아두고 있어서 그런 걸까?

"오랜만이야."

문 경감은 악수를 청하며 말했다. 하지만 민수는 굳게 움켜쥔 손을 풀지 않았다.

"이거 무안하군 그래."

문 경감은 애써 웃었다. 그는 자리에 앉으며 말했다.

"앉지 그래. 우선 커피부터 한잔하자. 여기 커피가 끝내준다던데 사실이야?"

문 경감은 방금 교도관이 놓고 간 커피 잔을 들며 말했다. 향기를 맡아보니 그윽했다.

"비교할 대상이 없어서 잘 모르겠지만 그렇다고 하더군요. 그런데 꼭 그런 비열한 방법을 써야 했습니까?"

민수는 굳이 감정을 숨기지 않았다. 부릅뜬 눈으로 상대를 노려봤다.

"이거 시작부터 비수를 찌르는구나. 시간은 많아. 오랜만인데 그간 살아온 얘기부터 들려주는 게 어때?"

문 경감은 미소로 답했다.

"제가 어떻게 지내는지는 희진이한테 들어서 잘 아시잖습니까?"

"너무 입에 발린 말 같지만 여태 한 번도 찾아오지 않아서 미안하다. 그건 내 진심이 아니었다는 거 잘 알고 있지? 난 네 직속상관인 데다 수사에도 너무 깊숙이 관여하고 있었어. 재판이 끝날 때까지 너를 만날 수 없는 상황이었어."

"경감님은 끝까지 증언을 거부하셨죠. 다른 동료들이 법정에서 날 비난하고 조롱하는 동안에도요. 날 위해 증언해주진 않았지만 사실상 날 지지해준 유일한 사람이었습니다. 그래서 알게 모르게 마음의 빚을 지고 있었는데 이번에 이자까지 쳐서 제대로 갚았습니다."

"어쩔 수 없는 상황이었어."

"이 모든 건 경감님 생각이었나요?"

민수는 문 경감을 응시하며 말했다. 심지어 눈 한 번 깜빡이지 않았다. 문 경감은 그가 대답을 듣기 전에는 절대 눈을 깜빡이지 않을 걸 알았다.

"그렇기도 하고 아니기도 해. 그나저나 책을 엄청나게 읽었다고 들었어."

"읽고 또 읽었죠. 읽고 생각하고 또 읽고 생각하고. 사실 여기서 할 수 있는 게 그것밖엔 없거든요."

"믿지 않을지 모르지만 너한테 뭔가를 강요하기 위해서 온 건 아니야. 난 다만 기회를 주려는 것뿐이야. 그것이 우리 모두에게 이득이 되는 것이라면 굳이 마다할 이유는 없지 않을까? 네가 원한다면 희진이 말고 다른 사람을 보내겠어. 혹시 나를 원한다면 앞으로는 내가 올게."

"여기 온 거 위에서 알고 있습니까?"

"난 이런 일로 허락까지 받아야 할 군번은 아니야. 하지만 이미 보고가 들어갔을 거야. 어떻게든 날 흠집 내려는 사람이 한둘이 아니거든. 세상은 다 전쟁터야. 살아남기 위해서 어떻게든 싸워야 하는."

그는 오래전부터 싸워왔다. 그 사건이 터졌을 때, 민수를 제외하고 가장 피해를 많이 본 사람이 바로 문 경감이었다. 물론 희진도 있지만 그녀는 동정을 더 많이 받았다.

그는 심지어 민수보다 욕을 더 많이 먹었다. 부하직원을 제대로 관리하지 못한 책임이 가장 큰 이유였고, 이후의 조사과정에서 적극적인 모습을 보이지 않은 점도 비난을 샀다. 문 경감은 사건과 관련된 사람이 조사에 개입하는 건 바람직하지 않다는 논리로 맞섰지만 사람들은 그가 민수의 뒤를 봐준다고 생각했다. 사건을 덮을수록 그가 입을 피해도 줄어들 것이기 때문이었다.

시간이 갈수록 비난의 수위는 높아졌다. 한직에 보내거나 심지어 퇴직시키자는 말까지 나왔다. 하지만 그가 이룬 업적은 절대 하찮은 게 아니었다. 그는 전설이었다. 그런 그도 살아남기 위해 결국 변신을 해야만 했다.

"수사만 해도 벅찰 텐데 정치까지 하셔야 하는군요. 더구나 정치는 끔찍하게 싫어하셨잖아요."

"그러니 눈 딱 감고 이번 한 번만 도와줘."

민수는 대답 대신 커피만 홀짝였다. 침묵이 흘렀다. 문 경감은 이런 서먹한 침묵이 전혀 마음에 들지 않았다.

"정치라는 늪에 빠지면서 난 이전의 날카로운 감각을 대부분 잃어버렸어. 부끄러운 얘기지만 유령을 상대할 수 있는 사람은 너뿐이야."

"솔직해지시죠. 제가 유령을 조종하고 있다고 생각하잖아요? 어떻게…… 어떻게 절 그런 식으로 의심할 수 있습니까? 더구나 그런 비열한 짓까지 해야 하는 겁니까?"

민수는 목청을 높이지 않으려 애쓰며 말했다. 교도관이 자꾸 기웃거리는 게 신경 쓰였기 때문이다.

"흥분 가라앉히고 내 말 잘 들어. 일단 하나씩 해결하자. 우선 너를 의심해서 정말 미안하다. 그런데 너를 의심한 건 내가 아니야."

"이 모든 게 윗대가리들이 시킨 거란 말이죠? 그들을 비난하면 모든 책임이 다 회피되요? 희진이는 몰라도 경감님까지 절 의심할 줄은 정말 몰랐습니다."

"솔직히 말하면 지금도 반신반의하고 있어."

"이 자리에서 처음으로 솔직한 말을 하시는군요."

"그러니 네 결백을 증명해 보이도록 해. 그러면 모든 게 깨끗하게 해결되지 않겠어?"

"내가 왜 그렇게까지 해야 하는 거죠? 어차피 난 더 이상 잃을 게 없어요. 그리고 유령을 잡는다고 내 죄가 경감되는 것도 아니고, 누가 알아주는 것도 아니잖아요?"

"내가 알잖아. 희진이도 알고. 더구나 지옥 같은 곳이긴 하지만 그래도 보다 안락한 생활을 누릴 수도 있잖아. 원하는 책은 언제든 구해서 볼 수 있고 말이야."

"무엇보다 지겹지 않아서 좋긴 하죠. 하지만 날 의심하고 배신한 사람들한테 도움을 주고 싶은 마음은 없습니다."

"좋아. 그럼 본론으로 들어가자. 복수는 잊고, 철수 녀석한테 좋은 일 딱 한 번만 더 하도록 해. 겨우 밥 집고 열심히 사는 놈인데 다시 콩밥 먹이긴 좀 그렇잖아."

민수는 대답 대신 자리에서 벌떡 일어났다. 그리고 곧장 창가로 걸어갔다. 마침 창가에 앉아 있던 비둘기가 민수의 기세에 놀라 화들짝 날아올랐다. 남극의 그것보다 훨씬 차가운 기운이 실내를 휘감았다.

"이런 치사한 방법까지 써서 정말 미안하다. 하지만 지금 난 너의 도움이 절실하게 필요하다. 그건 철수 녀석도 마찬가지야. 녀석이 이번에 콩밥을 먹게 되면 절대 정상적인 생활로 돌아갈 수 없다는 거 누구보다 잘 알고 있지 않아?"

문 경감이 말했다.

"예전에 내가 알던 문지훈이라는 사람은 정의감이 불타오르는 정직한 사람이었습니다. 어쩌다 이렇게 된 겁니까?"

민수는 고개를 돌리며 말했다.

"민수 너는 어쩌다 이렇게 됐냐?"

문 경감은 상대를 빤히 쳐다보며 질문했다. 민수는 대답 대신 어금니를 악물었다.

"잘 알겠지만 사람이 변하는 건 시간문제야."

"좋습니다. 철수 문제부터 깨끗하게 해결해주세요. 그러면 도와드리겠습니다."

"당장 조치를 취하겠어. 그럼 모든 문제가 해결된 건가?"

"그렇다고 해두죠."

"내일부터 이전처럼 희진이가 올 거야. 그래도 상관없겠어?"

"달리 보낼 사람도 없잖아요? 다들 바쁘고 무엇보다 믿을 만한 사람이 희진이밖에 더 있습니까?"

"고마워. 내일 당장 희진이를 보내도록 할게."

문 경감은 악수를 청하며 말했다. 이번에는 민수도 거부하지 않았다. 그는 아스러지도록 상대의 손을 꽉 잡았다.

2부

14

희진은 차에서 내리지 못하고 한참을 망설였다. 시동을 끄는 것조차 잊었다. 차마 그의 얼굴을 볼 면목이 없었다. 이대로 차를 돌려버리고 싶은 마음이 간절했다. 그의 분노를 감당할 자신이 없었고, 무엇보다 그를 배신했다는 게 마음에 걸렸다. 그녀의 마음을 읽었는지 문 경감에게서 문자가 왔다. '힘내!'라는 짧은 문장이 전부였다. 그런데 정말 힘이 났다.

오늘따라 민수를 데려오던 교도관이 그녀를 맞아주었다. 그간 그녀의 방문이 뜸했던 게 궁금했던 모양이다. 그는 그동안 바빴던 모양이라며 이런저런 질문을 던져왔다. 그녀는 건성으로 대답했다.

"그런데 그런 자들과 인터뷰를 하고 있으면 오싹하지 않아요. 젊은 여자들을 살해한 놈이잖아요. 그것도 여자의 몸에 무수한 상처를 입히면서."

그는 희진을 똑바로 바라보며 질문했다. 그녀는 그의 눈길을 피하지 않았다. 비록 그의 말투와 눈빛에서 은밀한 욕망을 읽긴 했지만.

여자를 지배하는 건 수많은 남성이 적어도 한 번은 머릿속에 그려보는 환상이다. 성찰이라고 해서 다를 바 없다. 남자 동료들과 여성을 대상으로 한 성폭행이나 살인사건에 대해 논의할 때면 그녀는 그들의 내면 깊은 곳에 감춰진 욕망을 확인할 수 있었다. 비록 겉으로는 최대한 냉정한 척하지만 모든 걸 완벽하게 숨기진 못했다. 그들은 성폭행 상해 진단서를 은밀하게 즐기거나, 알몸이 적나라하게 드러난 현장 사진을 필요 이상으로 들여다보곤 했다.

어쩌면 민수는 그 와중에 자신만의 환상을 키웠는지도 모른다. 본인은 이에 대해 철저하게 부정하고 있지만.

"그게 제 직업이니까요. 교도관님도 죄수들이 좋아서 이곳에 있는 게 아니잖아요?"

그녀는 차분하게 대답했다. 그는 멋쩍은 듯 머리를 긁적였다. 그녀가 쏘아붙인 말이 과녁에 명중한 모양이었다. 그는 두 번 다시 입을 열지 않았다.

그녀가 정각에 도착한 반면 민수는 10분 정도 늦었다. 첫날 이후 늦은 적이 단 한 번도 없었는데. 아무튼 그녀는 그가 자신을 외면하지 않았다는 사실에 안도했다. 한편으론 그가 자신의 복잡한 심정을 드러내 보인 것 같아 무척 마음이 쓰였다. 그가 먼저 말했다.

"자료부터 줘. 오늘은 제법 두툼해 보이는데."

자료를 받자마자 그는 빠른 속도로 페이지를 넘겼다.

"가만 보자. 전에 어디까지 했더라?"

민수는 고개를 갸우뚱거리며 질문했다.

"사실 별로 한 것도 없어요. 사건에 대한 개략적인 설명을 마치자마자 바로 끝나버렸으니까요."

"그럼 사건에 대해서 다시 한 번 요약해줘. 그리고 여기 있는 사진들, 이 방을 쓸 동안은 화이트보드에 붙여놔도 되지?"

"네. 편한 대로 해요. 혹시나 해서 스카치테이프를 가져왔는데 어디 있더라."

그녀는 서류를 정신없이 뒤졌다. 허둥대는 그녀보다 민수가 먼저 테이프를 발견했다. 그는 세 피해자의 증명사진과 현장 사진을 사건 발생 순서대로 보드에 붙였다. 그동안 그녀는 차분한 목소리로 사건을 요약해서 설명했다.

"두 번째도 첫 번째와 마찬가지로 살해되고 한참 지나서 발견하는 바람에 쓸 만한 증거가 없고, 세 번째는 이건 뭐 진짜 감탄사가 절로 나오는군. 완전범죄를 꿈꾸는 놈들에게 모범답안이라고 할 수도 있겠는데. 사건 현장에 너무 많은 사람이 몰려드는 바람에 혹시라도 남아 있었을지 모를 증거가 깨끗하게 사라져버렸군."

민수는 보드 가장 윗부분에 '완전범죄'라는 단어를 쓰며 말했다.

"홍대에서의 살인은 정말 치가 떨려요. 아니, 정말 놀라워요. 어떻게 그런 생각을 했는지 솔직히 감탄스러울 정도예요."

희진은 민수의 눈치를 살폈다. 내심 그가 질투하길 바랐지만 표정의 변화를 전혀 감지할 수 없었다.

"혹시 5와 관련된 것으로 용의자를 찾을 생각은 안 해봤어? 그러니까 전화번호나 자동차 번호에 유독 5를 많이 사용한 사람들 있잖아?"

"그런 사람들을 대상으로 광범위한 조사를 했는데, 사실 그것 때문에 욕도 엄청 먹었죠. 굳이 핑계를 대자면 그렇게 찔러보는 것밖에는 방법이 없었어요. 단지 번호에 숫자 5가 많다는 이유로 영장을 발부해주는 판사는 이 세상에 없으니까요. 그렇게까지 고생했는데 결과는 꽝이더군요. 워낙 영리한 녀석이라 그런 사소한 단서로 잡히는 멍청한 짓은 하지 않았더라고요."

"좋아. 일단 어떻게 살해당했는지는 알겠어. 그럼 이제부터 희생자에 대해서 말해봐. 피살자는 어떤 부류였지? 그리고 어떻게 범인에게 납치된 거야?"

 수사관으로서의 감각은 여전하군. 희진은 민수를 보며 생각했다. 사건 자료를 살펴본 다음 제일 먼저 따져봐야 할 건 언제나 피해자다. 살해된 사람은 어떤 사람인가? 성격, 취미, 기호, 직업, 생활방식, 성생활 등 모든 것을 알 필요가 있다.

 사실 피해자는 그간의 수사에서 경찰이 가장 집중한 부분이기도 하다. 유령은 단서가 될 만한 걸 하나도 남기지 않았다. 그래서 경찰이 가진 유일한 단서는 피해자들의 행적뿐이었다.

 사람이라면 누구나 흔적을 남기게 마련이다. 신용카드나 교통카드, 할인카드 사용 기록과 핸드폰 통화 기록, 이메일……. 경찰은 이 모든 기록들을 샅샅이 뒤졌다. 주변 사람들의 인터뷰도 빼놓지 않았다. 심지어 군복무 중인 이전 남자친구들도 모두 만나봤다.

 "피해자인 이윤주는……."

 희진은 첫 번째 피살자에 대해 설명했다.

 이윤주에 대한 자료는 대부분 황 기자를 통해 수집한 것들이다. 그는 처음부터 피살자가 살해됐다고 단정 짓고 조사를 진행했다. 덕분에 경찰보다 한발 앞설 수 있었다. 또한 기자 신분이었기에 그녀의 주변 사람들과 허물없이 대화할 수 있었다. 인터뷰 상대가 괜히 주눅들 이유가 없다는 점을 백분 활용한 것이다.

 첫 희생자인 이윤주는 대학교 3학년을 다니다 휴학 중이었다. 그녀는 눈에 띄는 외모의 소유자로 남자가 많았다. 문란하다는 소리는 듣지 않았지만 클럽에도 자주 다니고 노는 걸 즐기는 부류였다. 활달한데다 화통한 성격이라 남녀 모두에게 인기가 많았다. 그녀를 아는 사람들은 하나같이 그녀가 자살했다는 사실을 믿지 못했다. 그럴 성격도 아닐뿐더러 그럴 이유도 전혀 없었다. 살해될 당시 그녀는 우연히 모델 에이전시의 눈에 들어서 그렇게 꿈꾸던 모델 생활을 시작할 꿈에 한껏 부풀어 있었다.

"그러고 보면 피살자들이 하나같이 미녀들이군."

민수는 피살자들의 사진을 뚫어져라 쳐다보며 말했다.

"가학적인 살인범들이 특정한 목표를 노리긴 하죠."

"알면 알수록 오페라의 유령과 정말 관계가 많은데. 극중에서 에릭이 짝사랑하는 크리스틴도 눈에 띄는 미녀잖아? 참! 그 모델 에이전시는 조사해봤겠지?"

"네, 깨끗했어요. 다른 피살자들과도 전혀 관련 없는 곳이었고요."

"이윤주에 대해서 계속 얘기해봐. 마지막으로 그녀를 본 건 누구지?"

"여러 명이었어요. 마지막으로 그녀가 목격된 곳은 자주 가던 단골 클럽이었거든요. 친구들이 증언했어요."

"친구? 가족은?"

"가족들은 지방에 살고 있어요. 살해될 당시 그녀는 원룸에서 혼자 자취하고 있었어요."

"흠, 그럼 어디서 납치됐는지 명확하진 않군. 집에서 납치됐을 가능성도 있겠어."

"원룸에 사는 사람들을 다 인터뷰해봤는데 그녀가 실종되던 날 밤에 그녀의 방에서 소음이 난 적은 없다고 했어요."

"확실해? 새벽이라 다들 꿈나라를 헤맸을 텐데."

"올빼미들이 몇 명 있었어요. 그날도 밤을 꼬박 새웠는데 아무런 소리도 못 들었대요."

희진은 어깨를 으쓱이며 말했다.

"집으로 가다가 납치됐을 수도 있잖아?"

"그래서 인근을 다 수소문해봤는데 그날 시끄러운 소리가 난 적은 없었다고 해요. 수상한 차량이나 사람을 목격했다는 사람도 없고요."

"핸드폰 위치 추적은?"

"홍대 클럽에 새벽까지 있었던 건 확인됐어요. 이건 주위 사람들의 증언과도 일치하고요. 새벽 2시에 핸드폰이 꺼진 이후로 두 번 다시 핸드폰이 켜지지 않았어요."

"그곳에서 납치됐을 가능성이 가장 높군. 사망 당시 입고 있던 건 본인 옷이었어? 그러니까 마지막으로 목격됐을 때의 복장이었나?"

"당시의 복장과는 다르지만 피살자의 옷이 틀림없었어요. 다음 날 새벽 등산을 가겠다며 집에서 등산복을 챙겨 왔는데 그걸 입은 채로 발견됐어요."

"그럼 원래 입고 있던 옷은?"

"시체가 발견된 곳에는 입고 있던 옷은 물론 소지품이나 핸드폰도 없었어요."

"다른 피해자들의 옷도 없어진 적이 있나?"

"아뇨. 그런 적은 없었어요. 참! 두 번째 피해자의 소지품도 발견되지 않았어요."

"그런데 세 번째 피해자의 경우 소지품을 가져가진 않았지?"

"네. 아무래도 범인은 페티시즘을 갖고 있진 않은 것 같아요."

"그나저나 클럽에 가면서 등산복까지 챙길 정도면 평소에 등산을 즐겼나 보군."

"몸매 관리를 위해서 종종 산을 찾곤 했다더군요."

"그럼 새벽에 등산할 때 몰래 덮쳤을 가능성도 있군."

"그랬을 가능성이 높아요. 클럽 근처에서 납치됐으면 다른 사람이 보지 못했을 리가 없죠. 거기는 밤새도록 사람이 돌아다니니까요. 게 다가 그녀는 남자들의 시선을 한 몸에 받을 정도의 미인이에요. 그런 곳에서 아리따운 여인을 아무에게도 들키지 않고 납치한다는 건 불가능해요."

미인이라는 말을 하면서 희진은 자신도 모르게 얼굴을 찡그렸다. 눈에 띌 정도로 예뻐서 질투한 건 아니었다. 피해자들이 미인이라는 점 때문에 필요 이상으로 언론에서 호들갑을 떨고 있기 때문이었다. 만일 피해자들이 노숙자나 창녀, 거기까지 갈 것도 없이 평범한 외모의 소유자였다면 이렇게까지 이슈화되지는 않았을 것이다. 유령도 그 사실을 잘 알고 있을 터였다.

"절대적인 건 없어. 그나저나 그녀의 집이 시신이 발견된 곳과 가까워? 그러니까 피해자가 그 산으로 등산을 자주 다녔느냐는 거야."

"아뇨. 집에서도 먼 데다 등산객들이 자주 찾는 그런 산은 아니었어요."

"여자 혼자 새벽에 등산을 하려면 인적이 드문 곳이 아니라 사람들이 많이 찾는 곳을 택했을 거야. 아무래도 클럽 근처에서 납치됐을 가능성을 배제하긴 힘들군. 유령이라는 말을 듣고 녀석의 용모가 형편없다고 생각했는데, 반대의 경우도 고려해봐야겠어. 어쩌면 녀석은 호감가는 말쑥한 외모에 말솜씨가 탁월할지도 몰라."

"돈이 많아서 그걸로 커버하는지도 모르죠. 비싼 외제차를 몰고 다니면 굳이 잘생기거나 말발이 탁월할 필요는 없거든요."

"두 번째 피해자는? 그녀도 역시 클럽에서 마지막으로 목격된 거야?"

"네. 박민영 또한 평소 클럽을 즐겨 찾았다고 해요."

"마지막으로 간 곳은 첫 번째 피해자와 같은 클럽이었어?"

"아뇨. 다른 곳이에요. 하지만 꼭 한 곳만 정해서 다니는 게 아니라서 두 피해자가 같은 클럽에 다녔을 가능성도 있어요."

"둘 다 전혀 모르는 사이지? 아니, 셋 다?"

"네. 피해자들 간에는 아무런 연관관계도 없었어요."

경찰은 모든 걸 꼼꼼하게 조사했다. 출생지, 가족 및 친척 관계, 출신 학교, 교우관계, 심지어 피살자들이 가입한 인터넷 카페까지 뒤졌지만 그들이 연결되는 접점은 어디에서도 발견되지 않았다.

"혹시 수상한 자를 목격했다는 사람은 없어?"

"전혀 없어요. 주변 사람들을 다 만나봤는데 특별히 눈에 띄는 인물 이나 사건은 없었다고 해요."

"흠! 주위에 친구도 많고 노리는 남자도 많은데 아무도 수상한 낌새 를 못 챘단 말이지. 그건 아주 조심스럽게 오랜 시간 공을 들여서 관찰 했기 때문일 거야. 또한 유령이라는 녀석이 주위와 잘 동화된다는 걸 증명해줘. 젊은 사람들이 절대다수인 곳을 자유자재로 드나들었던 걸 보면 녀석은 20대, 많아야 30대 초반일 거야. 체격은 평균 또는 약간 큰 정도일 거고. 너무 크면 누군가의 눈에 띄었을 테니까."

"반대로 너무 작으면요?"

"산속으로 피살자들을 옮긴 걸 보면 힘이 꽤 좋은 녀석이야. 시체가 얼마나 무거운지 잘 알잖아?"

"그렇긴 하죠."

희진은 고개를 끄덕이며 말했다.

"그런데 세 번째 피해자는 어떻게 골랐을까? 그녀는 클럽에 놀러 간 게 아니라 플래시몹에 참가했잖아? 플래시몹을 마치고 클럽에 놀러 갈 생각이었을까?"

"평소에 홍대를 자주 드나들긴 했대요. 그런데 그날은 친구들과 약 속이 전혀 없었다고 해요. 플래시몹에 참가한다는 것도 알리지 않았더군요."

"몰래 만나는 남자라도 있었나? 이게 사망 당시의 사진이지?"

민수는 보드에 붙어 있는 사진을 가리켰다. 그 사진은 플래시몹에 참가했던 사람이 찍은 것으로 신문에도 났었다. 피살자의 오른편에 그녀가 착용했던 가면이 벗겨져 있었다. 아쉽게도 그 가면은 인파의 홍수에 떠내려가버렸다.

"네. 우리가 찍은 건 아니지만요."

"동영상도 볼 수 있으면 좋을 텐데."

"모두 확인해봤는데 딱히 의심스러운 사람이 찍힌 건 하나도 없었어요."

"근처 CCTV에는 뭐 찍힌 게 없어?"

"그 지역에는 CCTV가 그다지 많지 않았어요. 그래서 그곳을 선택한 것 같아요. 아무튼 인근의 CCTV를 모두 확보해서 확인해봤는데 눈에 띄는 점은 전혀 없었어요."

"CCTV의 사각지대를 통해 이동했다면 그 지역 지리를 아주 잘 알고 있는 모양이군."

"공개된 장소에서 살인을 하겠다고 선언한 걸 보면 그만큼 자신이 있었겠죠. 아무튼 현장을 촬영한 동영상은 다음번에 노트북에 담아 올게요."

"그렇게 해줘. 참! 이 가면은 본인이 벗은 거야? 아니면 다른 사람이 벗긴 거야?"

민수는 가면을 가리키며 말했다. 여자가 착용하기에는 조금 특이한 가면이었다. 늑대 가면. 물론 더 특이한 가면을 착용한 여성 참가자도 많았다.

"워낙 경황이 없어서 목격자들이 정확하게 기억하지 못하고 있어요.

가면을 발견했다면 지문감식을 해서 누가 가면을 벗겼는지 알아낼 수 있었을 텐데. 정확하진 않지만 여러 증언들을 종합해보면 지혈을 했던 사람이 벗긴 것으로 보여요."

"그럼 유령은 피살자의 얼굴을 보지 못했단 말이잖아. 그런데 세 사람의 사진을 봐. 그렇게까지 많이 닮지는 않았지만 비슷한 스타일이란 말이야. 긴 머리, 갸름한 얼굴형."

"요즘은 성형수술을 많이 해서 닮은 사람들이 많아요."

"가만 보자. 아, 여기 있네."

민수는 서류를 급하게 뒤적이다 멈췄다.

"자! 잘 들어봐. 피살자들은 얼굴뿐만 아니라 체형까지 비슷해. 셋 다 168에서 172 사이의 모델 같은 늘씬한 체형의 소유자들이야. 나이도 20대 초반이고. 그러니까 세 번째 피해자도 아무렇게나 선택된 게 아니야."

"플래시몹을 하기 전부터 계속 따라다녔다는 건가요?"

"틀림없어."

"그런데 피해자가 플래시몹에 갈지 어떻게 확신했을까요? 선배 주장대로라면 녀석은 며칠 전에 피해자가 플래시몹에 갈 거라고 백 프로 확신하고 있었어요. 물론 스토킹을 하다 보면 어디를 즐겨 다니는지 알 순 있어요. 하지만 특정한 날 특정한 장소, 특히나 플래시몹 같은 특별한 행사를 하는 곳에 나타나도록 할 수는 없어요."

"그걸 알아내는 게 우리 일이지. 아무튼 정말 흥미로운 사건이군. 무척 힘들겠어."

민수는 세 번째 피해자의 사진을 주시하며 말했다. 그는 사진 옆에 '예측?'이라고 적었다. 그리고 몸을 빙글 돌리며 말했다.

"때로는 범인이 하지 않은 게 단서가 될 때가 있어. 앞선 두 번의 범행에서 특정한 여성을 노리던 녀석이 왜 가면을 벗겨서 상대의 얼굴을 확인하지 않았을까? 스물다섯 번이나 찔러대던 놈이 왜 다섯 번밖에 안 찔렀을까? 왜 숨이 끊어졌는지 확인하지 않았을까?"

"현장 동영상을 보면 알겠지만 피살자는 신이 아닌 이상 절대 살릴 수 없는 상태였어요. 출혈이 상당했거든요."

"하지만 녀석은 그때 이미 현장에서 사라진 다음이었어. 번개같이 찌르고 튄 거지. 그 증거로 아무도 범행 장면을 목격하지 못했다며?"

"그렇긴 한데. 칼에 찔린 부위가 급소 중의 급소였어요."

피살자는 뒤에서 신장을 찔렀다. 이는 대량출혈로 이어졌고 결국 피살자의 목숨을 앗아갔다.

"그러니까 급소에 정확하게 찔렀다는 거잖아? 이전 범행에서는 꽤 난잡하게 찔러댔는데 말이야. 그 짧은 기간 동안 칼 쓰는 실력이 일취월장했다는 얘기군. 어쩌면 녀석은 자신의 실력을 감추고 있었는지도 몰라."

"그렇다고 킬러를 해도 될 만큼 뛰어난 실력은 아니었어요. 감식반은 물론 그쪽 전문가들과도 얘기해봤는데 전문 칼잡이의 소행은 아닌 것 같다고 했어요."

"초보도 아니었잖아?"

"그쪽 전과자를 집중적으로 조사해보는 게 좋을까요?"

"아직 잘 모르겠어. 자료를 좀 더 검토해봐야 할 것 같아. 오늘은 여기까지 하지. 이 자료들 내일도 그대로 가지고 와줘."

민수는 보드에 붙인 사진을 떼며 말했다.

15

민수는 정각에 면회실에 도착했다. 그의 얼굴은 다소 상기돼 있었다. 인사도 생략한 채 다짜고짜 서류부터 챙겼다. 희진은 그의 행동이 조금도 짜증 나지 않았다. 오히려 보기 좋다고 생각했다. 한창 수사에 열중할 때의 모습이었기 때문이다.

그는 사진을 보드에 붙이는 작업부터 했다. 그는 피해자들의 사진을 보며 많은 시간을 보내곤 했다. 그들에게 집중하면 망자들과 소통할 수 있다며 하루 종일 사진만 쳐다본 적도 있었다.

"범인이 첫 범행에서는 밧줄을 사용하고, 두 번째 범행부터는 왜 칼을 사용했는지 생각을 좀 해봤는데 말이야. 참! 두 번째와 세 번째 범행에 사용한 흉기는 같은 것이었어?"

민수는 서류를 뒤적이며 말했다.

"세 번째의 경우 다섯 번 모두 비틀면서 칼을 뽑아서 상처가 벌어져 있었어요. 이 경우 돌리는 각도에 따라서 자창 형태가 달라지기 때문에 흉기를 감별하기 어렵다고 하더군요. 정말 치밀한 놈이에요."

"증거도 신경 썼겠지만 확실하게 죽이기 위해서 비틀었을 거야. 그 전에는 비틀면서 뽑진 않았지?"

"그러고 보니 두 번째 범행에서는 굳이 비틀어서 뽑진 않았어요. 아무튼 상처의 형태만 가지고 똑같은 흉기라고 단정하긴 힘든 상황이에요. 전문가들 의견으로는 다른 것일 가능성이 높다고 해요. 두 번째 것보다 세 번째 범행에 사용한 칼이 조금 더 작을 거라는 쪽으로 의견이 모이더군요."

"다른 사람 눈에 띄지 않게 휴대하려면 아무래도 작은 게 유리하지. 다시 녀석의 범행수법으로 돌아가서, 녀석이 피살자들을 잔인하게 난

자한 건 잭 더 리퍼 흉내를 내서 대중의 시선을 자극하려는 목적도 분명히 있었을 거야. 하지만 첫 번째 피살자는 어떤 식으로든 범인과 알고 있던 사이가 아닐까 싶어."

민수는 손끝으로 첫 번째 피해자의 사진을 톡톡 두드리며 말했다.

"대부분의 연쇄살인범들이 첫 희생자는 주변에서 고르죠."

희진은 민수의 눈치를 살피며 말했다. 하지만 그는 전혀 신경 쓰지 않았다.

"그래. 또한 녀석의 사디스트적인 성향을 봐도 그래. 이런 부류는 자신과 관련 없는 피해자를 고르는 경향이 있어. 경찰의 조사를 피하기 위해서라기보다는 전혀 모르는 사람을 고문하고 죽이는 게 더 쉽기 때문이지. 그렇게 잔인하게 살해하면서 녀석은 자신의 욕구를 충족시키지. 그렇게 해도 충분히 만족스럽지 않으면 사람들 사이에 공포가 퍼져나가는 걸 보면서 대리만족을 하게 되지. 지금처럼 언론에 범행을 알려서 말이야. 그런데 이후 두 번의 살인과 비교하면 첫 번째 범행은 그렇게 자극적이지 않았어."

"그러니까 첫 번째 피해자는 유령의 주변 인물일 가능성이 높다 이 말이죠? 그러니까 다른 피해자들보다 첫 번째 피해자에게 집중하라는 거고요?"

"그래. 물론 경찰도 놀고 있는 건 아닐 거야. 하지만 피해자의 모든 걸 파악하고 있는 것도 아닐 거야. 범인은 오래전 그녀의 옆집에 살았던 남자일지도 몰라. 오랜 시간 그녀를 지켜봐왔겠지. 어쩌면 피살자가 자주 가는 식당이나 카페, 술집 같은 곳에서 마주쳤을지도 몰라. 녀석은 다른 사람 눈에 띄지 않게 조용히 그녀를 관찰했을 거야. 물론 그런 사람을 찾는다는 게 말처럼 쉽진 않아. 사람들의 기억에 남아 있지 않은 평범한 인물인 데다 꽤 오래전 과거까지 거슬러 올라가야 하니까. 하지만 피해자 주변을 이 잡듯이 뒤지다 보면 그런 사람을 기억하는 친구가 한두 명 나올지도 몰라. 물론 운이 좋으면."

민수는 어깨를 으쓱였다.

"쉬운 게 없죠."

희진 역시 어깨를 으쓱였다.

"하지만 넌 뛰어난 직감을 가지고 있어. 더구나 넌 여자야. 그건 대단한 이점이야. 남자들보다 피해자의 주변 인물들에게 쉽게 접근할 수 있고, 남자 경찰들에게는 하지 않았거나 꺼려하던 말을 자연스럽게 끄집어낼 수 있어. 그런 편한 상태에서 사람들은 미처 기억하지 못하던 것들까지 기억해내곤 하지. 모두 네가 아니면 할 수 없는 것들이야."

"너무 띄워주는 거 아니에요?"

희진은 웃으며 말했다. 솔직히 기분이 좋았다. 칭찬은 고래도 춤추게 하는 법이다.

"첫 번째 피해자의 가장 친한 친구부터 시작해서 주변 인물들을 만나보도록 해. 서울에서 김 서방 찾기지만 아무것도 하지 않는 것보단 백배는 나을 거야. 그리고 현장에 남아 있는 증거가 없다고 해서 거기에 대한 생각까지 지워버리면 안 돼. 범죄 현장을 조사하면서 눈여겨봐야 할 건 뭐가 있지?"

"범행이 실내에서 일어났는가 아니면 실외에서 일어났는가? 언제 일어났는가? 범인이 현장에 오래 머물렀는가? 범인은 모두 몇 명인가? 무기를 미리 준비했는가 아니면 현장에서 손에 잡히는 대로 집어들었는가? 무기는 현장에 남아 있는가? 두 개 이상의 무기가 사용되었는가? 사체를 눈에 잘 띄도록 해놓았는가 아니면 숨겼는가? 사체의 일부를 잘라내었는가? 사체는 어떤 자세로 발견되었는가?"

"그만. 훌륭하군."

민수는 박수를 치며 말했다. 박수 소리에 놀랐는지 교도관이 이쪽을 힐끗거렸다.

"저 녀석 우리 일에 지나치게 신경 쓰는데."

민수는 입구를 바라보며 말했다.

"저 사람 왠지 기분 나빠요."

"왜? 너한테 반한 눈친데."

"농담이라도 그런 말 하지 말아요. 그나저나 아직 공개하지 않은 비장의 증거가 있어요."

희진은 빙긋이 웃으며 말했다. 이 정보를 언제 공개하느냐 하는 문제 때문에 어제 오후 열띤 토론이 벌어졌다. 한 시간이 넘는 논의 끝에 최대한 빨리 공개하자는 쪽으로 결론이 내려졌다. 아직 분노가 가시지 않았을 민수를 수사에 끌어들이기 위해서는 가진 패를 빨리 내보일 필요가 있었다.

"뭐? 증거가 있다고?"

"네. 언론에 한 번도 공개되지 않은 특급 비밀이에요."

"어떤 증건데?"

"녀석은 실수로 지문을 남겼어요."

"지문을 남겼다고? 그렇게 철두철미한 놈이? 믿기지 않는데."

민수는 고개를 갸웃거렸다.

"일부분이긴 하지만 두 번째 살해 현장에 남겨둔 핸드폰 내부에서 지문이 발견됐어요."

"하지만 일치하는 지문을 찾진 못했군."

민수는 희진의 눈을 응시하며 말했다.

"지문의 상태가 그다지 좋지는 않아요."

"법정에서 사용하지 못할 정도로?"

"네, 아쉽게도. 하지만 놈이 누구인지 알아내기만 하면 몇 년이고 잠복해서 기다릴 수 있어요. 그 정도 각오는 돼 있거든요."

"그런데도 건진 게 없나 보군. 나를 찾아올 정도면."

"상태가 안 좋아서 컴퓨터로는 일치하는 지문을 찾을 수 없었어요. 그래서 이 지문과 유사하다고 판단되는 수십만 건의 지문을 일일이 수작업으로 식별하고 있는 중이에요."

"엄청난 인원이 동원됐겠군. 그걸 일일이 수작업으로 처리하려면."

"말도 마세요. 장난이 아니에요."

"그런데 말이야. 현장에 남아 있었다던 지문은 녀석의 것이 아니야. 내가 녀석이라면…… 지문 등록을 하지 않아도 되는 외국인의 지문을 남겼을 거야. 우선 내국인의 경우 지문이 다 확보되어 있기 때문에 가짜 증거로 시간을 끄는 데는 한계가 있어. 그리고 내국인의 지문이 아니라는 판단이 들 경우 경찰은 한층 골치 아파지. 내국인뿐만 아니라 외국인들까지 감시해야 하니까. 그래서 외국인들이 많이 찾는 홍대에서 범행을 저지른 건지도 모르지."

"정말 그럴까요?"

희진은 그의 말이 일리가 있다고 생각했다.

"잘 생각해봐. 녀석이 그 이전이나 이후에 지문 같은 단서를 남긴 적이 있어?"

"물론 없어요. 하지만."

"하지만 첫 번째도 아니고 두 번째 범행에서 딱 한 번 지문을 남겼다는 게 이상하지 않아? 어떤 범인이고 첫 번째 범행에서 실수할 가능성이 가장 높아. 이런 부류의 녀석들은 갈수록 영리해지지. 녀석들은 타고난 학습자들이라 범행을 거듭할수록 효율적이고 증거가 남지 않는 방법을 사용해서 경찰을 한껏 기만하곤 해. 그런데 처음이 아니라

두 번째 범행에서 실수를 저지른다고?"

"누구나 실수할 수 있어요. 더구나 그는 두 번째 범행부터 범행수법을 완전히 바꿨어요. 그래서 혼란이 생겼을 수도 있을 거예요. 교살이 잔인한 살해방법이긴 하지만 생각보다 여론의 주목을 끌지 못하니까 유령은 한층 잔인한 살해방법을 택하죠. 그런데 이게 그의 예상보다 훨씬 자극적이었던 거예요. 피살자의 몸에서 거침없이 뿜어 나오는 피의 홍수에 잔뜩 흥분해서 실수를 저질렀을 가능성도 있다고 봐요."

"그래! 누구나 실수할 수 있지. 하지만 이 녀석은 아니야. 녀석은 아주 철두철미한 놈이라고. 너도 잘 알잖아? 똑똑한 녀석들은 현장에 종종 가짜 단서들을 남겨서 수사를 혼란에 빠뜨리지. 다른 사람이 씹던 껌이나 피우고 버린 담배꽁초 따위를 버리는 방법으로 말이야. 개중에는 다른 사람의 지문을 남기는 녀석들도 있어. 일단 지문 사진을 보여줘."

민수는 오른손을 쑥 내밀며 말했다.

가지고 왔다는 말을 하지도 않았는데. 희진은 수첩에 넣어뒀던 지문 사진을 건네며 생각했다. 민수는 사진을 주의 깊게 관찰했다.

"그렇군. 배터리 안쪽에 희미하게 지문이 남아 있군. 경찰이 추정하는 스토리는 이렇겠군. 피살자를 유기한 후 상의 주머니에 핸드폰을 넣는다. 이때 미리 준비한 충전된 배터리로 갈아 끼운다. 멍청한 경찰들이 금방 암호를 풀 것 같지 않으니 어떻게든 배터리가 오래 살아 있도록 하려는 것이다. 장갑을 긴 손으로 배터리를 교체하려니 용이하지 않다. 그래서 무심결에 장갑을 벗고 작업한다. 최대한 조심했지만 실수로 배터리 안쪽에 희미한 지문을 남긴다. 배터리를 교체한 후 지문을 지우기 위해 핸드폰을 꼼꼼하게 닦지만 배터리 안쪽에 남아 있는 지문은 미처 신경 쓰지 못했다. 맞지?"

"네, 맞아요."

"녀석의 입장에서 생각해보자고. 녀석은 아주 주의 깊게 피살자들을 관찰했어. 아무도 수상한 낌새를 눈치채지 못했다는 건 그만큼 녀석이 조심스러웠다는 걸 증명해줘. 녀석은 그들의 모든 스케줄을 알아낸 다음 이를 토대로 치밀하게 납치 계획을 세웠어. 더구나 녀석은 강박증이 있어. 범행을 하기 전에 수십, 수백 번 예행연습을 해봤을 거야. 장비도 꼼꼼하게 챙겼겠지. 납치할 때 사용할 밧줄, 살인에 사용할 칼, 심지어 속옷과 양말까지도 미리 준비해뒀을 거야. 그런데 핸드폰에 지문을 남긴다고? 참! 전에 핸드폰에 남아 있는 데이터를 완벽하게 지웠다고 하지 않았어?"

"네. 행여 핸드폰에 남아 있을지 모를 데이터를 지우기 위해 쓰레기 데이터를 수십 번 덮씌우는 방법으로 완벽하게 지웠어요."

"그렇게 철두철미한 놈이 핸드폰에 지문을 남겼을 것 같아? 아! 물론 잠시 장갑을 벗었을 수도 있어. 하지만 녀석은 범행 후에도 현장을 꼼꼼하게 점검하는 부류야. 심지어 살해 장소와 시체유기 장소도 구분하지. 혹시 모를 증거가 남아 있을 가능성을 줄이기 위해서 말이야. 그런 놈이 실수로 지문을 남겼다고 보기에는 냄새가 너무 심하게 나."

"그렇다고 범인의 것이 아니라는 증거도 없잖아요?"

"경찰은 어떻게 추측하고 있어? 혹시 범인이 외국인은 아닐까 의심하고 있지?"

"그런 추측도 있긴 해요."

유사한 지문을 재조사 중이지만 외국인의 지문이 아닐까 하는 의견도 있었다. 현재 수사팀은 유령이 외국인이라는 쪽과 가짜 증거라는 쪽으로 양분되어 있다. 최근 들어 가짜 증거라는 쪽이 힘을 얻고 있지만 여전히 팽팽하게 맞서는 중이다.

"정말 영리한 놈이군. 지문 하나로 수사의 방향을 전혀 엉뚱한 곳으로 몰고 갔어. 잘 들어. 녀석은 외국인이 아니야. 암호에서 알파벳을 사용한 점이라든지 수비학과 오페라의 유령 같은 작품을 좋아하는 걸 보면 분명 외국 문화를 좋아하는 건 맞아. 하지만 녀석은 한국인이 분명해."

민수는 잠시 호흡을 가다듬었다.

"녀석이 범행을 저지른 날짜를 보라고. 목요일도 토요일도 아닌 금요일이야. 유령이 외국인이라면 금요일은 일주일의 다섯 번째 날이 아니라 여섯 번째 날이야. 더구나 녀석이 보낸 메시지를 보면, 물론 문장이 짧긴 하지만 유창한 한국어를 사용하고 있어. 물론 한국에 오래 산 외국인일 가능성도 있긴 하지."

민수는 말끝을 살짝 흐렸다.

"범행의 주 무대인 홍대 앞은 외국인들이 즐겨 찾는 곳이기도 해요. 더구나 피살자들은 평소에 그런 곳을 즐겨 드나들었어요. 시체가 유기된 경기도 지역의 지리만 안다면 외국인이라도 여자를 납치해서 살해하는 데 아무런 문제가 없어요. 사실 요즘 여자들은 외국인이라면 사족을 못 쓰죠."

"넌 요즘 여자가 아닌가 본데?"

민수는 희진은 빤히 쳐다보며 말했다.

"뭐 기회가 없었을 뿐이지 잘생긴 남자라면 언제든 환영이에요."

"아무튼 녀석이 외국인인지 여부부터 밝혀내야겠군. 여기에 따라서 수사의 방향이 완전히 달라지니까 말이야."

"혹시 미성년자는 아닐까요?"

"물론 그럴 가능성도 있긴 하지."

민수는 잠시 턱을 쓰다듬다 말했다.

"하지만 범행수법을 보면 녀석은 아주 노련해. 꼼꼼하면서 자신을 잘 제어할 줄 아는 놈이야. 암만 봐도 10대가 저지른 범행은 아니야. 그리고 한 가지 더 있어. 사람들이 많이 드나드는 곳에서 납치한 점이나 시 외곽에서 시체가 발견된 걸로 미루어봤을 때, 녀석은 분명히 차를 가지고 있어. 물론 미성년자가 부모 차를 몰래 사용했을 수도 있어. 하지만 녀석같이 치밀한 성격이라면 불심검문 따위에 걸릴 위험을 감수하면서까지 무면허로 돌아다니지는 않을 거야."

"우리도 그렇게 생각하고 있어요. 미성년자는 아닌 게 틀림없어요."

"우리가 녀석에 대해 아는 게 뭐지? 정확하게 아는 거?"

"우선 홍대 지리를 잘 알고, 숫자 5에 대한 강박증이 있는 것 같고, 한국말도 잘하고, 여러 암호를 능숙하게 다루는 걸 보면 머리도 좋고, 날씬한 여자라고 하지만 무거운 시체를 옮긴 걸 보면 완력도 상당해요."

무거운 시체를 길도 제대로 나지 않은 산중으로 옮긴 것 때문에 범인이 두 명이 아닐까 하는 의혹이 제기됐다. 그래서 현장에서 같은 무게의 마네킹을 옮기는 실험을 해봤다. 힘들어서 중간에 포기한 사람도 많았지만 끝까지 운반한 사람들도 몇 명 있었다. 체격이 좋고 평소에 꾸준하게 운동을 하는 사람들이었다.

"그리고 자존심이 굉장히 강하지. 오페라의 유령 에릭처럼 말이야. 에릭은 뻐기기 좋아하고 허영심 많은 어린애 같은 성격의 소유자야. 세상을 깜짝 놀라게 해준 다음, 자신이 얼마나 기발한 정신과 재주를 지니고 있는지를 만천하에 증명하는 걸 무엇보다 즐기지. 유령이 굳이 에릭을 선택한 건 그런 부분이 마음에 들어서였을 거야. 그러니까 에릭의 성격과 유령의 성격이 크게 다르지 않다는 말이야."

"이미 경찰에 메시지를 보내서 조롱하는 걸로 증명됐죠. 세기의 에

피소드라고 불러도 손색없는 예고살인까지 저질렀고요."

"그래, 녀석은 에릭처럼 뻐기기 좋아하는 성격이야. 그게 녀석의 약점이야. 우린 어떻게든 그걸 이용해야만 해."

민수는 팔짱을 긴 채 방 안을 서성였다. 그러다 어느 순간 제자리에 우뚝 멈춰 섰다.

"그래, 좋은 생각이 있어. 이 방법을 사용하면 녀석이 미성년자나 외국인이 아닌가 하는 의문을 한방에 해결할 수 있어."

"어떻게요?"

"이런 부류의 녀석들은 어떤 일에 꽤 흥미로운 반응을 보이곤 해. 가령 고의적으로 틀린 몽타주를 돌리면 자신이 직접 그걸 수정하는 놈들도 있어. 그러니까 잘못된 정보를 잔뜩 흘려서 녀석을 자극하는 게 어떨까? 녀석은 그런 것들을 참지 못해. 당장 발끈해서 반박할 거야. 그걸 통해서 막연하긴 하지만 녀석에 관한 정보를 얻어낼 수 있어."

"언론을 이용해야겠군요. 확실하게 하기 위해서 황 기자한테 부탁해 볼까요?"

희진은 민수의 표정을 유심히 살피며 질문했다.

"아니, 황 기자는 절대 이용하면 안 돼!"

민수의 말투는 단호했다.

"왜요?"

"그는 범인과 계속 접촉해야 하는 사람이야. 그런데 그가 이런 잘못된, 더구나 자존심을 건드리는 정보를 흘린다면 곤란한 일이 벌어질 수도 있어. 유령은 황 기자는 물론이고 언론과의 접촉을 완전히 끊어버릴지도 몰라. 이거 정말 어렵군."

민수는 다시 방 안을 서성였다.

"현재 경찰이 확보할 수 있는 쓸 만한 단서는 유령이 황 기자를 통해 보내는 메시지뿐이야. 그걸 잃어버리는 위험을 감수할 수는 없어. 더구나 황 기자는 이번 사건에 대해서 속속들이 알고 있어. 그는 우리가 가짜 정보를 흘려서 범인을 자극하려고 한다는 사실을 금방 눈치 챌지도 몰라. 그럴 경우 최악의 상황이 벌어질 수도 있어. 그런데 설마 정보를 흘릴 기자가 없는 건 아니겠지?"

민수가 희진을 빤히 쳐다보며 질문했다.

"걱정 말아요. 기자라는 명함을 가지고 다니는 인간들은 하나같이 눈이 벌게서 경찰 주변을 떠돌아다니니까요."

"좋아. 당장 이것부터 해결하자고."

"알았어요. 뭐 더 필요한 건 없죠?"

"빨리 돌아가서 문 경감님하고 이 문제에 대해 상의하도록 해. 그럼 오늘은 여기까지 하지."

민수는 고개를 돌리며 말했다.

16

"녀석도 가짜 증거가 아닐까 의심한단 말이지?"

문 경감은 방 안을 서성이며 말했다.

"네. 그래서 언론을 이용해보는 게 어떨까 하던데요? 단 황 기자는 절대 이용하면 안 된다는 단서를 달았지만요."

희진은 의자에 주저앉으며 말했다. 곰 같은 덩치의 남자가 좁은 방 안을 쉴 새 없이 왕복하는 모습을 지켜보는 건 놀이기구를 타는 것만큼 어지러웠다. 하지만 담배 냄새를 맡는 것보다 백만 배는 나았다. 그가 좀 더 속도를 내기 시작했다. 희진은 그의 모습이 춤추는 북극곰과 비슷하다고 생각했다.

"그러니까 요점은 유령을 자극해서 어떻게 반응하는지 지켜보자는 거지?"

"네."

"그런데 전에도 얘기했지만 우리가 직접 언론과 접촉하는 건 힘들어."

문 경감은 사정없이 머리를 흔들었다.

"젠장. 아무리 머리를 굴려봐도 답이 안 나와. 심지어 정치로도 풀 수 없어. 워낙 실수를 많이 저질러놓은 터라 유령을 자극하도록 허락하지 않을 거야. 절대로."

경찰에 호의적인 언론이 전혀 없는 건 아니다. 그들을 이용하는 건 어렵지 않다. 문제는 유령이 필요 이상으로 흥분하면 이쪽이 곤란해진다는 점이다. 그것까지 감수할 사람은 눈을 씻고 찾아봐도 보이지 않았다.

"그렇긴 합니다. 혹시라도 잘못되면 그때는 진짜 끝장이니까요."

"그럴 경우 이 사건에 조금이라도 발을 담근 사람은 모조리 옷을 벗어야 할 거야. 그런데 말이야. 옷 벗는 것과 전혀 상관없는 사람이 있어. 민수가 그런 경우지?"

문 경감의 새우 눈이 반짝였다.

"그럼 민수 선배를 이용하자는 말입니까?"

"혹시 민수가 그런 뉘앙스를 풍기지는 않았어? 자신이 직접 나서겠다는? 녀석의 성향상 충분히 그랬을 것 같은데."

"생각하고 계신 게 있습니까?"

"일석이조, 아니 일석삼조라고 해야겠지. 민수에게 황 기자와 인터뷰를 하도록 요청해봐."

"황 기자요? 민수 선배는 황 기자를 이용하는 걸 강하게 반대했습니다. 혹시나 잘못되면 유령이 모든 연락을 끊을 수 있다면서요. 그의 말이 일리가 있습니다. 황 기자는 유령이 세상과 소통하는 유일한 통로 잖습니까?"

"물론 그렇긴 하지. 지금부터 내 말 잘 들어봐. 일단 들어보고 나서 판단을 내리도록 해."

문 경감은 빙긋이 웃었다. 그는 헛기침을 하며 목청을 가다듬은 다음 말했다.

"우선 황 기자가 유령을 적대시하는 내용의 기사를 적는다고 해서 그게 꼭 유령을 자극할까? 물론 기분 나쁘기야 하겠지. 하지만 황 기자도 엄연한 기자야. 기자란 좋은 소식만 전해주는 존재는 아니야. 오히려 안 좋은 소식을 더 많이 전해주지. 내 말의 요지는, 유령에게 비판적인 기사라고 해서 반드시 문제가 되지는 않을 거라는 거야. 실제로 황 기자의 기사 중에 유령에 대해 비판적인 것들도 몇 건 있었잖아?"

"그건 본인의 의견이라기보다는 인터뷰 내용 따위를 실은 기사였습니다. 아! 그러니까."

희진은 문 경감과 눈을 맞추었다. 그는 가볍게 고개를 끄덕여주었다.

"그래! 민수가 유령을 비난하고, 황 기자는 단순히 그걸 받아 적기만 하면 전혀 문제 될 게 없어. 유령이 분노해야 할 대상은 민수지 황 기자가 아니거든."

"더불어 최악의 경우 경찰에 대한 비난도 피할 수 있겠군요. 유령을 조롱하는 건 민수 선배니까요."

"그렇지. 거기에 더해 행여 민수가 유령과 연결되어 있다면, 둘 사이에 불화를 일으키는 불씨가 될 수도 있어."

"꿩 먹고 알 먹기군요."

"더구나 황 기자와 민수 둘 다 용의자야. 그들을 한방에 몰아넣고 둘이 어떻게 행동하는지 지켜본다고 해서 손해 볼 건 하나도 없어."

"혹시 민수 선배와 황 기자가 서로 연결되어 있다고 생각하십니까?"

희진은 조심스럽게 질문했다.

"아니. 그건 누가 봐도 무리한 추측이지. 하지만 두 명 중에 한 명은 유령과 연결되어 있을 가능성이 높아. 만일 상대가 유령과 연결되어 있다면 눈치 빠른 인간들이라 금방 알아챌 수 있을 거야. 우린 그들이 어떻게 반응하는지 지켜보기만 하면 되는 거야."

"그러다 최악의 경우 둘이 동맹을 맺어버리면 어떻게 합니까?"

희진은 진저리를 치며 말했다. 그들이 동맹을 맺는다면 그 파괴력은 단순히 더하기나 곱하기로 끝나지 않을 것이다. 최소한 서너 제곱은 각오해야 할 것이다.

"그렇긴 하지만……. 걱정 마. 그럴 일은 없을 거야. 잘난 맛에 사는 인간들은 절대 라이벌에게 관대하지 않거든. 아무튼 너는 민수에게 계속 황 기자를 추천하도록 해. 녀석의 마음이 돌아설 수 있도록."

"그런데 노골적으로 황 기자를 추천하면 민수 선배가 이쪽의 속내를 금방 눈치챌 겁니다."

"그렇지. 그게 문제지. 이거 산 넘어 산이군. 어떻게 하는 게 좋을까?"

문 경감은 다시 방 안을 서성이기 시작했다.

"커피 한 잔 가져다 드릴까요?"

"역시 센스 있는데. 커피 좋지."

문 경감은 환하게 웃으며 말했다.

희진은 건물 밖으로 나가 잠시 찬바람을 쐰 다음 자판기에서 커피 두 잔을 뽑아 왔다. 문 경감은 보드에 뭔가를 썼다 지우기를 반복하고 있었다. 거기에 열중해서 그녀가 방에 들어온 것도 모르는 눈치였다. 그녀는 탁자 위에 슬그머니 커피를 올려놓은 다음 방을 빠져나왔다.

커피를 마시며 민수에 대해 생각했다. 여전히 그를 의심하긴 하지만 그를 또 속인다는 건 전혀 마음에 들지 않았다. 인정하긴 싫지만 그와 마주할수록 그에게 빠져들고 있었다. 첫 번째 만났을 때와 같은 가슴 떨리는 설렘은 없었지만.

그러고 보니 그를 안 지도 어언 5년이나 됐다. 그때나 지금이나 자신은 달라진 게 전혀 없는 것 같은데 세상은 무서운 속도로 변하고 있었다. 마치 환상을 본 것처럼 모든 것이 희미하기만 했다.

전화기의 진동이 무거운 상념을 깼다. 그녀는 번호를 확인했다. 문 경감 방 전화번호였다.

"지금 즉시 내 방으로 와."

문 경감의 목소리가 무척 밝았다.

"좋은 아이디어가 떠오르신 모양이죠?"

"빨리 와. 이게 정말 가능한지 검토해보게. 그리고 커피 한 잔 더 부탁해."

문 경감은 여전히 방을 서성이고 있었다. 담배 연기가 자욱할 줄 알았는데 실내는 의외로 깨끗했다. 오늘은 금연에 성공한 게 분명했다. 희진은 그가 앞으로도 이 상태를 유지하길 바랐다.

"지금부터 내가 하는 말 잘 듣고 혹시 미비한 점이 있으면 사정없이 지적해줘."

문 경감이 말했다.

"말씀하세요."

"그간 민수가 읽었던 책 리스트를 쭉 확인해봤는데 말이야. 아직 야 크 운터베거를 다룬 책은 읽지 않았더군. 사실 그에 대해 언급한 책이 거의 없긴 하지."

"야크 운터베거? 아! 그는 기자였죠?"

"그래. 그러니까 운터베거를 다룬 글을 보면 황 기자를 의심하게 될 가능성이 높지 않을까?"

"하지만 민수 선배 정도면 운터베거에 대해 모를 리가 없을 텐데요."

"알고 있더라도 기억 한편에 저장되어 있을 뿐이지 그 기억을 되새 김질해보지는 않았을 거야. 운터베거는 아주 특이한 케이스잖아. 그러 니까 내 생각은 이거야. 의심의 싹을 틔우기 위해서 운터베거를 이용 해보자는 거지."

"괜찮은 생각 같긴 합니다. 그런데 그것만 가지고는 부족해 보입니 다."

"나머지는 온전히 네 몫이야. 이 일을 시작할 때 얘기했지만 이 작전 에서 가장 중요한 사람은 바로 너야. 녀석이 눈치채지 않을 한도 내에 서 녀석의 프로파일러로서의 육감을 자극하도록 해. 유령은 의심스러 운 면이 많잖아? 예를 들어 무시당하는 걸 극도로 싫어하고, 단 한 명 의 기자와 연락하는 걸 보면 수줍음이 많아 보여. 하지만 대담하게도 수백 명의 사람과 경찰이 지켜보는 앞에서 살인을 저질렀단 말이야. 더구나 그가 납치해서 살해한 여자들은 꽤 매력적이었어. 그런 여자들 을 손쉽게 요리한 걸 보면 수줍음과는 거리가 멀어 보인단 말이야."

"그러니까 유령이 한 명이 아니라 두 명이 아닐까 의심하도록 만들 라는 말이죠?"

"그렇지. 공범 얘기가 나오면 금방 황 기자를 의심하게 될 거야. 우리가 그랬던 것처럼. 아니, 우리보다 몇 배나 빨리 의심할 거야."

"결국 우리가 황 기자를 의심하는 이유에 대해 그에게 모두 오픈하라는 말이군요."

"아니. 오히려 우리보다 몇 배는 더 의심하도록 만들어야 해. 그래야 민수가 움직일 테니까. 사실 그냥 놔둬도 사건을 조사하면 할수록 황 기자를 의심하게 될 거야. 다만 그 시간을 좀 앞당기자는 거야. 민수 녀석에겐 남는 게 시간이지만, 우리에게 가장 필요한 게 바로 그거니까."

"자꾸 부정적인 의견을 제시해서 죄송한데 그러다 혹시라도 둘이 연합하면 그땐 어떻게 합니까? 민수 선배도 그렇지만 황 기자도 우리에게 무척 적대적이잖습니까?"

"말 잘했어. 어떻게든 그 점을 부각시키도록 해. 황 기자가 우리에게 원한을 가지고 있어서 복수하는 거라는 합리적인 의심이 싹트도록 말이야."

"예전에 상부에서 작업했던 사건 말하시는 겁니까?"

"그래. 뭐 떳떳한 일은 아니지만 그 정도면 동기로서는 충분하지 않겠어? 황 기자가 왜 경찰에 깊은 적개심을 드러내는지 그 사건이 잘 설명해주잖아?"

"글쎄요. 적의 적은 동지잖아요. 민수 선배도 그렇고 황 기자도 우리에게 적대적인데……. 전 왠지 부정적인 생각이 강하게 듭니다. 지상 최강의 악마들이 서로 손을 잡을 것 같다는."

"그럴 일이 없도록 어떻게든 막아야지. 그리고 둘 다 우리가 감시하고 있는데 별일이야 있겠어?"

"알겠습니다."

희진은 더 이상 반박하지 않았다. 문 경감의 결심이 바윗돌 같았기 때문이다. 하지만 그녀의 직감은 일이 안 좋은 방향으로 흘러갈 가능성이 더 높다고 경고하고 있었다.

그녀는 무거운 마음을 안고 방을 나섰다. 저미는 가슴에 하나가 더해졌다. 그건 사랑하는 사람을 속인다는 것에 대한 죄책감이었다.

17

희진은 불을 켜지 않았다. 옷도 벗지 않았다. 침대에 누워 하염없이 어두운 천장을 바라봤다. 오늘따라 오랜 의문이 줄곧 머릿속을 맴돌았다. 민수는 정말 두 건의 살인에 대해서 무죄일까? 첫 번째 범행의 경우 그의 자백도 있었고, 시체가 묻힌 곳을 그만 알고 있었으며, 프로파일과도 일치했다.

하지만 이후에 저질러진 두 건의 범죄는 그렇지 않다. 그는 철저히 범행을 부인했고 결정적인 물증은 하나도 나오지 않았다. 또한 여러 가지 면에서 그의 프로파일과도 맞지 않았다. 칼로 수십 번이나 난자하는 끔찍한 범죄를 저지르는 자들은 내성적인 성격의 소유자들이다. 그들은 다른 사람과 소통하는 데 어려움을 겪으며 비교적 어린 나이에 고독에 빠져든다. 그들은 자신만의 세계에서 폭력적인 환상을 쌓아 올린다. 여러 책과 논문뿐만 아니라 실제 인터뷰를 통해 직접 경험한 사실이다.

그들은 어려운 상황에 처해도 대화를 나눌 상대가 없다. 극도의 고독감을 안고 거리를 배회하고 마당에 구멍을 판다. 그들의 가정은 안도감이 아니라 스트레스와 압박감을 준다. 그들은 가정 폭력에 노출되어 있다. 그래서 그들은 눈을 감고 자신만의 위대한 영역으로 들어가는 것이다. 그곳에서 그들은 무적이 된다. 자신을 괴롭히는 녀석이나 굴욕을 준 상대에게 복수할 수 있다. 환상은 거기서 그치지 않는다. 시간이 지나면서 폭력적인 영화나 인터넷에서 본 자극적인 영상들이 더해진다. 처음에는 콩알만 하던 것이 어느새 지구를 넘어 태양계 너머까지 확장된다. 무한한 우주처럼 환상에는 끝이 없기 때문이다.

그의 성장배경을 속속들이 알지 못하지만 민수는 평범한 가정에서 자랐다. 학대를 받은 흔적은 전혀 없다. 물론 모든 살인범들이 물리적인 학대를 받은 건 아니다. 일부의 경우 겉으론 화목해 보이는 중산층 가정 출신이다. 하지만 그들의 삶을 파헤쳐보면 비록 물리적인 학대는 없더라도 심리적인 학대가 행해진 경우가 종종 있다. 특히 중요한 건 유아기의 정서적 박탈감이다. 이 때문에 아동은 불안과 정서적 굶주림을 느끼게 되고, 이는 파괴적인 공격성을 띠게 만든다. 그런데 사건 이후 주변 인물들을 인터뷰한 결과를 종합해보면 외아들인 민수는 부모님의 극진한 사랑을 받으며 자란 게 확실했다.

더구나 그는 외향적인 성격의 소유자다. 어릴 때부터 친구가 많았고 모든 일에 앞장서는 부류였다. 운동도 잘하고 성적도 나쁘지 않았다. 잘생긴 외모 덕분에 여자친구를 사귀는 데도 전혀 어려움을 겪지 않았다.

의혹은 계속 꼬리를 물었다. 두세 번째 피살자들에게서 강간당한 흔적이 전혀 발견되지 않은 걸 보면 범인은 일상생활뿐만 아니라 성적인 면에서도 소극적이거나 장애를 가지고 있을 것이다. 그런데 민수는 성불구가 아니었다. 오히려 왕성한 성욕을 자랑했다. 그녀는 그 사실을 아주 잘 알고 있었다. 비록 법정에서 이에 대해 증언하지는 않았지만.

물론 그가 자백을 했고(이후 그는 이를 번복했다. 사실 정상적인 상황에서의 자백이라고 보기 어려운 건 명백한 사실이다) 충분한 동기도 있었다. 그런 무차별적인 살인은 스트레스가 도화선이 되기 마련인데 그는 극도의 스트레스 상황에 빠져 있었다.

첫 번째 살인의 경우 애인이 헤어질 것을 요구했다. 그녀는 꽤 명망 있는 집안 출신이라 그녀 주변 사람들은 하나같이 결혼을 반대했다. 두 번째와 세 번째 살인은 그로부터 2년이 지나서 발생했다. 이번에는 여자인 희진 쪽에서 매일같이 결혼을 재촉했지만 쉽지 않은 상황이었다. 아버지가 주식으로 퇴직금은 물론 민수의 적금까지 날려버렸기에 민수는 경제적으로 큰 어려움에 처해 있었다. 마침 어머니까지 혈압으로 쓰러지셨다. 그의 어머니는 잠시 회복되는 듯하다가 자식이 살인범으로 체포되자 다시 드러누우셨다.

비극은 거기서 그치지 않았다. 수사관으로서 그는 극도의 슬럼프에 빠져 있었다. 한때 최고라는 소리를 듣던 그가 갑자기 특유의 명석함을 잃어버렸다. 성공에 대한 과욕이 그를 초조하게 만들었고 조급할수록 실수를 되풀이했다.

그 때문일까? 당시 그는 술독에 빠져 있었다. 이를 지적당하자 노골적으로 불만을 표출하기까지 했다. 매사에 공격적이어서 정신감정을 받으라는 지적까지 받았다. 하지만 그는 의사를 피하는 건 물론이고, 동료, 가족, 심지어 애인이었던 그녀와도 대화를 나누고 싶어하지 않았다. 그는 일체의 소통을 거부한 채 혼자만의 세계에 빠져들고 있었다. 여느 연쇄살인범들이 그러하듯이.

"사람이 악마다."

당시 심정을 묻는 기자에게 그가 불쑥 던진 말이다. 누구보다 연쇄 살인범의 세계를 깊이 연구한, 그리고 그 세계에 직접 발을 들인 사람다운 대답이었다. 그렇다. 항상 사람이 악마다. 연쇄살인범은 멀리 있지 않다. 그들은 우리의 이웃이다. 출근길에 같은 버스를 탄 사람, 옆 테이블에서 식사하는 사람 중에 연쇄살인범이 있다. 경찰이라고 연쇄살인범이 되지 말라는 법은 없다.

검사가 주장한 대로 그는 일반인들이 가지 못하는 세계를 접하기 위해 살인을 저지른 것일까? 분명 첫 번째 살인은 우발적으로 일어났다. 사실 연쇄살인의 첫 번째 살인이 대부분 그러하다. 그는 그때 일반인은 느끼지 못하는 무엇인가를 경험했음이 분명하다.

수사가 난항을 겪고, 자신의 능력에 대한 회의가 물밀듯이 밀려오자, 그는 일반인이 경험할 수 없는 영역으로 깊이 들어가보고 싶었을 것이다. 연쇄살인범의 머릿속으로 들어가서 그들의 눈으로 사물을 볼 수 있다면. 그건 과학자들이 새로운 발견을 원하는 것처럼 모든 프로파일러들이 간절하게 원하는 것이다. 그 길이 결코 돌아올 수 없는 것이라고 해도.

18

민수는 문 경감과의 회의 결과가 무척 궁금한 눈치였다. 먼저 와서 기다리고 있다가 희진을 보자마자 쉬지 않고 질문을 쏟아냈다. 검토하는 데 다소 시간이 걸리겠다고 대답하자 실망한 표정이 역력했다. 하지만 그도 경찰 출신이라 이런 것들을 결정하는 데 오랜 시간이 걸린다는 걸 잘 알고 있었다.

곧 그는 희진이 가져온 자료에 푹 빠졌다. 한참 서류를 뒤적이다 테이블 위에 사진을 잔뜩 올려놓았다. 그리고 그것들을 뚫어져라 쳐다보기만 했다. 희진은 그를 방해하고 싶지 않았지만 면회 시간이 반밖에 남지 않았다.

"뭘 그렇게 뚫어져라 보는 거예요? 이미 외울 정도로 자료를 확인하지 않았나요?"

희진이 말했다.

"이게 세 번째 피해자가 가지고 있던 물품 사진의 전부지?"

민수는 사진을 가리키며 말했다.

"네. 그게 전부예요."

"원래는 플래시몹에 쓰고 온 마스크도 있다고 하지 않았어?"

"그건 중간에 사라져버렸어요. 동영상을 봐서 알겠지만 현장보전이 불가능한 상황이었어요. 핸드백을 챙긴 것만 해도 천만다행이었죠."

"참! 그 형사들 어떻게 됐어? 제일 처음에 현장에 도착한 덤 앤 더머 있잖아?"

"어떻게 됐을 것 같아요?"

그녀는 쓸쓸하게 웃으며 말했다. 친하진 않지만 그녀는 박 형사, 김 형사를 알고 있었다. 그들은 누구보다 열심히 수사에 임했다. 결과는 반대가 되어버렸지만.

"징계 먹었구나."

"둘 다 감봉 3개월씩 먹었어요. 주위 동료들이 십시일반으로 돈을 걷어서 도와줬다고 하더군요. 솔직히 말해서 그들도 피해자예요. 누가 있었어도 그 상황에서 그들보다 잘했을 거라고 장담하기는 힘드니까요."

"지지리도 운 나쁜 친구들이군."

"그래서 더 눈에 불을 켜고 유령을 잡으러 돌아다닌다고 하더라고요."

"하긴 유령을 잡으면 포상금이 장난이 아니지."

"2계급 특진에 공식적인 포상금만 1억이 넘어요."

"보자! 경장에서 2계급 특진하면 경위구나. 노 경위. 노 경위. 입에 착 감기는 게 발음하기 나쁘지 않은데."

"비행기 그만 태우고 왜 소지품에 그렇게 관심이 많은지나 말해줘요."

"그것보다 먼저 내 질문에 답변해줘. 첫 번째와 두 번째 피해자의 경우 소지품이 하나도 발견되지 않았지?"

"네. 유감스럽게도 현장에 유령에 대한 단서는 물론 피해자들의 소지품도 전혀 남아 있지 않았어요. 그러고 보면 첫 번째 피해자의 유품이 하나도 발견되지 않았을 때 좀 더 의심했어야 했어요. 유언장은 고사하고 소지품이 하나도 없다니."

"그런데도 그냥 넘어갔지."

"시신이 발견되기까지 시간이 좀 걸려서 누가 가져갔을 거라고 넘겨버렸죠."

"세 번째 피해자의 소지품에 전혀 손을 대지 않은 걸 보면 피해자의 물품을 챙기는 스타일은 아닌데."

"그렇다고 시신을 유기할 때 소지품까지 모두 챙기기도 번거로웠을 거예요."

"그렇긴 하지. 그나저나 비교 대상이 전혀 없어서 애매하긴 하군."

민수는 테이블을 손끝으로 툭툭 치며 말했다.

"뭐 눈에 띄는 점이라도 있나요?"

"최루 스프레이 말이야."

"최루 스프레이가 왜요? 요즘 많은 여성이 호신용으로 그런 거 하나씩은 가지고 다녀요."

"그건 아는데 이상하게 이게 자꾸 마음에 걸린단 말이야. 그래서 앞선 피해자들 인터뷰 자료를 꼼꼼하게 확인해봤는데 평소 휴대하고 다니던 물건들에 대해서는 전혀 언급이 없더라고."

"그들도 호신 장비를 가지고 다녔는지가 궁금한 거예요?"

"바로 그거야. 만일 그들도 평소 이런 걸 휴대하고 다녔다면 얘기가 많이 달라져."

"밤늦게까지 클럽을 드나드는 생활습관 때문에 위험에 많이 노출된 것처럼 보이지만, 보기와 달리 자신의 안전에 신경을 많이 썼다는 말이죠?"

"그래. 피해자들에 대한 위험도 평가가 완전히 잘못됐을 가능성이 있어."

"글쎄요. 피해자들 주위 사람들을 인터뷰한 걸 보면 여느 젊은 여자들과 비슷한 정도였어요. 호신용품을 장식품처럼 가지고 다니는 여자들도 있어요. 그걸 꼭 사용하려는 목적보다 가지고 있는 것만으로도 안심이 되니까 그냥 핸드백에 넣어 다니는 거죠."

"그걸 네가 직접 확인해줘. 경찰의 인터뷰 내용을 보면 그런 것까지 질문하진 않았어. 그리고 인터뷰한 사람들도 남자 경찰이 대부분이고."

"같은 여자라는 걸 백이십 프로 활용하라는 거죠?"

"그렇지. 게다가 넌 특유의 직감이 있잖아? 인터뷰한 경찰들은 가지고 있지 않은."

"너무 띄워주는데요."

희진은 어깨를 으쓱였다.

"녀석에 대한 단서가 거의 없으니 피해자들에게 더 집중할 수밖에 없어. 좋아. 다시 유령에게 집중하자고. 네가 보기에 유령의 성향은 어떤 것 같아?"

"유령은 강박증에다 자기애적 인격장애를 가지고 있어요. 자기중심적이라 다른 사람과는 쉽게 교류할 수 없고 자신의 잘못을 인정하지 않고 남 탓만 할 거예요. 이런 부류는 한 직장에 오래 근무하지 못하고 자신이 능력에 비해 저평가되고 있다는 불만을 가지고 있죠. 그런데 좀 흥미로운 점도 있어요. 이전 두 건의 범죄는 유령의 성향과 일치해요. 그는 외딴 곳에서 자신의 환상을 만족시켰어요. 그런데 이번에는 아주 대담하게도 수많은 사람이 지켜보는 곳에서 살인을 저질렀어요."

"사실 그 점이 조금 의아하긴 한데, 한편으로 갈수록 대담해지는 녀석의 범행수법을 보면 그럴 수도 있겠다는 생각이 들기도 해."

"이상한 건 그것뿐만이 아니에요. 그가 납치해서 살해한 여자들은 하나같이 매력적이었어요. 그들을 납치하려면 어떤 식으로든 직접 접촉했어야 할 텐데, 잘 알겠지만 수줍음을 타서는 그런 여자들을 손에 넣을 수 없어요."

"테드 번디처럼 다친 것으로 위장해서 상대의 동정심을 유발했을 수도 있지."

"테드 번디는 잘생기고 언변도 유창했어요. 그것뿐이 아니에요. 두 번째 시체의 부검 자료를 봐요. 깊게 찌른 것뿐만 아니라 얕게 찌른 흔적도 있어요."

두 번째 피살자는 총 스물다섯 군데나 찔렸다. 모두 같은 흉기에 찔린 것으로 보이는데 이 중 다섯 군데는 상대적으로 상처가 깊지 않았다.

"한 명이 망설이자 다른 한 명이 과감하게 찔렀다고 생각하는 거야?"

"거기에 두 명이 살인을 할 땐 서로 흥분해서 횟수를 더해갈수록 꽁장히 대담해지잖아요?"

"그래서 유령이 갈수록 대담해진다고 생각하는 거야?"

"네."

희진은 고개를 끄덕이며 말했다.

"물론 그렇게 생각할 수도 있지만 세 번째 범행은 단독범행이 분명해 보이는데? 혹시 두 명이 찌른 증거를 확보했어?"

"그건 아닌데……. 사실 그 점 때문에 범인이 두 명이라는 가설이 흔들리고 있어요. 하지만 충분히 고려해볼 만하다고 생각해요. 어쩌면 다른 한 명은 근처에서 망을 보며 도주로를 확보하고 있었는지도 모르죠."

"글쎄, 피살자의 시신에 옷을 입혀준 걸 보면 녀석은 수치심을 느끼는 것처럼 보여. 그래서 시신에 얕게 찌른 흔적이 남아 있는 건 아닐까? 처음에는 죄책감 때문에 제대로 찌르지 못하다가 갑자기 분노가 폭발해서 마구 찔러댔는지도 모르지."

"시신을 야산에 유기한 것도 좀 그래요. 물론 불가능한 건 아니지만 혼자서 시신을 그런 외진 곳까지 옮기려면 굉장히 힘들고 시간도 많이 걸렸을 거예요. 하지만 교대로 운반했다면 서너 배는 수월했을 거예요. 한 명이 시신을 운반하는 동안 다른 한 명이 망을 봐줄 수도 있고요."

"그렇긴 한데……. 아무튼 그건 좀 더 시간을 가지고 찬찬히 생각해 보자고. 참! 지리 추정 프로파일링은 했겠지?"

"당연히 했죠. 그런데 살인이 세 건뿐인 데다 정확한 정보가 거의 없어서 말이에요. 살인자와 희생자가 만나는 포식점부터가 문제예요. 홍대가 가상 가능성이 높긴 한데 사실 이것도 불분명해요."

"어디서 살해됐는지도 전혀 모르긴 하지. 세 번째를 제외하면."

"여러 가능성을 고려해봤을 때 범인의 거주지는 홍대 근처일 가능성이 가장 높아요. 그런데 이곳의 인구만 해도 장난이 아니잖아요. 일단 해당 지역의 순찰을 강화하고 이 지역의 전과자들을 예의 주시하고 있지만 아직까지 별다른 성과는 없는 상황이에요."

"홍대에서 한 시간이면 갈 수 있는 거리에 천만 명이 넘게 사는 나라라서 어쩔 수 없지. 그나마 차량을 이용하지 않은 범죄라면 범위를 조금 더 좁힐 수 있겠지만 말이야."

"서울과 수도권 인구만 2천만 명이 넘으니 어쩔 수 없죠. 대한민국 성인 남자의 절반을 용의선상에 올릴 수도 없는 노릇이고."

"범행이 더 저질러진다고 해도 지리 추정 프로파일링은 별 소용이 없겠군."

"그게 우리가 하는 프로파일링의 한계잖아요. 범위를 줄이기는 하지만 범인을 지목하지는 못하죠."

"이런 상태라면 녀석이 실수하도록 유도하는 것밖엔 잡을 방법이 없긴 하지."

민수는 인상을 긁으며 말했다.

19

희진은 첫 번째 피해자인 이윤주의 절친 김미선과 약속을 잡았다. 이미 귀찮을 정도로 인터뷰한 사실을 알기에 최대한 친절한 목소리로 대화를 나눴다. 인터뷰 장소도 경찰서가 아니라 커피숍으로 정했다. 미선은 처음에는 망설이는 기색이 역력했지만 커피숍에서 만나자고 하자 인터뷰를 허락했다.

미선의 얼굴을 알기에 자리에서 일어나 그녀를 맞았다. 미선은 실물이 훨씬 나았다. 약간 통통하긴 하지만 피부가 무척 깨끗했다. 그녀의 걸음걸이는 보는 사람이 기분 좋을 정도로 활기찼다.

"안녕하세요. 바쁘실 텐데 자꾸 불러내서 죄송합니다."

희진은 미소를 지으며 깍듯하게 인사했다.

"아뇨. 오히려 제가 감사하죠. 경찰이 아직 윤주를 잊은 건 아니구나 하는 생각이 들어서요."

미선은 어색한 미소를 지으며 말했다.

"그간 몇 가지 실수를 저지른 점, 경찰의 한 사람으로서 정말 죄송스럽게 생각합니다. 많이 괴로우셨죠?"

이윤주의 가족보다 미선이 경찰 조사에 더 강력하게 항의했다. 그녀는 처음부터 친구의 자살을 믿지 않았다. 심지어 인터넷에 피해자의 죽음에 대해 재조사해줄 것을 요구하는 글을 올리기까지 했다.

본격적으로 조사가 시작된 뒤에도 고통은 이어졌다. 두 번째 피해자의 몸에서 마약성분이 검출된 것 때문에 이윤주도 마약을 했던 건 아닌가 하는 의혹이 제기됐기 때문이다. 이 경우 피해자들이 별다른 저항 없이 살인범을 따라간 게 마약을 구하기 위해서였다는 가설이 성립된다. 실제로 경찰은 홍대 인근의 마약판매상을 대상으로 수사를 진행해왔다.

하지만 이윤주의 주변 인물들은 이를 이구동성으로 부정했다. 특히 미선이 가장 목청을 높였다. 몇 년간 붙어 다녔는데 마약을 하는지 몰랐을 리 없다고 주장했다. 그녀는 자신을 상대로 마약투여 여부를 조사해보라고 했다. 경찰은 못이기는 척 이에 응했고, 결과는 깨끗했다.

"솔직히 말씀드리면 원망도 많이 했어요……. 그래도 늦게나마 윤주의 죽음에 대한 진실을 알게 돼서 다행이라고 생각해요."

미선의 눈가가 축축해졌다.

슬픔은 금방 전염된다. 희진 역시 괴로웠다. 피해자의 주변 사람들을 만나 인터뷰하는 건 수사에 도움이 되긴 하지만 그들의 아픔을 공유해야 한다는 고통도 따른다. 그래서 그녀는 항상 담을 쌓으려고 노력했다. 그건 수사를 위해 꼭 필요한 것이기도 했다. 유가족들의 슬픔에 깊이 동화될 경우 객관성을 잃어버릴 위험에 처하게 된다. 몇몇 수사관들은 지나치게 개인적으로 사건에 개입하다가 자신의 건강과 결혼생활, 나중에는 생애 전체를 황폐화시켜버리기도 한다.

"범인을 꼭 잡도록 하겠습니다. 그때까지는 주변 분들의 지속적인 도움이 필요합니다."

"윤주를 위한 일인데 당연히 도와드려야죠. 좀 전에도 말했지만 전 경찰이 윤주를 벌써 잊어버린 건 아닌가 걱정하고 있었거든요."

"절대 그렇지 않습니다. 범인을 잡기 위해서 지금도 수많은 경찰이 밤낮으로 뛰고 있습니다. 조금만 더 기다려주세요."

"그런데 무슨 일로 절 불러내신 거죠? 제가 기억하는 건 이미 다 말씀드렸는데요. 혹시 새로운 증거라도 찾으셨나요?"

미선의 눈이 반짝였다. 희진은 좋은 소식을 전할 수 없음에 가슴이 아렸다.

"사실 새로운 증거를 찾은 건 아니에요. 몇 가지 질문할 게 있는데, 사망 당시 미선 씨가 가족보다 더 가까운 사이여서, 아무래도 미선 씨를 만나는 게 가장 도움이 되거든요."

이윤주는 학교 때문에 집을 나와 자취하고 있었다. 그래서 사망하기 전까지 가족과 왕래가 많지 않았다. 그러고 보면 다른 피살자들도 가족과 그다지 가까운 사이는 아닌 것처럼 보였다. 하긴 희진 역시 그러했다.

"칭찬으로 받아들여야 할지 잘 모르겠네요."

미선은 어색한 미소를 지었다.

"공식적인 조사도 아니니 그냥 차 한잔하고 가신다고 생각하세요. 여기 분위기 괜찮지 않아요? 제가 남자를 꼬시면 꼭 같이 와야겠다고 생각하는 곳인데요."

희진은 주위를 둘러보며 말했다. 그녀가 좋아하는 곳이라 나이 차이가 크게 나지 않는 미선도 좋아할 거라고 생각했다. 하긴 딱딱한 경찰서와 비교하면 이곳은 천국이었다.

"분위기만큼 커피 맛도 좋은가요?"

미선은 환하게 웃으며 말했다.

"물론이죠. 아 참! 내 정신 좀 봐. 주문부터 하죠."

커피가 나오는 동안 희진은 미선의 긴장을 풀어주기 위해 몇 가지 농담을 꺼냈다가 유행에 너무 뒤처진다며 타박을 받았다. 덕분에 분위기는 한층 화기애애해졌다.

"혹시 이윤주 씨가 호신용품을 가지고 다니진 않았나요?"

희진이 질문했다.

"글쎄요. 그건 잘 기억이 나지 않는데요."

"미선 씨는 호신용품 가지고 다녀요?"

"아뇨. 전 얼굴이 무기거든요."

미선은 양손으로 자신의 얼굴을 가리키며 말했다. 통통하긴 하지만 꽤 귀여운 얼굴인데 본인은 그렇게 생각하지 않는 모양이다.

"그건 저도 마찬가지예요."

희진은 빙긋이 웃으며 말했다.

"호신용품은 다른 친구들을 통해서 한번 알아볼게요. 보시는 것처럼 제가 덩치가 좀 있다 보니 친구들과 그런 얘기를 나눈 적은 한 번도 없거든요."

미선은 오른팔에 알통을 만들며 말했다.

"날씬하신데요."

"그러게요. 제 생각에도 저 같은 체형이 딱 표준이라고 생각하는데 현실은 전혀 그렇지 않더라고요. 요즘 워낙 날씬한 여자들이 많다 보니 그런 모양이에요. 하긴 윤주하고 같이 다닐 때는 어딜 가든 살 빼라는 소리를 들었어요. 윤주는 모델 에이전시의 눈에 들 정도로 날씬했거든요."

"그 기분 저도 알아요."

"키도 크고 날씬하신데 엄살이 너무 심하신 거 아니에요?"

"요즘 일에 치여 살다 보니 살이 많이 빠져서 그래요."

실제로 유령 수사에 참여한 후 4킬로그램 정도 체중이 줄었다. 그녀만 그런 게 아니었다. 수사에 참여한 사람 중에 살이 빠지지 않은 사람은 한 명도 없었다. 워낙 과체중이라 티가 잘 안 나서 그렇지 문 경감은 10킬로그램 가까이 체중이 줄었다.

"그렇게 해서라도 살이 빠져봤으면 좋겠어요. 심지어 어떤 사람들은 저보고 윤주 보디가드라고 막 놀리고 그랬어요."

"이윤주 씨 집은 어땠나요? 혹시 집에 잠금장치 같은 걸 달아놓지는 않았나요?"

"윤주는 혼자 사는 여자예요."

미선은 웃으며 말했다. 희진은 그녀가 현재형으로 말하고 있다는 데 주목했다. 아직도 미선은 매일 윤주와 시간을 보내는 눈치였다. 물론 그녀의 머릿속에서.

"그러니까 제 질문의 요지는 지나치게 많이 달아놓지는 않았는가 하는 거예요."

"음……. 그런 면이 없잖아 있긴 했어요. 잠금장치가 많기도 했고 외출할 때나 잠들기 전에 꼼꼼하게 확인하곤 했어요. 그런데 그게 그렇게 중요한가요?"

"아뇨. 일상적인 질문입니다. 피해자가 조심스러운 사람인지 아닌지에 따라 범인의 유형이 달라지거든요."

희진은 진실을 말하지 않았다. 이윤주의 삶은 성폭행 피해자의 그것과 닮아 있었다. 집에 바리케이드를 치고 세상과 담을 쌓으려는.

"참! 혹시 둘 사이가 나빠지거나 한 적은 없었나요? 왜 사소한 일 때문에 가끔 다투기도 하잖아요?"

희진은 화제를 돌렸다.

"상대를 죽이고 싶을 정도로 심하게 싸운 적은 없는데요."

미선의 표정이 싸늘하게 변했다.

"죄송해요. 제가 질문을 잘못했나 보네요. 미선 씨를 용의자로 생각해서 그런 질문을 한 게 아니에요. 혹시 서로 다퉈서 몇 달간 안 보게 되면 그동안 서로에 대해서 소홀해지잖아요? 행여 그런 일이 있었으면 그 기간만큼 정보의 공백이 생길 수도 있어 걱정해서 드린 질문이에요. 이만 오해 푸세요."

"제가 너무 오버했군요. 죄송해요. 보셔서 아시겠지만 제가 좀 터프한 면이 많아서요. 글쎄요, 다툰 적이 없다면 거짓말이지만 그렇게 오랫동안 안 본 적은 없는데……. 아! 한 번 있긴 했구나."

미선은 손뼉을 치며 말했다.

"그게 언제였죠?"

"한 2년 정도 됐을 거예요. 윤주를 안 지 그다지 오래되지 않았을 때였어요. 갑자기 걔가 전화도 씹고, 문자도 씹고, 메일까지 씹더라고요. 나한테만 그런 게 아니라 모든 사람들과 연락을 끊다시피 했어요."

"왜 그랬나요?"

희진의 머릿속으로 뭔가가 핑 하고 지나갔다. 그녀는 상대가 눈치채지 못하게 최대한 태연한 표정을 지으며 질문했다.

"한참 시간이 지난 다음에 물어봤더니 생활이 달라져서 스트레스를 많이 받았다고 하더라고요. 집을 떠나서 혼자 사는 데다 중간고사까지 망쳐서 스트레스를 많이 받았다고 했어요."

"남자 문제는 아니었나요?"

"그때도 그렇고 이후에도 그렇게 깊은 사이까지 진전된 남자는 없었어요. 가볍게 만나는 사람들은 몇 명 있었지만요. 그러고 보니 전에 그 사람들 명단까지 다 작성했었는데."

"네, 그 사람들은 빠짐없이 다 만나봤어요."

희진은 빙긋이 웃으며 말했다. 경찰이 놀고 있었던 건 아니다. 군대에 가 있는 사람들도 국방부의 협조를 얻어 인터뷰하고, 심지어 어학연수를 간 사람까지 불러들였다.

"참! 여기 오다가 생각난 게 하나 있는데, 그런데 이런 것까지 말할 필요가 있나?"

미선은 고개를 갸웃거리며 말했다.

"피해자에 대한 정보는 아무리 사소한 거라도 소중한 법이에요. 사실 단서는 아주 작은 것들에 숨어 있거든요. 그러니까 생각나는 건 뭐든 편하게 말씀하세요."

희진은 미소를 지으며 말했다.

"예전에 이 근처에서 윤주를 만난 적이 있거든요. 그런데 그때 윤주가 약속 시간에 좀 늦었어요. 왜 늦었냐고 물었더니 운동하다가 시계를 보는 걸 깜빡했다지 뭐예요. 제가 왜 그걸 기억하느냐면 윤주는 무척 날씬한 몸매잖아요."

미선은 희진과 눈을 마주쳤다. 희진은 동의의 표시로 고개를 끄덕여주었다.

"그렇게 날씬한 애가 몸매 관리를 하려고 운동을 한다니까 살짝 질투가 나지 뭐예요. 그래서 어느 헬스클럽이냐며 같이 다니자고 했더니 이번 달까지만 다닐 거라며 얼버무리더라고요. 그런데 이 일대에 윤주가 좋아할 만한 헬스클럽은 그때도 그렇고 지금도 없거든요."

"그게 언제였죠?"

"정확한 날짜는 기억이 안 나는데 1년은 된 것 같아요."

"분명 이 근처에서 운동을 했다고 했나요?"

"네. 운동 마치고 급하게 온다고 머리도 미처 다 말리지 못했더라고요."

"아무튼 오늘 이렇게 시간 내주셔서 정말 감사해요. 그리고 한 가지 부탁드릴 게 있어요."

"어떤?"

"간단한 거예요. 이윤주 씨 가족들에게도 부탁해놓긴 했는데, 아무래도 미선 씨가 이윤주 씨가 살해당하기 전 가장 많은 시간을 보낸 사람이라서요."

희진은 미소를 지어 보였다. 미선도 역시 미소를 머금었는데, 그 뒤에는 여전히 깊은 슬픔이 배어 있었다.

"시간 나는 대로 이윤주 씨에 대해서 생각해보고, 이윤주 씨의 일상에 대해 최대한 자세히 적어줬으면 해요. 취미, 좋아하는 스포츠, 평소에 자주 가던 곳, 음주 습관, 만나던 친구 같은 거요. 처음 이윤주 씨를 만났을 때부터 마지막으로 클럽에서 본 그날까지 일 중에 생각나는 건 모조리 적어보는 거예요. 특히 살해될 당시 평소와 다른 행동을 하지 않았는지 곰곰이 생각해보세요. 그리고 이건 제 명함이에요."

희진은 명함을 내밀었다.

"사소한 거라도 상관없으니까 언제든 명함에 적힌 핸드폰 번호로 연락 주세요."

"네, 그럴게요. 그럼 인터뷰는 다 끝났나요?"

"네, 모두 끝났어요. 오늘 정말 수고 많으셨어요. 혹시 또 생각나는 게 있으면 급하게 인터뷰를 요청할지도 몰라요. 괜찮죠?"

"물론이죠. 이렇게 대화를 나누다 보니까 아는 언니랑 얘기하는 것 같아서 정말 편했어요. 언니는, 참 언니라고 불러도 되죠?"

"편한 대로 부르세요."

희진은 벽을 쌓아야 하는데, 라고 생각하며 대답했다.

"언니는 사람을 참 편하게 해줘요. 솔직히 언니가 경찰이라는 게 믿기지 않아요."

"왜 사람들은 경찰이라고 하면 딱딱한 이미지만 연상할까요?"

"글쎄요. 뭔가 뿌린 게 있으니까 그렇겠죠. 아무튼 언니는 그런 부류가 아니라서 정말 좋았어요."

"언제 시간 나면 소주라도 한잔해요."

반은 진심이 담긴 말이었다.

"나 안주발 끝장인데 그래도 괜찮아요?"

"그럼 좀 싼 데도 괜찮죠?"

둘은 기분 좋게 웃었다.

20

희진은 일주일 만에 민수를 찾았다. 새로운 사건이나 단서도 없었고, 워낙 바빠서 시간 내기가 힘들었다. 결정적으로 문 경감의 특별지시가 있었다. 앞으로 면회는 일주일에 한 번만 가라는 것이었다. 방문 횟수가 줄어들면 이를 만회하기 위해 민수가 최선을 다할 것이라는 게 요점이었다.

할 수 없이 상관의 명령에 따르긴 했지만 마음 한편이 무거웠다. 그런 그녀에게 결정타를 날린 건 길 한가운데에 있던 강아지의 시신이었다. 내려서 양지바른 곳에 묻어주고 싶었다. 하지만 그럴 시간도, 삽 같은 장비도 없었다. 그녀는 많은 운전자가 그러하듯 비참한 주검을 피해 현장을 도망치듯 빠져나갔다. 그녀를 향해 죽은 강아지의 동료들이 애절하게 짖어댔다. 유령에게 살해당한 피해자의 가족이 이런 심정일까? 날씨는 화창했지만 마음속에는 폭풍우가 쳤다.

희진은 간단한 인사 후 민수가 요구했던 자료를 건넸다. 그는 평소보다 날카로웠다. 인사도 받지 않았고, 보드에 피해자들 사진도 붙이지 않았으며, 귀에 거슬릴 정도로 큰 소리를 내며 자료를 넘겼다.

"황 기자에 대해서 곰곰이 생각해봤는데 말이야."

민수는 자료를 덮으며 말했다.

"황 기자요?"

"아무래도 그를 직접 만나보는 게 좋겠어. 가능하면 그를 통해 유령을 자극하는 작업도 시도해보고."

"황 기자를 통해서 유령을 자극하면 유령이 황 기자와 연락을 끊어버리진 않을까요? 전에 그것 때문에 반대했잖아요."

희진은 만세를 부르고 싶은 걸 억지로 참았다. 비열하지만 효과는 탁월했다. 민수가 드디어 칼을 빼 들었다.

그녀는 자신의 감정을 들키지 않을까 걱정했다. 마침 민수는 뒤돌아서서 보드에 황 기자의 이름을 적고 있었다. 그는 황 기자의 이름 옆에

'?' 표시를 덧붙였다. 그가 돌아서며 말했다.

"그간 그에 대해서 고민해봤는데 단지 내가 말한 내용을 기사화하는 거라면 별문제 없을 거야. 단순히 받아쓰기만 한 건데 그걸로 유령이 삐치기야 하겠어? 무엇보다 황 기자를 통해서 유령을 비난하면 효과가 극대화될 거야."

"황 기자가 많이 의심스럽긴 해요. 유령이 보내는 메시지가 극도로 짧은 것만 봐도 그렇고요. 문장이 극도로 짧은 건 특유의 필체를 감추기 위한 위장일 가능성도 있어요."

"글쎄. 그것보단 길게 적을수록 자신에 대해 많은 걸 노출하게 되지 않을까 염려해서가 아닐까? 물론 네 추측이 완전히 틀렸다는 건 아니야."

"근데 무슨 바람이 불어서 황 기자를 직접 만날 생각을 한 거예요."

"내 경험에 의하면 범죄자는 물론 기자도 경찰에 모든 걸 속 시원하게 털어놓지는 않는 법이야. 기자와 경찰은 공생관계이기도 하지만 어떤 면에서는 라이벌이기도 하거든. 황 기자는 아직 기사에 밝히지 않은 뭔가를 알고 있을지도 몰라. 참! 지금도 그를 계속 감시하고 있나?"

"느슨한 감시죠. 유령에게서 오는 메일 때문에 메일 계정은 24시간 감시하지만 황 기자는 사건이 벌어질 때만 따라다녀요. 혹시 그쪽에서 눈치챌까 봐 많은 인원을 붙이지도 못해요. 원체 인원이 부족하기도 하지만요."

"그래도 베테랑으로 붙이지 그랬어. 정작 홍대에서 사건이 벌어질 때는 황 기자를 놓쳤다면서?"

"그때 확실하게 그의 동선을 파악했다면 지금 이렇게 의심하는 일도 없을 텐데. 아쉽긴 하죠."

첫 번째와 두 번째 사건의 경우 알리바이를 조사하는 건 불가능에 가까웠다. 우선 사망 시각이 정확하지 않았다. 피해자들이 사망한 곳과 시체가 유기된 곳도 달랐다. 서울 시내 모처에서 살해한 후 인적이 뜸할 때 외곽에 버렸을 가능성이 다분했다.

그런 상황에서 황 기자의 알리바이를 조사한다는 건 별 의미가 없었다. 어차피 사건 담당 기자인 황 기자는 길 위에서 혼자 보내는 시간이 대부분이었다.

"아! 그 형사도 징계 먹었나? 홍대에서 황 기자를 놓친 형사?"

"얼마 안 먹었어요. 겨우 한 달."

"가뜩이나 힘들 텐데 수사팀 사기가 말이 아니겠군."

"죽을 맛이죠."

희진은 한숨을 내쉬며 말했다. 안팎으로 두들겨 맞다 보니 수사팀의 분위기는 최악이었다. 모두가 유령을 잡기보다 어떻게 하면 수사팀에서 빠져나갈 것인가만 궁리했다.

"사실 황 기자가 의심스럽긴 해. 동기와 범행방식 모두 황 기자를 지목하고 있단 말이야."

민수는 잠시 말을 멈췄다. 그는 동의를 구하는 눈치였지만 희진은 일부러 아무런 반응도 보이지 않았다.

"유령의 범행방식을 보면, 횟수를 더해갈수록 굉장히 큰 폭으로 대담해져. 전에 네가 말한 대로 범인이 두 명이라서 놀라운 속도로 대범해지는 건지도 몰라."

"그럼 동기는요?"

"그를 의심하게 된 결정적인 계기가 바로 동기야. 내가 듣기론 경찰이 고의적으로 황 기자를 물 먹였나고 하던데. 사실이야?"

"나 같은 말단이 뭘 알겠어요."

희진은 어깨를 으쓱이며 말했다.

"그래도 들은 얘기가 있을 텐데. 황 기자란 이름만 들어도 경기를 일으키는 사람이 한둘이 아니었을 테니까."

"피장파장이죠 뭐. 처음부터 황 기자는 좋은 시선으로 우리를 보지 않았어요. 요즘은 아주 날 잡았죠. 그는 누구보다 앞장서서 우리를 비난하고 있어요."

물론 황 기자만 경찰을 비난하는 건 아니다. 하지만 다른 기자의 위력이 경량급 복서의 잽이라면 그의 위력은 전성기 타이슨의 가공할 훅에 맞먹었다.

"내가 보기엔 객관적이던데. 아무튼 이것만 확인해줘. 당시 황 기자를 물 먹이려고 그가 덥석 물 만한 가짜 정보를 흘린 건 사실이지?"

"그런 소문이 돌았던 건 사실이에요. 그의 고발 기사 때문에 옷 벗은 사람들이 꽤 되니까요."

당시 황 기자는 경찰의 고질적인 상납문화에 대한 기사를 적었다. 그런데 이 기사를 본 방송국 PD가 깊은 관심을 보였고, 그는 직접 황 기자를 찾아갔다. 그는 황 기자와 연합해 심층적인 취재를 하는 데 성공했고, 신문과 방송 양쪽에서 협공에 들어갔다. 당연한 얘기지만 해당 기사와 방송은 엄청난 사회적 파장을 몰고 왔다.

승승장구하던 황 기자가 슬럼프에 빠진 건 이에 대한 보강 기사 때문이었다. 그는 출처를 정확하게 확인하지 않고 성급하게 기사화하는 실수를 범했다. 그 때문에 그는 강력한 역습을 맨몸으로 받아내야만 했다. 결국 해당 신문사에서 사과 기사를 내는 걸로 마무리되었지만 그는 큰 타격을 받았고, 이후 유령이 등장할 때까지 긴 슬럼프에 빠졌다.

"인정하진 않지만 부정하지도 않는군."

"그렇다고 그런 극단적인 선택을 할까요? 차라리 이전처럼 펜으로 협박하는 게 훨씬 위협적이고 기자다운 선택일 텐데요."

"그는 밑바닥까지 가본 사람이야. 더 이상 잃을 게 없는 상태를 경험했다고. 그 비참한 기분은 당해본 사람만이 알아. 겪어보지 않은 사람은 절대 알 수 없어."

좀처럼 감정을 드러내지 않는 민수의 목청이 높아졌다. 마지막에는 절규하는 것 같았다. 결국 그는 자리를 박차고 일어나 창가로 걸어갔다. 희진은 그를 내버려뒀다. 어차피 그녀가 할 수 있는 건 없었다.

"자! 계속하자고. 시간이 많지 않으니까."

민수는 다시 자리에 앉으며 말했다.

"네 말대로 황 기자는 손에 피를 묻히는 그런 잔인한 살인마는 아닐지도 몰라. 하지만 자신이 직접 나서지 않고도 복수와 성공을 동시에 달성할 수 있는 방법이 있다면 어떻게 할 것 같아?"

"사실 악마하고도 손을 잡는 게 사람이죠."

"그런 멋진 방법이 있다면 성인군자도 거부하기 힘들 거야. 어떻게 연결됐는지 몰라도 황 기자는 유령이라는 자를 찾아내서 녀석을 조종하고 있는 건지도 몰라. 그럴 경우 경찰이 속수무책으로 당하는 것도 전부 설명이 돼. 녀석이 극도의 자신감을 보이는 것 또한 간단하게 설명되지. 황 기자는 자신의 신분을 이용해 경찰의 수사정보를 알아내고, 이를 몰래 유령에게 알려주지. 덕분에 경찰은 계속 허탕만 치고 황 기자는 이를 신랄하게 비난하지. 황 기자는 유령을 이용해서 복수와 성공이라는 두 마리 토끼를 모두 잡을 수 있게 되는 거야."

"복수와 성공이라. 목숨을 걸 만큼 달콤하군요."

"시간이 갈수록 황 기자가 의심스럽다는 생각이 늘어. 유령이 승거를 남기지 않는 건 그가 경찰의 조사과정을 잘 알고 있기 때문일 가능성이 높아. 황 기자는 수사에 대한 기본 지식이 상당한 데다 직접 뛰어다니면서 조사과정을 지켜보고 있어. 그건 시시때때로 자신의 사냥터를 방문해 사냥감을 둘러보며 극도의 희열을 느끼기 위해서인지도 몰라. 야크 운터베거가 그랬던 것처럼."

야크 운터베거는 오스트리아에서 7명, 프라하에서 1명, LA에서 3명의 매춘 여성을 살해한 엽기적이고 국제적인 연쇄살인범이다. 그의 범행에서 눈여겨봐야 할 부분은 피해자들을 납치한 빈의 홍등가에 직접 마이크를 들고 나타났다는 점이다. 그는 동료들의 연이은 실종 때문에 패닉 상태에 빠진 매춘 여성들을 취재하며 극도의 스릴을 느꼈다. 그의 대담함은 거기에 그치지 않는다. 그는 경찰의 수사과정도 취재했는데, 심지어 수사 최고책임자를 인터뷰하기까지 했다.

"황 기자를 야크 운터베거와 직접적으로 비교하는 건 무리인 것 같아요. 그런 괴물이 하늘에서 뚝 떨어지는 건 아니에요. 사실 연쇄살인범이 하루아침에 만들어지는 건 아니잖아요."

희진은 민수의 눈치를 살폈다. 민수는 무표정했다.

"야크 운터베거의 경우 연쇄살인을 저지르기 전 한 여성을 살해한 죄로 무기징역을 선고 받았어요. 모범수로 10년 만에 석방되긴 했지만요. 그에 반해 황 기자는 사소한 폭행죄로도 경찰서를 찾은 적이 없어요."

"예전부터 하는 얘기지만 인간의 심리에 있어 절대적인 진리란 없어."

"그렇긴 하지만……."

"프로파일링을 할 때 가장 피해야 하는 게 바로 편견이야. 처음부터 이건 아니라는 벽을 쌓으면 곤란해. 모든 가능성을 염두에 둬야 한다고."

"좀 다른 얘기지만, 아니 연관된 얘긴가요? 유령이 황 기자를 좋아하는 건 분명해요. 우선 그를 통해서만 세상과 접촉하고 있잖아요."

"유령이 황 기자를 좋아한다는 가장 확실한 증거지."

"그러고 보면 유령이 오페라의 유령을 패러디하는 건 그 저자 때문일 가능성도 있어요. 잘 알겠지만, 저자인 가스통 르루는 기자 출신이에요. 그는 아주 유명한 사형 반대주의자였어요. 황 기자처럼 말이죠."

"나도 사형 반대주의자야."

민수는 웃으며 말했다. 하지만 그녀는 웃을 수 없었다.

"황 기자는 사형제도를 반대하는 특집 기사를 여러 번 다뤘고, 그때마다 사회적 이슈가 됐어요. 하긴 그가 적은 기사 중에 이슈가 된 것들이 많긴 하죠. 이슈 얘기가 나와서 말인데, 황 기자는 가스통 르루처럼 여러 건의 특종을 잡았어요. 그리고 사실 이게 가장 중요한 연관관계라고 생각하는데요. 황 기자는 가스통 르루처럼 사실적인 묘사보다는 감성적인 면을 자극하는 경향이 강해요. 다른 기자들도 여러 번 사형제도를 반대하거나 다양한 사회 문제를 다뤘는데 유독 그의 기사만 큰 이슈가 된 것도 그런 이유 때문이죠. 이후의 특종들도 그렇고요."

"내가 보기에 유령이 황 기자를 좋아하는 가장 큰 이유는 그 역시 경찰이라면 치를 떨기 때문일 거야."

"그렇긴 하죠."

희진은 고개를 끄덕였다.

"그런데 황 기자는 어떤 식으로 만나서 어떻게 설득하려고요?"

희진은 상부의 부탁으로 황 기자를 찾아갔던 일을 떠올리며 질문했다.

평소 안면이 있는 사이인 데나 남자보다는 여자가 부탁하는 게 효과적일 것이라는 이유로 그녀가 선택됐다. 그녀는 황 기자에게 최대한 보도통제에 협조해줄 것을 요청했지만 단호하게 거절당했다. 자신 역시 범인이 빨리 검거되길 바라지만 경찰과 언론은 적당한 거리를 둬야 한다는 게 그 이유였다. 그는 경찰서를 뻔질나게 드나드는 사회부 기자가 경찰 수사에 협조하기 시작하면 결국 충실한 개로 변하기 마련이라며 잔뜩 열을 올리기까지 했다.

잠시 후 황 기자는 너무 흥분해서 미안하다며 술이라도 한잔하자고 제안했다. 엉겁결에 가지게 된 술자리에서 어떻게든 그의 마음을 돌리려고 최선을 다했다. 잘 못하는 애교도 부려봤다. 하지만 그는 요지부동이었다.

"기억 안 나? 나 원래 황 기자와 알던 사이야. 그 사건 이전에 그와 몇 번 인터뷰도 하고 술도 한잔씩 했었잖아?"

듣고 보니 그랬다. 민수가 잘나가던 시절 황 기자와 인터뷰하던 장면들이 떠올랐다. 황 기자는 민수뿐만 아니라 수사팀 전체를 인터뷰하기도 했다. 그러고 보니 민수 덕분에 그녀도 황 기자와 안면을 틔웠다.

"여기 온 뒤로 그와 연락한 적 있어요?"

"아니. 전화번호도 몰라. 하지만 네가 알고 있잖아. 아니야?"

"알고 있어요."

희진은 고개를 끄덕이며 대답했다.

"전화번호 적어줘. 좀 있다 전화 한 통 해보지 뭐. 그 친구 내가 전화하면 버선발로 달려올 거야. 그간 끈질기게 인터뷰를 요청해왔거든. 장안을 떠들썩하게 만들었던 희대의 연쇄살인범 강민수의 첫 공식인터뷰를 따낸다면 말 그대로 대박 아냐? 아직도 나한테 관심을 가진 사람들이 한둘이 아닌데."

"유령만큼은 아니더라도 굉장히 매혹적인 미끼죠. 그나저나 그런 식으로 핑계를 대면 뒤에 경찰이 있다는 건 절대 눈치채지 못하겠군요."

"걱정 마. 경찰에 대한 욕이 인터뷰 내용의 9할이 넘을 테니까."

"당장 문 경감님께 연락해야겠어요."

희진은 자리에서 일어나며 말했다.

"그냥 자리에 앉아."

민수는 나지막하게 으르렁거렸다. 그는 어느새 지배자로 변신해 있었다. 심지어 그녀의 솜털이 떨리는 것까지 지배했다.

"잘 들어."

민수는 그녀에게 얼굴을 바짝 붙이며 말했다. 부릅뜬 그의 눈은 야수의 그것 같았다.

"난 누구 허락을 받고 움직이는 사람이 아니야. 황 기자와의 인터뷰는 경찰이 요청해서가 아니라 내가 그를 만나고 싶기 때문에 하는 거야."

"그런 뜻이 아니라."

희진은 어쩔 줄 몰라 허둥지둥했다.

"더구나 인터뷰 내용까지 검열 받고 싶진 않아."

"검열이 아니라 우리가 궁금해하는 부분을 대신 질문해달라고 부탁하려는 거예요."

"그럼 질문할 내용을 지금 여기서 말해. 내가 할 수 있는 건 질문해볼 테니."

민수는 희진에게서 떨어지며 말했다.

"그게 잘 기억이 안 나서요."

희진은 머리를 긁적이며 말했다. 자신이 생각해도 뻔한 핑계였다. 얼굴이 붉게 달아올랐다.

"거짓말 그만하고 부탁할 게 있으면 지금 이 자리에서 말해. 착각하지 마! 그렇다고 다 들어주겠다는 얘기는 절대 아니니까."

21

황 기자는 민수의 전화에 깜짝 놀랐다. 처음에는 장난 전화인 줄 알고 그냥 끊으려고 했다. 그러자 민수는 둘이 처음 만났던 날의 에피소드를 밝혔다. 당시 황 기자는 다른 사람을 민수로 착각해서 엉뚱한 사람과 인터뷰를 했다.

당황해서 그런지 간단한 안부 인사를 나누는데 말을 더듬기까지 했다. 나름 베테랑이라고 자부해왔는데 자존심이 약간 상했다. 하지만 그런 사소한 데 집착할 겨를이 없었다. 마음이 변하기 전에 최대한 빨리 인터뷰하는 게 좋을 거라며 민수가 다짜고짜 전화를 끊어버렸기 때문이다.

황 기자는 당장 캡에게 달려가 상황을 보고했다. 캡도 덩달아 흥분했다. 덩실덩실 춤이라도 출 기세였다. 유령이 떠오르는 총아이긴 하지만 민수도 그에 못지않은 잠재력을 가지고 있다. 유령에다 민수까지 독점하게 된다면 말 그대로 좌청룡 우백호 체계가 완성된다. 적어도 사회면에서만큼은 어느 누구도 따라올 수 없다.

캡은 오늘 같은 날을 위해 특별히 준비해뒀던 위스키를 꺼냈다. 커피 잔 가득 위스키를 채운 다음 건배를 제의했다. 화끈한 감각이 식도를 타고 위로 넘어갔다. 곧 뜨거운 열기가 둘을 감쌌다. 황 기자는 아끼던 쿠바산 시가를 캡에게 건넸다. 그들은 알코올과 니코틴으로 기쁨을 만끽한 다음 특별면회실 사용을 허락 받기 위해 사방에 전화를 넣었다.

상부의 반응도 뜨거웠다. 덕분에 전화를 받은 지 30분도 지나지 않아 특별면회실 사용을 허락 받았다. 그것도 내일 오전으로. 잠시 후 민수가 인터뷰를 허락했다는 연락이 왔다.

둘은 방문을 걸어 잠그고 민수와 인터뷰할 내용을 점검했다. 그의 사건 기록부터, 재판 기록, 방송과 잡지, 신문에서 떠들어대던 무수한 미스터리들. 세간을 떠들썩하게 만든 사건답게 끝이 보이지 않았다.

밥도 배달시켜서 안에서 먹었다. 화장실 가는 시간까지 아껴가며 서류에 매달렸지만 결국 황 기자는 밤을 꼬박 새우고 말았다. 그래도 전혀 피곤하지 않았다. 특종은 그의 심장을 뛰게 하는 원동력이었다. 두 시간밖에 인터뷰하지 못한다는 게 아쉬울 따름이었다.

행여나 차가 막힐까 싶어 일찍 출발했다. 덕분에 특별면회 대기실인 사랑방에서 시간을 죽여야 했다. 비교적 이른 시간인데도 사랑방은 사람들로 붐볐다. 대부분 정치인이나 기업인 들의 비서였다. 그들은 비서실을 옮겨놓은 듯한 착각이 들 정도로 분주하게 움직였다.

황 기자는 그들에 대한 관심을 끄고 곧 있을 만남에 주목했다. 민수에게 좋은 인상을 심어주면 관계가 계속 지속될 가능성이 높다. 반대의 경우. 그건 생각하기 싫었다. 가까스로 부활했지만 실패는 생각만으로도 끔찍했다.

면회 시간을 정확하게 맞춰 민수가 도착했다. 그는 기억하던 모습보다 조금 수척하긴 했지만 눈에 띄게 변한 건 없었다. 하긴 신분이 변했을 뿐이다. 경찰에서 죄인으로.

누가 들으면 이상하게 생각할 수도 있겠지만 황 기자는 그가 전혀 무섭지 않았다. 원래 알던 사이이기도 하고, 그는 여자를 죽였을 뿐 남자에게는 손도 대지 않았다. 결정적으로 인터뷰 상대에게 호감을 느꼈으면 느꼈지 두려워해본 적은 없었다. 상대가 아무리 흉악범이라고 해도.

간단한 안부 인사를 나눈 뒤 비교석 화기애애한 분위기에서 인터뷰가 진행됐다. 민수는 차분하게 자신의 심정을 피력했다. 인터뷰 시간

배분 때문에 신경 쓰였지만 상대가 기분 나빠할까 봐 최대한 경청했다. 민수는 그간의 주장을 되풀이했다. 처음에 저지른 살인은 인정했지만 나머지 두 건의 살인에 대해서는 철저하게 부정했다. 그는 경찰의 조사와 이후 재판 과정에서 드러난 여러 문제점에 대해서도 토로했다. 그의 말을 듣고 있으면 그가 과연 연쇄살인범인가 하는 의문이 들 정도로 차분하고 논리정연했다. 하지만 황 기자는 그런 데 넘어갈 정도로 어리석진 않았다.

거의 한 시간이 지나서야 감옥생활에 대해 질문할 수 있었다. 여유 있는 몸짓에서 드러나듯 민수는 이곳 생활에 잘 적응하고 있는 듯했다. 처음에는 문제를 일으키기도 했다고 들었지만.

"쓸데없는 얘기를 너무 길게 했군요. 지루하진 않으세요?"

민수가 질문했다.

"전혀 그렇지 않습니다. 민수 씨 얘기를 들으러 온 건데 뭐가 지겹겠어요?"

황 기자는 웃으며 대답했다.

"기자생활 힘들진 않으세요? 얼마 전 홍대에서 죽은 피해자 부모는 황 기자님 인터뷰를 거절했다면서요? 심지어 면전에 대고 욕을 하기까지 했다던데."

황 기자가 독주하자 사방에서 태클이 들어왔다. 더구나 그는 유령만큼은 아니지만 연예인 못지않은 인기를 누리고 있었다. 그래서 그에 관한 시시콜콜한 기사를 늘 접할 수 있었다.

"피해자 가족이라면 절 보면서 한심하다고 생각할 수도 있죠. 아니, 냉혹하고 뻔뻔스럽기 그지없다고 욕할 수도 있다고 생각합니다. 어떻게 보면 저 때문에 사람이 죽었는데 위로는커녕 기사 적을 생각만 하고 있으니 말이죠. 민수 씨도 그렇게 생각하세요?"

"글쎄요. 제가 그런 판단을 내릴 입장은 아니라서요."

민수는 어깨를 으쓱이며 대답했다.

"그럴 의도가 아니었는데 제가 질문을 잘못했군요. 죄송합니다."

"아닙니다. 황 기자님이 어떤 의도로 질문했는지 잘 알고 있습니다."

"그러고 보니 예전부터 우리 둘은 좀 통하는 게 있었어요."

황 기자가 웃으며 말했다.

"그래서 이전부터 황 기자님하고만 인터뷰를 했잖아요. 뭐 상부에서 압력이 들어올 때는 어쩔 수 없이 다른 기자랑 해야 했지만요."

"그때도 그렇고 지금도 정말 고맙습니다."

"뭘요. 서로 상부상조하는 거죠."

"아무튼 그런 상황이 닥치면 저 같은 보도기자는 본능적으로 무중력 상태에 빠져듭니다. 다른 사람들이 슬픔과 분노에 빠져들 때, 보도기자는 오히려 한층 민활하게 움직여야 합니다. 감당할 수 없는 충격의 쓰나미가 자신을 덮쳐도, 치열한 직업 정신으로 모든 것을 잊어버리고, 오직 자신의 기사에만 집중해야 하는 거죠."

"한때 욕을 먹으면서도 열심히 범인을 잡으러 다니던 때와 비슷하군요."

민수는 미소를 지어 보였다.

"보도기자와 경찰은 닮은 점이 많죠. 그 시절이 그리우세요?"

"글쎄요. 다시 태어난다면 경찰이 되고 싶은 생각은 추호도 없습니다."

"저도 기자가 될 생각은 없어요. 경찰도 마찬가지고요."

"그럼 무슨 직업이 좋을까요?"

"복 많이 먹는 만큼 뒷논노 많이 쟁기는 성지인?"

황 기자는 오른손 엄지와 검지로 동그라미를 만들어 보이며 말했다.

"스펙 쌓기가 쉽지 않을 텐데요."

"사기만 잘 치면 되죠 뭐. 안 잡히면 장땡 아닌가요?"

"그렇긴 하죠."

민수는 고개를 끄덕였다.

"그래도 매스컴을 너무 많이 타면 곤란하죠. 어떻게든 눈에 불을 켜고 잡아넣으려고 할 테니까요. 참! 이 질문을 할까 말까 많이 망설였는데……. 아니, 안 하는 게 좋겠군요."

황 기자는 머리를 흔들며 말했다.

"유령에 관한 건가요?"

"눈치채셨어요?"

"너무 뻔히 보이던데요."

민수는 환하게 웃었다.

"하하. 제가 연기가 좀 서툴러서."

황 기자는 머리를 긁적였다.

"처음에 얘기했듯이 이곳에 있어도 세상 돌아가는 건 다 알고 있습니다. 밖에서는 저와 유령을 많이 비교한다면서요?"

"그 얘기를 들으면 어떤 생각이 드세요?"

황 기자는 의자를 당겨 앉으며 질문했다.

"글쎄요. 녀석이 하는 짓을 보면 좀 화가 나긴 해요."

"어떤 점에서요?"

"우선 몇 가지 확인을 받았으면 해요."

"어떤 걸 말하는 거죠? 기본적인 사항에 관해서는 인터뷰 시작할 때 이미 합의하지 않았습니까?"

황 기자는 상대를 자극하지 않기 위해 최대한 부드러운 목소리로 말했다.

"별거 아니에요. 지금부터 제가 하는 얘기들을 전부 기사화해달라는 거예요."

"유령에 관한 것 말인가요?"

"네. 안 그러면 더 이상 그에 대해 언급하지 않겠습니다. 또한 앞으로 두 번 다시 황 기자님과 인터뷰하는 일도 없을 겁니다."

"그건 데스크하고 상의해봐야 하는데."

황 기자는 머뭇거렸다.

"제가 다른 많은 기자를 제쳐두고 황 기자님을 선택한 건, 처음에 얘기했듯이 제가 원하는 방향으로 기사를 실어줬기 때문입니다. 그런데 안 보는 동안 많이 바뀌셨군요. 그럼 이만 마치도록 하죠."

민수는 자리에서 일어서며 말했다.

"아닙니다. 어떻게든 기사로 내보내도록 하겠습니다. 약속합니다."

황 기자는 다급하게 외쳤다.

"좋습니다. 황 기자님은 거짓말할 사람이 아니니 지금부터 유령에 대한 제 생각을 밝히겠습니다."

민수는 다시 자리에 앉으며 말했다.

22

희진은 연락을 받자마자 문 경감에게 달려갔다. 아니나 다를까 그는 방 안을 서성이고 있었다. 희진의 모습을 보자 그는 모니터를 돌려 그녀도 같이 볼 수 있게 배려해줬다. 모니터에는 유령이 방금 보낸 메시지가 화면을 가득 채우고 있었다.

과연 누가 모자란 놈인가?

감옥에 갇혀 죽을 날만 기다리는 인간인가?

아니면 무능한 경찰을 비웃으며 지금도 자유를 만끽하는 나인가?

더구나 악마의 똥가루를 치우며 고생한 사람을 병신 취급하다니.

강민수 이 멍청한 녀석아. 난 너처럼 바보같이 잡히지는 않을 것이다.

지켜봐라.

"실시간으로 반응하는군. 화가 많이 났나 봐."

문 경감은 빙긋이 웃으며 말했다.

"그런 것 같습니다. 저도 이렇게 빨리 메시지를 보내올 줄은 몰랐습니다."

유령이 지금처럼 즉각적으로 반응한 적은 없었다. 하긴 그를 이렇게까지 자극한 적도 없었다.

"황 기자와 인터뷰하고 나서 민수가 다른 사람과 접촉한 적은 없지?"

"네. 그럴 시간도 없었습니다. 저도 황 기자와 무슨 대화를 나눴는지 아직 물어보지 못했으니까요."

민수는 피곤하다는 이유로 어제 오후 그녀의 면담을 거절했다.

"기사에 나온 걸 보면 무슨 얘기를 나눴는지 알 수 있잖아. 민수 녀석 아주 잔인하게 씹어댔더군. 어디 보자."

문 경감은 모니터로 시선을 옮겼다. 그는 민수가 유령을 자극한 부분을 큰 소리로 읽기 시작했다.

"유령은 평생 외톨이로 자란 탓에 사람들과 소통하는 데 큰 어려움을 겪고 있다. 외모도 별로인 데다 자신감도 없어서 여자에게는 접근도 하지 못한다. 심지어 살인을 할 때도 가면을 쓴 채 뒤에서 찌르고 도망가는 인간이다. 그는 능력이 없어서 하는 일마다 실패를 거듭한다. 그런 분노가 쌓여서 여자들을 잔인하게 살해하도록 만드는 것이다. 강간한 흔적이 없는 걸 보면 그는 성불구자일 가능성이 높다. 더구나 정신병력까지 있어서 군대 발끝에도 못 갔을 것이다. 야! 멋지다. 시원하다. 속이 뺑 뚫리는 것 같지 않아?"

문 경감이 목청을 높였다.

"이렇게 무참하게 씹어댔으니 유령이 발끈할 만하네요. 그나저나 황 기자 진짜 적나라하게 적었네요. 유령 덕분에 먹고 사는 주제에."

"민수가 화끈하게 적도록 부추겼을 거야. 그리고 기자의 생리가 원래 그렇잖아. 어떻게든 자극적으로 적어야 독자들의 관심을 끌 수 있으니까."

"그런데 악마의 똥가루라는 게 뭡니까?"

희진은 모니터를 가리키며 말했다.

"눈."

"눈요?"

"전방에는 눈이 지겹도록 오거든. 그래서 다들 눈을 악마의 하얀 똥가루라고 부르지. 유령은 군대를 갔다 온 게 틀림없어. 그것도 전방에서 근무했을 가능성이 높아."

"그럼 미성년자나 외국인은 제외되는 거군요. 혹시 이것도 위장 아닐까요?"

"외국인이나 미성년자가 악마의 똥가루를 알고 있을 확률은 그다지 높지 않아. 시간을 봐. 기사가 나가고 얼마 지나지 않아서 답장이 왔어. 기사를 보자마자 바로 반응한 거야. 그러니까 유령은 이미 악마의 똥가루를 알고 있었다고 봐야 돼. 민수 자식 대단하군. 유령이 이렇게 자신에 대해 실토하게 만들다니."

"외국에서도 이런 식으로 범인을 자극한 경우가 종종 있잖아요. 이런 자들은 허영심이 매우 강해서 자신의 몽타주에서 틀린 부분을 직접 고치기도 하니까요. 결과론적인 얘기지만 언론을 이용한 건 탁월한 선택이었습니다. 이런 자들은 직접 대화하는 것보다 서신 교환 같은 간접적인 대화를 훨씬 편안하게 여기죠. 특히나 방금 확인한 것처럼 자신에 대한 언론 기사를 하나도 빼놓지 않고 체크합니다."

"그렇지. 그나저나 그동안 열심히 삽질만 한 꼴이군."

문 경감은 수화기를 들며 말했다. 통화 중 신호음이 울렸다. 그는 재빨리 수화기를 내려놓았다.

"지금이라도 알았으니 다행입니다."

"그래, 민수 녀석한테는 언제 가볼 생각이야?"

"지금 바로 가볼까 합니다."

"그간 빼먹은 사건 자료 모두 챙겨 가도록 해."

"네!"

"참! 전에 사 간 초밥 맛있게 먹었다고 했지?"

"네. 아주 맛있게 먹었습니다."

"갈 때 좀 사 가도록 해."

문 경감은 지갑에서 지폐 몇 장을 꺼내 희진에게 건넸다.

"그런데 이 일로 민수 선배의 무죄가 증명되는 겁니까? 정말 유령과는 아무 연관이 없는 게 분명할까요?"

"유령을 강력하게 비난하는 것도 그렇고, 유령이 보인 반응을 봐도 그렇고. 둘 간에 모종의 협력은 없었던 게 분명해. 만일 그런 게 있었다고 해도 원색적으로 서로를 씹어댈 정도까지 왔으면 완전히 끝장났다고 봐야지. 일단 너는 민수한테 어서 가봐. 지문감식팀에 연락하는 것하고 상부에 보고하는 건 내가 다 알아서 처리할 테니까."

문 경감은 다시 수화기를 들며 말했다.

"그런데⋯⋯."

희진이 머뭇거렸다.

"왜? 무슨 일 있어?"

문 경감은 수화기를 내려놓으며 질문했다.

"유령이 보낸 메시지가 꽤 자극적인데⋯⋯. 그걸 그대로 보여줘도 괜찮을까요?"

"민수의 전투력을 상승시키기 위해서라도 원본 그대로 보여줘야 해. 두 괴물이 전면전을 시작하는 도화선이 될 테니까."

문 경감은 주먹 쥔 오른손으로 왼 손바닥을 탁 소리 나게 치며 말했다.

23

민수는 초밥에 눈길도 주지 않았다. 그는 희진이 방에 들어서기 무섭게 질문을 던졌다. 흥분했는지 목소리가 가볍게 떨렸다.

"녀석한테서 메시지가 왔지?"

"네. 아주 실시간으로 반응하더군요. 이렇게 빠르고 과격하게 반응한 적은 없었는데. 화가 많이 났나 봐요."

희진은 가지고 온 유령의 메시지를 건넸다. 민수는 메시지를 한번 쓱 훑어보더니 보드에 옮겨 적었다. 희진은 고개를 갸웃했다. 자신을 비난하는 내용에 짜증을 낼 만도 한데 민수는 전혀 신경 쓰지 않는 눈치였다.

"참! 선배가 인터뷰한 기사는 읽어봤어요?"

희진은 스크랩한 신문 기사를 꺼내며 말했다.

"여기서도 신문은 읽을 수 있어. 하지만 다시 읽어본다고 나쁠 건 없지. 이리 줘봐. 유령이 보내온 메시지와 비교해보자고."

민수는 기사를 건네받아서 유령이 보낸 메시지 옆에 붙여놓았다.

"도대체 어떤 방법으로 황 기자를 구워삶았기에 이렇게 적나라한 기사를 낸 거예요?"

"특별히 구워삶은 건 없어. 원래 황 기자 성향이 자극적인 걸 즐기잖아. 그 점을 십분 활용한 거지 뭐."

"황 기자 그렇게 만만한 사람은 아니던데."

"뭐야? 지금 나하고 황 기자 사이를 의심하는 거야? 우리가 그렇고 그런 관계라고 생각해?"

민수는 뒤돌아서며 말했다.

"진짜 그런가 보네요. 감옥에 있으면 취향이 변하나 봐요."

"사실 여기 와서 많이 변하긴 했지. 치마만 두르면 다 들이대고 싶으니까."

민수는 능글맞게 웃으며 말했다. 그는 키 크고 날씬한 여자를 좋아했다. 그렇지 않은 여자에게는 눈길도 주지 않았다. 그의 첫사랑 사진을 본 적이 있는데 정말 매력적인 여자였다. 웃는 모습이 특히 그랬다. 얼굴, 몸매, 학벌, 집안 모든 게 완벽해서 열등감을 느끼기도 했다. 반면 그가 나중에 살해했다고 알려진 여자들은 평균에도 미치지 못하는 외모였다.

그러고 보니 유령이 살해한 여자들은 하나같이 민수가 좋아하는 스타일이었다. 이게 단지 우연일까? 머릿속이 한층 복잡해졌다.

"그러지 말고 대답해줘요. 어떻게 한 거죠?"

"내가 원하는 대로 적지 않으면 앞으로는 절대 황 기자하고 인터뷰하지 않겠다고 으름장을 놓았을 뿐이야. 자랑이 아니라 나하고 인터뷰하려고 줄 선 기자가 한둘이 아니잖아. 더구나 유령하고 한판 뜬다는데 혹하지 않을 기자가 세상천지에 어디 있겠어?"

"그렇긴 해도 황 기자 정말 과감한데요. 자칫하면 유령이라는 블루칩을 잃을지도 모르는데, 위험을 무릅쓴 거잖아요."

"아니. 절대 그렇지 않아. 이런 논란이 벌어지면 유령은 황 기자에게 한층 더 집착할 수밖에 없게 돼."

"왜요?"

"나하고 전쟁을 치르려면 황 기자를 통해야만 하니까. 황 기자가 싸움터를 만들어주지 않으면 감옥까지 쳐들어오지 않는 이상 나하고 싸울 수가 없잖아."

"그렇군요."

희진은 머리를 끄덕였다.

"그런 점에서 오늘 벌어진 이 사건의 진정한 승자는 황 기자라고 볼 수 있어. 그에게 몇 달은 우려먹을 수 있는 특종을 던져준 거나 마찬가지잖아. 참! 유령에게서 온 메시지는 일반에 공개됐어?"

"아뇨. 아직 공개하지 않았어요. 다른 메시지가 더 올지도 모르는 일이고, 유령에게서 온 모든 메시지가 일반에 공개된 건 아니에요. 일단 황 기자에게 유령이 보내오는 모든 메시지를 당분간 공개하지 말아달라고 요청했어요."

"엠바고 요청에 순순히 응했어? 황 기자 경찰한테는 꽤 깐깐하게 나올 텐데. 얼마 전에 벌어진 예고살인 때도 정보가 새 나가서 특종을 놓쳤잖아?"

"둘이서 경찰을 신나게 깠나 보군요."

희진은 머릿속이 복잡해졌다. 어디에서 정보가 새어 나갔는지에 대해서는 민수에게 말한 적이 없다. 물론 그가 이미 눈치채고 있었을지도 모르지만, 자신 있게 말하는 걸 보면 황 기자가 이에 대해 말한 것이 분명하다.

또 어떤 얘기를 나눴을까? 교도소 측에서는 어떠한 도청도 허락하지 않았다. 그들의 입장을 이해 못 하는 건 아니지만 섭섭하고 답답했다.

그래서 어깨가 더 무거웠다. 그들이 어떤 대화를 나눴는지 알아내는 건 순전히 그녀의 몫이었다. 하긴 처음부터 모든 게 그랬다. 민수를 설득해 수사에 끌어들이는 것도, 혹시 그가 유령과 연락을 취하는 건 아닌지 확인하는 것도, 그가 수사에 전념할 수 있게 계속 동기 부여를 하는 것도 전적으로 그녀의 몫이었다.

"마지막 하나 남은 취미생활까지 방해하진 말아줘."

"황 기자와 마찰이 있었던 건 사실이지만 협력할 땐 협력해요. 보기 싫어도 죽을 때까지 공생해야 하는 관계니까요."

"잘 들어! 이제부터는 네 몫이야. 황 기자를 구워삶든 협박하든 보도 금지를 최대한 오래 지속하는 게 제일 중요해. 분노에 찬 메시지에 아무런 응답이 없으면 녀석은 한층 화끈하게 달아오를 거야. 그럴수록 자신에 대해 더 많은 걸 노출하게 될 거야."

"점점 이성을 잃어가면서 실수를 저지르겠죠."

"미끼는 던졌으니 느긋하게 기다려보자고."

"그런데 녀석을 계속 자극해도 괜찮을까요? 당하고만 있을 녀석이 아닌데."

"당장 홍대 인근에 경찰 인력을 늘리고 젊은 여성들을 각별히 주시해야겠지. 그런데 내가 그런 것까지 신경 써야 돼?"

"참! 문 경감님이 고맙다는 말 꼭 전해달래요. 유령이 외국인이 아닌 걸 증명해줘서 앓던 이가 빠진 것 같다면서."

희진은 급히 화제를 돌렸다.

"그래서 초밥을 가져온 거 아냐?"

"뭐 꼭 뇌물은 아니에요. 그런데 인터뷰 내용 중에 흥미로운 부분이 있더군요."

"어떤 거?"

"가면에 대한 얘기가 나오던데요. 유령이 자신의 얼굴을 감추려는 목적 말고도 자신감을 얻기 위해 가면을 썼다고 생각하는 거예요?"

"잘 알겠지만 사람은 자기 얼굴을 가릴 때 평소보다 몇 배는 난폭하고 잔인해질 수 있어. 심지어 임진왜란 때 왜군은 가면을 쓰고 침략하기까지 했지."

"조디악 킬러 같은 경우도 가면을 쓴 채 사람을 죽였죠. 그러니까 선배는 여전히 녀석이 수줍음을 타는 성격이라고 생각하는 거네요? 녀석이 과감해질 수 있었던 건 가면의 도움을 받았기 때문이고요."

"녀석이 바로 반응한 건 아픈 곳을 찔렸기 때문일 거야. 그나저나 정말 의외야. 군대를 갔다 오다니. 고문관이라 무지하게 맞았을 것 같은데."

민수는 '악마의 똥가루'에 빨간색으로 밑줄을 치며 말했다.

"군대에서는 눈이 그렇게 싫은가요?"

"가보면 알아."

민수는 퉁명스럽게 말했다. 희진은 남자들은 다 똑같다고 생각했다.

"황 기자와 직접 대화해보니까 어땠어요? 혹시 의심스러운 부분은 없던가요?"

"글쎄. 겨우 첫 만남인데 바로 결론을 낼 필요는 없지 않을까? 유령에세 선선보고를 했으니 낭분산 황 기자와는 자연스럽게 만날 수 있잖아? 그다지 의심스러운 부분은 눈에 띄지 않던데, 계속 지켜보면 확실하게 알 수 있겠지."

"유령에게 전쟁을 선포한 건 황 기자를 계속 만나기 위한 목적도 있었던 건가요?"

"내가 원래 꿩 먹고 알 먹는 걸 좋아하잖아."

민수는 초밥의 포장을 풀며 말했다.

"전에 내가 부탁한 사항들은 질문해봤어요?"

"아. 그게 뭐였지?"

민수는 오른손으로 이마를 짚으며 말했다. 희진은 그게 연기라는 걸 알았지만 그냥 모른 척했다.

"별거 없었어요. 우선 경찰이 일방적으로 당하는 걸 지켜보는 느낌이 어떤지. 만일 유령이 잡히면 어떤 기분이 들지. 개인적으로 유령에 대해서 어떻게 생각하고 있는지. 만일 유령이 다른 기자와 연락한다면 어떤 기분일지. 혹시 이를 예방하기 위해 따로 준비해둔 게 있는지. 이게 전부였어요. 보드에 적을까요?"

희진은 민수를 빤히 쳐다보며 말했다.

"아니. 그럴 것 없어. 먼저 경찰에 대한 감정은 나와 똑같았어. 둘 다 신나게 경찰을 깠어. 이 정도면 됐지? 그리고 만일 유령이 잡히면 씁쓸할 것 같다고 했어. 그를 다시 살려준 생명의 은인이나 마찬가지잖아. 그래도 잔인한 살인마라는 사실은 인지하고 있더군. 그 사람 분명 제정신은 있어 보였어. 마지막으로 유령이 다른 기자와 연락하면 어떨지는 너무 뻔한 질문 아냐? 당연히 질투하지 않겠어?"

"그건 안 물어봤나요?"

희진은 대부분의 답변을 민수가 지어냈다고 생각했지만 굳이 따지지 않았다. 진실과 거짓을 적당히 섞는 모습을 보니 역시 노련하다는 생각이 들었다.

"그런 것까지 세세하게 물어볼 만큼 시간이 넉넉하지 않았어. 한 번 만나고 말 것도 아닌데 다음에 물어보도록 하지. 그럼 이제 먹어도 돼?"

민수는 초밥을 젓가락으로 집으며 말했다.

"맛있게 먹어요."

"넌 안 먹어?"

"식욕이 별로 없어요."

"하긴 먹고 싶을 때 언제든 먹을 수 있으니까."

민수는 이번에도 초밥을 깨끗하게 비웠다.

24

유령의 분노는 뜨거웠다. 그는 수시로 민수를 비난하고 조롱했다. 심지어 하루에 스무 통 가까운 메일을 보낸 적도 있었다. 황 기자는 민수를 만날 때마다 이를 전달했다. 그걸 본 민수는 또 사정없이 되받아치고……. 마치 치킨게임을 하는 10대들 같았다.

직설적인 민수의 인터뷰 기사는 폭발적인 인기를 얻었고, 기억에서 잊혀가던 강민수는 다시 세간의 관심을 끌게 됐다. 사람들은 자극적인 내용보다 희대의 연쇄살인범이 다른 살인범을 비난한다는 데 깊은 관심을 보였다.

이번에도 기다렸다는 듯 각종 음모론이 기승을 부렸다. 국민들의 관심을 다른 곳으로 돌리기 위한 쇼가 아닌가 하는 주장과 이에 대한 반박이 인터넷 게시판을 섬령했다. 심지어 민수가 감형을 조건으로 성무와 뒷거래를 했다는 소문까지 퍼졌다. 민수의 발언이 점점 노골적으로 변해가면서 이 의견에 동조하는 사람들의 숫자가 눈에 띄게 늘어났다.

황 기자의 기사가 원색적이라는 비판의 목소리도 있었다. 하지만 신문 판매부수의 급격한 증가와 인터넷에서 항상 1등을 달리는 조회수와 댓글수 앞에서 그런 비난은 흐지부지 사라져버렸다.

엠바고 때문에 유령의 메시지는 싣지 못했지만 유령을 비난하는 기사는 여과 없이 실렸다. 일반인들이 보기엔 유령만 뭇매를 맞고 있는 상황이었다. 황 기자는 이에 대한 양해를 구했지만 유령의 불만은 눈에 띄게 커져갔다.

이 지경이 되다 보니 황 기자는 유령이 자신을 버리지 않을까 하는 두려움에 휩싸이지 않을 수 없었다. 민수 역시 그를 압박했다. 두 고래 사이에 낀 황 기자는 보도금지를 연장해달라는 경찰의 요청에 노골적으로 불만을 표출했다. 경찰로서는 어떻게든 그를 달래야만 했다. 다행인지 불행인지 그 임무도 희진이 맡게 됐다. 물론 황 기자와 안면이 있다는 이유 때문이었다.

오늘 그녀는 바쁘다는 핑계로 차일피일 미루던 술자리를 가지게 되었다. 상부에서는 어떻게든 잔뜩 독이 오른 황 기자를 달래라고 주문했지만 정작 그녀는 그가 무슨 생각을 하는지에 온통 관심이 쏠렸다. 특히 민수와 어떤 대화를 나누는지 궁금해 미칠 지경이었다. 민수는 황 기자가 유령과 관계없어 보인다는 말만 반복할 뿐, 기사에 나온 것 외에 어떤 대화를 주고받는지에 대해서는 한마디도 하지 않았다.

황 기자가 약속 장소로 잡은 바는 실내장식도 그렇고 손님들도 세련된 분위기를 풍겼다. 그래서 입구에 들어서던 희진은 살짝 긴장했다. 그녀는 꾸미는 쪽으로는 관심도 재능도 없었다. 그녀는 슬쩍 옆에 있는 거울을 응시했다. 별 고민 없이 고른 검은색 정장과 흰색 와이셔츠는 생각보다 잘 어울렸다. 살이 찌는 체질이 아니라서 어떤 옷이든 무난하게 소화할 수 있다는 데 감사했다.

그래도 귀걸이라도 하고 올걸 그랬나? 아무런 장신구를 걸치지 않은 여자는 암만 봐도 자신뿐이었다. 그녀는 곧 이런 긴장감을 즐기기로 했다. 황 기자에 대한 의혹이 모두 해명된 건 아니다. 어쨌든 그는 용의자 중의 한 명이다. 긴장해서 나쁠 건 없다. 더구나 풀어지기 쉬운 술자리다.

그러고 보니 남자와 둘이서만 술을 마신 기억이 희미했다. 장소도 그렇지만 이런 자리가 부담됐다. 가끔 술 한잔할 것을 제안하는 동료들이 있었다. 그때마다 그녀는 상대가 기분 나빠하지 않게 에둘러 거부했다. 그녀가 술자리를 거부한 건 그 뒤에 숨겨진 욕망이 감지됐기 때문이었다. 그녀는 더 이상 끈적끈적한 욕망의 거미줄에 걸려들고 싶지 않았다.

그냥 돌아가버릴까? 용기를 내. 난 도망치지 않아. 경찰이 되기로 마음먹은 그날 이후 그녀는 약한 모습을 드러내지 않으려 노력했다. 남자들은 본능적으로 약한 모습을 감지해낸다. 그들은 그걸 포착하면 노골적이든 비유적이든 상대를 조롱하지 않고는 견디지 못하는 족속들이다.

그녀는 심호흡을 하며 긴장을 달랬다. 본인은 깨닫지 못하지만 유령이 그를 선택한 데는 필시 어떤 이유가 있을 것이다. 경찰을 증오한다는 공통점 말고. 그걸 알아내야 한다.

그녀는 유리로 된 긴 통로를 지나 실내로 들어갔다. 자리에서 일어나 팔을 흔드는 황 기자의 모습이 보였다. 그는 바가 아니라 테이블에 앉아 있었다. 그는 희진이 앉을 수 있도록 의자를 당겨주는 기사도 정신까지 발휘했다. 주객이 전도된 건 아닌가 하는 생각이 들었다.

"여기 괜찮죠?"

황 기자는 주위를 둘러보며 말했다. 희진은 그가 무척 신경 쓴다는 느낌을 받았다.

"분위기 좋군요. 고급스럽지만 현대적이고 조용하고, 영화의 배경화면 같은 곳인데요."

"뭐 드실래요?"

황 기자는 이미 칵테일을 마시고 있었다. 그것도 거의 다 비운 상태였다. 약속 시간에 맞춰서 왔는데. 희진은 기자들은 역시 급하다고 생각했다.

"상그리아."

희진은 웃으며 말했다.

황 기자는 종업원을 불러 롱티와 상그리아를 주문했다. 그들은 일상적인 가벼운 대화부터 시작했다. 하지만 직업에 대한 얘기가 빠질 수 없었다.

"경찰생활이 힘들진 않아요? 더구나 연쇄살인범 같은 극도로 잔인한 녀석들만 상대하잖아요? 남자들도 그런 놈들은 꺼리게 마련인데."

황 기자가 말했다.

"아직 근무 중이신가 보죠?"

희진은 마시던 술잔을 내려놓으며 말했다.

"기자에게 퇴근 시간이란 없어요. 그러고 보니 그쪽도 비슷하군요."

"미워할수록 서로 닮는다고 하잖아요? 밤낮으로 사건을 찾아 몰려드는 날파리라는 점만 놓고 보면 둘이 아주 똑같아요. 쌍둥이처럼요."

"생각 외로 농담도 잘하시는군요."

"그럼 항상 무게 잡고 사는 줄 알았어요? 설마 저녁마다 불 꺼놓고 〈양들의 침묵〉 같은 영화를 본다고 생각하는 건 아니겠죠?"

"네. 그렇게 생각하고 있었는데요."

황 기자는 환하게 웃으며 말했다. 미소가 멋졌다. 피로가 내려앉은 얼굴 때문에 나이보다 서너 살 더 들어 보이긴 했지만, 그는 꽤 매력적인 외모의 소유자였다.

희진은 잠시나마 그가 남자로 보였다는 점이 마음에 들지 않았다. 그 때문에 어색한 침묵이 흘렀다.

"농담이었는데 기분 나빴다면 사과드릴게요."

황 기자는 건배를 제의하며 말했다. 그녀는 거부하지 않았다.

"아뇨. 그런 농담도 못 받아들일 정도로 속 좁은 여자 아니에요. 잠시 딴생각을 하느라 화난 것처럼 보인 모양이네요."

"유령을 생각하고 있었나요? 아니면?"

"전자예요. 몸은 퇴근해도 머리는 24시간 근무 중이거든요."

희진은 오른손으로 자신의 머리를 가리키며 말했다.

"좀 전에 저한테 아직도 근무 중이냐고 구박하지 않았어요?"

황 기자는 빙긋이 웃으며 말했다. 예의 매력적인 미소가 얼굴 전체로 번져나갔다.

"그러네요. 내가 왜 그랬을까?"

그녀도 미소로 답했다.

"생각보다 우린 닮은 구석이 많은 것 같아요. 그렇게 생각 안 해요?"

"그나저나 유령 얘기가 나와서 말인데, 황 기자님이 보기에 유령은 어떤 사람일 것 같아요?"

희진은 허리를 곧추세우며 말했다.

"그건 그쪽 전공 아니에요?"

"전공이긴 한데 과락을 겨우 면하는 수준이거든요."

"글쎄요. 녀석은 촘촘하고 질긴 그물 같아요."

"그물요?"

"네. 다가가려 할수록 사정없이 옥죄어오는 그런 느낌을 받아요."

"의외네요. 녀석이 좋아하는 유일한 사람이 황 기자님이잖아요?"

"그랬군요."

황 기자는 잔뜩 인상을 구겼다.

"혹시나 했는데……. 녀석이 나한테 반한 게이라고 생각하는 거죠? 그렇죠?"

"그거 이제 아셨어요? 전 벌써 알고 있는 줄 알았는데요. 그런 센스로 어떻게 기자생활을 계속할 수 있어요?"

희진은 미소를 지어 보였다.

"운이 좋았거든요."

"우리나라에서 가장 유명한 기자가 운이 좋았다고 하면 누가 곧이 곧대로 믿을까요? 솔직해지세요."

"이거 너무 띄워주는데요. 이러다 사정없이 추락하면 그땐 책임지셔야 합니다."

"그럼 조금만 내려오세요."

"그럴까요?"

황 기자는 웃으며 말했다. 농담은 거기까지였다. 얼마 지나지 않아 그는 세상에 대한 심경을 토로했다. 희진은 그런 그가 싫지 않았다. 그녀는 순수한 사람을 좋아했다. 그를 부추겨주다가 가끔 타박하기도 했다. 누군가와 이렇게 진지하면서 즐거운 대화를 나누긴 정말 오랜만이었다. 두 사람은 점점 거기에 빠져들었다. 황 기자가 첫사랑에 대해서 말하려는데 갑자기 희진의 전화기가 울렸다. 문 경감이었다.

"시도 때도 없군요. 잠시만요."

그녀는 자리에서 일어나며 양해를 구했다. 그런데 전화가 온 사람은 그녀만이 아니었다. 황 기자의 전화기도 사정없이 울어댔다.

유령 때문이었다. 녀석이 새로운 메시지를 보냈기에 그들을 호출한 것이다. 둘은 통화를 마치고 몇 초간 상대의 얼굴을 마주 보다가 혼이 빠지도록 웃었다. 술기운 때문일까? 주위 사람들이 쳐다보는데도 둘 다 아랑곳하지 않았다.

황급히 술자리를 정리하고 밖으로 나왔다. 그 역시 시간이 없을 텐데 그녀에게 택시를 양보했다. 그는 닫으려는 택시 문을 잡으며 말했다.

"혹시 그거 알아요?"

"어떤 거요?"

"내 전처, 아! 그 여자에 대해서는 전혀 모르겠구나."

황 기자는 손바닥으로 이마를 치며 말했다.

"아무튼 내 전처는 어떻게든 자신이 직접 골을 넣어야만 만족하는 스트라이커 같은 여자였어요. 그런데 당신은 팀 동료를 위해 아낌없이 어시스트해주는 플레이메이커 같은 여자예요."

"칭찬 겸 아부로 받아들이면 되는 거죠?"

희진은 그의 말에 더 깊은 뜻이 담겨 있음을 알았지만 애써 모른 척 했다. 민수와의 이별은 그녀의 삶에 깊은 상처를 남겼을 뿐만 아니라 생각까지 바꿔놓았다. 그토록 사랑했던 민수도 그녀 곁을 떠났다. 어차피 또 떠날 누군가를 사랑하고 싶진 않았다.

"그럼 잘 들어가요."

황 기자는 문을 닫으며 말했다.

25

민수는 유령에 대한 공격을 중단했다. 유령이 갑자기 연락을 끊어버렸기 때문이다. 참다못한 민수가 딱 한 번 녀석을 도발해봤지만 전혀 반응이 없었다. 경찰은 황급히 황 기자의 보도금지를 풀었다. 그간 유령이 보낸 메시지를 기사화했지만 유령은 여기에도 전혀 반응하지 않았다. 모두가 조만간 거센 폭풍이 휘몰아칠 걸 예감했다.

홍대 지역에 추가로 경찰을 투입했다. 하지만 그것만으로는 부족하다는 걸 경찰도 잘 알고 있었다. 그래서 유령을 잡기 위한 미끼를 준비했다. 유령이 좋아하는 스타일(피해자들과 최대한 비슷한 스타일)의 여자 경찰을 뽑아 매일 밤 홍대 클럽에 보내기로 결정했다. 그런데 조건에 맞는 여경이 많지 않을뿐더러 지원자도 극히 드물었다. 할 수 없이 키 크고 날씬한 여경은 기혼자를 제외하고 전부 차출했다. 희진도 그중의 한 명이었다.

미끼로 투입된 인원들은 일주일에 두 번 야한 옷을 입고 홍대로 출근했다. 불만을 잠재우기 위해서인지 상부에서는 옷값을 지원해줬다. 한도액이 높진 않았지만 대부분 돈을 보태서 비싼 옷을 구입했다. 울상을 짓던 여경들이 이때만큼은 환하게 웃었다.

사실 그들을 웃음 짓게 한 건 이것만이 아니었다. 클럽에서의 잠복은 신경이 많이 쓰이긴 하지만 재미는 끝내줬다. 젊음을 마음껏 불태울 수 있고 잘생긴 남자들도 만날 수 있다. 감시하는 동료들의 눈길만 제외하면 모든 게 마음에 들었다.

매일 밤 웃지 못할 에피소드들이 쏟아졌다. 같이 마약을 하자고 유혹하다가 감방에 간 남자들의 숫자는 헤아리기 힘들었고, 클럽에서 눈이 맞은 남자가 여경을 강간하려 현장에서 체포되는 일도 있었다. 희진의 경우 새벽에 비틀거리며 클럽을 빠져나오다 황 기자와 마주친 적이 있었다. 그는 경찰의 상황을 알고 있는 듯했다. 빙긋이 웃기만 할 뿐 아는 체는 하지 않았다.

위장근무 때문에 밤을 새우다시피 했더니 컨디션이 말이 아니었다. 눈에는 핏발이 섰고 피부는 낙엽처럼 푸석거렸다. 그렇다고 민수와의 약속을 취소할 수도 없었다. 고민 끝에 모자를 푹 눌러썼다. 그런다고 다 가려지진 않지만 다른 방법이 없었다.

민수는 희진이 모자를 쓰고 나타나자 잠시 호기심을 보이는 듯했지만 여느 때처럼 자료에 몰입했다. 오늘따라 햇살이 무척 따사했다. 덕분에 그녀는 깜빡 졸았다. 갑자기 고개가 푹 숙여지는 바람에 깜짝 놀라 깼다. 자다 깨서 그런지 온몸이 뻐근했다. 그녀는 민수에게 방해되지 않게 조용히 몸을 풀어주었다.

"요즘 잠복근무하느라 힘든가 보네."

민수는 보던 자료를 덮으며 말했다.

"조만간 뭔가 터질 것 같아서 전원 비상이에요."

희진은 오른손으로 하품하는 걸 가리며 말했다.

"그런데 요즘은 잠복근무할 때 하이힐까지 신고 해?"

민수는 웃으며 말했다.

"그게 무슨 말이에요?"

"너 아까부터 자꾸 몸을 앞으로 굽히고 있어. 발끝을 몸 쪽으로 당겨서 종아리 근육도 풀어주고 있고."

"그냥 피곤해서."

희진의 얼굴이 화끈 달아올랐다.

"요즘 클럽에서 위장근무 하는 거야? 유령을 한번 낚아보려고?"

"그냥 까라니까 흉내라도 내는 거예요."

희진은 순순히 인정했다. 그녀는 홍대에서 잠복수사를 하면서 벌어진 갖가지 에피소드들을 상세하게 털어놓았다. 오래간만에 기분 좋게 웃을 수 있었다.

"홍대 앞이 그립군."

민수는 창밖으로 시선을 돌리며 말했다.

그는 클럽을 좋아했다. 연애시절 한 달에 두세 번은 클럽을 찾곤 했다. 그때마다 때론 테크노 음악에 때론 인디 밴드의 연주에 맞춰 신나게 몸을 흔들었다. 집에 갈 때면 그는 가슴속 막힌 게 뻥 뚫린 것 같다며 환하게 웃곤 했다. 이런 곳에 있으니 그곳이 간절하게 그리울 것이다. 사람 사는 곳이 거기서 거기라지만 홍대와 감옥은 천국과 지옥만큼 달랐다.

진동 소리가 그녀의 회상을 방해했다. 핸드폰이 테이블 위에서 춤을 췄다. 문 경감이었다. 인터뷰 중인 걸 알 텐데도 전화한 걸 보면 급한 일이 분명하다. 아니나 다를까 문 경감의 목소리는 다급했다. 그는 속사포처럼 쏟아냈다. 귀가 멍했다.

"무슨 일이야?"

민수는 희진이 전화를 끊기가 무섭게 질문을 던졌다.

"잠시만요. 유령에게서 새로운 메시지가 왔대요. 문자로 보내줄 거예요. 아! 왔어요."

희진은 문자의 내용을 다급하게 보드에 옮겨 적었다.

오늘 붉은 죽음이 다시 찾아올 것이다.

31344444155234423114

"새로운 살인예고군. 그나저나 오늘 당장 실행하겠다고?"

민수는 왼손으로 턱을 만지작거리며 말했다.

"이 암호는 뭐죠? 혹시 알아볼 수 있겠어요?"

희진은 숫자를 가리키며 질문했다.

"글쎄. 보자. 숫자 중에 5보다 큰 숫자는 없군. 역시 녀석은 5를 좋아하는 게 분명해."

"혹시 5진법으로 표시된 암호일까요?"

"아냐. 5진법이라면 숫자는 4가지밖에 나오지 않아. 5까지 나오려면 6진법으로 표현해야 돼."

"6진법을 10진법으로 바꾸려면 어떻게 해야 하지?"

"경찰은 뭐하고 있어? 아직 암호를 못 풀었어?"

"방금 메일을 받았대요. 메일을 받자마자 나한테 전화한 거예요."

"급하긴 급했군."

민수는 빙긋이 웃었다. 여전히 여유가 넘쳤다. 하긴 그가 급할 이유는 전혀 없다. 그는 감옥에 갇힌 죄수지 경찰이 아니니까.

희진은 문 경감이 그녀를 가장 먼저 찾은 이유를 민수에게 말하지 않았다. 혹시 유령이 민수와 연락하고 있다면 민수가 이 암호에 대해 알고 있을 확률이 높다. 설령 그렇지 않더라도 민수는 유령의 암호를 척척 해독해냈다. 암호 전문가들이 해독하고 있으니 조만간 결과가 나오겠지만 민수가 암호를 해독하는 방식을 확인해둔다고 나쁠 건 없다.

민수는 보드 한편에 다음과 같은 표를 그렸다.

	1	2	3	4	5
1	A	B	C	D	E
2	F	G	H	I	J
3	L	M	N	O	P
4	Q	R	S	T	U
5	V	W	X	Y	Z

"가만 있자. 이 암호가 맞을까? 숫자 5 때문에 이전에 조사해둔 암호이긴 한데."

민수는 고개를 갸웃거리며 말했다.

"그래요?"

희진은 보드로 걸어갔다. 벌써 풀었단 말인가? 10분은커녕 5분도 안 된 것 같은데?

그녀는 민수가 암호 해독에 몰두해서 다행이라고 생각했다. 그가 그녀의 표정을 살폈다면 금방 의심을 읽어냈을 것이다. 민수는 보드에 뭔가를 부지런히 적었다.

"31이면 L이고, 34면 O, 44면 T. 어! 이거 맞는 거 같아."

민수는 뒤돌아서며 말했다.

"정말 그러네요. 어떻게 푼 거예요?"

희진은 놀란 감정을 굳이 감추지 않았다. 이건 읽어도 상관없는 감정이다.

"잘 봐! 이건 5까지의 숫자로 알파벳을 표현하는 암호야."

민수는 그가 그린 표를 가리키며 말했다.

"그런데 알파벳은 스물다섯 개가 아니라 스물여섯 개잖아요?"

"그래서 K를 C로 대체하는 게 이 암호의 핵심이야. 잘 봐! K가 빠져 있지?"

그녀는 표를 확인했다. 정말 K가 없었다. 민수는 알파벳 C 옆에 빨간색으로 K를 적었다.

"이 암호는 각각의 행과 열의 순서에 따라 알파벳이 대응하도록 되어 있어. 그러니까 두 개의 숫자가 하나의 알파벳을 표현하는 거지. 이제 숫자를 보자고. 가장 먼저 나오는 31은 3행 1열의 값, 즉 L이 되는 거야. 그다음으로 나오는 34는 3행 4열인 O가 되지. 이런 식으로 배열하면 'LOTTE WORLD'가 나와."

민수는 'LOTTE WORLD'라고 적은 부분을 매직으로 툭툭 치며 말했다.

"선배가 푼 게 정확한 것 같아요. 잠시만요."

희진은 문 경감에게 전화를 걸었다. 희진의 설명을 들은 문 경감은 옆에 있던 경찰에게 이를 알렸다. 곧 민수의 해독이 정확하다는 대답을 들었다.

"경감님! 지금 롯데월드로 갈 겁니까?"

희진은 큰 소리로 말했다. 수화기 너머로 워낙 많은 사람이 떠들고 있어서 이쪽의 소리가 제대로 들리지 않을 것 같았다.

"조금 있다 다시 전화해주겠어? 지금 정신이 없어."

문 경감의 목소리도 덩달아 높아졌다.

"그럼 저는 롯데월드로 출발하겠습니다."

"굳이 너까지 올 필요는 없어."

"손 하나가 아쉬운 형편 아닙니까? 저도 당장 그곳으로 가겠습니다. 그럼 조금 있다 뵙겠습니다."

희진은 전화를 끊었다.

"굳이 너까지 갈 필요는 없을 텐데."

민수는 못마땅한 표정이 역력했다. 희진은 혹시 민수가 유령을 질투하는 건 아닌가 하는 생각이 들었다.

"홍대 앞에서 벌어진 사건을 보고서도 그래요? 인원은 아무리 많이 투입해도 모자란 법이에요. 롯데월드도 홍대 못지않게 유동인구가 많은 곳이에요. 더구나 가족들이 많이 찾는 곳이라 홍대하고 다르게 어린이나 노약자 늘이 많다고요."

희진은 급하게 서류를 챙기며 말했다.

"조심해. 내 예감이 맞는다면……. 아냐. 아닐 거야."

민수는 세차게 고개를 저었다.

"무슨 예감요?"

희진은 순간적으로 뭔가를 느꼈다. 민수의 예감은 단순하지 않다. 그는 뭔가를 알고 있는 게 분명하다.

"별거 아니야. 나이를 먹어서 그런지 괜한 의심이 생겨서."

"말해줘요. 뭐 떠오르는 게 있는 거죠? 그렇죠?"

희진은 민수의 눈을 빤히 쳐다봤다. 그는 그녀의 눈길을 피하지 않았다. 그의 적색이 감도는 큰 눈은 그녀가 반했던 그때처럼 아름다웠다. 어떻게 저런 따뜻한 눈으로 사람을 죽일 수 있을까?

"혹시 녀석이 폭탄을 터트리려는 건 아닐까 하는 생각이 들어."

"폭탄요? 설마?"

설마가 사람 잡는 법이다. 손끝, 아니 온몸에서 힘이 빠져나갔다. 희진은 챙기던 서류를 다시 내려놓았다.

"녀석의 사전에 설마란 단어는 없어. 그간 녀석이 한 짓을 봐. 범행수법이 갈수록 대담해지잖아. 더구나 녀석은 에릭처럼 상식을 깨는 걸좋아해. 그래! 녀석이 오페라의 유령을 선택한 것도 그것 때문일 거야. 처음부터 폭탄을 사용할 계획이었다고."

민수는 빠른 속도로 방 안을 서성이기 시작했다.

"그게 무슨 말이에요? 자세하게 설명해줘요."

민수는 대답 대신 방 안을 계속 서성였다. 1초가 1년 같은 귀중한 시간을 허비할 순 없었다. 그녀는 민수를 재촉했다.

"시간이 별로 없어요. 빨리 설명해줘요. 제발."

"오페라의 유령에서 에릭은 오페라하우스 지하실에 폭탄을 잔뜩 쌓아놓고 언제든지 터트릴 준비를 하고 있었어."

민수는 그녀 앞에 멈춰 서며 말했다.

"맞아요. 그런데 단지 그것 때문에 폭탄이라고 생각하는 거예요?"

"더 있어."

민수는 고함을 내질렀다. 희진이 깜짝 놀라자 그는 목소리를 낮춰 말했다.

"폭탄에 대해서 얘기하려면 오페라하우스의 탄생 배경까지 거슬러 올라가야 해. 실제 오페라하우스는 폭탄 때문에 세워졌어. 오페라를 관람하러 가던 나폴레옹 3세를 향해 한 이탈리아인이 폭탄을 던지지. 그 때문에 무려 150명이 넘는 사람이 죽거나 부상을 당했어. 하지만 황제와 황후는 튼튼한 마차 덕분에 무사할 수 있었어. 나폴레옹 3세는 이 사건 이후 파리에 새로운 오페라극장이 들어서야 한다고 생각하게 됐어. 자신과 같은 VIP들이 폭탄의 위협으로부터 안전을 보장 받을 수 있는 특별한 극장 말이야."

"작품에서 폭탄이 언급되는 것도 그런 배경 때문이었군요."

"롯데월드 역시 오페라하우스처럼 많은 사람이 즐겨 찾는 곳이자 각종 이벤트가 벌어지는 곳이기도 해. 또한 소설에 묘사된 에릭의 거주지처럼 각종 트랩이 설치된 곳이기도 하지."

"트랩요?"

"에릭의 눈으로 보면 놀이기구와 각종 공연시설들은 하나같이 기막힌 트랩처럼 보일 거야. 마치 소설 속의 오페라하우스처럼 말이야."

"젠장. 폭탄이 틀림없어요."

희진은 다급하게 전화기를 꺼내 들었다. 그녀는 단축번호 1번을 눌렀다. 신호음은 가지만 전화를 받지 않았다. 심장이 터질 것 같았다.

"아무튼 선배 정말 고마워요. 난 빨리 가봐야겠어요."

그녀는 허겁지겁 서류를 챙기며 말했다.

"조심해."

민수는 근심 어린 얼굴로 말했다.

26

하지만 희진은 롯데월드로 가지 못했다. 민수의 추측을 들은 문 경감은 민수 곁에 있으면서 새로운 정보가 나오면 바로 연락하라고 명령했다. 그녀가 현장으로 가는 것보다 민수에게서 정보를 얻어내는 게 수십 배, 수백 배 가치 있는 일이라는 말을 덧붙였다. 듣고 보니 그 말이 일리가 있었다.

그녀가 헐떡이며 돌아왔을 때 민수는 태연하게 커피를 마시고 있었다. 그럴 줄 알았다는 표정이 역력했다. 그녀는 자존심이 상해서 입술을 살짝 깨물었다. 커피를 다 마신 민수는 시선을 창밖으로 돌리더니 침묵에 빠졌다. 사람이 얼마나 죽든 전혀 관심 없다는 눈치였다.

어떻게든 그를 자극해야 정보를 얻어낼 수 있어. 그녀는 급하게 머리를 굴렸다.

"그러고 보면 유령의 프로파일 중에 폭파범과 일치하는 부분이 많아요."

희진이 말했다. 민수는 여전히 창밖을 응시하고 있었다. 그래도 그녀는 계속 말했다.

"폭파범들은 대부분 남자에 외톨이죠. 또한 정면 대결을 피하는 타입이기도 하고요. 길을 걷다 다른 사람과 어깨가 부딪치면 자기 잘못이 아니라도 먼저 사과를 하는 유형이죠. 폭탄을 만들어야 하니 평균 이상의 지능을 가지고 있어야 하고 꼼꼼해요."

"그들은 유령처럼 겁쟁이이기도 하지."

드디어 민수가 입을 열었다.

"맞아요. 그들은 겁쟁이예요."

그녀는 맞장구를 쳐주었다.

"또한 생각처럼 그렇게 머리가 좋지도 않아. 물론 아주 뛰어난 자들도 있지만 대부분 평균 정도의 지능을 가지고 있지. 사회적 업적이 별로 없고 좀 전에 말한 것처럼 무척 꼼꼼한 놈들이지. 정리정돈광이라고 봐도 무방할 정도로. 운동을 별로 좋아하지 않고, 비겁하고, 정서불안을 가지고 있기도 해. 아무튼 유령과 일치하는 부분이 있는 건 사실이야."

"그런데 녀석은 폭파범 중에서도 가장 위험한 위력 추구형 폭파범일 가능성이 높아요. 오직 파괴가 목적인."

희진은 자신의 말에 깜짝 놀랐다. 그렇다. 유령은 최대한 많은 사람을 죽이려고 할 것이다.

"그래서 큰일이야. 네 말대로 녀석은 최대한 많은 사람을 죽이려고 할 거야."

민수는 여전히 태연했다. 폭탄을 사용할 것이라고 예측했을 때, 유령이 위력 추구형 폭파범이라는 사실을 눈치챈 것이 분명했다.

"우리가 이렇게 빨리 알아내리라고 예상하고 있을까요?"

"녀석은 모든 걸 면밀하게 계획했을 거야. 그래. 충분히 예상하고 있을 거야."

"그럼 시간이 별로 없겠군요."

희진은 손목시계를 확인했다. 메시지가 온 지 30분 가까이 흘렀다. 유령은 이미 콧네월드에 노착해 폭탄을 설치했을 것이다. 경찰이 긴급하게 대응하고 있다지만 혼자 움직이는 데다 만반의 준비를 한 유령의 속도를 따라잡는 건 불가능하다.

"혹시 자살 테러를 감행하는 건 아닐까요?"

희진은 유튜브에서 봤던 IED의 폭발 장면을 떠올렸다. 폭탄들의 위력은 어마어마했다. 그런 것들이 실외도 아닌 실내에서 터진다면. 그녀는 자신도 모르게 몸이 부르르 떨렸다.

"글쎄. 그럴 가능성은 높지 않을 것 같아."

"조승희처럼 자신이 무시당한 데 격분해서 많은 사람을 죽이고 자살할 수도 있잖아요. 맙소사. 혹시 총기를 구입한 건 아닐까요?"

"정보가 너무 적어서 어떤 것도 확신할 수 없어. 자살 테러일 경우 이쪽에서 막는 건 불가능해. 그건 생각하는 폭탄이기 때문이야. 자살 테러범은 상대의 반응에 따라서 능동적으로 대처하기 때문에 그 어떤 최신무기보다 무섭고 효과적이야. 그래도 꼭 막아야겠다는 생각이 들면 사람이 많이 몰리는 곳을 집중적으로 감시하는 게 좋을 거야. 출입문이나 인기 있는 놀이기구 같은 곳은 항상 사람들이 들끓는 법이니까."

"당장 전화해야겠어요."

"좀 더 정리한 다음에 전화하는 게 좋을 거야. 시간이 없다지만 가뜩이나 정보의 홍수에 빠져서 정신이 없을 텐데."

대상을 지칭하진 않았지만 희진은 민수가 문 경감을 걱정해준다고 느꼈다.

민수는 보드로 걸어가서 '자살 테러?'라고 적었다. 그는 그 밑에 '출입문이나 사람이 많이 몰리는 곳을 우선 감시할 것'이라는 글을 덧붙였다.

"그런데 자살 테러가 아니면? 그땐 목표가 어떻게 변경되지? 위력 추구형 폭파범이니 이 경우도 역시 출입문이나 사람이 많이 몰리는 곳을 우선적으로 감시해야겠지. 그런데 자신이 다치지 않으려면 어떻게 해야 할까?"

민수는 '자살 테러가 아닐 경우'라고 보드에 적으며 질문했다.

희진은 금방 대답을 하지 못했다. 워낙 많은 생각이 떠올라서 전혀 정리가 되지 않았다. 그냥 백지를 제출하고 도망치듯 시험장을 빠져나가고 싶은 마음뿐이었다.

27

감시하기엔 최악의 조건이었다. 롯데월드에 성인 남자 둘이 붙어 다니니 여탕에 남자가 들어간 것 같았다. 수많은 사람이 정신없이 돌아다녀서 뚜렷한 목표물을 찾기도 힘들었다. 구조가 복잡해서 시야도 극도로 좁았다. 가장 괴로운 건 소리였다. 사방에서 질러대는 비명 소리에 심장이 덜컥 내려앉는 것 같았다.

김 형사와 박 형사는 누가 먼저랄 것 없이 한숨을 내쉬었다. 저번 주에 징계가 끝났는데 때려죽여도 시원찮을 유령 녀석이 또 사고를 칠 예정이란다. 더구나 이곳은 기억하기 싫은 그날의 홍대처럼 애초에 통제가 불가능한 곳이었다. 그런데도 상부에서는 이번에도 녀석을 놓치면 가만두지 않겠다고 으름장을 놓았다. 실탄을 지급하면서 만일 유령을 놓치면 자신을 향해 쏘라는 망언까지 서슴지 않았다.

"젠장. 도대체 뭘 어떻게 하라는 겁니까? 사람이 이렇게 많은데. 더구나 우린 녀석이 누군지도 모르잖아요. 씨발 책상머리에만 앉아 있지 말고 여기 와서 지들이 한번 잡아보라지."

김 형사는 거침없이 불만을 토로했다. 징계를 받은 이후, 그는 질풍

노도의 시기를 겪는 10대처럼 사소한 것도 참지 못했다.

"일단 입구 주위에 수상한 사람이 있는지부터 조사하라니까 그렇게 해야지 뭐."

박 형사는 혼자 돌아다니는 남자들을 살피며 말했다. 물론 말처럼 쉽지 않았다. 주로 가족과 연인 들이 찾는 곳이지만 혼자 돌아다니는 남자도 꽤 많았다. 잠시 동행과 떨어져 혼자 움직이는 건지 원래 혼자인지 가려낼 방법은 없었다. 더구나 남자들은 대부분 젊었다.

"여기서 지키고 있으면 뭐합니까? 이미 들어와 있을 텐데요."

김 형사는 뒤쪽을 힐끔거리며 말했다. 수백, 수천 명의 사람들이 돌아다니고 있었다.

"그냥 시키는 대로 하자. 설마 지들 하라는 대로 했는데 또 징계 먹이겠냐? 사람 많은 곳을 중점적으로 감시하라니까 그냥 여기 있어보자."

"선배. 주위를 한번 둘러봐요. 여기에 사람 많은 곳이 몇 군데나 될 것 같아요?"

"너무 많지. 너무 많아서 문제야."

박 형사는 고개를 저었다.

"더구나 이번에는 폭탄일 가능성이 높다면서요? 이렇게 사람이 잔뜩 몰려 있는 실내에서 폭탄이 터지면 어떻게 될 것 같아요?"

김 형사는 주위를 둘러봤다. 젊은 사람이 대부분인 홍대와 달리 이곳에는 어린아이들이 무척 많았다. 결정적으로 홍대처럼 야외가 아니라 실내라서 출입구가 한정되어 있다. 이런 곳에서 폭탄이 터지면 좁은 출구로 사람들이 몰려들면서 수십, 수백 명의 압사자가 발생할 가능성이 높다.

"잠시만. 전화 왔어."

박 형사는 수화기를 귀에 가져가며 말했다. 통화는 길지 않았다. 박 형사는 "네!"라는 짧은 대답만 반복했다.

"무슨 전화예요? 집에서 빨리 들어오래요?"

김 형사는 박 형사가 전화를 끊자마자 질문했다.

"여기 쓰레기통이 어디 있지?"

박 형사는 김 형사의 질문을 무시하며 말했다.

"갑자기 쓰레기통은 왜요?"

"거기에 폭탄을 설치했을 가능성이 높다고 하는군. 쓰레기통이 있는 곳은 다 뒤질 거래. 심지어 화장실 쓰레기통도 전부 수색할 생각인가 봐. 왜, 화장실 맡고 싶어?"

"아뇨. 쓰레기통 저기 있네요."

김 형사는 가장 가까운 쓰레기통으로 성큼 걸어갔다.

"야 인마. 천천히 걸어. 그리고 지금부터 가방이나 배낭 멘 젊은 남자를 주시해. 그것도 혼자 돌아다니는 남자."

"쓰레기통에 이미 폭탄이 설치되어 있으면 어떡하죠? 설마 우리보고 폭발물 해체 작업까지 하라는 소리는 안 하겠죠?"

"너 할리우드 영화를 너무 많이 봤나 보다. 걱정 마. 폭발물 처리반이 곧 도착할 예정이래. 그들이 도착하는 즉시 롯데월드 측의 협조를 얻어서 쓰레기통을 모두 비울 거래."

"녀석이 그걸 보면 바로 폭탄을 터트리지 않을까요?"

"그래서 폭발물 처리반이 청소부로 위장할 건가 봐."

"그럴 필요 없이 그냥 비상방송 때리고 사람들 다 소개시켜버리면 되지 않아요?"

"그건 절대 안 돼. 생각해봐! 그런 방송이 나가면 사람들이 흥분해서 입구로 몰려들 거야. 그다음은 어떻게 될지 불을 보듯 뻔해. 밟혀서 죽거나 다치는 사람이 속출할 거야. 그 뒷감당 책임질 수 있어? 더구나 유령이 정말 폭탄을 설치했다면 방송이 나가는 즉시 폭발시켜버릴 거야."

"진퇴양난이군요."

김 형사는 얼굴을 잔뜩 찌푸리며 말했다.

"아무튼 쓰레기통을 기웃거리는 수상한 사람이 있는지 잘 살피자고."

"그런데 왜 우리만 여기 온 것 같은 기분이 들죠?"

김 형사는 동료 형사를 한 명도 보지 못했다.

"다들 맡은 구역이 있어서 그래. 야! 쓰레기통에 너무 가까이 가지 마."

박 형사는 김 형사의 옷깃을 가볍게 잡아당겼다.

"우리가 기웃거리는 걸 보면 녀석이 눈치챌지도 몰라. 이쯤에서 감시하는 게 좋겠어. 상부에 우리 위치 보고할 테니 넌 철저히 감시해 줘."

박 형사는 곧 상부와 통화했다.

"선배! 저거 있잖아요?"

김 형사가 박 형사의 옷깃을 잡아당기며 말했다.

"왜 그래 인마. 아직 통화 중이야."

박 형사는 인상을 잔뜩 찌푸렸다.

"선배! 저 위에 돌아다니는 저거 말이야?"

김 형사는 천장을 가리켰다. 열기구처럼 생긴 놀이기구가 천장을 따라 천천히 돌고 있었다.

"왜. 저거 타고 싶어서 그러냐?"

"무슨 애도 아니고. 아! 이제 생각났다. 애드벌룬. 그러니까 저 애드벌룬에 형사 한두 명 태우라고 그래요. 저긴 여기서 제일 높으니까 실내에서 무슨 일이 벌어지는지 한눈에 파악할 수 있잖아요."

"그거 괜찮은 생각인데. 잠시만. 네 반장님. 저기 천장에 돌아다니는 애드벌룬 말입니다."

김 형사는 박 형사가 통화하는 동안 주변을 감시했다. 집중이 잘 안됐다. 여전히 반쯤 얼이 빠진 상태였다. 돔 형태로 만든 실내이다 보니 웅웅거리는 소음이 끊이지 않았고, 놀이기구를 타며 질러대는 비명 소리에 그날의 악몽이 떠올랐다.

처음에 폭탄이라는 말을 들었을 때 자신도 모르게 웃음이 터져 나왔다. 하지만 그건 잠시 뿐이었다. 그는 유령이 살인을 저지른 현장에 있었던 사람이다. 그래서 녀석이 진짜 폭탄을 터트릴 것이라는 사실을 누구보다 잘 알고 있었다.

그날을 연상하자 공포와 긴장이 그를 엄습했다. 식은땀이 등줄기를 타고 흘러내렸다. 겨드랑이도 축축해졌다. 그는 심호흡을 하며 긴장을 달래려고 노력했다.

비교적 입구와 가까운 곳이라 김 형사는 자신에게 할당된 구역뿐만 아니라 입구 쪽도 계속 살폈다. 시간을 확인했다. 녀석이 메시지를 보낸 지 한 시간이 다 되어간다. 정확한 날짜를 밝히지 않았던 이전과 달리 이번에는 오늘이라고 구체적인 날짜를 명시했다. 그건 당장이라는 의미를 내포하고 있다. 목이 타들어갔다.

통화를 마친 박 형사도 감시에 들어갔다. 남자들이 쓰레기를 버릴 때마다 심장이 덜컥 내려앉았다. 하지만 그들은 곧 가족 또는 애인과 합류했다. 쓰레기통을 비울 예정이라더니. 인원이 부족해서 그런지 폭발물 처리반은 금방 오지 않았다. 실제로는 몇 분밖에 시나지 않았지만.

김 형사는 피가 마른다는 걸 처음 체험했다. 범인들이 눈앞에서 흉기를 휘두를 때도 이렇게까지 긴장하지 않았다. 그건 볼 수 있어서 충분히 막을 수 있다고 생각했기 때문이다. 하지만 보이지 않는 공포에는 대처할 방법이 없었다. 당장이라도 폭발이 일어날 것 같았다. 자신이 죽는 것도 무섭고, 사람들이 다치는 것도 두려웠다. 최악의 경우 엉망이 될 자신의 미래도 걱정됐다.

그를 악몽에서 구원한 건 청소부들이었다. 그들이 걸어오는 모습을 보자 안도의 한숨이 절로 나왔다. 이미 머릿속에서 유령을 잡는 건 포기한 지 오래였다. 비겁한 얘기지만 자신이 맡은 구역에서 폭발이 일어나지 않았으면 하는 생각뿐이었다.

김 형사는 뭐에 홀렸는지 입구 쪽으로 시선을 돌렸다. 그러자 뭔가가 그의 시선을 잡아끌었다. 그건 안경을 쓴 젊은 남자였다. 검은색 모자를 눌러쓴 180센티 정도 되는 건장한 남자였다. 그는 커다란 검은색 배낭을 메고 혼자 걷고 있었다. 하지만 그가 김 형사의 주의를 끈 건 배낭 때문도 혼자이기 때문도 아니었다. 그는 청소부들의 모습을 지켜보다 순간적으로 김 형사와 눈이 마주쳤다. 그러자 서둘러 입구로 향했다. 아니, 그렇게 느껴졌다.

"저기 검은색 배낭 메고 모자 쓴 녀석이 수상합니다. 한번 조사해봐야겠습니다."

김 형사는 박 형사의 귀에 대고 빠르게 속삭였다. 박 형사는 김 형사의 손끝을 따라 용의자를 확인했다.

"같이 가자. 어차피 여긴 폭발물 처리반이 알아서 할 거야."

박 형사는 청소부들을 향해 가볍게 고개를 끄덕여주었다. 그들은 아무런 반응을 보이지 않았지만 이쪽의 의도를 알아차린 듯했다. 둘은 서둘러 용의자의 뒤를 따랐다.

젊은 남자라 그런지 발걸음이 무척 빨랐다. 둘은 빠른 걸음으로 걷다가 결국 뛰어야 했다. 그러자 상대도 뛰기 시작했다. 정말 날쌘 놈이었다. 강력계에서 빠르기로 첫손에 꼽히는 김 형사가 전력으로 질주하는데도 생각처럼 거리가 좁혀지지 않았다. 장애물이 많은 것도 두 형사를 괴롭혔다. 사람들, 특히 어린애들과의 충돌이 염려돼서 마음껏 속도를 낼 수 없었다.

곧 주위에 있던 형사들이 눈치를 챘다. 그들은 눈에 띄지 않게 접근해왔다. 김 형사는 그들에게 용의자를 뺏기고 싶지 않았다. 징계를 당했을 때 겪었던 분노가 그에게 힘을 불어넣었다. 거리가 차츰 좁혀졌다. 손을 뻗으면 닿을 수 있을 것 같았다.

"이봐! 거기 서!"

김 형사는 다급하게 남자에게 손을 내뻗으며 말했다. 하지만 손은 허공을 움켜쥘 뿐이었다. 용의자가 갑자기 방향을 틀어버렸기 때문이다. 김 형사는 달리던 탄력 때문에 몇 미터를 미끄러졌다.

방향을 틀어 내달리려는데 엄청난 빛 더미와 귀를 찢을 듯한 굉음이 실내를 휩쓸었다. 사방에서 유리가 무너져 내렸다. 돔 천장은 무사했지만 바닥이 흔들리는 것 같았다. 사람들이 바닥으로 내동댕이쳐졌다. 비명 소리와 고함 소리가 한꺼번에 터져 나왔다.

멍하니 서 있던 김 형사를 누군가가 떠밀었다. 바닥에 부딪치기 전에 반사적으로 전방낙법을 쳤다. 워낙 딱딱한 데다 자세가 좋지 않아서 온몸으로 충격이 번졌다. 그래도 어떻게든 일어나려고 애쓰는데 누군가가 위에서 그의 몸을 덮쳤다. 그는 다시 바닥으로 쓰러졌다.

뭐지? 그는 사방에 떠다니는 먼지와 파편으로 폭탄이 터졌다는 걸 깨달았다. 망할. 돌아버릴 것 같았다.

피투성이가 된 사람들과 사방에서 질러대는 비명이 혼란을 부채질했다. 그는 뺨을 두들기며 정신을 차리려고 노력했다. 좀 전까지 그가 지켰던 쓰레기통을 확인했다. 거기가 폭발의 중심지였다. 무시무시한 섬광의 한가운데 있던 폭발물 처리반은 모두 증발해버렸다. 화약 냄새와 피 냄새, 똥오줌 냄새, 고기 타는 냄새가 코를 찔렀다.

"다친 데 없어? 정신 차려."

박 형사가 김 형사를 일으켜 세우며 말했다. 김 형사는 여전히 멍했다. 날카로운 비명 소리와 쿵쿵거리는 발소리만이 머릿속에 가득했다. 박 형사가 등을 몇 번 두드리고 나서야 정신이 돌아왔다.

"아차! 그 녀석!"

김 형사는 고함을 내질렀다. 폭발 때문에 용의자를 깜빡하고 말았다. 둘은 당장 입구로 달려갔다. 하지만 용의자를 찾는 건 쉽지 않았다. 그날처럼 인파의 장벽이 그들을 가로막고 있었다. 어떻게든 입구로 가기 위해 치열한 몸싸움을 벌이던 김 형사는 추적을 포기했다. 바닥에 쓰러져 다른 사람에게 짓밟히는 사람의 숫자가 눈에 띄게 증가하고 있었는데, 그게 발목을 잡았다.

그의 눈앞에서 어린애가 쓰러졌다. 그 여린 몸뚱이 위로 수십 명이 밟고 지나갈 걸 뻔히 알면서 외면할 수는 없었다. 시간이 없었다. 김 형사는 어린애를 향해 몸을 날렸다. 아이를 부둥켜안고 재빨리 몸을 웅크렸다. 그의 몸을 무수한 사람들이 짓밟고 지나갔다. 고통보다는 이러다 장가도 못 가는 건 아닌가 하는 걱정이 앞섰다.

이번에도 그를 구한 건 박 형사였다. 그는 치열한 몸싸움 끝에(심지어 총을 꺼내기까지 했다) 인파의 흐름을 약간 틀 수 있었다. 박 형사의 부축을 받으며 김 형사는 몸을 일으켰다. 온몸이 뻐근했지만 제 발로 일어날 순 있었다. 당장 몸을 움직이는 데 큰 무리는 없어 보였지만 CT를 찍어봐야 확실히 알 것 같았다.

김 형사는 어린애를 확인했다. 넘어지면서 몇 군데 까진 걸 제외하면 다친 곳은 없는 것 같았다. 하지만 정신적인 충격이 엄청났던 모양이다. 이름을 묻는 간단한 질문에도 대답하지 못하고, 김 형사의 품에 안겨 떨어지지 않으려고 했다.

"용의자는 180 정도의 키에 안경을 썼다. 검은색 모자에 검은색 배낭 착용. 회색 셔츠, 청바지를 입고 있다. 뭐야! 씨발. 여전히 전파가 안 잡히잖아."

박 형사는 인상을 잔뜩 긁으며 말했다.

김 형사는 자신의 무전기를 확인했다. 부서지진 않았지만 역시 불통이었다. 핸드폰도 마찬가지였다. 좀 전에 폭발물 처리반이 전파차단기 설치를 완료했다는 무선을 들은 기억이 떠올랐다.

"폭발물 처리반이 나선 것 같습니다. 폭탄이 폭발하자마자 전파차단기를 켠 모양입니다. 핸드폰까지 불통입니다."

김 형사가 말했다.

"젠장. 이번에도 두 눈 뻔히 뜨고 녀석을 놓쳐야 하는 거야."

박 형사는 분노를 이기지 못하고 바닥에 떨어진 물건들을 냅다 걷어차기 시작했다.

김 형사는 용의자가 사라진 방향을 주시했다. 입구는 여전히 아수라장이었다. 용의자에게 접근하던 다른 형사들을 찾아보았다. 사람이 워낙 많아서 누가 누군지 확인하는 건 불가능했다. 제발 누군가는 용의자를 끝까지 추적했기를 기원했다.

아이한테 재차 질문을 던졌다. 이름을 물어보니 이번에는 대답했다. 누구와 같이 왔냐고 물어보니 학교 친구들과 왔다고 했다. 아이에게 당분간 곁에서 떨어지지 말라고 당부했다. 이 북새통에 어린애 혼자서 돌아다니다가는 어떤 봉변을 당할지 몰랐다.

한 가지 다행스러운 점은 더 이상의 폭발은 없었다는 것이다. 물론 사람들은 그렇게 생각하지 않았다. 뒤늦게 매직 아일랜드에서 사람들이 쏟아져 나오면서 좁은 연결통로는 입구에 필적할 만한 아수라장을 만들어냈다.

박 형사는 폭발의 진원지를 확인했다. 처참했다. 쓰레기통은 흔적도 없었다. 쓰레기통을 중심으로 크게 동심원을 그리며 집기류와 사람의 신체 일부였을 고깃덩이들이 퍼져 있었다. 쓰러져서 신음하는 사람들도 한둘이 아니었다.

대한민국 수도 한복판에서 폭탄이 터졌다. 그걸 막고자 경찰이 출동했는데도. 상부의 협박이 머릿속에서 메아리가 돼서 울렸다. '이번에도 놈을 놓치면 다들 밥숟가락 놓을 줄 알아.'

"야 인마. 우리 또 징계 먹게 생겼다. 어쩌면 잘릴지도 몰라."

박 형사는 담배에 불을 붙이며 말했다. 이런 상황에서 담배 피운다고 뭐라고 할 사람은 없었다.

"어쩔 수 없는 상황이었잖습니까?"

김 형사도 담배를 꺼내 불을 붙였다.

"전에도 어쩔 수 없는 상황이긴 매한가지였어."

"또 감봉 처분 받으면 이젠 진짜 굶어 죽게 생겼어요."

"안 잘리면 다행이야. 젠장. 왜 그 망할 놈은 하고 많은 사람 중에 꼭 우리가 맡은 구역에서 지랄이냐? 진짜 이런 씨."

박 형사는 순간적으로 어린애와 눈이 마주쳤다. 그는 빙긋이 웃어주고는 금방 말투를 바꿨다.

"아 그 자식은 전생에 우리하고 무슨 철천지원수였냐? 왜 유독 우리만 이렇게 못살게 구는 거냐."

"하지만 이번에는 녀석의 옷깃을 잡을 뻔했습니다."

김 형사는 자신의 오른손을 보며 말했다. 미처 잡지도 못했는데 손끝으로 녀석이 느껴졌다. 그걸 생각하면 피를 토하고 싶을 정도로 아쉬웠다.

"그래서 더 욕먹을지도 몰라. 눈앞에서 녀석을 놓쳐버렸잖아."

"그래도 이 애를 살린 걸로 만족합니다."

김 형사는 어린애의 머리를 쓰다듬으며 말했다.

"애도 살렸고 우리도 무사한 걸로 만족해야 하나?"

박 형사도 아이의 머리를 쓰다듬으며 말했다. 그들이 용의자를 뒤쫓지 않았으면 무시무시한 폭발에 무사하지 못했을 것이다.

"그러네요. 이 질긴 목숨 지킨 걸 천운이라고 봐야 하나요?"

김 형사는 씁쓸하게 웃었다.

"이왕지사 폭탄은 터져버렸고, 녀석도 놓쳐버렸고. 이제 어느 쪽으로 가는 게 좋겠냐? 폭발 현장에 가서 시체를 수습해야 하나? 아니면 저 아비규환으로 가야 하나?"

박 형사는 양쪽을 돌아보며 말했다.

"전 애 때문에 당분간 꼼짝 못 할 것 같습니다. 주위를 둘러보며 애처럼 길을 잃은 꼬맹이들을 챙기는 게 좋을 것 같습니다."

"그래. 그게 좋겠다. 난 폭발 현장으로 가야겠다. 살릴 수 있는 사람이 한 명이라도 있는지 알아봐야지."

현장에서는 몇 명이 구조작업을 펼치고 있었지만 그 수가 턱없이 부족해 보였다. 대부분의 구조인원은 입구 쪽에 몰려 있었다. 거기는 여전히 아비규환인 데다가 사상자도 제일 많았다.

박 형사는 입구에서 플래시 불빛을 봤다고 생각했다. 벌써 출동했니? 허긴 경찰보다 빠른 기자들도 있잖나. 너구나 이건 언론이 사랑해 마지않는 최고의 기삿거리였다.

3부

28

다행스럽게도 폭탄은 하나만 터졌다. 조사 결과 유령은 폭발한 곳 외에도 두 군데에 더 폭탄을 설치했다. 유령이 사용한 폭발물은 TATP(triacetone triperoxide)였다. 이는 아세톤과 과산화수소 같은 구하기 쉬운 소재로 제조할 수 있어서 아마추어 폭탄 테러범들이 선호하는 물건 중 하나다. 이미 2005년 런던 지하철 폭탄 테러 사건과 이스라엘에서 발생한 여러 폭탄 테러에 사용된 바 있다. 유령이 제조한 세 폭발물 모두 무선으로 조작이 가능한 것들이었다. 그나마 폭발물 처리반이 신속하게 전파차단기를 켜지 않았더라면 훨씬 많은 사상자가 발생했을 것이다.

폭발로 폭발물 처리반원 두 명이 현장에서 즉사하고 열네 명이 중상을 입었다. 중상자 중 네 명은 끝내 살아나지 못했다. 하지만 대부분의 사망자는 폭발과는 상관없는 입구에서 발생했다. 좁은 입구로 수천 명의 인파가 몰려든 탓에 열네 명이 압사하고, 백여 명이 넘는 사람이 심각한 부상을 당했다. 경상자의 숫자는 헤아릴 수도 없었다.

여론이 가만있을 리 만무했다. 무능한 경찰에 대한 비판의 목소리는 경찰종장이 사퇴했는데도 전혀 줄어늘 기미가 보이지 않았다. 현상에 출동한 경찰은 물론 사건과 조금이라도 관련 있는 사람은 모두 징계를 받았다.

"너무한 거 아닙니까?"

희진이 목청을 높였다. 그녀는 한 달, 문 경감은 석 달의 감봉 처분을 받았다. 그게 끝이 아니었다. 추가 징계가 있을 것이라는 소문이 끊이지 않았다. 단순한 루머로 끝날 분위기는 절대 아니었다.

"그나마 안 잘린 걸 다행이라고 생각해야지. 당장 내일 어떻게 될지 모르겠지만."

문 경감은 담배 연기를 길게 내뿜으며 말했다.

"이런 식으로 하는데 누가 남아 있으려고 하겠습니까?"

"어쨌든 최선을 다해야지. 현상금도 1억에서 5억으로 다섯 배나 뛰어올랐잖아?"

"증거가 하나도 없는데 어떻게 놈을 잡습니까?"

"그래도 이번에는 녀석을 본 목격자가 있잖아? CCTV상으론 얼굴을 확인할 수 없었지만."

CCTV는 대부분 놀이기구에 집중되어 있었다. 사고가 날 위험성이 높은 곳들이기 때문이다. 하긴 쓰레기 무단투기가 성행하는 것도 아닌데 쓰레기통 주변에 CCTV를 설치할 필요는 없었다. 그래도 현장의 모든 CCTV를 확보해서 정밀하게 조사했다. 두 곳에서 용의자가 확실해 보이는 사람을 찾을 수 있었지만 거리가 너무 먼 데다 화질도 나빴다. 입고 있는 옷, 키나 체격 정도만 확인할 수 있었다.

그래서 사건 당시 롯데월드에 있던 사람들을 대상으로 사진이나 동영상을 확보하는 중이었다. 이미 상당한 자료를 확보했지만(거액의 보상금이 걸린 사건인 데다 많은 사람이 죽은 데 분노해서 앞다투어 자료를 제출했다) 거기에도 용의자가 제대로 찍힌 사진은 없었다. 천운을 타고난 놈이라는 말밖에 달리 할 말이 없었다.

"녀석인지 확실하지도 않잖습니까."

희진은 문 경감과 눈을 맞추려고 했으나 그는 창밖으로 시선을 돌렸다. 사실 용의자는 그들의 프로파일과 일치했다. 그녀는 계속했다.

"더구나 용의자의 얼굴을 자세히 보지도 못했습니다. 180 정도의 키에 건장한 체격의 20대, 혹은 30대 초반의 남자. 그 이상 우리가 알고 있는 정보가 뭐가 있습니까? 차라리 서울에서 김 서방을 찾아 오는 게 더 빠르겠습니다."

"너무 열 내지 마. 폭발물 처리반이 남은 폭탄과 파편을 정밀하게 조사하고 있으니까 뭐가 나와도 나오겠지."

"거기서 나올 게 더 이상 없다는 거 잘 아시잖아요? 녀석이 손재주가 뛰어나다는 것 말고 뭘 알 수 있겠어요? 지문도 없고, 재료도 주변에서 흔히 구할 수 있는 것들이었다면서요? 무선으로 조작하는 장치도 애들 장난감에 사용하는 것이라니."

희진은 한숨을 내쉬었다. 생각해보니 문 경감에게 화낼 일이 아니었다. 사실 가장 곤란한 사람이 바로 문 경감이었다. 그의 말마따나 그는 당장 잘릴지도 모르는 형편이었다. 그를 너무 몰아세운 것 같아 미안했다. 하지만 그는 전혀 개의치 않았다. 하긴 그는 이런 사소한 것들까지 신경 쓸 겨를이 없었다.

"그래도 폭탄을 만들려면 재료를 대량으로 구입해야 해. 더구나 남자가 아세톤을 대량으로 구입하면 누군가의 기억에 남아 있을 거야."

"너무 막연합니다. 그런데 전문가들은 유령이 폭발물 전문가일 가능성이 높다고 했다면서요?"

전문가들의 의견에 따르면 TATP 제조에 사용되는 성분들은 주위에서 손쉽게 구입할 수 있지만, 열과 마찰에 부적 빈감해 제소상의 사소한 결함이나 취급부주의, 충격 등으로 조기에 폭발할 수 있는 위험이 존재한다고 한다.

물론 재료도 구하기 쉽고 제조 방법도 인터넷 검색만 할 줄 알면 금방 찾을 수 있다. 하지만 원하는 시간에 확실하게 터지는 신뢰성 있는 폭탄을 제조하는 건 생각처럼 쉽지 않다. 인터넷에 떠돌아다니는 수십만 가지 폭탄제조법 중에 뭐가 정확한지 직접 만들어보기 전에는 알 수 없기 때문이다. 또한 어느 정도 분량을 제조해야 원하는 효과를 거둘 수 있는지 알아내는 것도 쉽지 않다.

"어느 정도 전문 지식을 가지고 있는 것 같긴 한데 추측이 너무 난무해. 북에서 남파한 간첩이라는 말도 있고, 심지어 아프간 파병 움직임을 견제하려는 테러집단의 하수인이라는 주장까지 있어. 그래서 국정원까지 나서서 유령을 쫓고 있어."

"누가 됐든 한시라도 빨리 녀석을 잡아야 할 텐데 큰일입니다."

수도 한복판에서 폭탄 테러가 벌어진 것 때문에 민심은 흉흉했다. 무능한 경찰과 정부에 대한 비난은 날이 갈수록 강도를 더해가고 있었다. 그래서 유령이 남파간첩이라는 음모설이 판을 치는 것이다. 일각에서는 유령이 정부에 대한 불만을 딴 곳으로 돌리기 위한 비밀요원이라는 주장까지 제기됐다.

"현장 CCTV에서 뭔가 건질 줄 알았는데. 그것도 별 소용이 없고. 이거 참 골치 아프군. 그래도 몇 가지 문제는 해결됐잖아? 황 기자 알리바이는 확실하게 확인됐어. 현장에는 얼씬도 하지 않았고 사건 전후로 수상한 전화나 움직임도 전혀 없었어. 더구나 철수 녀석 알리바이도 확인됐잖아."

홍대에서의 살인사건 이후 경찰은 황 기자는 물론 철수도 감시해왔다. 민수와 각별한 사이인 철수가 민수의 모방범은 아닐까 의심했기 때문이다. 하지만 폭발 당시 철수는 가게에서 손님을 받느라 분주했다.

"유령이 민수 선배의 모방범인지 아닌지 그간 의견이 분분했는데 이제 결론이 난 것 같습니다. 둘 간의 치열했던 자존심 싸움도 그렇고, 폭탄까지 사용한 걸 보면 민수 선배는 유령과 관련이 없는 게 확실합니다. 설령 그가 민수 선배의 모방범이었다고 해도 대량학살이라는 극단적인 방법을 사용한 걸 보면 민수 선배와는 다른 길을 가려고 마음먹은 게 분명합니다."

"정말 예측하기 힘든 녀석이야. 폭탄을 쓸 생각을 다 하다니."

문 경감은 고개를 저었다. 그는 갑자기 생각난 듯 말했다.

"그러고 보니 민수는 어렵잖게 폭탄을 예측했었지?"

"네. 어쩌면 민수 선배는 유령이 폭탄을 사용할 거라고 이전부터 예상하고 있었는지도 모릅니다."

"음. 유령을 도발할 때 그 정도까지 예상했을지도 모르지. 어쩌면 유령을 자극함으로써 대리만족을 느끼는지도 몰라."

문 경감은 자리에서 일어나 방 안을 서성이기 시작했다.

"민수 선배가 유령을 자극해 폭탄을 터트렸다는 건 너무 무리한 추측 같습니다. 민수 선배는 경찰에 불만이 있지 일반 시민에게 불만이 있는 건 아닙니다."

"게임을 즐기는데 한 명이 죽든 두 명이 죽든 별 상관 없지 않을까?"

"글쎄요. 만일 둘이 관계가 있다면 제자인 유령이 자신을 뛰어넘어 신으로 등극하는 걸 그냥 지켜보고만 있을까요? 민수 선배나 유령 둘 다 지배자가 되고 싶어하는 지배욕광들입니다. 극단적인 나르시시스트이기도 하고요."

"그렇긴 하지. 둘 다 자신이 스포트라이트를 받으려고 하지, 다른 사람이 명성을 독차지하는 걸 지켜보고 있을 스타일은 아니지."

"생각해보세요. 이번 사건으로 유령은 민수 선배가 감히 범접하기 힘든 명예의 전당, 그것도 최고 윗자리를 차지하게 됐어요."

"덕분에 무고한 시민들은 물론 우리까지 죽어나가고 있지. 그런데 진짜 문제는 따로 있어."

문 경감은 담배에 불을 붙이며 말했다.

29

민수를 계속 수사에 참여시킬지에 대해서 새로운 논란이 벌어지고 있었다. 그가 쓸데없이 유령을 자극해서 폭탄을 터트렸다는 주장 때문이었다. 어이없는 트집이었지만 이번 사태에 누군가는 책임을 져야 했다. 당연한 얘기지만 아무도 책임지려고 하지 않았다. 아직 결정을 내리진 못했지만 분위기가 좋지 않았다. 희진은 당장 민수와의 접촉을 끊으라는 연락이 올지 몰라 초조했다.

하지만 그녀는 이에 대해 민수에게 알리지 않았다. 민수는 그녀가 초조해하는 걸 눈치챈 듯하지만 상부의 압박 때문이라고 생각하고 있을 것이다. 그녀는 앞으로도 알리지 않을 생각이었다. 자신의 능력으로 감당할 수 있는 일이 아닌 데다 그에게서 정보를 얻어내려면 어떻게든 희망을 던져줘야 한다. 그가 수사에 계속 참여할 수 있다는, 그럼으로써 자신을 계속 볼 수 있다는.

희대의 폭발사건은 민수의 승부욕을 자극했다. 그는 수사에 지대한 관심을 보였다. 그는 쉴 새 없이 질문을 던졌다. 희진은 자신이 아는 한도 내에서 모든 것을 그와 공유했다. 그의 말마따나 그가 많이 알수록 범인에게 한 발 더 다가갈 수 있다.

민수는 용의자가 얼굴을 위장하기 위해 안경을 썼을 것이라고 추측했다. 플래시몹 당시 홍대에서 촬영된 화면 중에 용의자와 비슷한 남자를 찾고 있다고 하자 안경을 쓰지 않은 사람도 주의 깊게 관찰하라고 충고했다.

"초기에 우리가 유령에 대해 프로파일링 했던 것 기억나요? 왜 그 옷을 입혀주는 부분 있잖아요?"

희진이 말했다.

"그래, 기억나."

"그때 우리는 유령이 여느 살인범과 똑같을 거라는 가정하에 프로파일링을 했어요. 녀석이 살인을 저지르고 나서 심한 갈등을 겪었을 것이다. 적어도 마음 한구석에서 자신이 저지른 일에 대해 수치심을 느꼈을 것이다. 그런 이유 때문에 피해자에게 옷을 다시 입혀서 무의식적으로 범죄를 은폐하려 했다는 게 당시 우리 추측이었어요. 첫 번째 살인 역시 마찬가지예요. 아마도 피살자와 안면이 있거나, 이때까지만 해도 폭력성이 완전히 발현하지 않아서 이후의 끔찍한 살인에 비해 상대적으로 덜 잔인한 방법으로 살해했다고 봤죠. 심지어 나는 유령이 피살자에게 연정을 품었던 건 아닐까 하는 생각도 했어요."

"그런데 이런 잔인무도한 범죄를 저지르는 걸 보면 전혀 그런 성향이 아니라는 거지? 타고난 냉혈한이라는 거잖아?"

민수는 그녀와 눈을 맞추며 말했다.

"네. 어쩌면 녀석은 처음부터 수사에 혼란을 주기 위해 일부러 옷을 입혔던 건지도 몰라요. 그럴 경우……."

희진은 잠시 망설였다.

"그럴 경우 녀석은 범죄심리에 탁월한 지식을 가진 사람이라는 거고?"

민수가 대신 말했다.

"네. 어쩌면 녀석이 경찰이나 관련 직종에 근무하는 사람이 아닐까 의심이 들어요."

"전에 그런 얘기를 한 적이 있는 것 같은데. 유령은 경찰에 자신이 얼마나 똑똑하고 영리한 사람인지 과시하려는 성향이 강하잖아."

"그래서 경찰시험에 계속 낙방하거나, 경찰학교에서 퇴학조치를 당했거나, 부적격자로 선정돼 징계를 받았거나 퇴출당한 경찰들을 눈여겨보라고 했었죠."

"그런데 그쪽은 전혀 조사를 안 한 모양이야."

"아뇨."

희진은 신경질적으로 머리를 저었다.

"기본적인 조사는 다 했어요. 하지만 특별히 눈에 띄는 용의자가 없는 상황에서 거기에만 전념할 시간도 인원도 없었어요. 그래요. 우리는 아주 멍청해서 엉망으로 수사하고 있어요. 나도 잘 알아요. 개판 일보직전이라는 거."

그녀는 결국 폭발하고 말았다. 그녀는 서류를 던지며 씩씩거리다 창가로 걸어갔다.

민수는 잠시 그녀를 지켜봤다. 그녀가 금방 진정될 기미가 보이지 않자 보온병에서 커피를 따라 창문턱에 올려놓았다. 기분 전환에 특효약인 초콜릿도 잊지 않았다. 예전에 사용하던 방법인데 여전히 효과가 있었다. 희진은 초콜릿을 다 먹자 다시 자리에 돌아와 앉았다.

"퇴출된 자들 중에 어느 정도 용의자가 추려지면 그들에 대한 자료를 볼 수 있게 해줘."

민수가 말했다.

"알겠어요."

"그나저나 유령 녀석 정말 골 때리는 놈이야. 설마 했는데 진짜 저질러버리다니. 사망자만 20명에 부상자는 헤아릴 수도 없고."

민수는 고개를 저으며 말했다.

"숫자도 엄청나지만 폭발로 인한 심리적 충격이 더 크죠. 유령이 잡힐 때까지 대한민국에 안전한 곳은 없으니까요."

"보통 난리가 아니겠군."

"국정원까지 수사에 나서고 있어요. 이건 명백한 테러행위니까요."

"황 기자도 난리 났겠군. 혹시 끌려가서 물고문 같은 거 당하진 않았어?"

"오히려 지금 가장 신난 사람이 황 기자예요. 국내는 물론 외국의 유수 언론까지 그를 인터뷰하려고 난리도 아니에요. 얼마나 바쁜지 살이 쏙 빠졌더라고요."

"그래서 요즘 통 나한테는 관심을 보이지 않는 거구나. 혹시 국정원쪽에서는 뭐 건진 게 있대?"

"아뇨. 거기라고 무슨 뾰족한 수가 있겠어요? 미치겠어요."

오늘따라 감정 조절이 힘들었다. 희진은 억지로 눈물을 참으며 말했다. 허락만 한다면 그의 어깨에 기대 펑펑 울고 싶었다. 조만간 옷을 벗어야 할지도 모르는데, 범인에 대한 단서는 180의 건장한 젊은 남자라는 게 전부였다.

이런 상황에서도 수사팀은 서로를 헐뜯느라 여념이 없었다. 모두가 발등에 떨어진 불을 끌 생각은 않고 다른 사람에게 떠넘기는 데만 전력을 쏟았다. 이런 상황에서 유령을 잡는다면 그건 기적이라 불릴 만했다.

그래서 민수에게 더 매달리고 있는 건지도 모른다. 그가 기적을 일으켜 해피엔딩을 가져온다면 얼마나 좋을까! 하지만 그건 영화에서나 가능한 이야기다. 사건을 해결하는 데는 수많은 땀방울과 남들이 보지 못하는 사소한 것들까지 꼼꼼히 들여다보는 노력이 필요하다. 거기에 더해 약간의 운까지.

그건 많은 시간이 걸린다는 얘기였다. 한숨이 절로 나왔다. 그녀에게 가장 부족한 게 바로 시간이었다.

"하긴 시간이 지나도 증거를 찾긴 힘들 거야. 녀석의 성향을 고려하면 오래전부터 철저하게 준비했을 테니까."

민수가 말했다.

"그것 때문에 질문할 게 있어요."

"어떤?"

"녀석이 꼼꼼하게 준비한 건 분명해요. 폭탄의 재료는 주위에서 흔히 구할 수 있는 것들이에요. 그래도 출처를 찾기 위해 이 잡듯이 뒤지고 있는데, 오랜 시간 준비했는지 건진 게 하나도 없어요. 모든 수사기관이 눈에 불을 켜고 뒤지고 있는데도 말이에요. 기폭장치의 타입이나 땜질, 연결 부위 등을 조사해서 특정한 용의자를 찾으려고 하는데 그것도 쉽지 않더라고요. 외국 정보기관과 데이터를 공유하기까지 했는데도 나오는 게 전혀 없어요."

"너무 평범해서 그런 거야?"

"네. 인터넷에 올라온 자료에 의존한 게 분명하다는 결론에 도달했을 뿐이에요. 조사해보니까 폭탄에 대한 자료가 엄청나더라고요."

"대부분의 경우 폭파범의 첫 번째 피해자는 자신이야. 폭발물을 제조하다가 실수로 다치는 경우가 많으니까."

"무슨 말인지 알아요. 그 부분도 조사하고 있어요. 갑자기 커다란 소음이 들린 경우라든지 폭발물 때문에 다쳐서 응급실로 온 걸로 의심되는 경우를 조사하고 있는데, 현재로서는 딱히 의심스러운 데가 없어요."

그리고 앞으로도요. 희진은 그 말을 일부러 빠뜨렸다. 희망을 깡그리 지워버리고 싶진 않았다.

"자신이 다치지 않아도 실수로 폭발이 일어났을 가능성이 높을 텐데."

민수는 고개를 갸웃거리며 생각에 잠겼다. 그는 갑자기 생각난 듯 말했다.

"혹시 인적이 드문 외진 곳에서 작업한 게 아닐까? 그래서 시 외곽 지리에도 훤하고?"

"그럴지도 모르죠. 그래서 전국적으로 탐문수사를 하고 있어요."

희진은 어깨를 으쓱였다. 유령같이 영리한 녀석이라면 인적이 드문 곳에서 폭탄을 제조했을 것이다. 그래서 조사범위를 전국으로 확대했다. 이를 위해 막대한 인원이 투입됐지만 아직 성과는 없었다. 다른 수사가 모두 그렇듯이.

"그런데 한 가지 허술한 점을 발견했어요."

희진은 민수와 눈을 마주치며 말했다.

"뭔데?"

민수의 눈이 커졌다.

"사실 별건 아니에요. 녀석의 성향을 고려하면 폭탄이 다섯 개가 설치됐어야 하는데 실제로 설치한 건 세 개뿐이었어요."

문 경감과 이에 대해 토론했지만 뾰족한 결론이 나지 않았다. 결정적으로 문 경감은 상부의 압박 때문에 수사에 전념할 상황이 아니었다. 그는 자신이 피워대는 담배 숫자에 비례해서 수사에서 멀어지고 있었다.

"시간이 없었다고 보기엔 좀 석연찮은 구석이 있긴 하군. 혹시 폭탄 크기가 너무 커서 다섯 개나 휴대하기 버거웠던 게 아닐까?"

"폭탄이 그렇게 크진 않았어요. 그의 체격이나 배낭 크기를 고려하면 다섯 개 정도 휴대하는 데는 전혀 문제가 없어요. 참! 용의자에 대한 기사는 봤죠?"

"자세히 설명해줘."

민수는 눈빛을 반짝이며 말했다.

희진은 용의자에 대해 설명했다. 접촉은 아주 짧았고 사람들이 한꺼번에 몰려드는 바람에 CCTV로 이후 행적을 확인하는 건 불가능했다. 그렇지만 모든 CCTV를 완벽하게 빠져나가지는 못했다. 화질도 안 좋고 거리가 멀어서 정확한 인상착의는 파악할 수 없었지만 대강의 외모는 알아낼 수 있었다.

용의자는 180센티 정도의 키에 몸무게 80킬로 정도, 군살이 없는 건장한 체격의 소유자였다. 상당한 속도로 달린 걸 보면 신체능력도 아주 뛰어나다. 아쉽지만 그게 이쪽이 파악한 전부였다. 어쩌면 용의자는 유령이 아니라 소매치기였을지도 모른다. 형사와 눈이 마주치자 엉겁결에 도망쳤을 가능성도 있다. 그들은 본능적으로 형사를 알아본다.

"애매하군. 녀석일 수도, 아닐 수도 있으니. 어쨌거나 나이나 체격조건은 우리의 예상과 맞아떨어지는군."

민수가 말했다.

"얼굴을 자세하게 본 사람이나 CCTV에 찍힌 게 없어서 몽타주를 만드는 것도 힘들어요. 녀석과 조우했던 형사도 겨우 1, 2초 정도 얼굴을 본 게 전부라서요. 그래서 현장을 목격했거나 동영상이나 사진을 찍은 사람을 찾고 있는데 쓸 만한 건 하나도 안 나오네요. 모두 쓰레기뿐이에요."

사건 직후 유령의 포상금이 5억 원을 넘어섰다. 하지만 이는 수사를 방해하는 요인으로 작용했다. 거액의 포상금 때문에 정확하지 않거나 위조된 정보들이 난무했다. 사진이나 동영상을 조작한 사람은 엄벌에 처한다고 밝혔는데도 포상금을 노린 사기꾼들이 끊이지 않았다. 위조 방식도 굉장히 치밀해서 이를 밝혀내는 데 상당한 시간과 비용이 소모되고 있었다.

목격자도 마찬가지였다. 하루에만 수백 통이 넘는 신고전화가 걸려오는데 하나같이 애매한 정보들뿐이었다. 그러다 보니 수사기관들은 끝이 보이지 않는 수렁에 빠져 허우적댔다. 과도한 업무로 쓰러지는 사람도 속출했다. 과로로 유명을 달리하는 사람까지 생길 지경이었다.

"그런 혼란스러운 상황에서 정확한 정보를 기억한다는 건 어려운 일이지. 내 생각엔, 최면수사를 의뢰해보는 것도 괜찮을 것 같은데. 최면은 고도의 정신집중 상태라서 기억을 되살리는 데는 효과가 탁월하잖아. 물론 최면가가 잘못 유도하면 어이없는 결과가 나오긴 하지만."

"그것도 병행하고 있어요."

희진은 어색한 미소를 지으며 말했다. 경찰은 모든 방법을 동원하고 있었다. 심지어 용하다는 점쟁이를 찾기도 했다. 그것도 수사 지휘부에서.

"좀 전에 폭탄이 세 개였다고 했지?"

"네! 뭐 생각나는 거라도 있어요?"

"혹시 지도 가져왔어? 폭탄이 설치됐던 곳을 표시한 지도 말이야."

"네."

희진은 급하게 서류를 뒤져 지도를 찾았다. 그녀는 롯데월드의 내부가 실측으로 표시된 지도를 테이블 위에 활짝 펼쳐놓았다. 지도에는 폭탄이 설치됐던 장소들이 빨간색 점으로 표시되어 있었다.

"자는 없지?"

민수는 지도에 손을 올려놓으며 말했다.

"그런 건 반입금지라."

희진은 어색하게 웃었다.

"됐어. 손가락으로 대강 크기를 측정하면 돼. 이거 실측 완벽하게 된 지도지?"

"네. 롯데월드 측에서 제공한 지도예요."

"그럼 됐어."

민수는 손가락을 이용해서 대강의 크기를 측정했다.

"그렇군."

민수는 빙긋이 웃었다.

"뭐예요?"

"삼각형 하면 가장 먼저 떠오르는 게 뭐야?"

"삼각형? 글쎄요, 잠시만요……. 생각났어요. 피타고라스의 정리."

희진은 손뼉을 치며 말했다.

"그래. 바로 그거야. 이 세 점은 피타고라스의 직각삼각형 정리 중에서도 가장 기본적이고 가장 유명한 3-4-5를 만족하는 위치에 놓여 있어."

"아! 3-4-5. 그럼 일부러?"

희진은 지도를 응시했다. 점을 따라 가상의 선을 그리자 정말 직각삼각형이 나타났다.

"그래. 일부러 3-4-5를 만족하는 세 곳에만 폭탄을 설치한 거야."

"선배 말이 맞는 것 같아요. 그런데 어떻게 그걸 알았을까요?"

"글쎄. 얼핏 떠오르는 건……. 그 왜 롯데월드 꼭대기에 빙빙 돌아다니는 거 있지?"

민수는 머리 위로 손가락을 빙빙 돌리며 말했다.

"애드벌룬요?"

"그래. 애드벌룬. 유령같이 치밀한 녀석이라면 현장을 조사하러 갔을 때 그걸 타봤을 거야. 한눈에 모든 걸 파악할 수 있으니까. 자! 애드벌룬을 타고 있다고 가정해보자고. 꼭대기에서 아래를 내려다보는데 목표로 한 쓰레기통이 기가 막히게도 3-4-5의 형태로 놓여 있는 거야. 이게 웬 횡재냐 싶었겠지. 3-4-5! 이 위대한 질서에 맞춰 그의 표적들이 놓여 있어. 네가 유령이라면 기분이 어땠을까? 주위에 아무도 없었으면 목이 터져라 유레카를 외쳤을 거야."

"그래서 범행 장소를 롯데월드로 정한 걸까요?"

희진은 민수를 빤히 쳐다보며 말했다.

"나한테까지 적개심을 드러낼 필요는 없어. 내가 아니라 유령이 그렇게 생각하는 거니까."

민수는 빙긋이 웃으며 말했다.

"미안해요. 요즘 신경이 너무 곤두서서."

희진은 혀를 날름 내밀며 말했다.

"녀석이 아니라서 확신할 순 없지만 그랬을 가능성이 높다고 봐. 그 위대한 질서를 확인하자 도저히 참을 수가 없었을 거야. 어쩌면 그 환상은 아주 어릴 적부터 그를 지배했을지도 몰라. 롯데월드는 어릴 때 많이 가니까."

"그럼 수십 년간 준비했다는 거군요."

"그래서 못 잡고 있는 거야. 앞으로 잡힐 가능성도 희박하고."

"그렇다면 녀석이 이성을 잃고 닥치는 대로 폭탄을 터트리지는 않겠군요."

그게 문 경감의 가장 큰 고민거리였다. 치밀하고 냉정한 연쇄살인범이 살인을 서듭알누록 무질서하게 변하는 경우가 종종 있다. 그들은 자신이 절대 잡히지 않을 거라는 자만심과 살인이 주는 무한한 쾌감에 빠져 닥치는 대로 살인을 저지른다.

유령의 경우, 걱정스럽게도 폭탄을 제조할 수 있는 능력까지 겸비하고 있다. 출근길 지하철 같은 곳에서 폭탄을 터트린다면 어마어마한 피해가 발생할 것이다. 문 경감은 물론 상부에서도 이 점을 가장 우려하고 있었다.

"이번 범행을 잘 보라고. 녀석은 이전과 마찬가지로 질서정연하게 작업을 마쳤어. 물론 경찰에 잡힐 뻔한 아슬아슬한 순간도 있었지만 말이야. 그런데 그게 녀석을 엄청나게 흥분시켰을 거야. 미치도록 짜릿했을 거야. 죽음과도 바꾸기 싫을 정도로. 그게 녀석의 환상을 모두 충족시켰는지는 알 수 없지만, 적어도 몇 달간 녀석의 환상을 활활 불태울 수 있는 연료가 되기에는 부족함이 없을 거야. 더구나 녀석은 색다르고 창의적인 걸 좋아해. 그 증거로 살해방법이나 암호를 계속 바꾸고 있잖아?"

민수는 왜 유령이 입구에서 가장 가까운 곳에 설치한 폭탄부터 폭발시켰는지 묻지 않았다는 걸 상기하며 말했다. 보다 많은 사람을 살해하려 했다면 가장 먼 곳부터 폭발시켜서 사람들을 입구 쪽으로 몬 다음 터트렸을 것이다. 변장하는 것도 그렇다. 신종플루가 유행이라 마스크를 써도 시선을 많이 끌지는 않았을 것이다. 하지만 유령은 마스크 대신 안경과 모자로 위장했다. 그건 유령이 용기가 없어서 여자를 살해할 때도 가면을 쓴다는 자신의 말을 지나치게 의식한 행동이었을 것이다. 이 모든 게 용의자가 유령이라는 유력한 증거들이었다.

말은 하지 않았어도 그녀는 그걸 알고 있었다. 그리고 그가 그걸 바로 눈치챘다는 것 또한 알고 있었다.

민수는 희진과 서로의 비밀을 공유하던 때를 회상했다. 두 사람이 처음으로 사랑을 나눴던 그날 밤, 그녀는 비밀을 털어놓았다. 그녀는 오래전 강간당했던 사실을 고백했다. 그건 그녀와 나눴던 섹스보다 더한 감동을 주었다. 그는 지금도 그 순간을 잊지 못하고 있었다.

하지만 그에게 수사를 부탁하러 온 그녀는 그때의 그녀가 아니었다. 지금 두 사람 사이에는 경찰과 살인범이라는 것보다 더 높은 장벽이 가로놓여 있었다. 말해주지 않은 게 또 뭐가 있을까? 민수는 그녀를 빤히 쳐다보며 생각했다.

30

문 경감은 수사에 신경 쓸 겨를이 없었다. 민수를 수사에 참여시킨 것 때문에 다들 그에게 비난의 화살을 쏟아부었다. 비록 민수 덕분에 사소한 도움(가짜 지문도 그렇고, 민수가 폭탄을 재빨리 눈치채지 못했으면 엄청난 인명피해가 발생했을 것이다)을 받은 건 인정하는 눈치였지만.

어떤 이들은 민수가 유령을 자극한 것도 문 경감의 지시 때문이라고 생각했다. 최소한 민수를 적절하게 통제했어야 한다며 그를 질책했다. 그를 도와주려는 사람은 어디에도 없었다. 그는 거친 풍랑을 혼자 힘으로 헤쳐나가야 했다. 언제 배가 전복될지 모르는 상황인데도 불구하고.

어떤 변명도 통하지 않을 거라는 사실을 그는 잘 알고 있었다. 그들은 모든 책임을 뒤집어쓸 희생양을 찾아냈고, 이제 그를 갈가리 찢어발기는 일만 남았기 때문이다.

문 경감은 희진을 불러서 자신이 처한 상황에 대해 설명했다. 그녀도 이미 다 알고 있는 눈치였지만. 평소 재촉하는 걸 싫어하는 성격이지만 이번만큼은 수사 상황을 꼼꼼하게 확인했다. 어쩌면 이게 마지막 점검이 될지도 몰랐기 때문이다.

"그런데 저는 이번에 벌어진 폭탄 테러보다 이전의 사건들에 주목하고 있습니다."

희진이 말했다.

"왜?"

"굳이 제가 나서지 않아도 이번 사건을 조사하는 사람들이 충분하다고 생각하기 때문입니다. 그리고 초기의 사건들이 유령을 더 잘 표현한다고 생각합니다. 우리는 혹시 유령이 첫 번째 범행 이전에 실연을 당한 게 아닐까 의심하고 있습니다."

"왜 그런 생각을 하게 된 거지?"

"유령의 성향을 보면 그는 분명 패배자입니다. 연쇄살인범들이 가장 계급을 의식하는 부류라는 이론 아시죠?"

"어느 정도 타당한 이론이긴 하지."

문 경감은 고개를 끄덕이며 말했다. 진화심리학자들은 흥미로운 이론을 제시했다. 그들은 연쇄살인범이나 대량학살자들이 살인을 저지르는 근본적인 동기는 지위와 명성을 둘러싸고 벌어지는 일상적인 살인의 동기와 똑같다고 주장한다. 이 이론에 따르면, 연쇄살인범들은 자신의 지위가 부인된 것을 앙갚음하기 위해, 대량학살자들은 지위 계급의 맨 꼭대기에 올라가서 오래 머물고 싶기 때문에 살인을 저지른다.

"테드 번디는 상류층 여자에게 청혼을 했다가 거절당하자 살인행위에 탐닉하기 시작했습니다. 그런 일이 유령에게도 벌어지지 않았을까 하는 겁니다. 그래서 유령이 살해한 여성과 외모가 비슷한 상류층 여성들을 대상으로 유령이라고 추측되는 남성과 헤어진 적이 없는지 조사하고 있습니다. 물론 피해자들의 주변 인물들도 계속 만나보고 있습니다."

"그런데 어떤 방법으로 상류층 여성들을 조사하고 있지?"

"조금 불법적인 방법을 사용해서 그들의 명단을 확보했습니다. 경감님은 그에 대해 모르고 계시는 게 나을 것 같습니다."

"나를 노리는 사람이 한둘이 아니야. 그 말은 너를 노리는 사람도 한둘이 아니라는 얘기야."

문 경감의 얼굴에 한층 그늘이 졌다.

"어차피 우린 같은 배를 타지 않았습니까?"

"그런데 조사에 순순히 응해주던가?"

"물론 쉽지 않습니다. 그래서 약간의 편법을 쓰고 있습니다. 걱정 마세요. 불법은 아니니까요."

"어떻게?"

"젊은 여성을 대상으로 범죄통계조사를 나온 것처럼 위장해서 접촉하고 있습니다. 물론 문전박대를 당하는 경우가 대부분이긴 하지만요."

희진은 조사과정에 대해 설명했다. 명단에 있는 여성들의 집이나 학교, 직장을 방문해 자신이 경찰신분임을 확인시킨다. 그리고 조사에 대해 설명한 후 가짜 통계조사 서류를 내민다. 몇 가지 추가로 확인할 사항이 있다며 혹시 1년 전 애인과 헤어지진 않았는지, 전 애인에게 스토킹을 당한 적이 있는지 따위를 질문한다.

애초에 설문지 작성을 해주지 않는 경우가 대부분인 데다, 이런 개인적인 질문에 난처해하는 경우가 많아서 조사는 걸음마 수준이었다.

"쉬운 게 없군."

문 경감은 한숨을 내쉬었다.

"그런데 왜 그 이론에 집착하게 된 거지? 계급에 대한 이론 말이야."

"민수 선배는 유령이 분명 자신을 의식한다고 생각하고 있습니다. 그래서 계급 이론을 꺼낸 겁니다. 민수 선배의 첫 번째 살인 역시 상류 계층으로의 진입이 실패해서 벌어진 것으로 해석될 수 있으니까요."

민수의 첫 번째 피해자, 동시에 첫사랑이기도 한 여자는 꽤 명망 있는 집안 출신이었다. 민수는 그녀에게 청혼했다가 거절당하자 홧김에 살해했다고 진술했다. 다른 살인은 부정해도 이에 대해서는 단 한 번도 부인하지 않았다. 이후 민수가 살해했다고 알려진 두 명의 여성은 부유한 집안 출신도, 첫 번째 피해자처럼 매력적인 외모의 소유자도 아니었다. 그렇다고 잘 꾸미고 다니는 스타일도 아니었다. 그들이 닮은 건 단 하나, 한창 나이라는 점뿐이었다.

"민수 녀석 무척 냉정해졌군. 자신에 대해서도 가차 없이 분석해버렸어."

문 경감은 민수가 상류 사회 진출에 실패해 살인을 저질렀다는 몇몇 전문가의 주장을 극도로 혐오하던 걸 떠올렸다. 그는 수사관들의 숱한 회유와 협박에도 단지 사랑에 눈멀어서 벌어진 치정살인이었다는 주장을 굽히지 않았고, 나머지 두 건의 살인에 대해서는 끝까지 인정하지 않았다. 희진에게도 문 경감에게도 심지어 부모님에게도 똑같은 말을 반복했다. 실제로 경찰의 수사에는 미흡한 점이 많았다. 결정적인 증거는 하나도 없었다. 모든 게 정황증거뿐이었다. 그래서 문 경감도 한때는 그가 정말 한 건의 살인만 저지른 건 아닐까 생각하곤 했다.

"유령이 폭탄을 터트린 후부터 녀석을 잡기 위해서라면 지옥에라도 뛰어들 기세입니다."

"폭탄은 우리한테 떨어졌어."

문 경감은 얼굴을 잔뜩 찌푸리며 말했다.

"저 경감님."

"걱정 마. 너한테까지 문책이 가지는 않을 거야. 내가 모든 책임을 지고 물러날 테니 수사에만 전념해줘. 그간 너무 큰 짐을 안겨서 미안해."

"얼마나 남았습니까?"

"길면 두 달. 사실 한 달도 힘들 것 같아."

문 경감은 책상으로 걸어가며 말했다. 그는 서랍에서 담배를 꺼내 불을 붙였다. 재떨이에는 꽁초가 수북했다.

갑자기 전화벨이 울렸다. 희진은 통화에 방해되지 않게 자리를 비켜주려는데, 문 경감이 손짓으로 그녀를 불렀다.

"가짜가 아닌 게 확실해 보인다고?"

문 경감은 고함을 내질렀다. 그는 잠시 듣기만 하다가 또다시 비명에 가까운 소리를 내질렀다.

"뭐, 그게 정말이야?"

문 경감은 희진과 눈을 마주치며 말했다. 그녀는 그의 눈에서 꺼져가던 희망의 불씨가 다시 타오르는 걸 보았다.

31

무술가라서 거칠 거라고 예상했는데 꽃미남에다 동안이었다. 실제 나이가 서른세 살인데 겉으로 보기에는 20대 중후반으로 보였다. 관장은 희진을 반갑게 맞아주었다. 그는 직접 커피까지 타주었다. 그것도 인스턴트커피가 아니라 커피머신에서 갓 뽑은 신선한 것이었다.

"관원들이 많군요."

희진은 도장을 둘러보며 말했다. 생각보다 여자 수강생들이 많았다. 관장이 미남에다 매너까지 좋아서 그런 모양이다. 당연한 얘기지만 여자가 있는 곳에는 남자가 들끓기 마련이다. 도장은 그야말로 문전성시를 이루고 있었다.

"처음에는 고생을 정말 많이 했습니다. 저기 맞은편 건물 꼭대기 층에서 시작했는데 거긴 비가 오면 물이 줄줄 새는 곳이었습니다."

"여기는 넓고 시설도 아주 좋군요."

도장 한편에는 각종 운동기구가 설치되어 있었다. 저것들을 다 마련하려면 그녀의 연봉을 몽땅 쏟아부어도 몇 년은 걸릴 것 같았다.

"장기 임대한 것도 있어요."

관장은 웃으며 말했다.

"이윤주 씨를 기억한다고 하셨죠?"

희진과 전화통화를 할 때 관장은 분명히 이윤주를 기억한다고 말했다.

"네, 확실하게 기억합니다. 미인인 데다 유령이라는 미친놈의 첫 번째 희생자를 제가 어떻게 잊겠습니까?"

그는 신문에 난 사진을 보고 깜짝 놀랐었다고 전화로 진술했다.

"이 사람이 틀림없는 거죠?"

희진은 가지고 온 이윤주의 사진을 내밀었다.

"확실합니다."

관장은 사진을 보기 무섭게 대답했다.

"혹시 이 사람들은 기억 못 하시나요?"

희진은 다른 피살자들의 사진을 보여줬다. 관장은 한참을 들여다보다가 고개를 저었다.

"이윤주 씨는 언제부터 언제까지 수강한 거죠?"

"잠시만요. 제가 따로 자료를 준비해놓았습니다. 복사본이니 그냥 가져가시면 됩니다."

관장은 책상에 가서 서류 몇 장을 가지고 왔다. 수강신청을 할 당시 적은 것과 수강비를 낸 날짜와 금액이 적힌 서류였다. 그녀는 석 달간 호신술 수업을 들었다. 이윤주의 절친 김미선이 한 말은 모두 사실이었다. 혹시나 하는 마음에 확인하길 잘했다는 생각이 들었다.

관장은 자신이 기억하는 이윤주에 대해서 차분하게 진술했다. 그는 굉장히 호의적이었다. 자신의 진술이 끝나자 고인을 기억하는 관원들을 직접 불러서 인터뷰를 하게 해주었다. 아쉽게도 관장도 관원들도 고인에 대해서 많은 걸 알고 있지는 않았다. 1년이라는 시간이 지난 데다가 그녀는 매번 수업이 끝나기 무섭게 사라졌기 때문이다. 그녀에게 호감을 가진 사람들이 많았지만 그녀는 처음부터 끝까지 곁을 주지 않았다. 그래서 다들 그녀를 얼음공주라고 불렀다.

"수고 많으시네요."

관장은 이번에는 음료수를 건넸다. 인터뷰를 오래 하다 보니 목이 타들어갔다. 희진은 고맙다는 인사를 한 후 음료수를 벌컥 들이마셨다.

"경찰 일이 보통 힘든 게 아니죠?"

"세상에 쉬운 일이 있을까요?"

"사실 몇 년 전에 경찰시험을 친 적이 있어요."

"그랬어요?"

"그때 떨어져서 진짜 술도 많이 먹었는데……. 지금 생각하면 전화위복이 된 것 같네요. 만일 그때 경찰이 됐다면 BMW를 모는 건 꿈도 못 꿨을 테니까요."

희진은 그가 작업을 걸어오는 건 아닌가 하고 생각했다. 번듯한 외모에 고수입, 좋은 매너. 말은 하지 않았지만 여자도 한둘이 아닌 눈치였다. 그에게 관심을 가진 관원들도 있을 것이다. 지금도 두 사람을 흘 끔 쳐다보는 여자 수강생이 있었다.

"공무원 월급으로는 꿈도 못 꿔볼 드림카를 타고 다니시는군요."

"그래도 한 번씩 경찰이 됐다면 어땠을까 하는 상상을 해봅니다."

"그냥 꿈만 꾸세요."

희진은 웃으며 말했다.

32

민수는 꽤 수척했다. 그녀만큼이나 고민이 많은 눈치였다. 그는 다 짜고짜 수사팀의 상황에 대해 질문했다. 수사팀을 물어뜯는 기사를 본 모양이다. 하긴 모든 신문과 뉴스가 수사팀을 난도질하고 있었다. 그 가 가장 관심을 보인 건 문 경감의 거취였다. 조만간 사표를 적어야 할 분위기라고 말하자 그는 눈에 띄게 침울해졌다. 문 경감은 그의 멘토 였으며, 마지막까지 그의 편에 서준 사람이기도 했다.

그가 다음으로 질문한 건 유령이 새로운 메시지를 보내왔는가 하는 점이었다. 유령은 폭발 한 시간 후 자신이 폭파범이라고 주장하는 메 시지를 보내왔다. 그러고는 계속 침묵하는 중이었다.

민수는 대화 도중 자주 한숨을 내쉬었다. 이곳에 갇혀 있는 현실이 무척 답답한 눈치였다. 직접 현장을 보는 것과 사진으로만 보는 건 큰 차이가 있다. 인터뷰도 마찬가지다. 직접 마주 대하는 것만큼 확실하 고 직접적인 방법은 없다. 그래도 오늘은 평소와 달리 쓸 만한 정보가 가득했다.

"선배 추측이 정확했어요. 피살자들은 호신물품에 관심을 가졌어요.

그들이 최루 스프레이나 전기충격기를 항상 휴대하고 다녔는지는 확실하지 않지만, 그걸 구입하거나 구입하기 위한 절차들을 친구들에게 물어본 적이 있대요. 절대 열리지 않는 튼튼한 자물쇠 따위도 물어봤다고 해요."

희진이 말했다.

"역시 그랬군."

민수는 오른손을 움켜쥐며 말했다. 그는 최근 들어 이런 직접적인 감정 표현을 자주 했다.

"첫 번째 피해자인 이윤주는 비밀리에 호신술 수강까지 한 것으로 확인됐어요."

희진은 직접 도장을 찾아간 상황을 설명했다.

"호신술 수업까지 듣고 호신물품을 구입했다는 건?"

민수는 희진을 빤히 쳐다보며 말했다.

"나도 그렇게 생각해요."

희진은 고개를 끄덕였다.

"더구나 호신물품을 구입하기 전, 한동안 바깥출입도 하지 않았다고 하더군요. 그건 다른 피해자들도 마찬가지였어요."

"세 명 다 확인한 거라고? 확실하지."

"네. 세 명 모두 확인한 거예요."

"이거 진짜 흥미로운데."

민수는 자리에서 일어나 서성이기 시작했다. 희진은 사소한 것이긴 하지만 문 경감과 민수가 많이 닮았다고 생각했다.

"혹시 유령은 피해자들을 강간하고 나서 다시 찾아가는 그런 부류기 이닐까요? 지배욕이 강한 녀석들이 그런 행동을 보이는 경우가 종종 있잖아요?"

희진이 말했다.

"그런데 피해자들은 죽기 직전에 강간당하지 않았잖아?"

"그렇긴 한데. 그럼 이런 경우는 어떨까요? 약물이든 정신적인 문제 때문이든 유령은 갑자기 성불구가 돼요. 그래서 이전에 그가 성적으로 지배했던 여자들을 다시 찾아가는 거죠. 그러면 이전으로 돌아갈 수 있을 거 같으니까."

"글쎄. 그건 너무 비약이 심한 거 같은데. 더구나 피해자들은 순순히 따라간 것으로 보이잖아. 자기를 강간한 사람이 따라오라는데 과연 순순히 응할까?"

"약에 취해서 정신이 없었을 수도 있잖아요."

"완전히 정신을 잃을 정도는 아니었을 텐데. 생각해봐. 성폭행을 당한 여자들이야. 몸을 사리게 된 사람들이라고. 그렇게 쉽게 무방비로 노출되지는 않았을 거야."

"강간할 때 동영상을 촬영해놓고 그걸 가지고 협박했을 수도 있어요. 그럴 경우 어쩔 수 없이 끌려가지 않겠어요?"

희진은 진저리를 치며 말했다. 생각만 해도 끔찍했다. 협박당하는 여성들은 차라리 죽고 싶었을 것이다.

"글쎄, 그럴 수도 있겠지. 그렇지만 죽을 거라는 건 몰랐다고 쳐도 다시 끔찍한 일을 당할 걸 뻔히 아는데 경찰을 찾든지 하지 않았겠어? 참! 세 명 모두 성폭행과 관련해서 경찰에 신고한 적은 없지? 이후 병원을 찾은 기록도 없고?"

"그런 기록은 전혀 없어요. 가족이나 친구들에게 그런 뉘앙스를 풍긴 적도 없고요. 혹시나 해서 정신과 상담을 받은 기록이 있는지도 조사해봤는데 이것도 전혀 없었어요."

"강간은 그냥 넘어간다고 쳐도, 협박까지 당하고 있었으면 누군가에게 도움을 청했을 거야. 무엇보다 피해자들이 실종될 당시 특별히 눈에 띄는 점이 없었잖아? 만일 협박을 당하고 있었다면 누군가는 틀림없이 눈치챘을 거야."

"그렇겠네요. 그러면 도대체 어떤 방법을 써서 그런 조심스러운 여자들을 자유자재로 농락했을까요?"

"그걸 밝혀내야 유령에게 한 발 더 다가갈 수 있어. 그런데 병원은 아니라도 성폭력 상담소 같은 곳도 있잖아?"

민수는 조심스럽게 질문했다.

"그런 곳도 알아보고 있는데 큰 기대는 하지 말아요. 피해자들은 그런 곳에 가지 않았을 거예요."

희진은 민수가 볼까 고개를 돌리며 말했다.

"아무튼 정말 특이한 놈이야. 녀석은 성폭행당한 여성들만 살해했어. 그러니까 녀석은 상처 입은 여성에게 매료되는 게 분명해. 육식동물이 상처 입은, 그래서 다루기 쉬운 먹잇감부터 노리는 것처럼. 녀석은 그런 여성에게는 쉽게 접근할 수 있다고 생각했을 거야. 우리가 처음에 예상했듯이 녀석은 정상적인 여성을 두려워하고 있어. 그런 여성들 앞에 서면 주눅이 들어서 자신감을 잃어버리지. 하지만 그가 상대하는 여성이 상처 입고 짓밟힌 여성이라면 얘기는 달라져. 그들의 상처가 그에게 모종의 권한을 부여하게 되거든. 그래서 녀석은 그들을 지배할 수 있다고 생각하게 되는 거지."

"가장 역겨운 종류예요."

희진은 이마를 찌푸렸다. 그녀는 피해자들과 같은 부류였다. 그들이 질러대는 피의 아우성이 머릿속에서 울려 퍼졌다. 자신의 손으로 직접 녀석을 저멸하고 싶었다. 그런 기회가 주어진다면.

분노 때문에 정신을 집중하기가 힘들었다. 민수의 모습도, 보드에 적힌 글씨도, 심지어 방 전체가 비스듬하게 기울어지는 것 같았다. 민수가 몇 번 헛기침을 하고 나서야 그녀는 현실로 돌아올 수 있었다.

"분명 유령은 피해자들과 안면이 있었어. 어떻게 접근했는지는 알수 없지만 피해자들이 강간당한 사실도 알아냈고, 그들이 전혀 의심하지 않고 따라갈 정도로 가까운 사이였어. 그러니까."

"그러니까 피해자들 주변 사람들을 계속 만나보라는 거죠?"

"바로 그거야."

민수는 빙긋이 웃으며 말했다.

"그런데 오늘은 한 가지 부탁할 게 있어요."

"뭔데?"

"자신이 유령이라며 자수한 사람이 있어요."

"그런 사람 한둘이 아니었잖아? 이번에는 뭐 특별한 점이라도 있어?"

그간 별의별 사람들이 자신이 유령이라며 자수해왔다. 정신이 이상한 사람도 있었고, 당장 먹고 살기가 힘들어서 공짜 밥을 먹으려고 자수한 노숙자도 있었고, 유명세를 노리고 자수한 사람도 있었다. 심지어 경찰의 조사과정을 자세하게 알고 싶은 마음에 자수한 사람도 있었다. 그때마다 혼쭐을 내줬지만 자수하는 사람은 끊이지 않았다.

"폭탄이 어디에 설치됐는지 모두 알고 있었어요. 그건 수사기밀이라 기사에 나간 적이 한 번도 없는데 말이에요."

"호! 정말 유령이 틀림없는 건가? 그래, 어떤 녀석이야?"

희진은 가지고 온 서류를 민수에게 건넸다. 그가 자료를 다 읽자 서류에는 없는 사항들에 대해서도 설명했다.

용의자인 김해영은 올해 25세로 전과는 전혀 없었다. 심지어 무단횡단이나 불법주정차, 과속이나 신호위반 따위로 과태료를 낸 기록도 없는 모범시민이다. 경찰시험을 친 기록도 없고, 군대는 현역으로 갔다 왔다. 현재 경영학과에 다니다가 휴학 중이다. 학과 성적은 그렇게 나쁘지 않았지만 뛰어난 편도 아니었다.

경찰은 그의 초중고 담임선생들도 모두 만나봤다. 용의자는 살아오면서 크게 말썽을 일으킨 적은 없었다. 성적 역시 나쁘진 않았지만 상위권도 아니었다. 남의 눈에 잘 안 띄는 조용하고 착실한 스타일. 그게 용의자가 걸어온 길이었다.

"그런데 도대체 나한테 뭘 부탁한다는 거지?"

민수는 고개를 갸웃거리며 말했다.

"문제는 그자가 폭탄이 설치된 위치 외에는 아무것도 말하지 않고 있다는 거예요."

"말을 안 하는데 나라고 별수 있어? 왜 대신 물고문이라도 해줘?"

"그자는 선배하고 만날 수 있게 해달라고 줄기차게 요구하고 있어요. 선배를 만나고 나면 모든 걸 밝히겠다면서요."

"날? 왜?"

민수는 팔짱을 끼며 말했다.

"이유는 밝히지 않았어요. 지금 그가 하는 유일한 말은 한시라도 빨리 선배를 만나게 해달라는 것밖에 없어요. 안 그러면 폭탄을 또 터트리겠다면서."

"말이 되는 소리를 해야지. 경찰 수사를 받고 있는 놈이 무슨 폭탄을 터트리겠다는 거야? 미친놈 아냐?"

민수는 팔짱을 풀었다. 입가에는 조소가 가득했다.

"하지만 무시할 수가 없어요. 폭탄이 설치된 곳을 어떻게 알아냈는지 꼭 밝혀내야 한다고요."

"그나저나 어디서?"

"선배가 허락한다면 두세 시간 후에 이곳으로 데려올 수 있어요. 바로 이 방으로요. 인터뷰가 얼마나 길어질지 몰라서 오늘은 아예 여기서 재울 생각이에요. 녀석이 묵을 독방도 따로 준비해놨어요."

"한번 만나보는 것도 나쁘지 않겠군. 그런데 네가 보기엔 어때? 녀석을 직접 만나봤지?"

"네."

희진은 문 경감과 함께 김해영을 직접 인터뷰했다.

"녀석이 유령인 것 같아?"

"글쎄요. 우리가 확보한 CCTV 화면과 비교하면 키나 체격에서 조금 차이가 나요. 키는 한 5센티, 체중은 5킬로 정도 못 미쳤어요. 얼굴도 좀 더 갸름한 것 같고요."

"그건 키높이 깔창하고 옷으로 커버가 되는 거잖아. 얼굴은 뺨에 휴지 뭉치 같은 걸 물고 있으면 훨씬 통통해 보여. 살쪄 보이는 건 전혀 어렵지 않아. 그 반대가 힘들어서 그렇지. 혹시 귀 모양이 촬영된 화면은 없었어? 그건 변장으로도 바꿀 수 없는데."

"화면이 흐릿한 데다 머리가 길어서 귀가 촬영된 장면은 없었어요."

"그 녀석도 머리가 길어?"

"단정한 스타일이에요. 하지만 범행 당시 가발을 썼거나 이후 머리를 깎았을 가능성도 있으니까 머리 스타일은 별 단서가 되지 않아요. 아무튼 난 녀석이 유령일지도 모른다는 느낌이 들어요. 설령 유령이 아니더라도 폭탄이 설치된 위치를 어떻게 알아냈는지 꼭 밝혀내야 해요. 녀석은 유령의 조력자거나 아니면."

희진은 민수와 눈을 마주치며 말했다.

"아니면 유령이 폭탄을 설치하는 장면을 목격한 유일한 목격자일 수도 있겠지."

"네. 그래요. 그래서 녀석이 입을 열도록 하는 게 아주 중요해요. 문 경감님 목숨도 여기 달려 있어요."

내 목숨도요. 희진은 마지막 말을 삼켰다.

33

사안이 워낙 중요하다 보니 문 경감이 직접 민수를 찾아왔다. 몇몇 신문에 유력한 용의자가 자수했다는 기사가 나가는 바람에 그는 후끈 달아 있었다. 수사기밀이 새어 나간 것도 신경 쓰였지만 최대한 빠른 시간 안에 경찰 입장을 밝혀야만 했다. 그렇지 않으면 무능하다는 기사가 신문과 방송에서 쏟아질 것이다.

그는 긴장한 표정으로 몇 가지 주의사항을 전달했다. 우선 민수가 경찰과 협력하는 건 어떤 일이 있어도 비밀로 지켜져야 한다. 용의자가 유령이든 그렇지 않든 민수가 수사에 관여했다는 사실이 알려지면 곤란하기 때문이다. 그는 절대 녀석을 취조하지 말라고 당부했다. 은 연중에 경찰이 파악한 사항을 밝히게 되면 녀석은 본격적인 취조 시이에 대응할 논리를 만들 수 있게 된다.

그래서 문 경감은 듣는 데 주력하라고 충고했다. 비록 치열하게 서로를 비방하긴 했지만 유령은 자신을 이해해줄 유일한 사람이 민수라고 생각할 것이다. 녀석이 자신의 환상에 대한 얘기를 꺼내면 이에 동조해주면서 최대한 많은 정보를 캐내라고 말했다.

만일 가짜로 자백했다는 판단이 들 경우에는 감옥생활의 힘든 점을 꼬집어서 최대한 빨리 녀석의 마음을 놀라게 만들라고 주문했다.

민수는 딱 한 가지만 테스트해보겠다고 제안했다. 녀석이 5에 대한 강박증을 가지고 있는지 그렇지 않은지. 문 경감은 이를 흔쾌히 수락했다.

민수는 방에 홀로 앉아서 용의자를 기다렸다. 익숙한 발걸음 사이로 낯선 발소리가 들렸다. 자못 당당한 발걸음이다. 녀석이 정말 유령일까? 그렇지 않을 가능성이 더 높다고 판단되지만 그가 유령이었으면 싶었다. 녀석을 꼭 한번 보고 싶었기 때문이다. 그는 곧 고개를 저었다. 녀석이 정말 유령이라면 게임은 여기서 끝나버린다. 이런 식으로 끝내기엔 너무 아쉬웠다.

그는 다시 용의자에 집중했다. 전과가 없는 걸로 봐서 교도소는 처음일 텐데. 발걸음으로 판단컨대 전혀 기죽지 않은 눈치다. 하긴 자신을 유령이라고 밝힐 정도면 저 정도 배포는 가지고 있어야 한다.

문이 열리고 20대 초중반으로 보이는 젊은 남자가 방으로 들어왔다. 눈이 번쩍 뜨였다. 단조로운 색상이 지배하는 교도소에 화려한 색깔은 이목을 끌 수밖에 없다. 노란색 패딩점퍼에 빨간색 셔츠, 색이 바랜 청바지는 흑백영화에 컬러 화면을 입힌 것 같은 착각이 들게 했다.

옷을 제외하면 녀석은 평범한 외모의 소유자였다. 170센티 중반대의 키에 마르지도 살찌지도 않은 체형이었다. 얼굴은 굳이 따지자면 잘생긴 쪽에 가깝지만 눈에 띄는 외모는 아니었다. 녀석은 같은 반에서 공부해도 졸업하면 전혀 기억에 남지 않는 그런 평범한 부류에 속했다.

하지만 눈동자만은 달랐다. 살아 있는, 다소 오만하게 느껴지는 눈빛이었다. 더구나 그의 시선은 민수에게 못 박혀 있었다. 민수는 그의 시선이 못내 부담스럽다거나 짜증 나지 않았다. 민수는 테이블 위에 놓인 신문에서 가장 오른쪽에 있는 걸 뽑았다. 모든 신문의 1면은 유령이 장식하고 있었다. 그는 신문을 거칠게 해영에게 던졌다. 해영은 반사적으로 신문을 잡았다.

"네가 이 기사에 나온 사람이야?"

민수는 윽박지르듯 질문했다. 해영은 대답할 생각이 없는 듯했다. 그저 가만히 서 있을 뿐이었다.

"한국말 못 알아들어?"

민수는 인상을 긁었다.

"알아듣습니다."

해영이 드디어 입을 열었다. 비교적 침착한 목소리였다.

"네가 그놈이야?"

"글쎄요."

"글쎄요는 무슨 대답이야? 한국말 몰라?"

민수는 한층 목청을 높였다. 교도관이 다가오려고 했다. 그는 손바닥을 내밀어 교도관을 제지하며 흥분하지 않겠다고 말했다. 교도관은 잠시 걱정스러운 눈빛으로 지켜보다 문을 닫고 나갔다.

"좋아! 우선 자리에 앉지."

민수는 조용한 목소리로 말했다.

"만나서 반갑습니다. 김해영이라고 합니다."

해영은 오른손을 내밀며 말했다.

"커피 좋지?"

민수는 상대를 무시하며 말했다. 악수를 거부당하자 해영은 잠시 머뭇거렸다. 민수는 크고 정중한 목소리로 커피 두 잔을 부탁했다. 그리고 해영에 대해 생각했다.

그간 치열한 설전을 벌였던 만큼 유령을 보면 흥분하는 게 당연한 반응이다. 그래서 일부러 오버했다. 한편으로 상내를 파악하기 위한 목적도 있었다. 사람들이 방어 태세를 취하는 걸 보면 많은 것을 알아낼 수 있다. 우선 해영은 반사신경이 좋았다. 주눅들 만한 상황인데도 기가 죽지 않았다. 그렇다고 흥분해서 맞서지도 않았다. 녀석은 곤란한 상황에 처해도 잘 대처하는 부류에 속했다. 상대하기 가장 까다로운 부류다.

민수의 기억 저편에서 경찰이었던 시절이 떠올랐다. 그때를 연상하자 가벼운 흥분이 일었다. 해영은 경찰시절 그가 가장 부숴버리고 싶어하던 부류였다. 그는 연기가 아니라 실제로 흥분했었음을 깨달았다. 아직 그 당시의 버릇이 남아 있는 모양이었다.

그는 흥분을 가라앉히려고 노력하며 상대가 신문을 어떻게 처리하는지 관찰했다. 일부러 신문 다섯 부를 나란히 배열해놓았다. 유령은 5에 대한 강박증이 있을 뿐 아니라 정리정돈광이다. 신문이 한 부만 흐트러져 있는 걸 참기 힘들 것이다. 그런데 해영은 민수가 던진 신문을 자기 앞자리에 던져놓고는 전혀 신경 쓰지 않았다. 녀석은 신발 끈을 다시 묶는 여유까지 부렸다.

곧 커피와 생수가 배달됐다. 민수는 먼저 해영에게 커피를 권하고, 자신도 커피를 마셨다.

"생각보다 커피 맛이 좋군요."

해영이 말했다.

"일반인은 절대 맛볼 수 없는 이곳만의 별미지. 소장이 커피를 워낙 좋아해서 값비싼 원두와 커피머신을 자비로 들여놓은 데다 여기 물맛이 꽤 좋거든. 그 둘이 결합해서 이런 환상적인 맛을 만들어냈지."

"커피만 보면 이곳에서 지내는 것도 나쁘지 않을 것 같군요."

"그렇게 착각할 수도 있겠지. 참고로 이곳의 특제 커피는 특별한 경우에만 즐길 수 있어."

"제가 특별한 손님인가 보죠? 황송하기 그지없군요."

"내가 판단하는 게 아니니까."

"제가 생각했던 것보다 얼굴이 훨씬 좋습니다. 이곳 생활이 마음에 드시나 보죠?"

"사람은 환경의 동물이야. 지옥에서도 적응하는 게 바로 인간이지. 그런데 언제 내 얼굴을 직접 본 적 있어?"

민수는 넘겨짚었다. 해영은 전과 기록이 전혀 없는 깨끗한 몸이다. 하지만 공식기록에는 남아 있지 않지만 그에게 조사를 받은 경험이 있다면 얘기가 달라진다. 민수는 유령이 과거 자신이 맡았던 사건과 관련이 있는 건 아닌가 하고 의심해왔다.

"예전에 재판정에서 한 번 본 적이 있습니다. 워낙 많은 사람의 관심을 끈 사건이었잖아요. 그런데 정말 나중 두 명은 죽이지 않았어요?"

"그게 궁금해서 여기까지 온 거야?"

"그건 아니고…… 그냥 형을 한번 보고 싶었어요."

"넌 어때? 사람을 죽이면 어떤 기분이 들어? 그 순간이 말로 표현하기 힘들 정도로 즐거웠어?"

민수는 화제를 돌렸다. 어차피 본론으로 들어가려던 참이었다고 자위하며.

"그걸 한마디로 설명하긴 힘들죠. 잘 아시잖아요?"

녀석은 기다렸다는 듯 한 치의 망설임 없이 말했다. 민수는 대답하지 않았다.

"저 같은 경우는 담배를 피우는 것과 비슷했어요. 담배를 피우고 싶은 충동은 정말 억제하기 힘들잖아요. 살인에 대한 충동도 마찬가지였어요. 이성은 참아야 한다고 외치는데 잘 안 참아지더라고요. 참! 담배 끊으셨죠?"

"술하고 여자도 끊었어."

민수는 무뚝뚝한 얼굴로 대답했다.

해영의 대답은 연쇄살인범 정남규의 그것과 동일했다. 정남규는 담배를 피우고 싶은 것처럼 사람을 죽이고 싶은 충동이 일었다고 말했다. 우연의 일치일까? 아니면 일부러 정남규의 말을 인용한 걸까? 그렇다면 왜?

"맛이 끝내주긴 하지만 커피보다는 담배 한 개비 피울 수 있으면 정말 좋을 텐데. 감옥에서도 다 알아서 피운다던데 아닌가 보죠?"

"드라마와 현실은 달라. 여기는 끔찍한 곳이야. 지옥에 온 걸 환영해."

민수는 양팔을 활짝 벌리며 말했다.

"첫날이라 그런지 그렇게 끔찍하진 않은데요."

"아직 범죄자 신분이 아니라서 실감이 잘 안 나는 것뿐이야. 사람을 죽이고 나서 후회한 적은 없어? 이번 폭발사고로 많은 사람이 죽었잖아?"

"글쎄요. 이번에는 내 손으로 직접 죽인 게 아니라서 잘 모르겠어요. 돌이켜보면 살인하는 순간은 솔직히 시시했어요. 죽일 때보다는 오히려 죽이기 전 살인을 계획할 때랑 제 사건을 언론에서 떠들어댈 때 진정한 희열을 느꼈어요. 형도 그랬죠?"

해영은 동의를 구한다는 듯 어색한 미소를 지었다. 어느 순간부터 형이라는 호칭까지 붙이고 있었다. 하지만 민수는 동조하지 않았다. 녀석의 말투와 행동에서 미묘한 흥분을 감지할 수 없었다. 암기한 내용을 그냥 뱉어내는 것처럼 느껴졌다.

"자신의 작품을 직접 수사하는 기분은 어땠어요? 제가 느낀 스릴과는 비교도 되지 않겠죠? 정말 끝내줬을 것 같아요."

해영의 목소리가 처음으로 가볍게 떨렸다.

"두말하면 잔소리지."

민수는 덤덤한 말투로 받았다.

"이런 곳에 갇혀 있으니 답답하겠어요. 수백 명을 죽게 만들거나 자기 딸을 강간하는 파렴치한들도 떵떵거리면서 잘 사는데, 평생을 이런 비좁은 곳에 갇혀 지내야 하다니……. 더구나 형은 억울한 누명까지 뒤집어썼다고 했잖아요? 자꾸 같은 말을 반복하는 것 같은데 이곳 생활은 어때요? 솔직한 대답을 듣고 싶어요."

"정말 몰라서 묻는 거야? 그래, 직접 와보니 어때? 교도소 생활도 할 만한 것 같아?"

"솔직히 말하면 무시무시한 기분이 들긴 하는데요."

해영은 주위를 둘러보며 말했다.

"이곳 생활을 한 문장으로 정의한다면, 죽도록 따분하다, 그렇게 정의 내릴 수 있겠지. 이곳은 정말 미치도록 따분해. 마치 시간이 정지한 것 같아."

"그런데 어떻게 견디세요? 언젠가 바깥세상을 볼 수 있다는 희망도 전혀 없잖아요?"

"핵심을 찔렀군. 그게 진짜 무서운 점이지. 어느 정도냐 하면, 차라리 죽어버리고 싶을 정도야. 나 같은 사형수들에게 감옥생활은 죽는 그날까지 천천히, 아주 느리게 자살을 진행하는 과정이라고 볼 수 있어."

"정말 지겨운 것 같군요."

"매일 아침 눈을 뜨면 오늘은 또 뭘 하지? 차라리 죽어버릴까? 이런 생각부터 해. 참으로 환상적이지 않아?"

"자살 충동을 많이 느끼시나 봐요?"

"살아가는 데 가장 무서운 건 희망이 없다는 거지. 아무런 희망이……."

"정남규도 그래서 자살했을까요? 사형당하는 게 무서워서 자살했다는 건 솔직히 안 믿겨요."

서울 서남부 일대에서 13명을 살해하고 20명에게 중상을 입혔던 희대의 연쇄살인범 정남규가 자살했다. 경찰은 그가 사형을 두려워해서 목숨을 끊었다고 발표했다.

"유서를 남기지 않았으니 왜 자살했는지는 본인만이 알겠지. 분명한 건 잡히지 않았으면 녀석은 지금도 사람을 죽이고 있을 거라는 거야."

"형은 소중한 사람 때문에 견디고 있는 거예요?"

"우리는 왜 가장 가까운 사람을 가장 힘들게 하면서 살아갈까?"

민수는 한숨을 내쉬며 말했다.

"혹시 후회되나요?"

해영은 민수의 표정을 살피며 조심스럽게 말했다.

"후회라? 후회보다는 죄책감을 느끼느냐고 묻는 게 맞겠지. 그래. 죄책감을 느끼긴 해. 그게 혈관에 뜨거운 피가 흐른다는 증거니까."

"이곳에 갇혀 있으면 속죄하는 기분이 드나 보죠?"

"글쎄, 살인에 속죄가 있을 수 있을까? 살인의 죗값은 무한대야. 결코 갚을 수 없어."

"의외군요. 전혀 안 그럴 거라고 생각했는데."

"난 사형수야. 물론 형이 집행될 확률은 거의 없지만 어떻든 난 죽음의 문턱을 넘어갈 뻔한 사람이야. 그 경험은 생각을 바꾸기도 해. 더구나 진짜 지독하게 시간이 많아. 나 같은 사형수들은 이곳에서 끊임없이 시간을 되감고 있어. 그게 내가 선택할 수 있는 유일한 버튼이니까."

"그래서 종교에 귀의하는 사람이 많은 건가요?"

"신이라는 존재에게 모든 걸 맡겨버리면 아무래도 마음의 짐이 좀 덜어지긴 하겠지. 하지만 난 신을 믿기보다 모든 고통을 뒤집어쓰는 쪽을 택했어. 아마 죽을 때까지 그 마음은 변하지 않을 거야."

"너무 자신을 학대하는 거 아니에요?"

"그렇게라도 해야 살아 있다는 걸 느끼니까."

"아직 제 질문에 답변해주지 않았는데 정말 그 두 명은 죽이지 않았어요?"

해영은 민수와 눈을 맞추며 말했다. 민수는 아무런 대답도 하지 않았다. 해영은 한참 동안 민수를 바라봤다.

"정말이군요. 형이 죽인 게 아니에요."

해영은 동의를 구하는 눈치였지만 민수는 여전히 침묵했다.

"형이 살해했다고 인정한 여자 집안이 장난 아니던데. 형을 완전히 엿 먹이려고 그 사람들이 없는 죄도 뒤집어씌운 거죠? 그렇죠? 도대체 그걸 어떻게 참고 견뎌요? 억울하지도 않아요?"

해영은 의자를 당겨 앉으며 말했다. 민수는 이번에도 대답하지 않았다.

"저 같으면 억울해서 미쳐버릴 것 같아요. 세상을 다 부숴버리고 싶을 만큼요."

"그래서 폭탄을 터트린 거야?"

"뭐 비슷하다고 해두죠."

"도대체 무슨 원한이 있기에 그렇게 많은 사람을 죽인 거지?"

"혹시 탈옥을 꿈꿔보진 않았어요? 신창원처럼."

해영은 허리를 곧추세우며 질문했다. 폭탄에 대해서는 더 이상 얘기하기 싫은 눈치였다. 자꾸 폭탄에 집착하면 상대가 이상하게 느낄 것 같아서 민수는 그 질문은 그만하기로 마음먹었다.

"탈옥은 영화에서나 가능한 일이야. 신창원이 탈옥에 성공할 수 있었던 건 천운이 따랐기 때문이야. 당시는 신축공사 때문에 담장을 허물고 차단막만 설치한 상태라 감시의 눈을 피할 수 있는 사각지대가 만들어졌고, 땅을 조금만 파도 차단막을 통과해서 공사장으로 들어갈 수 있었어. 그게 전부가 아니야. 차단막 때문에 적외선 감지기가 꺼져 있었고 공사장엔 담을 넘을 수 있는 철근과 밧줄이 사방에 널려 있었어."

"신창원에 대해 너무 잘 아시는데요? 혹시 저처럼 신창원을 존경한 건 아니죠?"

해영은 빙긋이 웃으며 말했다.

"난 한때 경찰이었어. 그래서 그가 탈옥한 방법에 대해 잘 아는 것뿐이야. 그리고 설령 탈옥할 수 있다고 해도 밖에 나가면 뭐해? 이 좁은 나라에서 얼마나 오래 숨어 지낼 수 있을 거 같아?"

"그래도 바깥 공기를 쐴 수 있잖아요? 탈옥을 하든 그렇지 않든 어차피 형기에는 변함이 없잖아요? 평생 바깥 구경 못 할 운명인데 마지막으로 세상 구경을 하는 것도 재미있잖아요."

"그래서 더 나가면 안 돼. 바깥 구경을 하고 돌아온다면 더 큰 절망을 안고 살아가게 될 거야. 그나저나 왜 자수한 거지? 경찰은 범인에 대해 전혀 감을 못 잡고 있는 눈치던데. 갑자기 회개라도 한 거야?"

"뭐랄까? 그냥 미치도록 따분했어요. 처음부터 멍청한 경찰 녀석들은 내 상대가 아니었어요. 그래서 색다른 자극이 필요했어요."

"색다른 자극이 필요해서 세상에서 가장 따분한 이곳으로 왔다고? 지금 그 말을 액면 그대로 믿을 거라고 생각하는 건 아니겠지?"

"그래서 형을, 참! 형이라고 불러도 되죠?"

벌써부터 형이라고 불렀는데 해영은 그 사실을 기억하지 못하는 것 같았다.

"편한 대로 불러."

"그래서 형과 가장 먼저 면담하겠다고 한 거예요. 딴 사람은 몰라도 형은 내 마음을 이해해줄 수 있을 테니까요."

"같은 부류라서?"

민수는 해영을 빤히 쳐다봤다. 해영은 가볍게 고개를 끄덕였다.

"더구나 형은 경찰 출신이잖아요. 그것도 잘나가는 프로파일러였죠. 이제 제가 왜 다른 사람을 제쳐두고 형을 지목했는지 이해하세요?"

민수는 아무런 긍정의 표시도 하지 않았다. 해영은 머쓱했는지 머리를 긁적이다 말했다.

"형은 제 우상이었어요. 전 오래전부터 형의 팬이었어요. 사진 속의 형은 자신감이 넘쳐흐르는 멋진 남자였어요. 심지어 형처럼 되고 싶어서 프로파일러가 될까 하는 생각도 해봤어요."

"그래서 사람을 죽였어?"

"글쎄요. 굳이 형을 따라 하고 싶어서 사람을 죽인 건 아니에요."

"그럼 왜 살인을 저지른 거지?"

"세상에 알리고 싶었으니까요."

"뭘? 사람을 죽이면서까지 세상에 알리고 싶은 게 도대체 뭐가 있지?"

"나란 존재를요."

해영은 잠시 망설이다 대답했다.

"사실 그건 아주 오래전부터 날 지배하던 환상이었어요."

해영은 차분하게 자신의 환상에 대해 설명했다. 민수는 그가 말하는 환상이 지나치게 교과서적이라고 생각했다. 녀석은 프로파일러를 꿈꿔봤다고 했다. 그때 범죄심리학을 공부했을 것이다. 녀석이 쏟아내는 환상은 여느 범죄심리학 책에 다 실려 있는 평범한 것이었다. 아무리 봐도 유령 같은 독특한 자의 것은 아니었다.

더구나 유령 같은 부류는 내향적이다. 그들은 유년기에 이미 고독을 경험한다. 이후 고독은 평생 그들을 따라다닌다. 이런 이유 때문에 그들은 다른 사람과 소통하는 능력이 부족하다. 그러나 해영은 달변가라고 해도 좋을 정도로 말을 잘했다.

가짜로 자수할 동기도 충분해 보인다. 해영은 그에게 깊은 관심을 가지고 있는 게 분명하다. 해영은 그의 현재 심정과 살인 당시의 심리 상태, 나중에 살해했다고 알려진 두 명을 살해했는지 여부를 무척 궁금해하고 있다. 하긴 그의 추종자들 중에는 그를 보기 위해서라면 감옥도 마다하지 않을 사이코들이 넘쳐났다.

젠장. 이젠 이런 꼬마 녀석까지 날 놀리는군. 민수는 화가 났지만 애써 억누르며 가끔 장단을 맞춰주었다. 다른 건 몰라도 녀석은 폭탄이 설치된 위치를 정확하게 알고 있다. 녀석은 유령이 폭탄을 설치하는 장면을 목격했을 가능성이 높다. 그러니까 유령을 제대로 본 최초의 목격자를 확보할 수도 있는 것이다.

어쩌면 녀석이 유령일지도 모른다. 모든 연쇄살인범들이 외톨이는 아니다. 수십 명의 여자를 잔혹하게 살해한 테드 번디는 잘생기고 언변도 좋았다. 민수는 녀석이 물리적인 증거를 발설하길 기대했다. 결국 범인을 잡는 건 프로파일링도 취조도 아닌 물리적인 증거물이다. 하지만 녀석은 구체적인 질문에는 계속 애매하게 대답했다. 문 경감의 충고를 가장한 지엄한 명령 때문에 녀석을 취조하지 못하는 게 안타까울 따름이었다.

"유령은 미친 녀석이야."

민수가 말했다.

"제가 미친놈이라고요?"

해영은 양손으로 자신을 가리키며 말했다.

"여자에게 자신감이 없어서 그들을 유혹하는 대신 살해하는 정말 못난 놈이야. 한마디로 겁쟁이라고 할 수 있지."

민수는 상대의 표정을 살피며 말했다. 연쇄살인이나 잔인한 범죄를 저지른 자들은 비판을 수용하고 좌절을 견뎌내는 능력이 결여되어 있다. 그래서 비난이나 좌절은 폭력을 유발하는 촉매가 된다. 그들은 폭력을 통해 자신의 존재를 입증하고, 남을 통제할 수 있음을 보여준다. 그런데 해영은 별다른 반응을 보이지 않았다. 민수는 한층 강하게 나갔다.

"직접 마주 보고 사람을 죽일 용기가 없어서 뒤에서 그것도 가면을 쓴 상태에서 여자를 찌르고 도망가고, 심지어 폭탄까지 터트렸지. 말해봐. 용기가 없어서 그런 거지?"

"글쎄요. 전 제가 겁쟁이라고 생각하지 않아요. 오히려 그 반대죠. 세상에 너무 분노해서 그걸 참지 못한 것뿐이에요."

"그게 자신감이 결여됐다는 증거 아닐까? 세상에 하고 싶은 말이 있으면 그런 극단적인 선택 말고도 여러 가지 방법이 있을 텐데."

"형 입장에서 보자면 지금 억울한 누명을 쓴 거잖아요. 하지만 저를 제외한 세상 어느 누구도 형의 말에 귀를 기울이지 않잖아요. 세상 모든 사람이 등을 돌린 지금 상황이 답답해 미칠 것 같지 않아요? 만약 형이 감옥에 수감된 게 아니라 자유로운 몸이라면 어떻게 할 것 같아요?"

"어떤 경우라도 살인을 저지르지는 않을 것 같아."

"정말 그럴까요?"

"사실 여기 와서 난 많이 변했어."

"그러니까 이전의 형이었다면요? 그땐 어떻게 행동했을 거 같아요?"

"이런 식의 대화가 무슨 의미가 있을까?"

"그러네요. 괜한 걸로 잔뜩 열만 올렸네요."

해영은 웃으며 말했다.

"네 환상 말이야. 그거 다시 한 번만 얘기해줄래?"

민수는 마지막으로 확인해보고 싶었다. 금방 지어낸 거짓말이면 좀 전에 한 말과 다른 부분이 발견될 것이기 때문이었다. 해영은 차분하게 말했다. 처음에 말한 것과 크게 차이가 없었다. 금방 지어낸 말은 아니라는 게 확인됐지만 차분한 말투도 그렇고 지나치게 교과서적이라는 느낌을 지울 수 없었다.

시간은 어느새 12시를 향해 바짝 다가가고 있었다. 민수는 해영에게 혹시 더 질문할 게 있는지 물어봤다. 그 역시 피곤했던 모양이다. 대답 대신 가볍게 하품을 했다. 민수는 교도관을 불렀다. 해영에게 욕을 내뱉고 싶은 걸 억지로 참으며.

34

"오늘은 무슨 바람이 불어서 절 다 부르셨나요?"

황 기자는 웃으며 말했다. 그간 황 기자가 술 한잔하자고 몇 번이나 연락했지만 바쁘다는 핑계로 초대에 응하지 않았다. 그래서 그런지 그는 굉장히 기분 좋아 보였다. 비록 얼굴은 초췌했지만.

희진은 문 경감과 가끔 들르던 포장마차에서 그에게 전화를 걸었다. 그는 두말 않고 달려와주었다. 사실 그가 좋아서 혹은 술 생각이 간절해서 연락한 건 아니었다. 그의 도움이 절실하게 필요했다. 경찰이 기자에게 빚을 지면 성가시게 마련이지만 그런 걸 따질 겨를이 없었다. 자신을 위해서도, 문 경감을 위해서도, 수사팀 전체를 위해서도.

"그냥 소주 한잔 생각나더라고요."

희진 역시 웃으며 말했다.

"요즘 많이 힘드시죠?"

"황 기자님만 할까요? 살도 많이 빠지신 것 같은데."

"글쎄요. 이걸 힘들다고 표현할 수 있을까요? 사실 전 유령 녀석 덕분에 수많은 사람이 죽었는데도 명성을 얻고 있어요. 하지만 경찰은 오명만 잔뜩 뒤집어썼잖아요."

"그렇게 잘 아시는 분이 기사는 왜 그런 식으로 적으세요?"

"이거 시작부터 너무 세게 나오는데요. 저기 아주머니, 여기 안주 뭐가 맛있어요? 오뎅탕 말고요."

희진은 오뎅탕에 소주를 마시고 있었다. 황 기자는 아주머니가 추천한 안주에다 소주 한 병을 더 주문했다. 그러고 보니 벌써 한 병 가까이 마셨다. 안주에는 거의 손을 대지도 않았는데.

"일단 마시죠."

황 기자가 건배를 제의했다. 희진은 그와 잔을 부딪쳤다. 술이 고팠던지 그는 시원하게 잔을 비우더니 바로 잔을 채웠다.

"후래자 삼배."

그녀와 눈이 마주치자 황 기자가 예의 멋진 미소를 지으며 말했다. 그는 석 잔을 연달아 비우고 나서야 잔을 내려놓았다.

"뭐 일 얘기를 먼저 꺼내셨으니까 그냥 넘기긴 그렇고 잠시만 얘기할게요. 사실 그런 식이 폭탄 테러는 먹기 딱 좋다는 거 저도 잘 알고 있어요. 하지만 그날 경찰의 대처에 문제는 없었을까요? 결과론적인 얘기지만 폭발을 막지 못해서 무수한 사상자가 발생했잖아요."

"거기에 대해서는 이미 까일 만큼 까였어요."

"전 생각이 조금 달라요. 이미 끝난 일이니까 덮어두자는 식의 행동을 전 굉장히 싫어합니다. 아! 오해하지 마세요. 희진 씨가 싫다는 얘기는 절대 아니니까요. 전 잘못된 일은 나중에라도 바로잡아야 한다는 입장입니다. 예전에 경찰비리를 수사했던 것도 그런 이유였습니다. 관례라며 그냥 넘기는 모습들을 도저히 눈뜨고 못 봐주겠더라고요."

"예전부터 꼭 질문하고 싶은 게 있었는데, 아냐! 안 할래요."

희진은 머리를 흔들며 말했다.

"뭔데요? 말해보세요. 궁금하잖아요."

"막 던져도 괜찮아요?"

"오늘만 특별히 허락할게요."

황 기자는 미소 지으며 말했다.

"왜 그렇게 경찰을 싫어하세요?"

"경찰을 싫어한다는 건 오해예요. 난 경찰을 싫어하지 않아요."

"좋아하지도 안잖아요."

"아뇨, 좋아하는 경찰도 있어요. 예를 들어 희진 씨 같은 경찰은 미치도록 좋아해요. 신념이 있잖아요."

"단지 그 이유가 전부인가요?"

"네?"

"아뇨, 됐어요. 한잔해요."

희진은 황 기자에게 건배를 제의했다. 이번에는 그녀도 깨끗하게 잔을 비웠다.

"삶이란 참으로 따분하면서도 드라마틱한 것 같아요. 늘 똑같은 일상이 반복되는 것 같지만 유령 같은 녀석이 나타나서 세상을 벌컥 뒤집어놓기도 하고, 모든 게 끝장난 줄 알았는데 보란 듯이 재기하기도 하고, 다시는 사랑을 할 수 없을 줄 알았는데 운명 같은 사랑이 찾아오기도 하죠."

황 기자가 말했다.

"그래요. 정말 드라마틱하죠. 세상에서 가장 사랑하던 사람이 연쇄 살인범으로 체포되기도 하는 게 인생이니까요."

어색한 침묵이 흘렀다. 그도 그녀도 시간이 정지한 듯 손가락 하나 까딱하지 않았다. 그녀는 자신을 책망했다. 빈속에 마신 술 때문에 해서는 안 될 말을 꺼내고 말았다. 신세한탄이나 하려고 황 기자를 만난 게 아닌데. 쥐구멍에라도 숨고 싶어졌다.

"아직도 그 사람을 많이 사랑하나요?"

황 기자가 조심스럽게 입을 열었다.

"사랑? 일단 사랑이라는 게 뭔지를 모르겠어요. 알려고 할수록 더 어렵고 사람을 비참하게 만드는 게 그거인 것 같아요."

희진은 고개를 저으며 말했다. 그날 이후 그녀의 머릿속에서 사랑이라는 단어가 지워졌다. 처음부터 사랑은 그녀에게 허락되지 않는 신기루였을 뿐이다. 하지만 그건 착각이었다. 민수를 다시 만나자 지운 줄 알았던 감정이 생생하게 되살아났다. 그러자 아물었던, 아니 아문 줄 알았던 상처들이 그녀를 들쑤셨다. 예전처럼 죽을 정도는 아니었지만 칼로 도려내는 고통은 여전했다. 소주를 한잔 마셔서 그런지 그가 미칠 듯이 그리웠다. 그를 다시 만난 이후로 그를 생각하지 않고 잠든 적이 없었다. 결코 가질 수 없는 환상인데도.

"시간 괜찮으면 좀 있다 노래방이나 갈래요? 오늘만큼은 모든 걸 잊고 오래간만에 고래고래 고함이나 질러보고 싶네요."

"좋은 생각이네요. 오늘은 목이 터져라 노래나 불러야겠어요."

"힘내세요."

"그런데 황 기자님, 저 좀 도와주시면 안 돼요?"

"어떤 걸 도와드리면 되죠?"

"유령의 정체를 밝힐 수 있게 팍팍 지원해주시면 안 돼요?"

"지금도 충분히 도와드리고 있는 것 같은데, 아닌가요?"

황 기자는 딱딱한 어투로 말했다.

"알겠어요."

"그냥 일 얘기는 그만했으면 해요."

황 기자는 다시 감미로운 목소리로 돌아왔다. 그는 입가에 미소까지 머금었다.

"그래요."

"오늘은 그간 쌓인 스트레스나 풀자고요. 잠시만요. 전화해서 미리 예약을 해놓는 게 좋을 것 같아요. 거긴 늘 만원이거든요."

황 기자는 핸드폰을 꺼내며 말했다.

35

화장대 앞에 앉은 희진은 인상을 찌푸렸다. 피로에 찌든 얼굴이 자신을 노려보고 있었다. 으슬으슬한 게 감기기운까지 있었다. 녹초가 될 정도로 지친 상태에서 황 기자와 술을 마신 게 타격이 컸던 모양이다. 비록 노래방에서 스트레스를 시원하게 날려버리긴 했지만. 노래방은 깨끗하고 시설도 완벽했다. 그렇게 음향시설이 좋은 곳은 처음이었다. 어제 일을 떠올리자 황 기자에게 자신을 너무 많이 보여준 건 아닌가 걱정됐다. 한편으로는 삶이 힘들 때 잠시 어깨를 빌릴 수 있는 친구를 얻어서 기쁘기도 했다.

급하게 기초화장을 하다 화장품을 떨어뜨렸다. 화장품을 줍기 위해 상체를 숙였다. 그러자 낡은 화장대 밑에 포장도 뜯지 않은 채 쌓여 있는 화장품들이 눈에 들어왔다. 모두 몇 년 전에 샀던 것들이다. 사용을 안 한 건 둘째 치고 그 시간이 거기 그대로 머물러 있었다. 그녀는 비로소 깨달았다. 자신의 시간 역시 멈춰 있었다는 걸.

민수 앞에서 나약한 모습을 보이고 싶진 않았다. 감옥에 도착하자 일부러 기합을 불어넣었다. 그는 해영이 어떻게 폭탄이 설치된 곳을 알았는지에 대한 설명을 듣고는 한참을 웃었다. 녀석 때문에 모든 수사기관들이 한바탕 호들갑을 떨었던 게 무척 재밌었던 모양이다. 그는 나중에 자서전을 적을 수 있으면 이 내용을 꼭 넣고 싶다고까지 했다.

"아무튼 정말 고마워요. 덕분에 또 웃음거리가 될 뻔한 위기를 넘겼으니까요."

희진이 말했다.

"뭐 별로 한 것도 없는데. 날 보고 싶어하던 놈의 넋두리를 잠시 들어준 것뿐이잖아. 그나저나 문 경감님은 어때?"

"좌불안석이죠. 여전히 분위기가 안 좋아요. 그나마 가짜로 자백한 걸 빨리 밝혀낸 덕분에 약간의 점수를 받긴 했지만요."

"녀석한테 폭탄 위치를 알려줬다는 롯데월드 직원은 고생 좀 하겠군."

"별일이야 있겠어요? 언론에 흘리려고 한 것도 아니고 조카한테 알려준 건데. 뭐 상사한테 욕은 좀 먹겠지만요."

해영의 외삼촌은 롯데월드 경비실에 근무하고 있었다. 그래서 폭탄에 내막 길 속속들이 알고 있었나. 일까 선 해녕이 롯네월느들 찾았을 때 그의 외삼촌은 별생각 없이 폭탄에 대한 상세한 정보를 알려줬다.

평소 감옥 구경을 한번 해보고 싶었던 데다, 세간의 화제가 되고 있는 민수를 직접 만나보고 싶은 욕심에 그는 가짜로 자수했다. 그리고 그가 원하던 대로 두 마리 토끼를 잡는 데 성공했다.

"참! 그 녀석 혼쭐 좀 내줬어?"

"그냥 돌려보낼 리가 있겠어요? 이틀 동안 잠 한숨 못 자게 했어요. 다섯 명이 돌아가면서 심문했거든요. 돌아갈 때는 진이 빠져서 제대로 걷지도 못하더라고요."

희진은 빙긋이 웃으며 말했다. 민수와 면담을 마친 다음 날, 소기의 목적을 달성한 녀석은 모든 걸 털어놓았다. 조사 결과 녀석의 말은 진실이었다. 하지만 본보기를 보이기 위해서라도 그냥 풀어줄 수는 없다. 폭탄이 터질 당시의 알리바이를 대라며 그를 줄기차게 위협했다.

"제대로 걷지 못했다고?"

"과장이 너무 심했나 보네요. 그래도 다리를 약간 절뚝이긴 했어요."

"요즘 녀석들 참 엉뚱해. 감옥 구경을 하고 싶어서 그 난리를 치다니."

"선배를 무척 만나보고 싶어했던 것 같아요. 인기가 많아서 좋겠어요."

"남자는 사절이야."

"그래도 혹시 수상한 구석은 없었어요? 이런 말 하긴 그렇지만 선배를 추종하는 걸 보면 범죄에 관심이 많은 것 같은데."

"단순한 호기심이지 뭐. 나한테 관심 있는 사람들이 다 범죄를 저지르면 대한민국은 고담시티가 됐을 거야."

"그나저나 유령을 빨리 잡아야 할 텐데 큰일이네요. 녀석은 계속 침묵하기만 하고."

"수사에 전혀 진척이 없어?"

"언제나 그렇듯이 딱 하나의 단서만 더 나타나면 잡을 수 있을 것 같은데. 하지만 현실은 항상 그런 기대를 무참하게 저버리죠."

"그래도 희망을 잃지 마. 참! 상류층 여성들에 대한 조사는 어떻게 돼가고 있어?"

"쉽지 않아요. 인터뷰에 잘 응해주지도 않고 아직까지 유령이라고 의심되는 용의자도 없어요."

"나한테 모욕을 당하고 발끈한 걸 보면 녀석은 다른 사람의 비판이나 좌절을 견뎌내는 능력이 결여되어 있는 게 분명한데 말이야."

"모욕당했다고 폭탄을 사용할 생각을 하다니 진짜 미친놈이죠."

"그건 단지 구실이었을 뿐이야. 녀석은 폭탄을 미리 준비해두고 있었다고. 폭탄에 대한 조사는 어때? 그것도 별 재미를 못 보는 모양이지?"

"네. 더구나 각종 음모론이 기승을 부려서 큰일이에요. 유령이 고위층 자제라서 경찰이 감싸주고 있다는 괴소문이 퍼지고 있어요. 심지어 정부에서 국민의 이목을 다른 곳으로 돌리기 위해 유령을 고용했다는 말까지 나돌아요."

"원래 이런 큰 사건이 벌어지면 갖가지 음모론이 들끓기 마련이야. 난 외계인한테 생체실험을 당해서 돌아버렸다는 말까지 들었어. 그런데 녀석이 외삼촌한테서 폭탄 위치를 알아냈다는 말만 듣고 풀어준 거야?"

"물론 그렇진 않아요. 김해영은 폭탄이 터질 당시 제주도에 있었어요."

"애인하고 여행 간 건가?"

"혼자서 여행을 갔네요. 사진 찍으러."

"사진 찍는 걸 좋아하나 보지?"

"네. 제주도에서 찍은 사진들이 결정적인 알리바이였어요. 수시로 제주도를 찾는 모양이더라고요. 사건 당시뿐만 아니라 그 전에 찍은 사진들이 엄청나게 많았어요. 전국의 유명한 곳은 다 가는 모양이에요. 그중에서도 특히 제주도를 좋아해서 제주도의 사계절을 모두 담으셨더라고요."

"녀석이 제출한 사진은 다 가지고 있지?"

"왜요?"

"그냥 한번 보고 싶어서."

"전문가들이 이미 확인해봤어요. 녀석이 사용한 카메라는 유령이 보낸 사진을 찍은 카메라하고는 다른 거였어요."

희진은 사진에 대해 설명했다. 유령이 보낸 사진에는 메타데이터가 남아 있었다. 메타데이터는 일종의 사진정보다. 어떤 카메라로 찍었는지는 물론이고, 셔터스피드와 조리개 값을 알 수 있으며, 촬영 시간과 화각도 알려준다. 편집프로그램을 뭘 썼는지도 알 수 있다. 확인 결과 유령이 사용한 카메라는 해영이 사용한 카메라와 제조사가 달랐다.

"다음번에 올 때 노트북에 사진을 전부 담아가지고 와줘. 제주도를 한번 보고 싶어서 그래."

"알았어요."

"다시 수사로 돌아가자고. 우린 살해된 세 명의 여성이 강간당했다는 걸 암시하는 여러 증언들을 확보했어. 당분간 폭탄은 무시하자고. 내가 녀석을 비난해서 분노가 폭발했고, 홍대 앞에 경찰이 쫙 깔려서 범행이 용이하지 않으니까 녀석의 분노가 엉뚱한 곳에서 폭발했을 수도 있겠지. 사실 처음부터 폭탄을 터트릴 준비를 했을 거야. 아주 오래 전부터 말이야. 폭탄을 설치한 위치가 그걸 증명해주지. 녀석은 롯데월드를 자주 드나들었고 쓰레기통의 위치까지 다 파악해두었어. 원래 폭파범은 꼼꼼하고 면밀한 계획가들이라 무턱대고 범행을 저지르지는 않아. 아무튼 그건 잠시 잊자고."

민수는 보드에 붙여둔 사진을 가리키며 말했다.

"자! 우린 이들에게 주목하자고. 강간당한 세 명의 여성. 여기서 가장 중요한 건 이들을 어떻게 찾아냈는가 하는 점이야. 피해자들은 병원을 찾아간 것도 아니고, 심리 상담을 받은 것도 아니고, 심지어 가족과 주위 사람들에게 알리지도 않았는데 말이야."

"그걸 알아내면 유령을 잡을 수 있을지도 모르는데 아무리 생각해도 답이 안 나오네요."

희진은 머리를 흔들며 말했다. 밤잠을 설치며 고민해봐도 단서가 될 만한 건 하나도 생각나지 않았다.

"혹시 약품을 통해서 찾을 수 있지 않을까? 그 뭐더라, 나중에 먹는 피임약?"

"사후피임약요? 그런데 그건 의사의 처방이 없으면 구입할 수 없어요. 전에 얘기했듯 피해자들이 이런 일로 의사를 찾은 기록은 전혀 없어요. 혹시라도 불법낙태를 받지 않았는가도 의심해봤는데, 강간당한 걸로 추정되는 시점에서 얼마 지나지 않아서 친구한테서 생리대를 빌린 게 확인됐어요."

희진은 피해자들이 성폭행당한 것으로 추측되자 주변 인물들을 다시 인터뷰했다. 그들에게 특별히 피해자의 생리적인 변화에 신경 써줄 것을 부탁했다. 몇몇 사람들은 아주 상세한 기록을 넘겨줬는데, 거기에는 피해자에게 생리통 약이나 생리대를 빌려준 것도 포함되어 있었다.

"혹시 의약품을 불법으로 구매할 수 있는 사람은 아닐까? 꼭 정품이 아니더라도 가짜 약을 구입할 수 있잖아. 우리나라는 러시아, 중국에

이어 세계에서 세 번째로 가짜 약품이 많이 유통되는 나라야. 더구나 그런 약품을 판매하는 사람이 마약을 판매하는 경우도 많잖아. 그러고 보면 두 번째 피해자의 경우 체내에서 마약성분이 검출되기도 했지."

"그것 때문에 홍대 주변을 이 잡듯이 뒤졌는데 뚜렷한 용의자는 없었어요."

"하긴, 약물 관련해서는 전에 얘기한 적이 있지."

민수는 방 안을 서성이기 시작했다. 그러다 갑자기 멈춰 서며 질문했다.

"참! 혹시 피살자들이 성병검사를 받은 적은 없어?"

"그런 기록도 전혀 없어요."

"그럼 이건 어때? 헌혈을 해도 성병검사를 해주잖아? 강간을 당하면 임신도 두렵지만 성병 역시 마찬가지잖아? 임신은 누구나 간단하게 테스트할 수 있지만 성병은 그렇지 않아."

"좋은 생각이네요. 헌혈 기록을 한번 체크해봐야겠어요."

희진은 수첩에 헌혈 기록을 체크해야 한다는 내용을 적었다. 언제부턴가 민수는 그녀가 메모하는 걸 제지하지 않았다.

"그런데 만일 헌혈을 했다고 해도 그게 피살자들과 유령을 어떻게 연결해주지? 유령이 적십자 직원이라서 헌혈 기록을 열람할 수 있다고 쳐. 하지만 성병검사 기록만 가지고 피살자들이 강간당한 걸 알지는 못할 텐데?"

"혹시 유령은 과거 성병이 옮아서 무지 고생한 적이 있는 게 아닐까요? 그래서 성병이 있는 여자들만 골라서 살해하는 거죠."

"첫 번째 피해자는 몰라도 다른 피해자들은 부검할 때 성병검사도 다 했고, 둘 다 성병은 없었잖아."

"치료해서 나았는지도 모르죠."

"일단 헌혈 기록을 확인해보고 나서 판단하자고. 만일 네 가설이 맞는다고 해도 피살자들에게 자연스럽게 접근한 부분은 여전히 설명이 안 돼."

"강간당한 걸 알 수 있고, 남자의 접근을 쉽사리 허용하지 않는 여자들에게 자연스럽게 접근할 수 있는 남자. 그런 남자를 찾아내야 하는 거군요."

"오페라의 유령에서 에릭은 음악의 천사로 묘사되지. 그래서 아름다운 크리스틴이 그를 따라가지. 혹시 유령은 홍대에서 공연하는 밴드의 일원이 아닐까? 그런 부류한테는 여자들이 많이 따라붙잖아? 아냐. 이 경우도 강간당한 사실을 알아냈다고 보기는 힘들어. 상대를 깊이 신뢰하는 관계까지 가지 않으면 그런 사실을 밝히지는 않으니까."

민수는 머리를 저었다. 그러더니 갑자기 이마를 탁 쳤다.

"혹시 첫 번째 피살자한테 호신술을 가르치던 관장의 뒷조사는 해봤어?"

"네. 이미 다 해봤어요."

희진은 쓸쓸하게 웃으며 대답했다. 첫 번째 피해자를 제외한 나머지 피해자들은 호신술을 배운 기록도 증언도 전혀 없었다. 관장 몰래 도장에 오래 다닌 사람들에게 피해자들의 사진을 보여줬지만 그녀들을 알아보는 사람은 단 한 명도 없었다. 미인은 쉽게 잊히지 않는 법인데도.

그간 경찰이 안 해본 건 없었다. 사실 너무 많이 해서 문제였다. 수많은 사람을 조사하고 뒤지다 보니 정보의 홍수에 빠져 허덕이는 중이었다.

"정말 어렵군. 도대체 어떻게 피해자들이 강간당한 사실을 알았을까? 더구나 잔뜩 몸을 사리는 여성들을 아무에게도 들키지 않고 어떻게 유혹했을까? 그걸 알아내야만 녀석의 턱밑까지 다가설 수 있어."

민수는 허공에 어퍼컷을 날리며 말했다.

36

회의가 생각보다 길어져서 약속 시간까지 아슬아슬했다. 희진은 급하게 차를 몰았지만 5분 정도 늦었다. 그가 짜증 내지나 않을까 걱정했는데 태연하게 신문을 읽고 있었다.

"이 기사 봤어?"

민수는 신문을 내밀며 말했다. 거기에는 황 기자가 수사팀에 대해 적은 기사가 실려 있었다. 기사는 수사팀을 제재하는 것만이 최선인가 하는 의문에서 시작됐다. 잇따른 징계로 수사팀의 사기는 최악이고, 아무도 수사팀에 들어오려고 하지 않아서 수사가 난항을 겪고 있다, 과연 뚜렷한 대안은 있는가 하는 물음으로 끝을 맺고 있었다.

안 그래도 이 기사 때문에 회의가 길어졌다. 황 기자의 의도와 달리 지휘부는 잔뜩 독이 올랐다. 얼마나 죽는 소리를 해대면 평소 비판적이던 기자까지 동정하느냐며 수사팀을 호되게 질책했다.

"네, 봤어요."

희진은 고개를 끄덕이며 대답했다.

"이 사람이 웬일로 경찰한테 호의적인 기사를 적었지?"

"사실 내가 부탁했어요."

"그래?"

"농담이에요."

희진은 억지 미소를 지었다. 하지만 그가 속을 것 같지는 않았다.

"참! 사진은 가져왔어?"

"네. 잠시만요. 노트북 좀 켜고요."

희진은 노트북에 전원을 연결하고 윈도를 구동시켰다. 그동안 민수는 피해자의 사진을 보드에 붙였다. 유령이 보낸 사진은 구분할 수 있게 한쪽에 따로 떼어놓았다.

"그런데 왜 그렇게 사진에 관심을 가지는 거죠?"

희진이 질문했다.

"연쇄살인범은 사진 찍는 걸 좋아하거든. 유령이 보낸 사진도 그래. 아마추어긴 하지만 꽤 잘 찍었어. 전문가가 아닌 일반인이 봐도 이게 진짜 시체란 걸 한눈에 알아볼 수 있었잖아."

민수는 유령이 보낸 두 번째 피해자의 사진을 가리키며 말했다.

"많은 연쇄살인범이 사진 찍는 취미를 가지고 있긴 하죠."

희진은 민수를 흘끗 쳐다보며 말했다. 민수 역시 사진 찍는 걸 좋아할 뿐만 아니라 실력도 괜찮았다.

그를 완전히 잊었다고 생각할 때마다 하나둘 발견되는 그의 흔적들이 그녀를 참 힘들게 했다. 동료들을 찍은 사진, 행사 때마다 찍은 사진, 경찰 잡지에 실린 작품 사진 들을 한꺼번에 없애버리는 건 불가능했기 때문이다.

"잘 알다시피 그들은 범행 순간이 기록된 사진을 보면서 짜릿했던 순간을 음미하곤 하지. 그 짜릿한, 도저히 거부할 수 없는 환상을 만족시켜주던 순간을 떠올리며 일종의 자위행위를 하게 되는 거지. 하지만 그게 전부는 아니야."

"관음증적인 성향 말고 다른 이유가 있나요?"

"그들이 시진 찍는 길 좋아하는 선, 아 물론 나는 절대 아니야. 내가 일부러 나 자신을 객관화한다고 생각하지 마."

민수는 희진의 눈을 빤히 쳐다보며 말했다. 그녀가 동의의 표시로 고개를 끄덕이자 그는 다음 말을 이었다.

"네 말대로 그들이 사진 찍는 걸 좋아하는 건 일종의 관음증에서 비롯됐을 가능성이 높긴 해. 하지만 그것만으로는 모든 걸 설명할 수 없어. 혹시 전쟁영화 본 적 있어?"

"어떤 전쟁영화요?"

희진은 과거를 회상하며 말했다. 둘이 같이 본 영화는 대부분 로맨스물이나 코믹물이었다. 스릴러물, 특히 연쇄살인범이 나오는 영화는 일부러 피했다. 전쟁영화는 군이 피할 이유까지는 없었지만 같이 본 적은 없었다.

그러고 보니, 민수가 어떤 종류의 영화를 가장 좋아하는지 그녀는 전혀 모르고 있었다. 그는 전쟁영화광이었을까? 도대체 그에 대해서 아는 게 뭘까? 하긴 그가 연쇄살인범이라는 사실도 모르고 있었는데.

"스나이퍼가 나온 영화. 〈라이언 일병 구하기〉나 아니면 〈에너미 앳 더 게이트〉 같은. 〈라이언 일병 구하기〉가 더 유명하지만 〈에너미 앳 더 게이트〉도 그에 뒤지지 않을 정도로 재밌지. 더구나 〈에너미 앳 더 게이트〉의 주인공은 실존 인물이야. 아주 유명한, 전설적인 스나이퍼였지."

"운 좋게도 둘 다 봤어요."

불면으로 고통 받을 때, 그녀는 무수한 영화를 보며 긴 밤을 보냈다. 장르를 가리지 않고 구할 수 있는 건 다 봤다. 〈라이언 일병 구하기〉는 워낙 유명해서 봤고, 〈에너미 앳 더 게이트〉는 주 드로의 치명적인 유혹을 거부할 수 없어서 봤다.

"그럼 그 영화에서 저격수들이 나오는 장면을 떠올려봐."

민수는 말을 멈추고 그녀가 기억을 더듬을 여유를 줬다. 잠시 후, 그녀와 눈이 마주치자 그는 말을 이었다.

"저격수들은 스코프를 통해서 세상을 봐. 아니, 목표를 보지. 자! 스코프를 통해 목표를 포착해보자고. 어때? 스코프로 보는 건 눈으로 보는 것보다 시야가 아주 좁지 않아?"

"그래요."

"시야가 좁기 때문에 목표에 더 집중하게 되지. 자 이제 그들의 머릿속으로 들어가보자고. 넌 좁은 스코프 속에서 표적을 찾고 있어. 집게손가락은 가볍게 방아쇠에 갖다 댄 상태야. 넌 전혀 움직이지 않지만 너의 머릿속은 과부하가 걸릴 정도로 바쁘게 돌아가고 있어. 우선 너의 스코프에 노출된 사람들 중에 저격 대상을 선정해내야 해. 넌 신중하게 표적을 선정하지. 표적을 정했으니 바람방향과 속도, 온도, 습도, 거리 등 탄도에 영향을 주는 요소를 고려해야겠지. 자! 이제 모든 준비는 끝났어. 넌 모든 준비를 마치고 호흡을 가다듬기 시작하지. 자연스러운 호흡의 와중에 방아쇠를 당겼다는 사실도 인지하기 힘들 정도로 부드럽게 방아쇠를 당기지. 그러자 거짓말처럼 스코프 속에서 너의 표적은 생을 마감하게 되는 거야. 알겠어? 삶과 죽음을 지배할 수 있는 것보다 인간이 가질 수 있는 더 큰 권한이 있을까? 스코프를 통해서 보는 세상에서 넌 신과 같은 지배자야."

"본다는 건 지배력을 의미한다는 말이군요."

"그들이 가장 좋아하는, 살인의 궁극적인 목적인 제압, 조종, 통제를 만족시켜주는 행위지. 사진도 방금 예를 든 스코프와 마찬가지야. 연쇄살인범들은 피해자를 스토킹 하면서 사진을 찍곤 해. 그 렌즈 안에서 그들은 신과 같은 느낌을 받게 되는 거야. 자신의 의지로 표적을 정한 다음 그 혹은 그녀를 제거하겠다고 마음먹으면 그건 현실이 되는 거니까."

"끔찍한 얘기군요."

"끔찍하지. 영화와는 비교도 할 수 없을 정도로. 스나이퍼는 단숨에 목숨을 끊어버리지만 괴물들은 차라리 죽고 싶을 만큼 상대를 괴롭힌 다음 죽이거든."

민수는 입술을 흘끔 핥으며 말했다. 희진은 그가 자신을 놀리기 위해 일부러 그런다고 생각했다. 황 기자 때문에 화가 나서 저러는 게 분명하다. 그렇지만 그녀는 자신도 모르게 진저리를 쳤다.

"사진을 보여줘!"

민수는 노트북을 자신 쪽으로 당기며 말했다. 그는 해영이 찍은 수백 장의 사진을 꼼꼼하게 확인했다.

희진은 슬슬 끓어오르기 시작했다. 사진 구경을 하며 낭비할 정도로 시간이 넉넉하지 않았다. 황 기자의 기사 덕분에 시간을 벌 수 있을지 모르지만 기껏해야 한 달을 넘기지 못할 것이다. 한 달 안에 유령에 대한 결정적인 단서를 찾지 못하면 수사팀은 와해되고 만다. 아마도 그녀는 지방으로 좌천될 것이고 문 경감은 옷을 벗어야 할 것이다.

그렇다고 민수에게 화를 낸다고 해결되는 일은 없다. 그는 처음부터 방관자였다. 단지 즐기기 위해서 수사에 참여할 뿐 책임질 일도, 책임지려는 의지도 없었다. 자신의 지나친 도발 때문에 폭탄이 터졌을지 모르는데도 그는 별다른 가책을 느끼지 않는 것 같았다.

"이걸 봐!"

민수는 노트북 화면을 그녀 쪽으로 돌리며 말했다. 그녀는 화면을 가득 채운 사진을 주시했다. 그는 자작나무와 서양산사나무를 찍은 사진만 따로 뽑은 다음에 이를 날짜별로 정리해놓았다. 이전에는 사진을 찍은 시간의 공백이 거의 없는 데 반해 마지막으로 사진을 찍었을 때만 하루 하고 반나절의 공백이 있었다.

"이상하지 않아? 마지막으로 자작나무와 서양산사나무를 찍은 사진에만 시간 공백이 있어. 녀석은 자작나무와 서양산사나무만 찍은 건 아니지만 적어도 오전, 오후 한 번씩은 사진을 찍었어. 그런데 마지막으로 제주도를 찾았을 때는 그렇지 않아."

"자작나무와 서양산사나무에 어떤 특별한 의미가 있는 거예요?"

"전에 한 번 얘기했을 텐데. 자작나무와 서양산사나무는 숫자 5를 의미해."

민수는 고개를 갸웃거리며 말했다.

"그럼 설마? 선배는 김해영이 유령이라고 의심하는 거군요?"

그녀는 깜짝 놀라 눈을 동그랗게 뜨며 질문했다.

"혹시나 싶어서 확인해보니 더 의심이 가는군."

민수는 여전히 담담했다.

"하긴 풍경사진만 잔뜩 있고 정작 자신을 찍은 사진이 하나도 없다는 점이 좀 의심스럽긴 했어요."

해영이 제출한 사진은 전부 풍경사진들이다. 그는 풍경사진에만 관심을 가지고 있다고 했다. 그래서 범행이 벌어질 당시 제주도에서 찍은 사진에도 그가 찍힌 건 한 장도 없었다. 경찰은 그 점을 조금 수상하게 여겼지만 혼자 여행을 간 데다 그가 제출한 수많은 풍경사진을 보고 의심을 거뒀다.

"이제부턴 꽃잎 사진을 분석해보자고."

민수는 다시 사진에 푹 빠졌다. 희진은 뭔가에 몰두하는 그의 모습이 참 멋지다고 생각했다. 거기에 반해 그와 사랑에 빠졌었다.

"이거다!"

갑자기 민수가 고함을 내질렀다.

"뭔데요?"

민수는 노트북을 그녀 쪽으로 돌려줬다. 화면에는 꽃잎 사진들이 가득했다.

"이건 꽃잎이 다섯 개인 라일락 사진이야. 원래 라일락은 꽃잎이 네 개인데 간혹 다섯 개짜리도 있어."

"신기해서 사진에 담아뒀을 수도 있잖아요? 굳이 5라는 숫자에 집착하지 않아도."

"그렇긴 해. 그러니까 이런 비정상적인 꽃잎을 찍은 사진만 따로 간추려보자는 거지."

"꽃잎이 다섯 개가 아닌 건 어떤 것들이 있어요?"

"꽃잎의 숫자는 일반적으로 피보나치수열을 따르고 있어. 그래서 세 장, 다섯 장, 여덟 장 이런 식으로 꽃잎의 숫자가 증가해. 하지만 꽃잎이 네 장짜리인 꽃들도 있어. 이럴 게 아니라 인터넷으로 검색해보자고. 꽃의 모양도 확실하게 알아야 하니까."

둘은 꽃잎이 네 장인 꽃들의 종류를 알아낸 다음 사진에서 이를 찾았다. 확실히 해영은 5라는 숫자에 집착하고 있었다. 네 장이 아니라 다섯 장의 꽃잎을 가진 돌연변이들 사진이 끊이지 않고 나왔다. 하지만 마지막으로 제주도를 찾았을 때만 하루 하고도 반나절의 공백이 있었다. 자작나무의 공백과 정확하게 일치했다.

"확실히 의심스럽긴 하군요. 딱 그때만 꽃잎이 다섯 장인 돌연변이들 사진이 전혀 없다니."

희진이 말했다.

"녀석이 아닌 다른 사람이 사진을 찍은 게 분명해."

"하지만 이것 역시 정황증거일 뿐이잖아요?"

희진은 얼굴을 잔뜩 찌푸렸다. 자존심이 상해서였다.

수사팀은 해영이 끊은 비행기 표를 꼼꼼하게 확인했다. 심지어 그가 중간에 제주도를 빠져나온 적이 없는지도 확인했다. 비행기 편이나 배편 모두 그의 신분증이 사용된 기록은 없었다. 하긴 국내선의 검열은 그다지 엄격하지 않다. 위조 신분증을 사용했을지도 모른다.

"그렇지만 유령이 누군지에 대한 감은 잡았잖아. 용의자는 없는 것보다 한 명이라도 있는 게 더 낫지 않아? 이제부터 녀석을 은밀하게 감시하도록 해."

"선배 생각처럼 녀석이 유령이라면 정말 기가 막힌 놈이에요. 경찰을 조롱하기 위해 가짜로 자수하다니."

"녀석은 스릴을 위해 목숨을 거는 부류야. 목숨을 내놓고 엑스스포츠를 즐기는 사람들처럼 녀석은 아드레날린이 펑펑 쏟아지는 짜릿한 쾌락에서 빠져 나오지 못하는 거지."

"영장을 청구해서 녀석의 집을 한번 뒤져보면 어떨까요?"

"절대 그런 멍청한 짓을 하면 안 돼. 녀석의 성향을 누구보다 잘 알잖아? 녀석은 자신의 집에 증거를 남겨둘 정도로 멍청하지 않아."

"그렇긴 한데."

"잘 들어. 경찰이 자기를 의심한다는 눈치를 채게 해서도 안 돼. 녀석이 자수한 건 누가 자신을 조사하고 있는지 직접 확인하려는 목적도 있었을 거야. 녀석을 미행하는 건 진짜 전문가에다 이번 수사에 참여하지 않은 사람으로 골라야 돼. 녀석은 대부분의 수사 인력들 얼굴을 이미 알고 있어. 더구나 수사관들이 지나가면서 흘린 말들도 그냥 넘기진 않았을 거야. 예를 들어 '김 형사 다리 다쳤다더니 괜찮은가 모르겠어?' 이런 대화를 들었다면 다리를 살짝 저는 사람이 주위를 어슬렁거리면 당장 의심할 거야."

"무슨 말인지 잘 알겠어요. 아무튼 정말 고마워요. 그런데 어떻게 녀석이 유령이라고 의심하게 된 거죠? 선배도 처음엔 녀석이 유령이 아니라고 했잖아요."

"녀석이 자수했을 때 그걸 다룬 신문이 있었어. 기억나?"

경찰은 어떻게든 이쪽의 정보를 차단시키려고 노력했지만 곳곳에서 정보가 새어 나갔다. 그건 수사팀의 사기와도 무관하지 않았다. 상부의 징계에 불만을 품은 누군가가 고의로 정보를 흘리는 듯했다.

"네, 그런데요?"

"연쇄살인범 에드먼드 켐퍼의 경우 그가 진심으로 관심을 가졌던 건 살인이 아닌 그만의 명예였어."

"아! 그는 '여대생 살인마'라는 칭호를 다른 사람이 채가는 걸 막으려고 자수했죠."

"그래, 녀석은 자신이 저지른 사건이 위대한 업적이라고 생각했지. 처음에 김해영이 자수했을 때 너도 그렇게 생각했을 거야."

"맞아요. 서남부 연쇄살인범 정남규도 자신의 범죄를 자랑하다가 연쇄살인범이라는 사실이 들통났죠. 이런 놈들은 자신의 행위를 과도하게 떠벌리는 경향이 있어요. 그래서 자수했을 가능성도 있다고 판단했어요."

"그리고 그 기간 동안 유령은 계속 침묵했어. 물론 해영이 처음 자수한 사람도, 신문에 처음 언급된 사람도 아니야. 하지만 녀석만큼 그럴싸한 용의자는 없었어. 신문 기사들도 이 부분을 강조했고. 더구나 유령은 폭탄을 다 터트리지 못해서 처음으로 실패를 경험한 상황이었어."

"그런데도 유령은 계속 침묵했죠. 그래서 의심한 거예요?"

"혹시나 하는 마음이었어. 나도 녀석이 유령일 거라고는 전혀 생각하지 못했어. 그런데 너한테서 사진에 대한 얘기를 듣는 순간 마음을 바꿨어. 아니, 그전에 다리를 절뚝였다는 말을 들었을 때 의심하기 시작했지."

"왜요?"

"녀석은 내가 놓은 덫에 전혀 반응하지 않았고 살인에 대해 말할 때
도 꽤 침착했어. 그래서 당연히 가짜라고 생각했었지."

민수는 속았다는 데 화가 나서 얼굴을 찡그렸다.

"선배처럼 FACS에 통달한 사람을 속이기는 쉽지 않은데 말이죠."

"사실 FACS도 완벽하진 않아. 약이나 자기 최면 기법 같은 것으로
충분히 피해갈 수 있어. 하지만 녀석은 그런 걸 사용할 상황이 아니었
어. 그래서 내가 너무 방심했던 거야."

"그럼 어떻게 빠져나간 거죠?"

"아주 고전적인 방법을 사용했을 거야. 녀석은 수형복을 입지 않았
어. 밖에서 입던 옷을 계속 착용하고 있었어. 물론 기본적인 몸수색은
했지만 신발 안에 몰래 넣어둔 뾰족한 플라스틱 조각 같은 건 검사해
볼 생각도 안 했을 거야. 녀석이 방에 들어와서 가장 먼저 한 게 신발
을 다시 묶는 거였어. 그건 준비해둔 물건을 사용하기 위해서였을 거
야. 녀석은 자신의 강박관념이 옥죄어올 때마다 그걸로 발을 찌르면서
자신의 본능을 억제한 게 분명해."

"그래서 다리를 절었군요. 선배하고 얘기하면서 계속 찔러댔으니 상
처를 입은 게 분명해요."

"그래. 젊은 녀석이 며칠 밤을 새웠다고 다리를 절지는 않아. 그때
딱 그 생각이 들었어."

"그럼 사진은요? 사진 얘기를 듣고 의심했다면서요?"

"유령이 보낸 사진에 메타데이터가 남아 있었다고 했지?"

"네. 너석은 자신의 사진이 소삭되지 않았나는 설 보여수려고 메타
데이터에는 손도 대지 않았어요."

"처음에는 나도 그렇게 생각했는데 해영의 카메라가 유령의 것과 다르다는 말을 듣는 순간 진실을 알게 됐어. 녀석은 그때 이미 카메라를 알리바이에 사용할 생각을 했던 거야. 그래서 일부러 메타데이터를 지우지 않은 거야. 핸드폰을 생각해봐. 녀석은 일부러 가짜 데이터를 잔뜩 덮어씌우기도 하고 다른 사람의 지문을 남겨두기도 했어. 그런데 사진만은 그렇게 하지 않았어."

"젠장. 녀석은 처음부터 우리를 가지고 놀았군요. 우리는 그것도 모르고 녀석의 각본을 충실히 따랐고요. 그러고 보니 폭발사건 이후 롯데월드를 찾은 건 그날의 기억을 되새겨보고 싶은 욕망 때문이기도 했겠군요. 외삼촌을 꼬드겨 폭탄 위치를 알게 됐다는 알리바이를 만드는 것 말고도요."

폭발 이후 재단장을 했지만 롯데월드를 찾는 사람은 눈에 띄게 줄어들었다. 해영은 덕분에 놀이기구를 마음껏 즐길 수 있어서 행복했다고 말했다. 하지만 녀석을 짜릿하게 만든 건 놀이기구가 아니라 그날의 기억을 더듬는 것이었다.

"녀석에게 한 방 먹었으니 이제 갚아줄 시간이야. 잘할 수 있겠지? 절대 서둘러서는 안 돼! 이쪽은 아무런 증거도 가지고 있지 않아. 가장 안 좋은 건 녀석이 수사 상황을 속속들이 알게 됐다는 점이야. 더구나 우린 녀석이 어떻게 피해자들에게 접근했는지도 전혀 파악하지 못하고 있어. 녀석이 유령이라고 해도 여전히 모든 게 의문투성이야. 이 복잡한 실타래를 풀면서 동시에 증거도 확보해야 해."

민수는 희진을 부담스러울 정도로 빤히 쳐다보며 말했다.

"걱정 말아요. 조만간 녀석을 잡아서 대령하도록 하겠습니다."

희진은 환하게 웃으며 말했다.

37

하지만 세상일은 언제나 그렇듯 순탄하게 흘러가지 않았다. 희진은 사무실로 돌아가는 길에 한 통의 전화를 받았다. 청천벽력 같은 소식이었다. 그녀는 거의 사용하지 않던 자석식 경광등을 달고 정신없이 차를 몰았다.

잔뜩 흥분해서 노크하는 것도 잊어버렸다. 그녀가 문을 열었을 때 문 경감은 통화 중이었다. 그는 손짓으로 나가 있으라고 했다. 그녀는 문밖에서 초조하게 기다렸다. 평소 삼가던 손톱 깨물기까지 시도했지만 전혀 진정되지 않았다. 10년 같은 10분이 지나서야 들어오라는 목소리가 들렸다.

"경감님! 도대체 어떻게 된 일입니까?"

희진은 쏘아붙이듯 질문했다.

"일단 자리에 앉아. 흥분하지 말고 차분하게 생각해보자고. 기사를 쓴 기자를 만나봤는데 취재원에 대해서는 절대 밝힐 수 없다는 말만 반복한다고 해."

문 경감은 얼굴이 붉게 달아올라 있었지만 목소리는 비교적 침착했다.

한 일간지에서 민수가 경찰 수사에 협력하고 있다는 특종을 내보냈다. 그러자 다른 신문과 방송국이 자신들의 구미에 맞는 양념을 쳐가며 얘기를 만들어내기 시작했다. 그것도 누가 더 자극적인가 경쟁하면서. 기사가 나간 지 얼마 되지 않았는데 새로 쏟아지는 기사들은 이미 원본과 전혀 다른 창작물이 되어 있었다.

"도대체 어디서 정보기 새이 니긴 깁니까?"

"그간 정보 누출은 계속 있어왔잖아? 어떻게 보면 여태까지 들키지 않은 게 신기하지. 망할."

문 경감은 담배를 신경질적으로 비벼 끄며 말했다. 그간 힘들게 버텨온 게 모두 무용지물이 되어버렸다. 그는 민수를 수사에 끌어들인 당사자다. 모든 게 공개된 이상 어떤 식으로든 문책을 면하기 힘들게 됐다.

"기사에는 자세한 정보는 없었습니다. 그냥 우기면 안 될까요?"

"일단 그럴 생각인데 그쪽에서 구체적인 단서를 잡은 게 분명해 보인다는 게 문제야. 조만간 보강 기사를 낼 예정이라더군."

"단순한 낚시질은 아니라는 말이군요. 상부에서는 뭐라고 합니까?"

"당연히 누가 누출했는지 밝혀내라고 난리지. 젠장. 너도 위험하게 됐어. 신문사 쪽에서 네가 그간 민수를 면담해온 기록을 이미 확인한 모양이야."

"그건 연쇄살인범에 대한 인터뷰라고 둘러대면 되지 않습니까? 처음부터 그렇게 하기로 하지 않았습니까?"

"면담 횟수가 지나치게 많은 데다 유령이 사건을 일으킬 때마다 면담 횟수가 눈에 띄게 늘어났잖아. 게다가 그 기간 동안 민수가 앞장서서 유령을 비난하기도 했고. 아무튼 조심해."

희진은 문 경감의 말투에서 뭔가를 느꼈다. 그건 아주 사소한 것이었지만 그녀를 강하게 자극했다.

"뭡니까? 설마 상부에서 절 의심하는 겁니까?"

문 경감의 표정이 눈에 띄게 굳어졌다. 그녀는 더 강하게 몰아붙였다.

"왜죠? 전 어느 누구보다 열정적으로 수사에 임했습니다. 그런데 지금 제가 그 모든 걸 망치려고 정보를 누설했다는 겁니까?"

희진은 문 경감과 눈을 마주치려고 했다. 하지만 그는 그녀의 시선을 외면했다.

"누가 너하고 황 기자가 가깝다고 말했나 봐."

"그게 무슨 말입니까? 설마 제가 황 기자한테 기밀 정보를 누설했다고 생각하는 겁니까? 그럼 황 기자가 특종을 터트려야 하잖습니까? 하지만 정작 기사를 쓴 건 황 기자하고 일면식도 없는 기자입니다."

"그게 좀 복잡해."

"설명해주세요."

희진은 고개를 뻣뻣이 쳐들며 말했다. 설명을 듣기 전에는 절대 방을 나가지 않을 생각이었다. 문 경감은 새 담배에 불을 붙였다.

"참 웃기는 얘긴데 말이야. 네가 민수를 더 이상 만나고 싶지 않아서 정보를 흘렸다고 생각하는 사람들이 있어."

"도대체 그게 무슨 말입니까?"

희진은 자신도 모르게 목청을 높였다.

"진정하고 내 말 잘 들어봐. 요즘 네가 부쩍 황 기자를 자주 만나고 황 기자도 우리를 비난하는 대신 감싸주는 기사를 적고 있잖아. 이게 어떤 사람들 눈에는 꽤 이상하게 보였나 봐."

"제가 황 기자한테 몸이라도 판다고 생각하는 겁니까?"

희진은 분노에 몸을 떨며 말했다.

"꼭 그런 건 아닌데……. 네가 황 기자를 좋아한다고 생각하는 사람들이 있어. 그래서 네가 갈등하고 있는 것처럼 보이나 봐."

"그러니까 제가 민수 선배와 황 기자 사이에서 갈등하다가 황 기자에게 넘어가기 위해 민수 선배와의 관계를 정리할 필요를 느꼈다는 겁니까? 그래서 일부러 정보를 흘리기까지 했고요?"

"그래."

문 경감은 연기를 실세 내뿜으며 말했다. 전화벨이 요란하게 울렸다. 그는 한숨을 쉬며 수화기를 들었다.

"젠장. 미쳐도 단단히 미쳤군요."

희진은 벽에 머리라도 박고 싶었다. 어떻게 해야 자신의 무죄를 증명할 수 있을지 아무 생각도 나지 않았다.

혹시 민수 선배가 정보를 누설한 건 아닐까? 왜? 황 기자에 대한 질투심 때문에? 나한테 복수하려고? 그럴지도 모른다는 생각이 들었다.

민수를 생각하자 자연스레 유령이 떠올랐다. 녀석도 의심스럽다. 그 또한 민수가 수사기관을 도와준다는 걸 눈치채고 있을지 모르기 때문이다. 멍청한 경찰을 엿 먹이기 위해 정보를 누설했을지도 모른다.

이전처럼 수사팀 내부에서 정보가 새어 나갔을 가능성도 있다. 팀원들의 불만은 하늘을 찌를 기세였다.

어지러웠다. 용의자는 넘치는데 아무것도 판단할 수 없었다.

문 경감은 꽤 오랫동안 통화했다. 그는 주로 듣는 쪽이었다. 알겠습니다. 네 그렇습니다. 이런 말만 반복했다. 통화를 마쳤을 때 그의 얼굴에서 핏기가 사라져 있었다.

"아무튼 너는 당분간 이번 수사에서 손을 떼도록 해. 그리고 민수나 황 기자를 만나는 건 절대 안 돼."

문 경감이 말했다.

"이런 식으로 수사를 방해할 순 없습니다. 더구나 수사에서 완전히 손을 떼라니요?"

희진은 해영에 대해서 말하고 싶었다. 하지만 지금은 그럴 상황이 아니었다.

"내사가 종결될 때까진 어쩔 수 없어. 나도 지금 이 시간부로 직무정지 됐어."

"네?"

"결국 오고 말았어. 결과가 어떻게 되든 다시 복직하긴 힘들 것 같

아. 미안하다. 어떻게든 너는 지켜주려고 했는데."

"정말 말도 안 돼. 어떻게?"

희진은 다리에 힘이 풀려 주저앉을 뻔했다.

"그동안 제대로 쉬지도 못했으니까 이번 기회에 푹 쉰다고 생각해. 물론 내사과에서 뻔질나게 불러내겠지만."

이제 겨우 단서를 잡고 수사에 박차를 가하려는데. 희진은 억울하고 분하고 화가 나서 다짜고짜 방을 뛰쳐나갔다. 문 경감은 연기로 방을 가득 채웠다.

38

세간의 관심이 온통 민수에게 쏠려 있는데 특종을 마다할 이유가 없었다. 황 기자는 민수의 전화를 받자마자 총알처럼 달려갔다. 비록 민수가 왜 인터뷰를 하려는지 이유를 밝히진 않았지만.

교도소 측에서는 혹시나 자신들에게 불리한 내용을 언급하지 않을까 바짝 긴장한 눈치였다. 평소와 달리 교도관들은 방을 나가지 않았다. 그들은 출입문 근처에 서서 둘의 대화를 엿들었다. 황 기자가 몇 번이나 항의했지만 그들은 못 들은 척했다. 민수는 상관없다며 인터뷰를 계속하자고 했다.

"그러니까 내가 노 경장과 몇 번 인터뷰를 한 건 사실입니다. 하지만 그건 연쇄살인범에 대한 통계자료를 구축하기 위한 통상적인 것이었을 뿐입니다. 아직 국내에는 연쇄살인범에 대한 통계자료가 충분히 축적되어 있지 않습니까. 비록 감옥에 갇혀 있는 몸이지만 난 한때 경찰이었습니다. 그것도 연쇄살인범을 전담하는 부서에서 근무했죠. 그래서 처음에는 거부하다가 대승적인 차원에서 결국 조사에 임했던 겁니다."

민수는 차분한 목소리로 말했다.

"그런데 왜 하필 노희진 경장이 인터뷰를 하러 왔죠? 두 사람은 동료이기 이전에 연인이었지 않습니까? 경찰 측에서 뭔가를 부탁하기 위해서 노 경장을 보낸 것 아닙니까?"

황 기자는 평소와 달리 윽박지르듯이 말했다.

"남자 대 남자로서 솔직하게 말하죠. 그녀를 보고 싶었던 건 사실입니다. 네. 그래서 조사에 협조하게 됐습니다. 그녀를 보고 싶은 욕심에 이런저런 핑계를 대면서 자주 불러냈습니다. 그게 잘못된 겁니까?"

민수는 황 기자를 매섭게 노려봤다.

"저한테 분노하실 필요는 없습니다. 제가 가져온 질문지에 있는 내용입니다."

황 기자는 한발 물러나 어색한 미소를 지었다. 그는 괜히 죄 없는 수첩만 들썩였다.

"내가 유령 수사에 참여한 것처럼 기사가 나왔던데 참 어이가 없더군요. 도대체 연쇄살인범한테 연쇄살인범을 잡아달라는 경찰이 어디 있습니까? 그 기사 쓴 기자 정신병원에 입원하는 게 좋을 것 같군요. 이 말 꼭 기사에 넣어야 합니다."

민수는 황 기자를 노려보며 말했다. 황 기자는 고개를 끄덕였다.

"더 있어요. 내가 왜 유령을 그렇게 강도 높게 비난했는지 다시 한번 밝히겠습니다. 그때도 얘기했지만 난 이곳에서 참회하는 중입니다. 내가 과거에 행했던 악행은 결코 지울 수 없는 것이고 그에 대한 벌을 받는 건 당연하다고 생각합니다. 그래서 연쇄살인범에 대한 조사에 협조했던 겁니다. 나 같은 사람이 계속 나오면 곤란하니까요. 유령을 비난한 것도 같은 이유입니다. 녀석은 무고한 시민들을 단지 화풀이용으로 죽이고 있어요. 그걸 지켜보고만 있을 순 없었습니다."

"혹시 녀석에게 질투를 느낀 건 아닌가요?"

황 기자는 조심스러운 말투로 질문했다.

"글쎄요. 전혀 없었다면 거짓말이겠죠. 하지만 그건 녀석을 비난한 이유의 아주 작은 부분일 뿐입니다. 녀석은 조만간 누군가의 목숨을 노리며 밤거리를 서성일 겁니다. 그런 놈한테 그래 너 잘한다고 칭찬해줄 순 없는 노릇 아닙니까?"

"자신의 처지에 대한 불만, 그러니까……."

황 기자는 잠시 망설이다 목청을 최대한 낮춰서 말했다.

"이곳 생활에 대한 불만을 유령에게 토해낸 건 아닙니까?"

황 기자는 말을 끝내고 교도관들의 표정을 살폈다. 그들은 이쪽을 외면하며 무표정한 척했지만 잔뜩 긴장한 눈치였다.

"아뇨, 절대 그렇지 않습니다. 난 이곳 생활에 만족하고 있습니다. 밥도 잘 먹고, 규칙적으로 운동하고, 보고 싶은 책도 마음껏 읽고 있습니다."

민수는 말끝에 황 기자의 손을 살짝 쳤다. 그는 자그마한 메모지를 건넸다. 황 기자는 얼른 이를 받아 손 안에 숨겼다. 교도관들은 아무것도 눈치채지 못한 듯했다.

"정리하자면 지금 세간에 떠돌아다니는 소문은 모두 과장된 헛소문이라는 거군요."

황 기자는 수첩을 뒤적이는 척하며 메모지를 수첩 중간에 끼워 넣었다. 별거 아닌데도 등줄기를 타고 식은땀이 흘러내렸다.

"그렇습니다."

"그러니까 오늘 특별히 인터뷰를 요청한 건 진실을 밝히기 위해서

군요."

"나와 관련해서 안 좋은 소문들이 떠도는 걸 마냥 지켜보고 있을 수만은 없었습니다. 그래서 진실을 밝힐 필요가 있다고 생각했습니다."

"좀 더 일찍 자신의 입장을 밝힐 수도 있었는데. 혹시 시간이 걸린 다른 이유라도 있습니까?"

첫 기사가 나간 지 오늘로 정확하게 일주일이 지났다. 그간 황 기자는 물론 무수한 언론에서 그와의 인터뷰를 요청했지만 그는 철저히 침묵했다.

"처음에는 단순한 해프닝으로 끝날 거라고 생각했습니다. 이런 일로 인터뷰까지 하는 게 모양새가 더 이상할 것 같아서 묵묵히 지켜보고 있었습니다. 그런데 소문이 자꾸 이상한 쪽으로 확장되기에 바로잡을 필요가 있다고 생각했습니다."

민수가 말하는 동안 황 기자는 메모지를 확인했다. 거기에는 이 방에 있는 교도관의 이름과 함께 '정보 누설자?'라고 적혀 있었다. 황 기자는 고개를 끄덕였다.

"그럼 제가 어떻게 해주면 되겠습니까? 지금 말씀하신 내용을 그대로 기사화해주기만 하면 되나요? 뭐 이대로 기사화하면 모든 의혹이 말끔하게 해소될 듯합니다만."

황 기자는 수첩에 '어떻게?'라고 적었다. 그는 민수가 그걸 본 걸 확인하고는 곧바로 페이지를 넘겼다. 이젠 겨드랑이까지 축축해졌다.

"물론 그게 가장 확실한 방법이라고 생각합니다. 필요하면 해당 기사를 쓴 기자와 대질할 의향도 있습니다. 도대체 무슨 근거로 그런 헛소문을 지어냈는지 궁금해 미칠 지경입니다. 거짓 기사 때문에 많은 사람이 피해를 보고 있는데, 특종을 얻기 위해서 그런 범죄를 저질러도 되는 건지 모르겠습니다."

"안 그래도 경찰이 정보원을 밝히라고 강하게 압박하는 모양이더군요."

"나도 그 기사를 봤습니다. 그런데 그쪽에서는 오히려 언론의 자유를 부르짖으며 경찰을 협박하는 눈치더군요. 그래서 당사자인 내가 나서야겠다고 생각했습니다. 조만간 변호사를 선임해서 명예훼손죄로 해당 신문사와 기자는 물론 이번 사건과 관련된 모든 사람을 고소할 생각입니다. 그게 가장 확실할 것 같아서요. 그렇게 되면 누가 가짜 정보를 만들어냈는지 낱낱이 밝혀지지 않겠습니까?"

"제가 봐도 그게 가장 확실할 것 같습니다. 그래야 쓸데없는 억측들이 말끔히 해소되겠죠."

황 기자는 고개를 끄덕이며 말했다.

"그 기자를 잘 감시하십시오. 불리하다고 판단되면 외국으로 도망갈지도 모르니까요. 자고로 감시해서 손해 보는 일은 없습니다."

민수는 웃으며 말했다. 황 기자도 큰 소리로 따라 웃었다.

"하하. 걱정 마세요. 제가 밤낮으로 잘 지켜보겠습니다."

"빈말이라도 기분 좋군요. 꼭 그렇게 해주세요. 그런데 희진이하고 문 경감님은 어떻게 지냅니까?"

민수는 의자를 바짝 끌어당기며 말했다.

"많이 힘듭니다."

황 기자는 한숨을 내쉬며 말했다. 문 경감은 물론 희진도 직무정지를 당했다. 그게 끝이 아니었다. 수사팀 전원이 내사과에서 조사를 받고 있었다. 그중에서도 그녀가 가장 강도 높은 조사를 받았다. 황 기자는 그 이유에 대해서도 솔직하게 밝혔다. 그녀가 자신과 민수 사이에 끼어 괴로워한다는 일부의 추측을 얘기했다.

"희진이를 좋아합니까?"

민수는 황 기자를 빤히 쳐다보며 말했다. 언젠가는 부딪쳐야 할 일이었다. 황 기자는 그의 눈을 피하지 않았다.

"솔직히 말해서 참 괜찮은 여자라고 생각합니다. 희진 씨는 마음이 정말 아름답더군요. 다른 사람을 배려할 줄 아는, 정말 남자에게 잘해 줄 여자인 것 같더군요. 그렇다고 무작정 남자에게 기대려고만 하는 스타일도 아니고요. 자기 일도 열심히 하는 멋진 여자더군요."

"잘 보셨군요."

민수는 고개를 끄덕이며 말했다.

"그런 모습에 강하게 끌린 건 사실입니다. 무엇보다 대화가 통해서 좋았습니다. 전처와는 정말 대화가 없었거든요. 몸만 한집에 살 뿐이었지 우린 각자의 인생을 살았습니다. 하지만 희진 씨는 달랐습니다. 어떤 주제에 대해서도 우리는 막힘없이 대화를 이어갈 수 있었고 서로의 생각을 존중해줬습니다. 이미 한 번 실패한 몸이라 이런 말 꺼내긴 그렇지만 세상 누구보다 잘해줄 자신도 있습니다. 하지만 이 모든 건 단지 제 생각일 뿐입니다. 일부에서 의심하는 것과 달리 저와 희진 씨는 아무 관계가 아닙니다. 일 때문에 몇 번 술자리를 가진 게 전부입니다. 물론 제가 최근 들어 수사팀을 옹호하는 기사를 적은 건 사실이지만 그건 수사팀이 부당할 정도로 징계를 받고 있기에 쓴 것이지 희진 씨 때문은 절대 아닙니다. 괜히 저 때문에 희진 씨가 곤란한 일을 겪는 것 같아서 마음이 많이 쓰였는데 민수 씨가 한 방에 다 해결해주시는군요."

"잘 알겠습니다. 아무튼 더하는 것도 빼는 것도 없이 제가 말한 그대로 기사화해주십시오."

"당연하죠. 참! 제가 아는 변호사가 몇 명 있는데 소개해드릴까요?"

"좋죠. 그런데 내 형편이 이렇다 보니 비싼 수임료를 내기는 버거운데요."

민수는 빙긋이 웃으며 말했다.

"유명 변호사들 중에 가끔씩 무료 변론을 해주시는 분들이 있습니다. 그분들에게 연락해보고 이번 사건에 관심을 가지는 분들이 있으면 바로 연락드리겠습니다. 장안을 떠들썩하게 만든 사건이라 관심 가지는 분이 많을 겁니다. 어차피 재판에서 이기면 상대 쪽에서 수임료를 받아낼 수도 있고요. 이건 누가 봐도 민수 씨가 이길 수밖에 없는 사건 아닙니까?"

"그쪽에 엄청난 피해보상금을 요구할 겁니다. 이참에 아주 거지로 만들어버릴 생각입니다. 그렇다고 꼭 돈 때문에 재판을 하려는 건 아닙니다. 재판에서 이기면 전액 불우이웃돕기 성금으로 기탁할 생각입니다."

"최대한 빨리 변호사를 알아보겠습니다. 변호사님이 이곳에 올 때 저도 같이 와도 되죠?"

"당연하죠. 언제든 환영합니다."

민수는 방이 떠나갈 듯 호탕하게 웃었다. 황 기자도 환하게 웃었다. 방 안에 있는 사람 중 딱 한 명만 울상을 지었다.

39

희진은 황 기자와 계속 연락을 취하고 있었다. 아군이 한 명이라도 더 필요했기 때문이다. 상황은 최악으로 치닫고 있었다. 그녀와 문 경감만 수사에서 제외된 게 아니었다. 수사팀 전원이 실업자 신세가 되어버렸다. 한시가 급한데 새로 수사팀을 조직하고 인원을 재배치한다

고 귀중한 시간이 덧없이 흘러가고 있었다.

황 기자는 민수와의 인터뷰 내용을 그녀에게 상세하게 알렸다. 민수가 적은 메시지와 함께. 그녀는 당장 문 경감에게 연락했고, 그는 자신을 조사하던 내사팀에 해당 교도관을 고발했다.

이후에 행해진 미행과 조사는 전적으로 내사팀 소관이었다. 그들은 우선 통화 기록을 조사하는 것부터 시작했다. 아쉽게도 교도관과 기자가 서로의 핸드폰이나 사무실, 집으로 연락을 취한 기록은 없었다. 결정적인 증거는 언제나 그렇듯 돈의 흐름이었다. 민수가 경찰 조사에 협력하고 있다는 기사가 나간 바로 그날 교도관의 통장에 본인 명의로 현금 천만 원이 입금되었다.

사실 계좌추적까지 할 필요도 없었다. 민수의 압박이 효과를 거두고 있는 데다 교정국도 전폭적으로 협조해줬다. 다급해진 교도관은 도청당하는지도 모르고 사무실 전화로 기자에게 연락을 취했다. 약속 장소에 미리 잠복해 있던 경찰은 둘의 대화를 도청하는 데 성공했다.

해당 교도관은 업무상 횡령 및 뇌물죄로 조사를 받는 대신 자진해서 사표를 적었다. 기자는 뇌물공여죄로 고발당하는 대신 사과 기사를 냈다. 세간을 떠들썩하게 한 것에 비하면 사건은 무난하게 마무리 지어졌다. 하지만 수사팀은 그렇지 못했다. 정보 누설에 대한 누명을 벗었지만 문 경감과 희진은 여전히 직무정지 상태였다.

민수는 도청당할 위험 때문에 교도소 전화는 최대한 삼가고 있었다. 만일의 경우를 대비해 철수에게 둘 간의 연락책 역할을 해달라고 부탁해놓긴 했지만 그녀의 목소리를 직접 듣고 싶었다. 민수는 소송을 취하하겠다며 변호사를 불렀고, 그의 핸드폰으로 그녀와 통화했다.

"처음에 난 선배가 정보를 팔아넘긴 줄 알았어요."

희진이 말했다.

"그런 오해를 살 만도 하지. 난 경찰이라면 치를 떠는 부류니까. 그들에게 복수하기 위해서라면 어떤 희생도 아깝지 않은 사람이지."

민수는 담담하게 말했다.

"어떻게 그 교도관이 정보를 넘겨준 걸 알아낸 거죠?"

"난 프로파일러니까. 다른 사람의 머릿속을 비집고 들어가는 게 내 직업이야. 아니, 직업이었지. 육체는 감방에 갇혀 있을지 몰라도 내 정신은 이전보다 훨씬 활발하게 다른 사람의 머릿속을 돌아다녀. 처음엔 나도 수사팀을 의심했어. 이전부터 정보가 계속 누출됐으니까. 하지만 그렇지 않다는 걸 금방 깨달았어. 수사팀에서 자꾸 정보가 새어 나가서 내사팀의 엄격한 조사가 예정돼 있는 상황이었어. 이런 일급 정보를 넘기면 정보를 넘긴 사람도 무사하지 못해. 더구나 이번에는 정보에 접근할 수 있는 사람이 극도로 한정되어 있었어."

"그렇군요."

"더 중요한 건 이거야. 이전과 달리 이번에는 수사팀이 직접적인 공격을 받을 수밖에 없는 상황이었어. 생각해보라고. 누가 자신의 목에 칼을 들이대려고 하겠어? 설령 정보 누출자가 수사팀이 아니라고 해도 이런 일급 정보를 알고 있다는 건 수사팀과 아주 가까운 사이라는 걸 의미해. 본인은 아니더라도 가까운 사람이 다치게 된다는 말이야."

"그렇죠. 그다음은요?"

"그 이후는 별로 어렵지 않았어. 어차피 내가 수사팀을 조사할 수 있는 것도 아니잖아? 그래서 수사팀에 관한 건 접고 교도소에 집중했어. 정보가 새어 나갈 수 있는 또 하나의 통로니까."

"전부터 그 사람을 탐탁지 않게 여기더니 그때 눈치챘던 거예요?"

희진 역시 그를 별로 좋아하지 않았다. 왠지 꺼림칙한 느낌이 느는 남자였기 때문이다.

"연쇄살인범들이 경찰이 되고 싶어한다는 건 놀라운 일이 아니야. 녀석들은 지배욕광이고 공권력은 그런 녀석들의 판타지를 만족시켜 주니까 말이야."

　"경찰이나 교도관 같은, 그러니까 나 같은 사람이 연쇄살인범이 될 가능성이 다분하다는 말이에요?"

　"내가 그 좋은 본보기잖아. 너도 그렇게 될지 몰라. 하하. 농담이야. 아무튼 녀석은 여기 있는 교도관 중에서도 특히 지배욕이 강한 놈이야. 교도관이 되지 않았으면 연쇄살인범이 될 자질이 충분한 놈이지. 하지만 그 이유 때문에 그자가 범인이라고 생각했던 건 아니야. 녀석은 여자라면 치를 떠는 부류였어. 너도 느꼈을 텐데? 녀석은 자기보다 우월한 지위에 있는 사람이 여자라는 사실을 견디기 힘들어했어. 네가 면회 올 때마다 지옥이 따로 없었을 거야."

　"단순히 그런 이유 때문에 그를 의심했던 거예요?"

　"한편으로 녀석은 너한테 강하게 끌리고 있었어. 잠재적인 강간범인 녀석에게 강간 피해자인 넌 좋은 먹잇감처럼 보였겠지. 너무 적나라한 표현인가?"

　"괜찮아요. 계속해요."

　"녀석은 널 강간하고 싶은 욕망에 밤마다 잠을 설치곤 했을 거야. 그런데 넌 녀석보다 우월한 지위에 있는 데다 남자에게 절대 지지 않으려는 강한 의지의 소유자야. 녀석은 정말 참기 힘들었을 거야."

　"그래서 그자가 신문기자에게 날 팔아넘긴 거예요?"

　"그래! 돈은 부수적인 이유였을 거야. 하지만 조사과정에서 속마음을 밝히진 않았어. 사실대로 말했다간 더 심한 징계를 받았을 테니까. 녀석은 여자와 관계를 가질 때 항문성교를 선호할 거야. 여자를 지배해야만 직성이 풀리는 놈이니까. 녀석은 그야말로 연쇄살인범의 모든 자질을 갖춘 놈이지. 하지만 그런 자질을 가졌다고 다 연쇄살인범이 되는 건 아니야."

"그런 막연한 추측만으로 그가 범인이라고 생각했다는 건 선배답지 않은데요. 특히 요즘 들어서 증거에 더 집착하고 있잖아요."

"난 녀석을 주의 깊게 관찰했어. 해영이라는 놈한테 속긴 했지만 내가 그렇게 엉망은 아니잖아?"

"그래서요?"

"그간 녀석을 주의 깊게 관찰하다가 몇 가지 질문을 던졌어. 농담을 섞어가면서 혹시 네가 정보를 누출한 건 아니냐고 질문했어. 아니나 다를까 녀석은 이번 사건에 대해서 자신은 무관하다고 장황한 거짓말을 늘어놓더군."

"그래서 황 기자를 불렀군요."

"그래. 녀석은 내 담당이라 황 기자와의 인터뷰 장소에도 동석했어. 그때 일부러 놈을 자극했지. 녀석의 얼굴 표정을 너한테 보여줬어야 하는데. 아주 내가 범인이다 광고를 하더라고."

"고마워요."

"뭘. 그리고 이제부터 내가 하는 말 잘 들어."

민수는 누가 들을세라 목청을 낮추며 말했다.

"수사팀에서 정보가 자주 새어 나간 건 사실이고, 아직 어디에서 누수가 발생했는지 전혀 감을 잡지 못하고 있잖아. 그러니까 김해영에 관한 건 절대 다른 사람에게 말하면 안 돼. 문 경감님한테도. 혹시 벌써 말한 건 아니겠지?"

"그럴 여유가 없었어요."

"좋아. 무엇보다 아주 조심해야 해. 녀석은 보통내기가 아니니까. 일단 녀석의 주변 인물들을 만나봐. 녀석이 어떤 놈인지 알아야 하니까."

"알겠어요."

"이만 끊을게. 조심해."

"선배도요."

민수는 희진이 이미 해영의 뒤를 캐고 있다고 생각했다. 그녀는 다른 사람이 끼어들어 자신의 승리를 앗아 가는 걸 지켜만 보고 있을 위인이 아니었다.

그는 미처 알려주지 못한 정보 때문에 신경이 쓰였다. 유령은 5에 대한 강박증을 가지고 있다. 그래서 다섯 번째 범행 대상은 여태까지의 피해자들보다 한층 특별할 가능성이 높다. 그가 추측하는 유령의 다섯 번째 범행 대상은 경찰이다. 녀석은 경찰, 그중에서도 자신을 수사하는 사람을 노릴 가능성이 다분하다. 녀석이 가짜로 자수한 것도 누가 자신을 수사하는지 알아보기 위해서였을 것이다.

그가 보기에 희진은 그 조건에 완벽하게 일치했다. 소름이 끼칠 정도로.

40

김해영의 종적을 찾는 건 생각처럼 쉽지 않았다. 녀석은 주민등록증에 기재된 곳에 거주하지 않았다. 그의 소재를 알려줄 가족도 없었다. 유일한 혈육인 어머니는 1년 전 사고로 돌아가셨다. 친척들과도 왕래가 거의 없었고 다니던 학교는 휴학한 상태였다. 초등학교부터 대학교까지 다 훑어봤지만 연락하는 친구 한 명 없는 눈치였다. 살아 있으면 어딘가에 흔적을 남기게 마련이건만 녀석은 특별했다. 심지어 녀석 앞으로 발급된 핸드폰이나 신용카드, 통장도 없었다.

민수가 혹시나 하고 군 기록을 조회해보라고 충고한 게 큰 도움이 됐다. 그의 군대 동기인 김원우가 제대하고 나서 그를 만난 적이 있다고 했다. 희진은 해영이 뺑소니 사고의 참고인이라는 핑계를 대고 그와 약속을 잡았다.

약속 장소는 원우의 학교 앞 커피숍이었다. 홍대처럼 화려한 맛은 없지만 대학가 특유의 활력과 젊음이 느껴지는 곳이었다. 전화로 들은 원우의 인상착의와 같은 사람을 찾으려는데 덩치 큰 남자가 손을 번쩍 들며 일어섰다.

"안녕하세요. 제가 김원우입니다."

원우는 악수를 청하며 인사했다. 특공대 출신답게 건장한 체구의 소유자였다. 얼굴도 남자답게 생겼고 붙임성도 좋아 보였다.

"어떻게 한눈에 알아보셨네요."

희진은 웃으며 말했다. 그의 인상착의를 질문할 때 자신의 인상착의에 대해서 간략하게 설명했었다.

"커피숍에 들어오는 사람을 계속 주시하고 있었으니까요. 그런데 제가 생각하던 이미지와는 많이 다르시네요."

원우는 자리에 앉으며 말했다.

"왜요? 경찰은 다 무섭게 생겨야 하나요?"

희진은 웃으며 말했다. 경찰생활을 시작한 이래로 이런 질문을 많이 받았다. 사람들은 경찰이라고 하면 딱딱하고 무서울 것이라는 선입견을 가지고 있다. 확실히 그러면 유리한 점도 있다. 그런 스타일은 함부로 무시당하지 않는다. 그녀는 경찰이지만 여자라서, 순해 보여서 무시당한 적이 한두 번이 아니었다. 심지어 범인한테 깔보인 적도 있었다.

하지만 민수가 말했듯 그게 장점으로 작용하는 경우도 많다. 사람들은 여린 인상의 그녀에게 거부감을 드러내지 않았다. 그래서 상대의 방심을 유도할 수도 있고, 좀 더 많은 것을 알아낼 수도 있었다. 특히 여성 피해자들은 남자 경찰에게는 차마 하지 못했던 말들을 허물없이 털어놓곤 했다.

"그런 게 아니라 통화할 때 좀 딱딱한 말투를 쓰셔서요. 그 때문에 찔러도 피 한 방울 안 나올 사람이라는 느낌을 받았거든요. 아무래도 제 육감이 맞이 많이 간 모양입니다."

원우는 머리를 긁적였다.

"칭찬으로 받아들일게요. 커피 괜찮으시죠?"

"네. 전 뭐든지 잘 먹습니다."

원우는 빙긋이 웃으며 말했다. 희진은 커피 두 잔을 주문했다.

"그런데 녀석이 무슨 사고를 친 건 아니죠?"

원우는 근심 어린 표정으로 질문했다.

"네. 단지 참고인으로 조사하는 거예요."

"참고인을 조사하는데 군대 동료까지 만나보나요?"

"워낙 주위 사람들과 왕래가 없는 분이더라고요. 진실한 사람인지 아닌지 알아야 증언의 신빙성을 판단할 수 있거든요."

"그 뭐지, 아! 거짓말 탐지기 조사 같은 거 하면 금방 나오지 않나요?"

"말씀드렸다시피 김해영 씨는 용의자가 아니라 참고인이에요. 참고인에게 거짓말 탐지기 조사를 하는 경찰은 없어요."

"하긴 녀석이 뺑소니 사고를 칠 놈은 절대 아니죠. 워낙 말이 없어서 무슨 생각을 하면서 사는지 도통 모르겠지만 다른 사람을 괴롭힐 놈은 아니에요. 법 없이도 살 놈인데."

희진은 그냥 빙긋이 웃어줬다.

원우는 해영에 대해 계속 얘기했다. 그는 붙임성도 좋지만 타고난

이야기꾼이기도 했다. 그가 아는 것들을 약간의 과장을 섞어서 재미있게 풀어갔다.

원우와 해영은 훈련소에서 처음 만났다. 이후 자대 배치도 같이 받았다. 마침 나이도 동갑이라 동기들 중에서는 해영과 가장 가까운 사이가 됐다. 내성적인 해영은 친한 사람이 거의 없었다. 가족은 물론 친구들이 면회 온 적도 없었다. 그런 성격은 군대에 와서도 고쳐지지 않았다. 그나마 원우와 가끔 대화를 나눌 뿐 해영은 내무반에서 외톨이였다. 보다 못한 고참들이 뭐라고 해도 그때뿐, 녀석은 늘 고독을 즐겼다.

원우가 기억하는 해영의 군생활은 지극히 평범했다. 그는 모든 면에서 중간을 고수했고, 덕분에 별다른 문제 없이 군생활을 마칠 수 있었다.

"그런데 그 얌전한 놈이 처음에는 고참들한테 찍혀서 맞기도 엄청 맞았죠. 몸에 문신이 있었거든요."

원우가 말했다.

"문신요?"

"정확하게 문신은 아니고 문신을 지운 거라고 들었어요. 가슴에 V자 모양의 흉터가 있었거든요."

원우는 오른손으로 심장을 가리키며 말했다.

"원래 V자를 새겨 넣었다가 마음이 바뀌어서 지워버렸다고 하더라고요. 그러고 보면 조용한 녀석인데 엉뚱한 면도 있었어요."

"어떤 점에서요?"

"녀석은 강박증 같은 게 있었어요. 예를 들어 화장실에 갔다 오면서 불을 몇 번씩 켰다 끄곤 했어요."

"혹시 다섯 번씩 반복하지 않던가요?"

희진은 유레카를 외치고 싶은 걸 억지로 참으며 질문했다.

"어? 어떻게 아셨어요? 녀석은 꼭 다섯 번씩 켰다 끄곤 했어요. 그러고 보면 노리쇠 후퇴전진도 꼭 다섯 번씩 했고, 암기사항들도 다섯 번씩 반복하곤 했어요. 거기에 대해 녀석에게 물어본 적이 있었어요. 왜 5에 그렇게 집착하느냐고요. 그랬더니 뭐라고 대답한 줄 아세요?"

"뭐라고 했는데요?"

희진은 추임새를 넣었다.

"자기 사주가 5와 관련이 많아서 그렇대요. 사주 얘기가 나와서 말인데 녀석은 사주를 잘 봤어요. 손금은 기본이고 주역에 음양오행, 서양 점성술에 타로카드까지. 동서양을 자유자재로 넘나들더군요. 문신때문에 고참들한테 찍혀서 고통 받을 때 사주 덕에 죽다 살아날 수 있었어요. 그거 아니었으면 군생활 많이 꼬였을 거예요."

"사주를 아주 잘 봤나 봐요."

"네. 그쪽으로는 정말 탁월한 재주가 있었어요. 고참은 물론 간부들 사주까지 봐줘서 군생활에 도움이 많이 됐어요. 괴롭히는 고참도 없어지고 간부들은 특박 같은 걸 많이 챙겨줬거든요."

"간부들이 알아서 챙겨줄 정도면 굉장했나 보군요."

"네. 몇몇 간부는 녀석을 집에 데려가서 가족과 일가친척들 사주까지 보게 한 적도 있어요. 그러고 보니 아주 그걸로 먹고사는 모양이던데요."

"그게 무슨 말이죠? 자세하게 얘기해주세요."

희진은 호기심이 동했다. 그녀는 의자를 바짝 당기며 질문했다.

"한 반년 정도 됐나? 홍대 앞을 지나다가 우연히 녀석을 만났는데 그곳에서 사주 카페를 운영한다고 그러던데요."

"사주 카페요?"

"말이 카페지 그냥 길거리에서 사주 보는 곳 있잖아요?"

"직접 가봤나요?"

"아뇨. 그냥 얘기만 들었어요. 녀석 말로는 장사가 꽤 잘된다고 하던데요. 진짜 그래 보였어요."

"장사하는 데 가보지는 않았다면서요?"

"그날 오래간만에 만났으니 맛있는 걸 사주겠다면서 근처 고깃집으로 절 데리고 갔는데 되게 비싼 집이었어요. 가격표를 보고 너무 비싸서 그냥 나가려는데 걱정 말고 마음껏 먹으라고 하더라고요. 빈말을 할 놈도 아니고, 사실 고기가 너무 맛있어서 염치불구하고 계속 시켰어요. 그날 진짜 배 터지게 먹었어요."

생각만 해도 배가 부른지 원우는 배를 두드렸다.

"혹시 그날 계산은 현금으로 하던가요?"

희진은 해영 앞으로 발급된 카드가 하나도 없다는 걸 의식해서 질문했다.

"가만있자. 네, 현금으로 했어요. 어떻게 아셨어요? 아무튼 그때 좀 많이 놀랐어요. 지갑에 현금이 꽤 두둑했거든요. 사주비를 현금으로 받기 때문에 항상 현금이 많다고 하더라고요. 그래서 짜식 사주로 돈 많이 버는구나 생각했죠."

"군대 있을 때와 비교해서 크게 달라진 점은 없던가요?"

"그러고 보니 녀석이 좀 달라지긴 했어요. 수줍음도 많이 타고 말도 별로 없는 놈인데 사람 상대하는 직업이라 그런지 말도 잘하고 꽤 싹싹해졌더라고요."

희진의 머릿속이 복잡해졌다. 해영이 범인이라면 그가 달라진 이유가 설명된다. 그는 여자들을 살해하고 경찰을 농락하면서 자신감을 얻었을 것이다. 그건 범인에게 어마어마한 힘을 불어넣어준다. 하늘이 자신을 돕는다거나, 심지어 자신이 신이라고 착각하는 녀석들도 만나봤다.

홍대 앞이 직장이니 누구보다 홍대 지리도 잘 알고 있다. 굳이 표적을 찾아 어슬렁거릴 필요도 없다. 사주 카페를 운영하고 있으니 늘 여자 손님을 접할 것이다. 사주는 남자보다 여자들이 더 많이 보는 법이니까.

그런 상황에서 표적을 정하면 이후의 모든 과정은 일사천리로 진행됐을 것이다. 사주를 볼 때 사람들은 기본적인 신상명세는 물론 시시콜콜한 것까지 다 털어놓는 법이다. 집은 어딘지, 학교는 어딜 다니는지, 어디를 자주 들르는지, 주요 교통수단은 뭔지, 보통 몇 시에 귀가하는지, 같이 다니는 친구는 누구인지 등등. 안 좋은 일이 있으셨군요 하는 식으로 유도심문을 해서 피해자들이 강간당한 사실도 그때 알아냈을 것이다.

모든 필요한 정보를 얻고 나면 표적을 스토킹 했을 것이다. 어디서 어떤 방법으로 납치하는 게 가장 안전할지 수십 번 따져봤을 것이다. 그리고 결정적인 순간 그들을 납치했을 것이다. 사실 여자들은 순순히 따라갔을 가능성이 높다. 그는 안면이 있는 사람이고 돈도 많으니까.

홍대에서 피살된 여성을 플래시몹 장소로 유인한 것도 설명된다. 그는 그날 홍대에서 가면을 쓰고 있으면 좋은 일이 있을 거라는 식으로 상대를 유도했을 것이다. 힘든 일도 아닌데 신통하다는 점쟁이의 충고를 무시할 사람은 거의 없다.

당시 녀석이 유유히 탈출할 수 있었던 것도 의문이 풀린다. 굳이 멀리 도피할 필요 없이 가면만 벗고 자신이 운영하는 사주 카페로 들어가면 된다. 만일의 경우 경찰들이 재빨리 현장을 봉쇄한다고 해도 녀석을 잡는 건 불가능하다. 그래서 범행 장소를 홍대로 정했을 것이다.

"그날 이후 김해영 씨를 만난 적은 없어요?"

"학교생활이 워낙 바빠서요."

원우는 머리를 긁적였다.

"취직준비 때문에 정신이 없었거든요. 뭐 그때나 지금이나 취직 못한 건 똑같지만요. 올해 안에 취직이 안 되면 어학연수나 다녀올까 싶어요."

"혹시 그가 어디 사는지는 모르나요?"

"그건 그쪽 특기 아닌가요? 아 농담입니다."

원우는 빙긋이 웃으며 말했다.

"그때 어디 사는지 굳이 물어보지 않았거든요. 홍대 근처에 사는 것 같은 뉘앙스를 풍기긴 했어요. 그런데 6개월이나 지난 일이라서 확실한 건 아니에요. 그나저나 정말 참고인으로 조사하는 거 맞아요? 혹시 녀석이 사고를 친 건 아니죠?"

"참고인으로 조사하는 겁니다. 걱정 마세요. 뺑소니 사고가 났을 때 김해영 씨가 유일한 목격자였어요. 처음에는 가해자 쪽에서 순순히 죄를 인정하는 분위기라 김해영 씨는 경찰서에서 간단한 진술만 하고 돌아갔어요. 그런데 시간이 지나면서 가해자 쪽에서 자꾸 다른 얘기를 하고 있어요."

"원래 화장실 들어갈 때하고 나올 때 마음이 완전히 다른 법이죠."

"그래서 사건을 처음부터 다시 조사하고 있어요. 김해영 씨는 뺑소니 사건과 전혀 관련이 없지만 공식적으로 기록된 유일한 참고인이라 아주 중요한 증인이에요."

"혹시 뺑소니 당한 분이 사망하셨나요?"

원우는 조심스럽게 질문했다.

"아뇨. 나행스럽게도 목숨은 건지셨는데 충격이 워낙 커서 사고 당시를 정확하게 기억하지 못하세요."

"녀석을 꼭 찾아야겠군요."

"그런데 특공대에 근무하셨다고 들었는데 그 뭐더라, 주특기는 뭐였어요?"

"전 통신인데 제가 아니라 녀석의 주특기 말하는 거죠?"

"네."

"이거 은근히 질투 나는데요. 하하. 농담이에요. 해영이의 주특기는 폭파였어요. 그러고 보면 녀석은 그쪽에 꽤 관심이 많았던 것 같아요. 워낙 외톨이라 그런지 늘 교범을 옆에 끼고 살았거든요."

"폭발물을 잘 다뤘나요?"

"뭐 평균 이상은 했던 것 같아요. 늘 그렇듯이 말이죠. 녀석은 더 잘 할 수 있는데 사람들 눈에 띌까 봐 그냥 넘어가곤 했어요. 더 무거운 걸 들 수도 있고, 남보다 빨리 달릴 수 있는데 일부러 다른 사람과 보조를 맞추는 그런 부류였어요. 머리도 상당히 좋고 아는 것도 많은 것 같은데 잘난 척하는 걸 한 번도 본적이 없어요. 뭐 사주 보는 걸로 다 평정해버리긴 했지만요."

"그렇군요. 사주는 어디서 배웠대요?"

"정확하게 말은 안 해줬어요. 워낙 비밀이 많은 친구라서 말이죠. 어릴 때 누구한테 약간 배웠다는 말을 어렴풋이 들은 것 같네요. 하지만 거의 혼자서 독학했을 거예요. 머리가 좋은 데다 기본적으로 녀석은 책벌레였거든요. 관심 있는 분야만 줄기차게 파서 그렇지."

"어떤 분야를 좋아했죠?"

"뭐 사주 쪽을 가장 많이 읽는 눈치였어요. 주역 같은 경우는 줄줄 외울 정도였죠. 점성술이나 타로카드, 수비학 따위에도 관심이 많았어요. 지금 생각해보니 녀석이 하는 건 퓨전 사주였어요. 동양과 서양을 아주 자유자재로 넘나들었으니까요."

"수학 같은 것에도 관심을 가졌나요? 사주도 결국 숫자놀음 아닌가요?"

"그러고 보면 숫자가 들어간 건 다 관심을 가졌던 것 같아요."

원우는 고개를 끄덕이며 말했다.

"수학을 잘했나 봐요?"

"뭐 군대에서 수학시험을 치는 것도 아니고, 그것까진 잘 모르겠어요."

원우는 말끝에 빙긋이 웃었다.

"그래도 같이 생활하다 보면 알 수 있지 않나요?"

"간혹 카드게임을 할 때 보면 통계 쪽에 지식이 상당한 것 같았어요. 녀석은 철저하게 확률을 바탕으로 베팅했어요. 크게 먹진 않고 야금야금 먹는 스타일 있죠? 노름할 때도 녀석의 스타일이 나오더라고요. 분명 판을 휩쓸 수 있을 거 같은데 적당한 선에서 손을 털고 일어났거든요. 아무튼 숫자가 들어가는 건 다 잘했고 관심도 많았어요. 심지어 복잡한 컴퓨터 암호체계 같은 것에도 푹 빠지곤 했으니까요."

"그렇군요."

희진은 가슴이 벅차 울 것 같았지만 억지로 참았다. 해영은 5에 대한 강박증에다, 홍대 인근의 지리에 능하고, 뛰어난 두뇌에 신체능력도 우수하며, 암호체계에도 관심이 많고, 결정적으로 폭발물을 다뤄본 경험까지 있었다.

가슴에 있다는 V자 모양의 흉터 또한 유력한 증거다. 로마자 V는 5를 뜻하기 때문이다. 5에 대한 강박증을 가지고 있는 해영은 몸에 이를 새겨 넣기까지 했다. 그가 유령이 틀림없다.

그녀는 원우가 의심하지 않게 시시콜콜한 몇 가지 질문을 덧붙였다. 그를 보내고 롯데월드 경비실에 전화를 걸어 해영의 외삼촌을 찾았다.

그는 내일 점심 전에 시간을 내보겠다며 그때 만나자고 했다. 그는 경찰이 왜 자신을 다시 찾는지 궁금해했다. 그녀는 사건 당시의 상황에 대해서 질문할 것이 있어서 방문한다고 둘러댔다.

그녀는 철수에게 전화를 걸어 그간의 조사 상황을 상세하게 알려줬다. 한 다리를 건너 정보를 전하는 거라 무척 신경이 쓰였다. 원우는 몰라도 해영의 외삼촌을 만나려는 걸 알면 민수가 화낼 게 분명했다. 그래서 그건 비밀로 했다.

41

해영의 외삼촌인 김민석은 해영과 닮은 외모 덕분에 금방 알아볼 수 있었다. 그는 눈치가 꽤 빨랐다. 해영이 어디 사는지 아느냐고 질문하자 경찰이 해영을 용의선상에 올린 건 아닌가 하고 의심했다. 희진이 대충 얼버무리려고 하자 그는 합당한 설명을 요구했다. 호락호락한 상대가 아니라 정공법으로 나가기로 했다. 수사 중인 사건이라는 핑계를 대고 이유를 설명하지 않는 것이다. 물론 상대를 자극할 위험성도 있다. 하지만 결과는 대성공이었다. 민석은 상대가 여자라서 호의를 베풀 요량이었는지, 아니면 시끄러워지는 게 싫었는지 예상 외로 순순히 대답했다. 그 또한 해영이 어디 사는지 몰랐다.

대화 중간중간 그는 신세한탄을 늘어놓았다. 안 그래도 폭발사건 때문에 상부의 질책을 받는 상황에서 조카까지 말썽을 부렸다. 그 탓에 경찰의 호된 질책까지 받고, 결국 일종의 체념 상태에 도달한 눈치였다.

희진은 폭발 당시의 상황에 대해 질문했다. 수십 번을 반복한 터라 그는 아주 유창하게 대답했다. 그녀에게 폭발 당시의 화면을 보여주기도 했다. 아쉽게도 폭발물을 쓰레기통에 넣는 장면은 없었다. 쓰레기통이 있는 곳은 CCTV로 감시할 만큼 중요도가 높지 않았다. 그들이 관심을 가졌던 건 움직이지 않는 쓰레기통이 아니라 갖가지 형태로 사람을 실어 나르는 수많은 놀이기구였기 때문이다.

"사고 이후에는 쓰레기통마다 CCTV를 설치했습니다."

민석은 쓰레기통을 잡은 CCTV 화면을 보여주며 말했다. 화장실을 제외한 실내에 있는 모든 쓰레기통에는 CCTV가 설치되었다.

"혹시 사고 이전, 쓰레기통에 CCTV가 설치되지 않은 걸 알 만한 사람은 없나요?"

"휴. 너무 많아서 문제죠."

민석은 얼굴을 찌푸리며 말했다.

"여기 와본 사람들은 다 알 겁니다. 솔직히 말해서 누가 쓰레기통에 관심을 가지겠습니까? 말 그대로 쓰레기를 버리는 곳인데 누가 다치거나 훔쳐 갈 게 없잖습니까?"

"이제부터 조카인 김해영 씨에 대해서 질문 좀 할게요."

"그런데 해영이 녀석이 또 무슨 사고를 친 건 아니죠? 진짜 조용하고 얌전한 녀석인데."

말과는 달리 민석의 얼굴에는 분노가 서려 있었다. 조카가 유령이라는 사실을 알게 되면 그땐 어떤 표정을 지을까? 희진은 못내 궁금해졌다.

"김해영 씨가 평소에도 이곳에 자주 오나요?"

"가끔 들릅니다. 녀석은 연락도 없이 그냥 불쑥 찾아오죠."

민석의 목소리에서 짜증이 묻어났다.

"많이 곤란하셨나 보네요."

"워낙 종잡을 수 없는 애라서요. 아! 사고를 친다는 의미가 아닙니다. 좀 엉뚱한 애라는 말입니다. 요즘 애들이 다 그렇지만 도통 무슨 생각을 하는지 모르겠어요. 워낙 간섭 받는 걸 싫어하는 놈이라 충고는 들으려고도 하지 않고."

"주소는 모른다고 하셨는데 그래도 연락처는 가지고 계시겠죠?"

"아뇨. 답답한 마음에 핸드폰을 사주기도 했는데 늘 꺼두고 안 가지고 다니더라고요. 우리 집에 들어와 살라고 해도 끝까지 거부하고."

"여동생분 아들이죠."

"하나뿐인 여동생의 하나뿐인 아들이죠."

"실례지만 자제분이?"

"딸 하나 있습니다. 그래서 해영이 녀석이 더 신경 쓰여요. 친아들 같아서."

하지만 희진은 그의 눈에서 그다지 깊은 애정은 느끼지 못했다.

"근무지로 찾아오는 게 신경 쓰이진 않았나요? 아무래도 여기보단 집에서 보는 게 편하잖아요."

"정확하게 말하면 녀석은 나를 찾아오는 게 아니라 놀이기구 때문에 오는 겁니다. 어릴 때부터 놀이기구라면 사족을 못 쓰는 데다 제가 여기서 근무하는 관계로 공짜로 즐길 수 있으니까요."

"장난감 같은 거 조립하는 것도 좋아했겠네요."

"대부분의 남자아이들이 그렇듯이 해영이도 그런 걸 보면 환장했습니다. 제 조카라서 그런 게 아니라 정말 머리가 좋은 애였어요. 평범한 재료로 정말 기발한 걸 만들어내곤 했습니다."

아니. 대부분의 남자들이 사람을 죽이지는 않지. 희진은 미소를 지어주며 생각했다. 그녀는 해영이 왜 오페라의 유령을 좋아하게 됐는지 알 것 같았다.

에릭은 기발한 아이디어가 넘치는 인물이다. 해영이 그런 것처럼. 또한 에릭은 고문하는 걸 즐기며 함정을 유난히 좋아한다. 오늘날 대도시에서 에릭이 좋아할 만한 곳을 고르라고 하면 이런 놀이동산이 가장 먼저 떠오를 것이다. 이곳에서 놀이기구를 타고 놀면서 해영은 에릭과 동질감을 느꼈을 것이다.

"김해영 씨는 애드벌룬도 많이 타봤겠네요."

희진은 천장을 가리키며 말했다.

"네. 어릴 때부터 애드벌룬을 무척 좋아하더라고요."

빙고! 민수가 추측한 대로 유령은 애드벌룬에서 쓰레기통의 위치를 확인했을 것이다. 3-4-5. 이 위대한 우주의 질서에 도취해서 그걸 폭파시키는 환상을 키워왔을 것이다. 그리고 전부는 아니지만 환상의 일부를 실현하는 데 성공했다.

"혹시 김해영 씨가 좋아하는 책이나 음악 같은 것 중에 기억나는 거 없으세요?"

"글쎄요. 워낙 말이 없는 녀석이라 길게 대화한 적이 없거든요."

"김해영 씨가 찾아온 날은 무슨 얘기를 나누셨어요?"

"겨우 사고를 수습하고 막 개장한 터라 손님이 별로 없었어요. 더구나 꽤 오랜만에 보는 거라 같이 점심이나 먹자며 식당으로 데려갔습니다. 가벼운 신상 얘기를 나눴는데, 아무래도 사고 얘기가 대화의 대부분을 차지할 수밖에 없었죠."

"그때 폭탄이 설치되어 있던 쓰레기통에 대해 알려주신 거군요."

"네. 그건 경찰에서 이미 확인한 사항 아닙니까?"

"교차 확인 하는 거예요."

희진은 빙긋이 웃어졌다. 그녀는 갑자기 생각난 듯 질문했다.

"혹시 그날 이후 김해영 씨와 전화통화 한 적은 없으세요?"

"전혀 없습니다. 앞서 얘기했듯 녀석의 연락처도 몰라요. 내가 준 핸드폰은 늘 꺼져 있고."

"혹시 김해영 씨가 어떤 차를 몰고 다니는지 아시나요?"

"글쎄요."

민석은 고개를 저었다.

"여기 올 땐 늘 지하철을 이용하더라고요. 밖에서 따로 만난 적이 없어서 그 애가 차를 몰고 다니는 모습은 한 번도 못 봤습니다. 굳이 그런 걸 물어보기도 그렇고."

조카가 뭘 하고 다니는지 전혀 관심이 없어서 그런 거지. 희진은 쏘아주고 싶은 걸 억지로 참았다.

"마지막으로 한 가지만 더 질문할게요. 김해영 씨 아버지, 그러니까 매부는 어떤 사람이었나요?"

해영은 민석의 호적에 올라 있었다. 그래서 친아버지가 누구인지 서류상으로는 알 길이 없었다.

"저도 궁금합니다."

민석은 얼굴을 잔뜩 찌푸리며 말했다.

"무슨 말씀이신지?"

"동생은 갑자기 배가 불러서 나타났습니다. 남편이란 인간에 대해서 아무리 닦달해도 절대 알려주지 않았는데, 동생이 죽고 나서야 깨달았습니다. 일부러 알려주지 않은 게 아니라 자기도 몰랐었다는 걸요."

"그랬군요. 혼자서 애를 키운다는 게 보통 일이 아니었을 텐데요."

"대한민국에서 미혼모로 산다는 건 지금도 엄청나게 힘든 일이죠. 하물며 수십 년 전 일인데요. 그렇다고 집안이 풍족해서 제대로 도와준 것도 아니고."

"그럼 생계는 어떻게 유지한 거예요?"

"안 해본 일이 없었습니다. 사실 걔가 어린 나이에 애를 가져서 대학도 포기했고, 핏덩이 때문에 따로 기술을 배우러 다닐 처지도 아니었거든요. 그냥 닥치는 대로 일했습니다."

민석의 표정이 굳어졌다. 희진은 그의 동생이 몸을 판 건 아닐까 하고 생각했다. 하지만 차마 그것까지 질문할 순 없었다. 그녀는 조심스럽게 몇 가지 질문을 덧붙이고 인터뷰를 마쳤다.

머릿속이 복잡했다. 아무래도 유령의 어머니는 강간 피해자인 것 같았다. 그녀는 낙태하기에는 너무 늦은 데다 차마 뱃속에 있는 자기 새끼를 죽일 수 없어서 주위의 반대를 무릅쓰고 해영을 낳는다. 부모님은 입양을 권유하지만 자식을 떠나보낸다는 게 말처럼 쉽지 않다. 그녀는 혼자서 애를 키우겠다고 선언한다. 그게 모든 불행의 시작이었다.

삶이 그녀를 채찍질할 때면 핏덩이는 애정이 아니라 분노의 대상으로 변했을 것이다. 더구나 그의 존재는 악몽 같은 그날의 기억을 한시도 잊지 못하게 하는 낙인이다. 화가 나면 자식에게 할 말 못 할 말 가리지 않고 했을 것이다. 강간범한테서 낳은 빌어먹을 새끼. 삶이 나락으로 떨어질수록 분노는 커진다. 언어뿐만 아니라 신체적인 학대도 병행했을 것이다. 학대가 심해질수록 녀석의 환상도 그에 비례해서 커졌을 것이다.

늘 억압 받던 그를 해방시킨 건 어머니의 죽음이었을 것이다. 실제로 그의 어머니가 사망한 지 두 달이 지났을 때, 첫 번째 살인이 발생했다. 녀석은 수십 년간 쌓였던 분노를 자신의 어머니처럼 강간당한 여성에게 푼 것이다.

경찰에 대한 분노도 설명된다. 이런 꼬마에게 경찰은 권력과 힘의 상징이자 구세주처럼 보였을 것이다. 녀석은 학대 받다 더 이상 견디지 못하고 구세주에게 도움을 청한다. 당시는 경찰뿐만 아니라 사회 전체가 아동학대에 극도로 무관심하던 시기였다. 그들은 그의 신고를 무시해버렸을 것이다. 그러자 애정이 분노로 바뀌었을 것이다.

해영의 가슴에 있는 V자 모양의 흉터는 아마도 학대의 흔적일 가능성이 높다. 때리고 굶기는 것만으로는 부족해서 자식의 몸에 지울 수 없는 낙인을 찍은 게 틀림없다. 그 흉터는 시간이 갈수록 녀석을 압박했고, 그가 유난히 5에 집착하는 하나의 계기가 되었을 것이다.

민수에게 집착하는 이유도 알 수 있을 것 같았다. 과거 민수가 잘나가던 시절, 그는 신문과 잡지에 칼럼을 기고했다. 주로 성폭력과 아동학대에 대한 것들이었다. 그는 단순한 폭력을 넘어 피해자는 물론 가족 전체의 인생을 바꾸는 아동학대와 성폭력의 위험성에 대해 여러 차례 경고했다. 그는 이런 범죄에 대해 보다 엄격히 처벌해줄 것을 사법부에 요구하곤 했다. 해영은 그 칼럼을 보고 민수야말로 자신을 진심으로 이해해주는 사람이라고 생각했을 것이다. 외톨이인 그의 인생에서 민수처럼 친절하게 격려의 말을 해주는 사람은 이전에도 이후에도 전무했을 것이다.

이제 모든 퍼즐은 완성됐다. 문제는 물적 증거다. 그게 없으면 여태까지의 노력이 말짱 도루묵이다. 우선 녀석을 찾아야 한다. 그런 다음 녀석을 미행해 거주지를 알아내야 한다. 그러면 녀석의 차도 알아낼 수 있을 것이다. 아무래도 집이나 차에는 증거물이 남아 있을 가능성이 높다.

시체를 시 외곽에 유기한 걸 보면 틀림없이 차가 있을 것이다. 녀석은 면허증은 있지만 자기 앞으로 등록된 차는 없었다. 딱지를 끊은 기록도 전혀 없었다. 꼼꼼한 성격답게 교통법규를 잘 지키고 다니는 것 같다.

신출귀몰하는 녀석을 어떻게 찾을 수 있을까? 아무래도 고전적인 방법을 사용하는 수밖에 없다. 그녀는 홍대 주변을 탐색하며 해영의 흔적을 찾아 나서기로 했다. 민수가 알면 까무러치겠지만.

42

희진은 홍대 앞에서 사주를 봐주는 곳들을 유심히 관찰했다. 기대와 달리 사흘이 지났는데도 해영은 눈에 띄지 않았다. 혹시 잠적해버린 건 아닐까 하는 걱정이 들기 시작했다. 사주를 보는 척하며 다른 점쟁이를 통해 해영의 정보를 캐내려고 시도해봤지만 그것도 실패했다. 다른 사람과 교류가 전혀 없는지 해영을 기억하는 사람은 단 한 명도 없었다.

할 수 없이 젊은 여성을 무작위로 인터뷰했다. 그렇다고 완전히 무작위는 아니었다. 사주 카페를 찾는 여성들을 대상으로 해영의 사진을 보여주며 혹시 그에게 점을 본 적이 없는지 질문했다. 운 좋게도 두 시간 만에 그를 기억하는 여성을 만날 수 있었다. 하지만 그녀가 알려준 장소에는 해영이 운영한다던 사주 카페 대신 핫도그 가게가 들어서 있었다. 핫도그를 사 먹으며 원래 이 자리에 있던 사주 카페는 어디로 갔느냐고 질문했다. 모르겠다는 무뚝뚝한 대답이 돌아왔다.

혹시 장소를 바꾼 건 아닐까 싶기도 했다. 굳이 홍대가 아니더라도 젊은 여자들이 즐겨 찾는 곳은 지천에 널려 있다. 여전히 경찰이 주목하고 있는 이곳에 집착할 이유는 없었다. 그러고 보면 폭탄을 터트린 곳도 여기가 아니라 동네월드였나.

실패는 사람을 급속도로 지치게 만든다. 의욕은 봄눈 녹듯 사라지고 몸은 천근만근 무거워진다. 그녀는 무엇보다 혼자라는 사실이 가장 견디기 힘들었다. 고민을 나누고 다독여줄 누군가가 필요했다. 그럴수록 민수에 대한 그리움도 커져갔다.

이번 주까지만 홍대 앞을 뒤져보기로 마음먹었다. 그래도 해영의 종적을 찾을 수 없으면 문 경감을 찾아갈 생각이었다. 정직 상태라고 하지만 문 경감은 넓은 인맥과 풍부한 경험을 가지고 있다. 그러면 어떻게든 상부를 움직여 해영을 조사하도록 만들 것이다.

금요일 저녁의 홍대는 인파로 들끓었다. 낮부터 일대를 뒤지고 다녀서 다리가 아팠지만 사람 구경하는 재미는 쏠쏠했다. 젊음을 불태우는 사람들을 보고 있자니 왜 이렇게 사는가 하는 후회가 몰려왔다. 힘든 건 둘째 치고 앞으로 어떻게 될지 막막하기만 했다. 상부에서는 여전히 뚜렷한 결론을 내리지 못하고 있었다. 고맙게도 황 기자는 그런 수사팀의 공백 상태를 지적해주었다. 그게 압력으로 작용하겠지만 워낙 수면 아래 가라앉아 있는 것들이 많았다.

왜 문 경감이 정치를 혐오하는지 그녀도 알 것 같았다. 지금도 정치꾼들은 서로를 비난하며 하나라도 더 챙기기 위해 피 터지게 싸우고 있을 것이다. 수사는 뒷전으로 제쳐둔 채. 정치는 잊자. 유령에게 전념하자. 그녀는 머리를 흔들었다.

해영은 친한 사람이 없다. 그는 타고난 외톨이다. 그녀는 혼자 돌아다니는 젊은 남자에 주목했다. 롯데월드에서의 모습을 보면 해영은 변장에 능숙한 게 분명하다. 그게 가장 신경 쓰였다. 하지만 민수 말처럼 체격을 줄이는 건 힘들다. 해영과 비슷하거나 큰 남자에게만 모든 신경을 집중했다. 그 정도만 해도 너무 많아서 문제였다.

배도 고프고 발걸음도 무거웠다. 그녀는 편의점을 찾았다. 컵라면이라도 먹으며 잠시 쉴 요량이었다. 그때 편의점에서 걸어 나오는 남자,

정확하게 말하면 익숙한 노란색 패딩점퍼가 그녀의 시선을 끌었다. 그녀는 상대를 주시했다. 심장이 멎는 것 같았다. 해영이 틀림없다. 그는 길 건너편에 있었다. 아무것도 휴대하지 않은 상태였다. 배낭도 손가방도 들지 않았다. 그녀는 조심스레 그의 뒤를 쫓았다. 그가 반대편 골목으로 들어가버리면 어쩌나 신경이 쓰여 미칠 지경이었다. 하늘이 그녀의 마음을 읽었는지 건널목에 파란색 등이 켜졌다. 그녀는 재빨리 길을 건넜다.

그는 뛰거나 서두르는 눈치는 아니었지만 발걸음이 꽤 빨랐다. 주위를 두리번거리지도 않고 곧장 걸었다. 목적지가 있는 눈치였다. 그가 향한 곳은 지하철역이었다. 다소 늦은 시간이었지만 2호선은 늘 그렇듯 북적이고 시끄러웠다. 바짝 붙을 수가 없어서 적당한 거리를 둬야 했다. 끊이지 않는 승객들은 좋은 방패막이 되어주었다.

사람이 많은 게 좋기만 한 건 아니었다. 불편한 점도 있었다. 그가 내리는지 그렇지 않은지 확인하기 힘들었다. 다행히 화려한 노란색 점퍼는 그런 그녀의 고충을 덜어주었다.

그녀가 주목하던 노란색이 열차 밖으로 사라졌다. 그녀는 얼른 따라 내렸다. 그는 여전히 주변을 두리번거리지도 뒤를 돌아보지도 않았다. 그냥 묵묵히 걸어갔다. 그의 발길이 향한 곳은 재개발 지역이었다. 이미 철거가 진행된 황량한 건물터와 뼈대만 남은 앙상한 건물들이 눈에 띄었다. 주민의 상당수가 떠난 곳이라 동네 전체가 황량하고 어두웠다. 겉으로 봐서는 아무도 살고 있지 않은 것 같았다. 혹시 미행을 눈치챈 건 아닐까? 희진은 잠시 망설였다.

덫일 가능성을 부정하긴 힘들지만 아닐 가능성이 더 높다고 판단했다. 이런 곳일수록 익명의 그늘 아래 놀래 숨어들기 수월하다. 더구나 작업하기 안성맞춤인 곳이다. 녀석은 인적이 드문 이곳에서 피살자들을 살해했을 것이다. 현장에 남아 있을지 모를 증거들은 조만간 철거 반원들이 깨끗하게 치워줄 것이다. 녀석의 입장에서 보자면 하늘이 내린 작업장이나 마찬가지다.

반쯤 허물어진 건물을 보던 희진은 두 번째 피해자의 옷과 몸에 묻어 있던 석면을 떠올렸다. 그래! 이곳이 틀림없다. 이제 왜 피해자에게 평균 이상의 석면이 묻어 있었는지 명쾌하게 설명할 수 있다. 건축자재에 함유된 석면은 건축자재가 부서질 때 먼지가 돼 공기 중에 떠돌아다니게 된다. 이곳은 눈에 보이진 않지만 평균 이상의 석면이 떠돌아다니는 곳이다.

망할 녀석. 아직 본격적인 철거는 시작되지 않았어. 네놈 발길이 닿는 곳에서 꼭 증거를 찾아내고야 말겠어.

그녀는 조심스레, 하지만 잔뜩 흥분한 채로 해영의 뒤를 쫓았다. 번화한 홍대와 달리 사람의 발길이 드문 곳이라 들키지 않게 신경을 잔뜩 곤두세워야 했다. 그래서 꽤 거리를 둘 수밖에 없었다.

어디선가 나타난 자동차 때문에 그녀는 벽에 바짝 붙었다. 그가 자신의 그림자를 볼까 염려되었기 때문이다. 곧 자동차의 전조등 불빛이 골목을 훑기 시작했다. 그 빛은 서울이라는 화려한 도시의 이면을 비추고 있었다. 수많은 조명과 네온 불빛이 만들어내는 화려한 색채 속에 잠긴 서울이라는 도시. 하늘을 향해 곧게 뻗은 건물들 사이로 낡고 무너져가는 무허가 건물들이 공존하는 도시. 한겨울에도 차가운 길바닥으로 사람을 내모는 잔인한 도시.

지금도 많은 사람들이 부와 성공을 찾아 이곳으로 몰려든다. 이 도시에 대한 막연한 사랑을 한 아름 안고. 하지만 이 도시는 도도하고 변덕스러운 여자와 같다. 결코 쉽게 자신을 허락하지도, 사랑이 오랫동안 지속되지도 않는다. 그래서 많은 사람들이 아픔을 경험한다. 이곳에 살던 사람들도 마찬가지다. 일부는 다시 돌아오겠지만 대부분은 더 외곽으로, 더 열악한 곳으로 밀려날 것이다.

　그가 모퉁이를 돌았다. 그녀는 조금 빠른 걸음으로 걸었다. 모퉁이에 도착했을 때 고개만 살짝 내밀어 상대의 위치를 확인했다. 그런데 골목 어디에도 그의 모습이 보이지 않았다. 잠시 기다렸다. 여전히 불이 켜진 곳도 소리가 들려오는 곳도 없다. 하지만 그는 이 골목에 있는 게 분명했다. 꼬불꼬불 굽이진 길은 더 이상 이어지지 않고 여기서 끊겼다.

　좌우 합쳐서 열 채 정도의 집이 있었다. 아무도 살지 않는 게 확실했다. 불빛 한 점 없는 모든 집의 대문은 하나같이 활짝 열려 있었다. 그녀는 첫 번째 집부터 수색했다. 어두웠고 불을 사용할 수도 없었다. 이런 상황에서 두렵지 않다면 거짓말이다. 두려움은 오랜 친구나 마찬가지인 원시적 본능이다. 그건 위험을 알려주는 경고음이다. 지금은 그 어느 때보다 본능에 충실해야 한다. 그녀는 뒤를 봐줄 동료도 상대를 제압할 무기도 없었다. 그녀를 보호해주는 건 방금 손에 쥔 전기충격기뿐이었다.

　그날 이후로 두려움을 무시하려고 노력했다. 하지만 지금 그녀는 두려움을 알아채고 이에 반응하기 위해 촉각을 곤두세웠다. 조금이라도 수상한 기척이 느껴지면 도망칠 생각이었다. 쉽진 않겠지만.

　그녀가 막 다섯 번째 집으로 들어가려고 할 때 뒤에서 인기척을 느꼈다. 고개를 돌리려는데 커다란 솜뭉치가 그녀의 얼굴을 덮쳤다. 공포를 느끼기도 전에 목구멍에서 뜨거운 불꽃이 확 일어났다. 생존본능이 그녀에게 고함을 질러댔다. 전기충격기.

　하지만 이미 그녀의 손에서 유일한 무기를 빼앗겨버린 뒤였다. 그래도 그녀는 포기하지 않았다. 있는 힘을 다해 발버둥쳤다. 안타깝게도 상대가 너무 강했다. 거대한 바윗덩이가 그녀를 짓누르는 것 같았다. 가쁘게 숨을 들이마실 때마다 폐가 활활 타올랐다. 망막을 잿빛 안개가 감싸더니 순식간에 어둠이 내려앉았다.

4부

—

43

목구멍이 덩어리 같은 것으로 꽉 막힌 느낌이었다. 희진은 바닥에 침을 뱉었다. 일어나려는데 몸이 말을 듣지 않았다. 손목과 발목에 수갑이 채워져 있는 데다 밧줄로 결박까지 당한 상태였다. 고개를 들어 주위를 둘러보았다. 어두워서 사물을 완벽하게 구분하긴 힘들지만 대강의 상황은 파악할 수 있었다. 이곳은 가로세로 3미터가 채 안 되는 좁은 방이다. 창문은 하나도 없고 가구라곤 방 가운데 있는 의자 두 개와 탁자 하나가 전부였다.

팔과 몸통, 무릎이 결박당했지만 손은 약간이나마 움직일 수 있었다. 그녀는 벽을 두드려보았다. 울림 같은 건 없고 무척 단단했다. 입구에 있는 문은? 결박당한 상태라 일어나 걸을 수가 없었다. 그녀는 굼벵이가 걷듯 꿈틀거리며 방문까지 기어갔다. 팔꿈치와 무릎이 쓰렸지만 아랑곳 않았다. 몸이 파김치라 생각처럼 속도가 나지 않았다.

문 앞에 도착해서 잠시 숨을 골랐다. 벽에 기댄 채 몸을 일으키려고 했다. 몇 번의 실패 끝에 겨우 일어설 수 있었다. 문을 더듬어보았다. 손이 시리도록 차가웠다. 나무가 아니라 쇠로 만든 문이었다. 손잡이를 돌려보았다. 역시 단단히 잠겨 있었다. 살짝 두드려보았다. 밍힐 철문 역시 벽만큼이나 단단했다. 절망이 그녀를 덮쳤다. 슈퍼맨이 아닌 이상 이곳에서 탈출하는 건 불가능했다. 그녀는 주저앉아 벽에 지친 몸을 기댔다. 목이 말랐고 화장실도 가고 싶었다. 하지만 아무것도 할 수 없었다.

지독하게 조용했다. 그녀의 숨소리만이 존재하는 세상이었다. 도대체 여기가 어디지? 축축한 습기와 곰팡이 냄새로 미루어 지하라는 것만 알 수 있었다. 꼭 무덤 속에 갇힌 기분이 들었다.

혹시 이곳이 두 번째 피살자의 사진을 찍은 곳은 아닐까? 어두워서 잘 보이지 않는 데다 사진의 배경이 된 콘크리트 바닥은 주변에서 흔히 볼 수 있는 것이었다. 꼭 이곳이라고 단정 지을 수 있는 근거는 없었다. 하지만 이곳이 사진의 배경이라는 확신이 들었다. 그러자 피살자의 참혹한 모습이 계속 떠올랐다. 그녀는 머릿속에서 사진을 지우려고 노력했다.

시간이 갈수록 무서운 속도로 죄어오는 수갑 때문에 손목과 발목이 시큰거렸다. 이를 악물며 애써 참았다. 굳이 신음 소리를 내서 상대를 자극할 필요는 없었다. 그녀는 심호흡을 하며 흥분을 가라앉히려고 노력했다. 공포와 흥분이 지나가자 위대한 생존본능이 그녀의 이성을 깨웠다. 어떻게 하면 이곳에서 살아 나갈 수 있지?

그녀는 연쇄살인범에 대해 누구보다 많이 연구했다. 덕분에 그들의 잔인함 또한 지나칠 정도로 자세하게 알고 있었다. 이성이 그 기억들을 자극하자 사지가 덜덜 떨렸다. 공포는 아픈 기억들을 모두 자극했다. 지금도 기억이 또렷한, 그 망할 놈이 자신을 덮치는 것 같았다. 그때 다쳤던 상처까지 욱신거렸다. 자신도 모르게 눈물이 흘러내렸다.

약해지면 안 돼!

그녀는 자신을 향해 고함을 내질렀다. 하지만 그녀는 절망을 극복하기에는 너무 많은 걸 알고 있었다. FBI에 따르면 연쇄살인범에게 납치된 피해자들 중 목숨을 건진 사람은 겨우 7.5퍼센트밖에 되지 않는다. 나머지 92.5퍼센트는 생각하기도 싫을 정도로 끔찍하게 살해당했다.

정신 차려. 밝은 면만 보자. 그래도 7.5퍼센트는 살아났잖아. 그녀는 자신을 다독였다. 그녀는 계속해서 기억을 더듬었다. 그 7.5퍼센트는 어떻게 해서 살아났지?

다시 절망에 빠졌다. 사람의 얼굴이 다르듯 연쇄살인범도 제각각이다. 피해자들의 성향과 처해 있던 상황 또한 마찬가지다. 프로파일링에 정답이 없듯이 이것 역시 정답이 없었다. 다만 한 가지는 확실했다. 살인범의 요구사항에 순순하게 따랐던 사람들 중 살아서 집으로 돌아간 사람은 단 한 명도 없었다. 그렇다고 필사적으로 저항하는 것 또한 답이 아니다. 강력하게 저항했던 사람과 순순히 복종했던 사람 모두 결과는 동일했다. 더구나 결박당한 상태라 저항도 무의미했다.

그녀는 입 밖으로 새어 나가려는 비명을 입술을 깨물며 참았다. 이런 상황에서 가장 경계해야 할 게 있다면 그건 비명을 지르는 것이다. 살인범들은 그 소리를 들으며 쾌감을 느낀다. 그들은 비명을 들으며 상대를 지배하고 있다는 우월감에 빠진다. 그것이야말로 그들이 여자를 납치해서 살해하는 궁극적인 목적이다.

이대로 순순히 당할 순 없어. 난 프로파일러야. 범죄자의 머릿속으로 들어가는 것이 직업이다. 어떻게든 유령의 머릿속으로 들어가서 그와 맞서 싸워야 한다. 비록 도와줄 동료는 단 한 명도 없지만.

시간이 얼마나 흘렀는지 알 수 없지만 조만간 그녀가 납치됐다는 사실을 알게 될 것이다. 여자, 그것도 경찰이 납치됐는데 상부에서 수수방관할 리 없다. 그들은 모든 역량을 총동원해 그녀의 흔적을 찾아낼 것이다.

하지만 어디 있는 줄 알고? 아 참 핸드폰! 그녀는 다급하게 주머니를 확인했다. 핸드폰은 물론 지갑도 없었다.

절망의 한편으로 민수의 얼굴이 스쳐 지나갔다. 그가 수사를 지휘한다면 어떤 위험한 상황에서도 살아날 수 있을 것 같았다. 하지만 그는 지금 수사 지휘는 고사하고 수사에서조차 완전히 배제된 상태다. 다음으로 떠오른 얼굴은 문 경감이었다. 아쉽게도 그 또한 수사에서 손을 뗀 상태다.

이대로 끝인가? 그때 뭔가가 타키온 입자만큼이나 빠른 속도로 그녀의 머릿속을 꿰뚫고 지나갔다. 그건 희망이었다.

유령이 그녀를 납치한 건 그녀를 피해자로 선택했기 때문이 아니다. 피해자들과 그녀는 닮은 점이 별로 없었다. 무차별적인 살인이었던 세 번째 살인을 제외한 이전 세 명의 피해자들은 하나같이 미인인 데다 겉으로 보기에 활달한 사람들이었다. 그렇다고 자신이 추녀라는 얘기는 절대 아니지만, 어두운 색깔의 제복이 어울리는 그녀와 달리 피해자들은 화려한 여자들이었다.

하지만 희망의 불씨는 금방 꺼져버렸다. 냉철해서 너무나 비관적인 그녀의 이성이 머릿속을 가득 채워버렸다.

아냐. 경찰을 조롱하기 위해 여자 경찰을 납치한 건 아닐까? 그것도 자신의 뒤를 쫓는 경찰을. 더구나 난 유령에게 가장 가까이 접근했던 사람이야. 혹시 처음부터 내가 목표였던 건 아닐까?

그녀는 심하게 진저리쳤다. 그럴 가능성이 높아 보였다. 녀석이 표적을 찾기 위해 자수했을지도 모른다는 생각이 들었다. 그때 녀석은 자신을 수사하는 여자 경찰관들을 유심히 관찰하고 표적을 정했을 것이다.

결정적으로 그녀 역시 강간당한 여성이다. 그런데 그걸 어떻게 알았을까? 다음 순간 그녀는 그들이 놀라운 감각기관을 가지고 있음을 상기했다. 먹잇감을 찾기 위한 노력의 결과로(사실 천부적으로 타고난 감각으로) 그들은 수십, 수백 명의 인파 속에서도 금방 표적을 찾아낸다. 끝장이군. 그녀는 이를 악물며 생각했다. 한편으론 웃고 싶었다. 녀석의 제비뽑기에 당첨된 게 자신이라고 생각하니 어이가 없었다. 로또 4등에도 당첨된 적이 없는 몸인데.

그때 위쪽에서 발걸음 소리가 들려왔다. 소리는 점점 가까워졌다. 유령이 오고 있는 게 분명했다. 심장이 당장이라도 몸 밖으로 튀어나갈 것 같았다.

44

열쇠 돌리는 소리가 나더니 문이 열렸다. 드디어 악마가 모습을 드러냈다. 어두워도 색깔은 구분할 수 있었다. 유령은 그녀를 납치할 때 입었던 노란색 점퍼 대신 평범한 검은색 점퍼를 입고 있었다. 그걸 보자 희진은 그가 자수할 때 노란색 점퍼를 입었던 것 자체가 미끼였음을 깨달았다. 그녀를 유인하기 위해 일부러 눈에 잘 띄는 화려한 색상을 선택했던 것이다.

그러고 보니 홍대 앞 편의점에서 그녀의 눈에 띈 것 또한 모두 계산된 행동이었다. 녀석은 그녀를 꾸준히 감시했을 것이다. 관찰 결과 혼자라는 확신이 들자 모습을 드러낸 것이다. 녀석은 미행을 당하는 척해서 그녀를 이곳까지 유인하는 데 성공했다. 참 대단한 놈이다. 그래서 한층 더 무서웠다.

그는 그녀의 결박을 풀었다. 수갑은 풀지 않았지만 몸을 옥죄던 밧줄이 사라진 것만 해도 감지덕지였다.

"일어났어? 배고프진 않아? 목도 마를 텐데."

유령은 물병을 흔들며 말했다. 그녀는 꿀꺽 침을 삼켰다.

"마셔."

유령은 뚜껑을 따더니 물병을 건넸다. 그녀는 최대한 천천히 마시려고 노력했다. 녀석의 지배욕을 만족시켜줄 마음은 추호도 없었다.

"이곳 참 멋있지 않아? 단단한 데다 방음도 잘되는 곳이야."

그는 벽을 두들기며 말했다.

"이 지하실은 엄밀하게 말하면 냉전시대의 부산물이야. 이 집 주인은 북한이 당장이라도 쳐들어오면 어떡하나 잔뜩 겁을 집어먹었어. 그래서 집에 이런 튼튼한 지하실을 만들었지. 직접 공사를 감독할 정도로 신경을 쓰면서 말이야. 내가 그걸 어떻게 아느냐고? 난 어릴 때 이 동네에 살았거든. 참 맘에 드는 곳이야."

그는 벽을 부드럽게 쓰다듬기 시작했다.

"배수시설까지 갖춰져 있고 문이 튼튼해서 절대 도망칠 수 없어. 더구나 방음도 잘되는 곳이라 안에서 뭘 하는지 밖에서는 전혀 눈치챌 수 없어."

유령은 희진을 바라보며 미소를 지었다. 파충류를 닮은 미소였다.

"이곳에서 죽였어? 사진을 찍은 곳이 여기야?"

희진은 그를 노려보며 질문했다.

"왜? 너도 이곳에서 사진에 찍히고 싶어?"

유령은 헤죽거리며 말했다.

"미친놈."

"걱정 마. 널 위해 특별히 멋진 곳을 준비해놓았으니까."

희진은 녀석의 잔인한 미소를 보기 싫어 고개를 돌렸다. 그때 깨달았다. 이 방에는 폭탄을 제조할 만한 장비가 하나도 없다. 어쩌면 이미 처분했을지도 모르지만. 혹시 녀석이 말하는 멋진 곳은 폭탄을 제조한 곳이 아닐까?

　그녀는 고개를 숙이고 실소를 머금었다. 목숨이 왔다 갔다 하는 상황에서도 증거를 찾을 생각에 잔뜩 흥분한 자신이 웃겼다. 유령은 담배에 불을 붙였다. 그녀는 반사적으로 기침을 내뱉었다. 그는 아랑곳하지 않고 담배를 피웠다.

　"자! 이제 일할 시간이야?"

　유령은 담배를 끄며 말했다.

　"일? 무슨 일?"

　희진은 자신도 모르게 몸을 움츠리며 말했다.

　"녀석에게 편지를 보낼 생각이야. 네가 내 손에 있다는 걸 알려줘야 하거든. 그래서 네 도움이 필요해."

　구체적인 이름은 밝히지 않지만 녀석은 민수를 의미하는 게 분명했다. 그녀는 걱정하던 일은 아니라서 다행이라고 생각했다.

　"어떤 도움?"

　"녀석과 너 둘만이 알고 있는 암호가 있을 거야. 그걸 서명 대신 편지에 적을 거야. 그러니까 보는 순간 너라는 걸 바로 눈치챌 수 있는 그런 단어를 알려줘."

　"그런 거 없어. 우린 이미 몇 년 전에 헤어졌어."

　"순순히 따르는 게 좋을 거야. 이런 사소한 걸로 폭력을 쓰긴 싫거든."

　유령은 빙긋이 웃으며 말했다. 희진은 그것이 결코 빈말이 아니라는 걸 깨달았다. 녀석은 목적을 이루기 위해서라면 지옥에라도 뛰어들 놈이다.

　"김시민. 생각 좀 해봐야겠어."

　일단 시간은 벌어야 했다.

"빨리 생각하는 게 좋을 거야. 그럼 30분 후에 봐. 그때 대답을 못 들으면 어떻게 되는 줄 알지?"

유령은 무표정해서 더 소름 끼치는 얼굴로 말했다. 그는 가지고 온 빵과 우유를 그녀 옆에 놔두고 갔다.

그가 나가자 그녀는 허겁지겁 빵을 먹었다. 배가 고파서라기보다는 체력을 비축해둘 필요가 있었다. 하지만 다 먹지는 않았다. 녀석을 만족시켜주기 싫은 데다 머리를 맑게 유지할 필요가 있었다.

녀석과의 대화에서 중요한 사실을 알게 되었다. 유령이 원하는 건 처음부터 그녀가 아니라 민수였다. 그렇다. 녀석이 위험을 감수하면서까지 민수를 만나려고 했던 것도 그 때문이었다. 하지만 녀석은 그 짧은 순간만으로는 만족할 수 없었다. 그래서 그녀를 납치한 것이다. 궁극적인 목표인 민수를 끌어들이기 위해.

그녀는 희미한 희망을 엿보았다. 이제 녀석이 진정으로 원하는 게 뭔지를 알게 됐다. 그건 어떻게 사용하는가에 따라서 강력한 무기가 될 수도 있다. 자칫 잘못 사용하면 자신의 심장을 찌르기도 하겠지만.

녀석이 원하는 건 민수가 이성을 잃고 탈옥하는 것일지도 모른다. 그 와중에 사살당해도 무방할 것이다. 녀석이 간절하게 바라는 건 민수의 완벽한 파멸일 테니까. 어떻게든 민수에게 이 사실을 알려야 한다. 자신이 단지 그를 파멸로 이끌기 위한 미끼임을.

45

민수는 평소 하루 열 통 가까운 편지를 받았다. 초기에는 하루 백 통 가까이 온 적도 있었지만. 그런데 최근 언론의 스포트라이트를 받으면서 연일 신기록을 갱신하는 중이었다. 하루에 적어도 백 통은 왔다.

대부분의 편지는 그를 추종하는 사람들이 보낸 것이지만 일부는 그렇지 않았다. 그를 비하하고, 조롱하고, 저주하는 것들도 있었다. 그에게 보내온 편지는 전부 검열을 거친다는데, 원색적인 욕설이 잔뜩 적힌 것이나 그에게 호기심을 느낀 동성애자들이 보낸 속이 뒤집히도록 음란한 편지도 아무렇지 않게 건네졌다.

하지만 그를 담당하던 교도관이 사표를 적은 이후로 상황은 달라졌다. 새로 그를 담당하게 된 교도관은 원리원칙에 충실한 인물인 데다 전임자의 전철을 밟을 생각이 털끝만큼도 없었다. 그래서 음란한 내용과 적나라한 욕설이 적힌 편지는 더 이상 그에게 배달되지 않았다.

그래도 하루에 백여 통의 편지를 받았다. 그는 대부분의 편지를 건성으로 읽거나 봉투째 찢어버렸다. 오늘도 무수한 편지를 찢어버리는데 보낸 사람의 이름이 그의 시선을 끌었다.

김영해. 물론 모르는 이름이다. 하지만 묘한 기분이 들었다. 김영해는 김해영에서 이름 철자의 순서만 바꾼 것이다. 주소를 확인했다. 보내는 사람의 주소는 충청북도였다. 소인도 충북 청주시의 우체국 것이었다. 편지를 쥔 그의 손이 가볍게 떨렸다. 그가 알고 있는 주소였기 때문이다.

경찰에게 첫 검거는 첫 경험과 마찬가지다. 그는 처음으로 검거한 범인의 모든 것을 아직도 생생하게 기억하고 있었다. 성명, 나이, 주소, 가족관계, 학력, 직업, 교우관계, 여자관계, 전과 기록……. 이름은 다르지만 그가 검거한 첫 번째 범인이 살던 주소가 분명했다. 그러고 보니 글씨체가 무척 단정했다. 꼼꼼한 해영의 성격처럼.

그는 과거 유령이 자신에게 편지를 보냈을지도 모른다고 생각해왔다. 워낙 많은 편지를 봉투째 찢어버려서 확인할 길은 없었지만. 그는 묘한 설렘 속에서 봉투를 개봉했다.

편지는 워드프로세서로 적은 걸 출력한 것이었다. 달랑 한 장으로 내용도 간단했다.

안녕하세요.

여전히 건강하시고 차분해 보여서 참 좋았어요.

신종플루 때문에 난린데 예방접종은 받으셨나 모르겠어요.

날이 많이 추운데 감기 조심하시고요.

항상 건강하세요.

전 지금도 꿈에서 늘 당신을 만난답니다.

내 꿈에 동참하고 싶으면 이곳으로 오세요.

흐릿하고 몽롱한 꿈이 시작된답니다.

…

5초가

…

5년 같은

하지만 꿈에서 깰 때면 아름다운 꿈이라는 걸 깨닫게 된답니다.

우리가 처음 만난 그때를 떠올리며

처음과 마찬가지인 영원한 존경을 담아

블랑카

편지를 읽던 그의 손이 격렬하게 떨렸다. 블랑카. 정말 블랑카가 보냈단 말인가?

흔히 음흉한 남자를 늑대로 비유하지만 이는 잘못된 것이다. 15년

가량을 사는 늑대는 한번 짝짓기를 하면 일생 동안 일부일처 관계를 지속하는 보기 드문 정절파다. 희진은 평소 이점을 높게 샀다.

그녀가 가장 좋아하는 늑대 이야기는 시턴의 동물기에 나오는 커럼포의 늑대왕 로보다. 뉴멕시코주의 농장을 자유자재로 드나들던 로보는 덫에 걸린 아내 블랑카를 구하려다 처절한 죽음을 맞게 된다. 그녀는 민수가 로보 같은 남성이 되어줬으면 했다. 그래서 종종 농담 삼아 그를 로보로 자신을 블랑카라고 불렀고, 메시지 따위를 남길 때 서명 대신 사용하곤 했다.

정말 희진이 보낸 것인가? 그는 그럴 가능성이 높다고 판단했다. 좀 전에 면회 왔던 철수 녀석에 따르면 며칠간 그녀의 연락을 받지 못했다고 했다. 더구나 핸드폰도 계속 꺼져 있다고 했다. 안 그래도 그것 때문에 걱정하던 참이었다.

어떻게 그녀를 납치했을까? 돌아버릴 것 같았다. 할 수만 있다면 당장이라도 철창을 부수고 밖으로 뛰쳐나가고 싶었다. 덫인 줄 뻔히 알면서도 블랑카를 찾아간 로보처럼.

하지만 그럴 수 없다는 걸 너무 잘 알고 있었다. 이곳에서 탈출하는 건 불가능하다. 불현듯 유령과 나눴던 대화가 떠올랐다. 그때 녀석은 분명 탈옥에 대해 질문했었다. 망할 자식. 이걸 노리고 한 행동이었나?

그래선 안 된다는 걸 알지만 편지를 갈가리 찢어버리고 싶었다. 분노는 점점 격렬해져서 편지를 찢지 않으면 심장이 터져버릴 것 같았다. 할 수 없이 편지를 탁자 위에 올려놓고 심호흡을 했다. 흥분한다고 해결되는 건 없다.

격렬한 분노 때문에 이 지경이 됐는데도 여전히 그는 뜨거웠다. 이곳에서 참는 방법을 배웠고, 명상이 그를 제로 데이니게 헤졌다고 생각했다. 하지만 그건 착각이었다. 그는 여전히 세상을 불태울 만큼 화가

나 있었다. 온몸의 혈관이 폭발할 것처럼 부풀어 오르고 심장이 폭주했다. 30여 분이나 단전호흡을 하고 나서야 겨우 흥분이 가라앉았다.

그는 편지를 다시 읽었다. 이제 보니 편지에는 은유적인 표현이 많았다. 녀석은 요주의 인물에게 보내는 편지는 모두 검열한다는 걸 알고 있다. 그래서 편지에 비밀 메시지를 담은 게 분명하다.

숫자가 가장 먼저 눈길을 끌었다. 5초와 5년. 5를 두 번이나 적은 건 자신이 유령임을 드러내기 위한 것일까? 어쩌면 이것 역시 암호일지도 모른다. 그렇다면 편지 내용에 이에 대한 힌트를 남겼을 것이다.

마지막 줄의 블랑카는 희진을 나타내기 위해서 넣은 것이다. 처음 다섯 줄까지의 안부 인사는 검열 시 의심받지 않으려고 적어 넣은 것처럼 보였다. 그걸 제외하면 열 줄이 남는다. 그중 처음 두 줄인

전 지금도 꿈에서 늘 당신을 만난답니다.
내 꿈에 동참하고 싶으면 이곳으로 오세요.

이 부분은 녀석이 그를 만나길 간절하게 원하고 있고, 그래서 탈옥하라는 메시지처럼 보였다. 이 가정이 맞을 경우 5초와 5년은 녀석의 트레이드마크인 5를 표시하기 위한 목적보다는 어떤 특정한 장소를 가리키는 암호일 가능성이 높다.

흐릿하고 몽롱한 꿈이 시작된답니다.
…
5초가
…
5년 같은

하지만 꿈에서 깰 때면 아름다운 꿈이라는 걸 깨닫게 된답니다.

이 부분은 분명 시작과 끝이 있다. 꿈이 시작되고 끝난다. 시작과 끝을 알리는 처음과 마지막 줄을 제외하면 가운데 네 줄에 암호가 들어있는 게 틀림없다. 그걸 알려주기 위해서 일부러 시작과 끝을 나타내는 단어를 앞뒤에 배치했을 것이다. 하지만 이 부분에 암호에 대한 힌트는 전혀 없다. 암호에 대한 힌트는 그 밑의 두 줄이 틀림없다.

우리가 처음 만난 그때를 떠올리며
처음과 마찬가지인 영원한 존경을 담아

두 줄에서 반복해서 강조되는 것은 처음이라는 단어다. 처음. 어떤 처음을 말하는 것일까? 그는 녀석과 만났던 당시를 회상했다. 그때 녀석은 분명 법정에서 그를 본 적이 있다고 말했다. 그러니까 감옥에서의 만남은 첫 번째 만남이 아니다. 당분간 감옥에서의 만남은 잊자. 그는 머리를 흔들며 생각했다.

그럼 처음이라는 건 뭘 의미할까? 쉽게 답이 나오지 않았다. 그래서 더 미칠 것 같았다. 차라리 벽에 머리를 박고 싶었다.

46

어두운 지하실에 갇힌 데다 수갑까지 찬 상태였다. 희진은 비로소 감옥에 갇힌 민수의 심정을 헤아릴 수 있었다. 지금 마음을 표현하자면 공포에다 지루함을 잔뜩 섞은 것 같았다. 사방 벽이 그녀를 압박해

오는 가운데 시간은 거북이가 걷는 속도보다 천만 배는 더디게 흘러 갔다.

그녀는 민수를 통해 이를 어떻게 극복해야 하는지 배웠다. 그녀는 생각하고 또 생각했다. 지금 그녀는 유령에 대해 생각하는 중이었다. 그는 천성적으로 말이 없는 인물이다. 하지만 그가 흥분해서 마구 내지른 것들과 짧은 대화를 토대로 몇 가지 사실을 유추할 수 있었다.

롯데월드에서 청소부를 보고 놀랐던 건 그들이 형사와 아는 사이였기 때문이다. 그래서 그들이 폭발물 제거반이라는 걸 바로 알아챌 수 있었다. 그때부터 유령에게는 의문이 생긴다. 암호를 풀었다고 해도 어떻게 폭발물이란 걸 바로 눈치챘는지 의아하지 않을 수 없다. 그러다 그간 자신을 모욕했던 민수를 떠올리게 된다. 혹시 그가 경찰을 도와주고 있는 건 아닐까 하는 의혹이 든다. 그래서 위험을 감수하고 민수를 찾아간다.

민수는 그와 만난 자리에서 신문 다섯 부를 이용해서 그를 테스트한다. 그걸 본 순간 민수가 경찰과 협력하고 있다는 걸 확인한다. 그때부터 민수 역시 그가 제거해야 할 쓰레기 같은 존재가 되어버린 것이다. 그래서 그녀를 납치했다. 궁극적인 목표인 민수를 철저하게 파멸시키기 위해.

이제 어떻게 해야 할까? 민수를 자극하는 동안은 유령이 그녀에게 손을 댈 것 같지 않았다. 하지만 그 이후는? 만일 민수가 어떤 식으로든 반응해서 유령이 소기의 목적을 달성한다면 그녀는 버리는 패가 될 것이다. 이대로 무기력하게 끌려가야만 하는 걸까? 뭐라도 해야 하지 않을까? 어떻게? 계속 같은 자리에서 생각의 고리가 끊겼다. 할 수 있는 거라곤 생각뿐인데도. 아무래도 공포 때문에 이성이 제 기능을 발휘하지 못하는 것 같았다. 어떻게든 이를 극복해내야 하는데 지금이 순간에도 몸이 절로 떨려왔다.

위층에서 발소리가 들렸다. 유령이 온 모양이다. 목이 말라서 한시라도 빨리 물을 가져다주길 바랐다. 그런데 뭘 하는지 그는 집 안을 한참 동안 돌아다녔다. 그녀가 덮고 있는 것보다 더 두꺼운 모포라도 찾고 있는 걸까? 그가 낡은 매트리스와 모포를 챙겨줬지만 매서운 겨울밤을 보내기엔 역부족이었다. 지하라서 외풍이 없는 게 그나마 다행이었다. 그는 한참이 지나서야 내려왔다.

"베이비. 잘 지냈어?"

유령은 지하실 문을 열며 말했다. 그는 오늘따라 기분이 좋아 보였다. 하지만 그런 걸 생각할 겨를이 없었다. 그가 다짜고짜 눈가리개를 씌우려고 했기 때문이다. 그녀는 사지를 틀며 격렬하게 저항했다.

세간에 알려진 것과는 달리, 사건 현장에서 발견되는 눈가리개가 꼭 피해자와 공격자 사이에 친분이 있다는 걸 의미하진 않는다. 상대의 눈을 가린 후에야 편안함을 느끼는 부류들이 있기 때문이다. 그들은 눈가리개를 씌우고 어둠 속에서 공격함으로써 피해자의 공포심을 극도로 유발할 뿐만 아니라 피해자를 비인격화한다. 눈가리개는 피해자를 단지 물건으로 전락시켜버리는 도구로 사용되는 것이다.

그녀는 여태 단 한 번도 비명을 지르지 않았지만 그는 입에 재갈까지 물렸다. 이미 팔목과 발목에 수갑을 찬 상태인데도 밧줄로 그녀의 몸을 결박했다. 그 모든 과정을 마치자 그는 그녀를 가뿐하게 들어 올렸다. 그제야 자신을 죽이려는 게 아니라는 걸 깨달았다. 그녀는 저항을 포기하고 순순히 몸을 맡겼다.

유령은 보기보다 힘이 굉장히 좋았다. 그녀를 어깨에 멘 채 아무렇지 않게 계단을 올라갔다. 이런 근력과 체력이 있기에 피살자들의 시체를 누구에게도 들키지 않고 유기할 수 있었을 것이다. 피살자들을 생각하자 죽음에 대한 공포가 해일처럼 밀려왔다. 어떻게든 몸을 떨지 않으려고 최선을 다했지만 사방에서 불어오는 차가운 바람 때문에라도 떨림이 멈추지 않았다.

차를 골목에 댔는지 평지를 걸은 지 얼마 되지 않았는데 리모컨으로 트렁크를 여는 소리가 들렸다. 그는 그녀를 트렁크에 구겨 넣었다. 트렁크 바닥에는 시트 같은 게 깔려 있었지만 무척 차가웠다. 그녀는 자신도 모르게 몸을 움츠렸다. 유령은 결박이 느슨하진 않은지 점검하고는 트렁크를 닫았다.

곧 운전석 문을 닫는 소리가 들렸고 차가 움직였다. 어디로 가는 걸까? 그녀를 위해 특별히 준비했다는 그곳으로 가는 게 틀림없다. 죽음이 한발 가까워졌다는 생각이 들자 이전과는 비교할 수 없는 공포가 엄습했다. 더구나 아무것도 보이지 않고 몸을 까딱하기도 힘들 만큼 비좁은 곳에 갇혀 있다. 호흡이 가빠지면서 숨이 막혀왔다. 그녀는 공황 상태에 빠졌다. 덫에 걸린 맹수처럼 격렬하게 몸부림을 쳤다. 이미 체력이 바닥난 상태라 그것마저 마음대로 할 수 없었다. 그녀는 곧 저항을 멈추고 가쁜 호흡을 내뱉었다.

얼마나 지났을까? 차는 시 외곽으로 빠진 게 분명했다. 덜컹거리는 걸 보면 도로의 상태가 그다지 좋지 않았다. 그녀는 시체가 버려져 있던 시 외곽 지역을 떠올렸다. 그리고 그곳에 있던 시체를 생각했다. 시체는 하나같이 유기된 지 한참이 지나서야 발견됐다.

나도 그렇게 되는 걸까? 퉁퉁 불어서 알아보기 힘든 끔찍한 상태로 발견되는 걸까? 그녀가 본 무수한 시체들의 모습이 파노라마처럼 흘러갔다. 그 마지막 페이지를 자신이 장식할 것이라고 생각하자 온몸에 소름이 돋았다.

민수는 해영이 유령이라는 사실을 알고 있다. 그가 어떻게든 손을 쓸 것이다. 하지만 어떻게? 그는 여전히 감옥에 갇혀 있는 데다 그에게 호의적인 문 경감은 직무정지 상태다. 미칠 것 같았다. 가장 강력한 우군 두 명의 손발이 묶여 있다.

황 기자는? 그는 기자일 뿐 경찰이 아니다. 그가 무슨 수로 유령을 찾아낼 수 있단 말인가? 더구나 그녀가 납치됐다는 걸 어떻게 알고.

아무도 그녀를 도와줄 수 없다. 아무도 그녀를 사랑하지 않는다. 아무도 그녀를 찾지 않는다. 그녀는 철저하게 잊힌 존재다.

몸을 트는데 머리 위쪽으로 둥글게 만 담요가 느껴졌다. 딱딱한 바닥과는 비교할 수 없을 정도로 부드러웠다. 그녀는 본능적으로 거기에 머리를 기댔다. 하지만 편안함도 잠시 뿐이었다. 차체가 격렬하게 요동쳤다. 비포장도로에 접어든 게 분명하다. 죽음이 머지않은 것이다.

죽음을 연상하는 순간 이 담요를 누가 사용했는지 깨닫게 되었다. 첫 번째 피해자인 이윤주, 두 번째 피해자인 박민영. 두 여인을 감쌌던 담요가 분명하다. 그들의 비명과 시체에서 풍기는 역겨운 냄새가 그녀를 사로잡았다. 속이 울렁거렸다. 재갈을 물고 있어서 토하기도 힘든 상황인 데다 이런 좁은 곳에 오물을 쏟아낼 순 없었다. 억지로 참았지만 공포 때문에 호흡까지 가빠왔다.

결국 그녀는 토하고 말았다. 그러자 좁은 공간을 가득 메운 시큼하고 역겨운 냄새 때문에 헛구역질이 계속 올라왔다. 어떻게든 옷에 묻지 않게 하려고 노력했지만 소용이 없었다. 온몸에 토사물을 잔뜩 뒤집어썼다. 헛구역질은 쉽사리 가라앉지 않았다. 더 이상 넘어오는 게 없는데도 멈출 기미가 보이지 않았다. 그건 아직 살아 있다는 증거이기도 했다. 끝이 머지않았지만.

47

민수는 뼈를 깎는 고뇌의 시간을 보냈다. 그녀의 안위가 걱정될수록 그녀를 얼마나 뜨겁게 사랑하는지 깨닫게 됐다. 처음 그녀와 사랑에 빠졌을 때와는 비교도 되지 않았다. 그러고 보니 첫사랑만큼 사랑하는 여자를 두 번 다시 만나지 못할 거라고 생각하던 시절도 있었다. 심지어 희진과 데이트를 하면서도 그런 생각을 했다. 보면서도 가질 수 없기에 더 사랑하게 된 걸까? 아니, 그건 진실이 아니다. 진실은 그가 처음으로 진정한 사랑에 눈을 떴다는 것이다.

처음. 처음. 처음. 어딜 가나 처음과 마주친다. 하지만 유령이 말하는 처음은 그가 방금 느낀 처음과는 다르다. 과연 어떤 처음인가?

녀석을 처음 만난 건, 녀석의 말에 따르면 법정이다. 법정. 그는 꽤 오랫동안 재판을 받았다. 누가 방청석에 있었는지, 재판과정에서 눈에 띄는 점은 없었는지, 일일이 기억할 순 없었다. 혹시 처음 재판정에 선 날일까? 그렇지는 않은 것 같았다. 희미한 기억을 아무리 뒤져봐도 그날 특별한 일은 없었다. 피해자들의 가족이 그를 향해 욕설을 내뱉다 퇴장당한 걸 제외하면.

왜 녀석은 처음이라는 단어에 그토록 집착할까? 편지를 보낸 주소는 그가 처음으로 검거한 범인의 주소를 사용했다. 편지에도 처음이라는 단어를 계속 강조하고 있다.

혹시 녀석이 처음으로 보낸 메시지는 아닐까? 그는 급하게 유령이 황 기자에게 보냈던 메시지를 찾았다. 녀석이 처음 보낸 메시지는 알파벳이 무작위로 나열되어 있는 암호였다. 암호에는 'My n(a)me is P(h)antom'이라는 메시지가 들어 있었다. 혹시 여기에 또 다른 메시지가 남아 있는 건 아닐까? 그래서 계속 처음을 강조하는 게 아닐까?

첫 번째 암호를 해독한 방법을 따져보자. 녀석은 힌트로 초월수 파이를 알려줬다. 실제로 암호는 파이 값의 순서대로 적혀 있었다. 혹시 녀석이 순순히 힌트를 넘겨준 건 다른 암호를 감추기 위한 목적이 아니었을까?

파이는 초월수다. 그런데 초월수 중에는 파이만큼 유명한 녀석이 있다. 바로 자연상수 e다. 더구나 e는 엡실론, 즉 5를 의미한다. 혹시 자연상수가 감춰진 암호를 푸는 열쇠는 아닐까?

그는 다급하게 자연상수의 값을 떠올려보려고 했다. 흥분해서 그런지 잘 기억이 나지 않았다. 그는 가지고 있던 수학 관련 책을 급하게 뒤졌다.

그는 자연상수의 값(2.71828······)에 따라 유령이 처음 보낸 메시지에서 해당하는 철자를 찾았다. I는 처음부터 두 번째, 그다음 철자인 공백은 I로부터 일곱 번째, 그다음 철자인 P는 공백으로부터 첫 번째, E는 P로부터 여덟 번째······.

I( )PENDOL( )DIFOUCAULT( )

중간에 공백이 두 개 있는 걸(공교롭게도 두 개 모두 'My n(a)me is P(h)antom'이라는 이미 해독된 메시지에 있던 공백과 겹친다) 제외해도 의미 없는 단어처럼 보였다. 하지만 마지막에 있는 'FOUCAULT'는 그가 잘 아는 단어였다. 바로 푸코의 진자의 푸코였다. 이를 바탕으로 공백으로 표시된 곳에 들어갈 단어도 곧 알아낼 수 있었다.

I(L)PENDOL(O)DIFOUCAULI( )
IL PENDOLO DI FOUCAULT

푸코의 진자

왜 군데군데 공백이 있는지 명백해졌다. 공백은 문장이 끝났다는 걸 알리는 목적 외에 암호를 해독하기 어렵게 하려는 목적으로 사용했다고 생각했다. 그런데 그게 아니었다. 어쩔 수 없이 두 초월수의 값이 중복되는 경우가 발생해서 공백을 넣은 것이다. 두 가지 철자를 한 자리에 적을 수는 없는 법이니까.

그는 『푸코의 진자』 전권을 소장하고 있었다. 시간 때우는 데 그것만큼 좋은 책도 없었다. 그러고 보니 녀석이 보낸 암호와 유사한 걸 『푸코의 진자』에서 읽었던 기억이 떠올랐다. 그는 책에서 금방 암호를 찾아냈다.

『푸코의 진자』에 나오는 암호는 모리스 르블랑이 쓴 『기암성』에 나오는 암호체계를 그대로 따르고 있었다. 이 암호는 무척 간단하다. 자음은 ' . '으로 표시하고 모음은 순서대로 1부터 5까지의 값을 가진다. A는 1, E는 2, I는 3, O는 4, U는 5.

> 흐릿하고 몽롱한 꿈이 시작된답니다.
>
> …
>
> 5초가
>
> …
>
> 5년 같은
>
> 하지만 꿈에서 깰 때면 아름다운 꿈이라는 걸 깨닫게 된답니다.

이 부분에서 암호가 적힌 부분만 따로 떼어내면 …5…5가 된다. 자음 세 개와 U, 그다음도 자음 세 개와 U. 이게 뭘까? 아무리 생각해봐도 마땅한 단어가 떠오르지 않았다. 그는 편지를 다시 한 번 찬찬히 읽었다. 분명 처음이라는 단어를 통해 암호를 풀 수 있었다. 그러니까 점으로 찍은 것 중에서 가장 첫 번째 것들만 취해야 하는 건 아닐까?

암호 메시지는 .5.5 그러니까 자음+U+자음+U가 되는 것 아닐까? 그래도 금방 답이 나오진 않았다. 그는 편지에 사용된 단어들을 하나하나 확인했다. 한 단어가 유독 그의 시선을 끌었다. 존경. 그는 마침내 유령이 남긴 암호를 해독하는 데 성공했다.

GURU

녀석은 그를 정신적인 지도자로 생각하는 게 분명했다. 단지 그걸 알려주려고 암호를 남겼나? 허탈했다. 아니. 이렇게 단순하진 않을 것이다. 녀석은 분명 어떤 특정한 행동이나 장소를 지칭하기 위해 암호를 남겼을 것이다.

분명한 건 '푸코의 진자'라는 암호를 첫 번째 메시지에 몰래 숨겨두었다는 점이다. 푸코의 진자. 움베르토 에코가 쓴 작품으로 더 유명하지만 푸코의 진자라는 단어 자체가 힌트가 아닐까?

혹시 책에 있는 어떤 부분을 힌트로 사용했다면? 끔찍했다. 그럴 경우 힌트를 찾아내는 데 백만 년은 걸릴 것 같았다. 에코는 이 책에서 정말 방대한 내용을 다뤘다. 그의 얄팍한 지식으로, 더구나 감옥에 갇힌 몸으로 그걸 해결할 가능성은 영에 수렴했다. 유령도 그 사실을 잘 알고 있을 것이다. 책은 그만 잊자. 푸코의 진자에만 전념하자.

눈을 감고 기억을 더듬었다. 그러고 보니 푸코의 진자 실험에는 숫자 5가 여러 번 등장한다. 푸코가 설치한 첫 번째 진자는 길이 2미터의 무쇠 줄에 5킬로그램의 놋쇠 공이 걸린 형태였다. 이 실험은 실패했고, 그는 5일 후 다른 진자를 설치해 실험에 성공한다.

5도 그만 잊자. 중요한 건 5가 아니다. 유령이 그에게 보낸 'GURU'라는 메시지는 특정한 행동이나 장소를 가리키는 것이다. 장소? 어디에서 첫 실험이 행해졌지? 잡다한 건 다 기억하고 있었지만 정작 장소에 관한 건 하나도 기억나지 않았다. 그는 가지고 있던 에코의 책을 다급하게 넘겼다.

이거다. 그는 만세를 부를 뻔했다. 첫 진자 실험은 지하실에서 이루어졌다. 지상이 아니라 지하. 오페라의 유령에서 유령이 크리스틴을 납치한 곳도 지하다. 그것도 지하 5층이다.

아니다. 너무 막연하다. 지하 5층짜리 건물을 다 뒤져볼 수는 없다. 더구나 지하 5층은 대부분이 주차장이라 차량들이 수시로 드나든다. 거기에다 CCTV까지 설치되어 있다. 그런 곳에 희진을 숨겨둘 수는 없다.

그는 감옥에서 녀석과 나눈 대화를 꼼꼼하게 되새겨보았다. 그러고 보니 녀석은 분명 신창원을 존경한다고 말했다. 혹시 녀석이 말하는 GURU는 그가 아니라 신창원을 가리키는 게 아닐까? 아무래도 그럴 가능성이 높아 보인다. 당시 녀석은 탈옥에 대해 집요하게 질문했다.

역시 내가 탈옥하길 바라는 건가?

희진을 납치한 걸 보면 그럴 가능성이 다분하다. 더구나 블랑카라는 서명이 사용됐다. 늑대왕 로보는 덫인 줄 알면서도 블랑카를 구하기 위해 달려갔다. 아마도 희진은 자신을 납치한 게 덫이라는 사실을 알려주기 위해 블랑카라는 서명을 사용했을 것이다. 하지만 유령은 그것까지 꿰뚫어봤을 것이다. 그가 로보처럼 블랑카를 구하기 위해 막무가내로 달려들 걸 잘 알고 있기에.

GURU에는 한 가지 의미가 더 담겨 있었다. 그가 처음으로 검거했던 범인은 귀신이 나온다는 소문이 퍼져 아무도 접근하지 않는 외딴 창고의 지하실을 공들여 개조했다. 공사가 끝나자 그곳으로 여자들을 납치해 마음껏 가지고 논 다음 잔인하게 살해했다.

나중에 그가 흉가 지하실에서 전 애인을 살해했다는 사실이 밝혀졌을 때, 이 얘기가 큰 화제가 됐다. 자신이 검거한 범인에게서 범행수법을 배운 경찰이라니. 유령이 선택한 GURU라는 단어에는 그를 모독하기 위한 의미가 담겨 있는 게 분명했다.

참 영리한 놈이다. 치가 떨릴 정도로. 그간 그에게 무시당한 걸 단어하나로 확실하게 복수해버리다니.

이제 어떻게 해야 하나? 녀석의 의도를 깨닫고 나니 한층 더 혼란스러웠다. 끝이 보이지 않는 늪에 양발을 내디딘 기분이었다. 정말 탈옥밖에 방법이 없나? 그런데 철통같은 보안을 자랑하는 이곳에서 어떻게 탈출한단 말인가? 민수는 오늘따라 유난히 차가워 보이는 달을 보며 고뇌에 잠겼다.

48

"이게 뭐야?"

트렁크를 열던 유령은 대뜸 고함을 내질렀다. 그는 다짜고짜 그녀를 땅바닥에 내치더니 질질 끌면서 어딘가로 향했다. 간혹 돌부리 같은 것이 그녀의 몸을 사정없이 찔러댔다. 하지만 결박당한 그녀가 할 수 있는 건 묵묵히 참는 것뿐이었다. 그녀가 반항할수록 유령의 분노는 꺼질 깃이기 때문이있다.

건물 안으로 들어왔는지 더 이상 차가운 바람이 느껴지지 않았다.

유령은 그녀를 내버려두고 어딘가로 걸어갔다. 냉방이 안 된 걸 감안해도 바닥이 무척 차가웠다. 그녀는 촉감으로 자신이 타일 바닥에 있다는 걸 깨달았다.

어디선가 물을 트는 소리가 들리더니 곧 거센 물줄기가 그녀에게 쏟아졌다. 너무 차가워서 수천, 수만 개의 유리조각이 몸에 박히는 것 같았다. 그녀는 본능적으로 몸을 움츠렸다. 하지만 별 소용이 없었다. 그녀가 물줄기를 피해 몸을 돌리면 반대편으로 가서 물을 뿌렸다. 몸을 웅크리면 밑에서 얼굴을 집중적으로 공략했다. 그동안에도 잔인한 물줄기는 전혀 약해지지 않았다. 이러다가 얼어 죽지나 않을까 두려웠다. 피부가 꽁꽁 얼어서 손만 갖다 대도 터져버릴 것 같았다. 그냥 빨리 죽여줬으면 싶었다.

갑자기 물줄기가 멈췄다. 유령은 타월 같은 것으로 그녀의 몸을 닦아줬다. 그리고 그녀를 들쳐 업고 어딘가로 향했다. 문을 여는 소리와 함께 온기가 느껴졌다. 난로 같은 것에 불을 피운 모양이다. 그는 수갑을 제외한 눈가리개와 재갈, 포승줄을 차례대로 풀어주었다. 마지막으로 따뜻한 차까지 건네줬다.

온기의 정체는 나무로 불을 때는 구식 난로였다. 방은 열 평 남짓했다. 방 한가운데 난로가 있고 나머지 공간에는 땔감으로 쓸 나무들이 즐비했다. 유령이 난로에 계속 장작을 넣었지만 잔뜩 젖은 그녀의 몸은 금방 마르지 않았다. 그녀는 오들오들 떨 뿐 춥다고 투정하진 않았다.

"너 때문에 쓸데없이 시간을 잡아먹게 됐군. 뭐 급한 일이 없긴 하지만."

유령이 말했다.

"여기가 목적지가 아닌가 봐?"

"더 가야 해. 여긴 잠시 볼일이 있어서 들른 것뿐이야. 젠장. 거긴 불을 사용할 수도 없는데. 안 되겠다. 옷을 갈아입혀야겠어."

유령은 밖으로 나가더니 옷을 한 아름 안고 왔다. 그의 것인 듯한 남자 옷이었다. 옷을 갈아입히는 치욕의 시간 동안 희진은 쥐 죽은 듯 가만히 있었다. 잔뜩 독이 오른 녀석을 자극할 필요도 없었고, 수치심을 드러낼수록 녀석이 만족을 느낀다는 걸 잘 알고 있어서였다. 녀석은 젖은 옷을 몇 번 짜더니 창고를 가로지르는 전선줄에 널었다.

따뜻해서 그런지 온몸이 가려웠다. 그러고 보니 며칠간 전혀 씻지 못했다. 따뜻한 물에 머리끝까지 푹 담그고 싶었다. 어딘지는 몰라도 유령이 가려는 곳은 불도 없는 곳이라고 했다. 그녀는 온기로 충만한 이곳을 떠나고 싶지 않았다.

"여기 계속 있으면 안 돼? 찾아오는 사람도 없는 것 같은데."

희진은 조심스럽게 입을 열었다.

"안 돼! 거기서 녀석이 오길 기다려야 해."

"거기가 어딘데? 그리고 감옥에 있는 민수 선배가 어떻게 거길 온단 말이지?"

"네가 내 손안에 있다는 걸 알고 있으니 어떻게든 찾아올 거야. 오지 않으면 널 죽일 거라는 걸 누구보다 잘 알고 있을 텐데 로보가 가만히 있겠어?"

유령은 히죽거리며 말했다.

희진은 머릿속이 복잡해졌다. 혹시나 했는데 역시나였다. 유령은 블랑카에 숨어 있는 메시지를 훤히 꿰뚫고 있었다. 그걸 알면서도 블랑카라는 서명을 사용했다. 소름 끼치도록 무서운 인간이다.

"그러다 민수 선배 대신 경찰이 찾아오면 어쩌려고?"

그녀는 화제를 돌렸다.

"걱정 마. 우리가 가려는 곳은 녀석이 절대 알 수 없는 곳인 데다, 혹시라도 경찰이 올 경우를 대비해서 만반의 준비를 해놓았으니까. 여기 가만히 있어. 어디 갈 데도 없겠지만."

유령은 밖으로 나갔다. 문을 열자 차가운 바람이 창고 안으로 쏟아져 들어왔다. 어차피 불이 없는 곳이라면 전에 있던 지하실이 훨씬 지내기 편할 텐데. 하지만 그런 사소한 걸 생각할 겨를이 없었다. 그녀는 무기가 될 만한 것부터 찾았다. 쓸 만한 건 전혀 눈에 띄지 않았다. 창고 한쪽 구석에 있는 도끼는 너무 커서, 수갑을 찬 데다 체력까지 바닥난 그녀가 사용하기에는 버거워 보였다. 유령은 정말 꼼꼼한 놈이었다. 공구함은 하나같이 열쇠가 채워져 있었다.

그녀는 포기하고 벽에 등을 기댔다. 따뜻한 이곳이 엄마 품처럼 포근했다. 너무 편안했던 모양이다. 그녀는 깜빡 졸다가 깼다. 깨어난 건 육체만이 아니었다. 휴식과 안락함이 그녀의 이성을 깨웠다. 그녀는 이제야 뭔가를 깨달았다. 그건 너무 당연해서 여태까지 단 한 번도 고민하지 않은 것이었다. 유령은 그녀를 지배할 생각이 전혀 없어 보였다. 연쇄살인범이 원하는 게 바로 그것인데도. 더구나 유령은 그녀와 종종 허물없이 대화를 나누곤 했다. 그녀가 단지 미끼일 뿐이라는 것만으로는 이 모든 걸 설명할 수 없었다. 어떻게 된 거지? 유령이 워낙 특이한 연쇄살인범이라고 하지만 모든 게 의문투성이였다.

다음 순간 그녀는 희망을 보았다. 어쩌면 아주 운이 좋으면 유령이 그녀의 말을 들어줄지도 몰랐다. 뭔가 할 수도 있다는 생각에 가슴이 벅차왔다. 그래, 노희진 넌 할 수 있어. 기죽지 마. 그녀는 자신에게 주문을 걸었다.

유령은 트렁크를 청소하고 온 모양이다. 그는 젖은 모포와 걸레를 전깃줄에 널고는 난로 앞에 바짝 붙어 언 몸을 녹였다. 불을 바라보는 그의 눈빛이 무척 평화로워 보였다. 한바탕 폭풍이 지나간 다음이라 그런지 평소보다 더 잔잔해 보였다. 그녀는 가벼운 질문을 던졌다.

"혹시 가려는 곳이 친구 집이야?"

"아니."

"친구는 전혀 없어?"

"난 어렸을 때부터 같이 놀 친구가 없었어. 자주 이사를 다녔고, 유치원이나 학원도 가지 않은 데다, 어머니라는 인간이 무슨 일을 하는지 알게 되면 심지어 어른들까지 날 피해 다녔어. 그때 내 친구가 되어준 건 책과 자연이었지. 어머니는 그 흔한 놀이기구 하나 사주지 않았거든. 책은 어떻게 구했느냐고? 버리려고 내놓은 책들을 주워다 읽었어. 책도 좋았지만 나무도 좋았어. 비가 오나 눈이 오나 늘 그 자리를 지키고 짜증 내지 않으니까. 그리고 보면 책을 만드는 종이는 나무에서 나오지. 난 나무 중에서도 자작나무를 특히 좋아했어. 녀석에게 기대어 조근조근 대화를 나누곤 했어. 까탈이 심한 어머니와 달리 녀석은 한없이 푸근하고 화를 내는 법도 없었거든. 그러다 어느 독거노인을 알게 됐는데, 사주에 조예가 깊은 분이셨어. 내가 숫자 5와 관련이 많다면서 사주에 대해서 기본적인 것들을 가르쳐주셨어. 사주에 관한 책도 선물해주셨지. 덕분에 내가 사주에 눈을 뜨게 된 거야."

"그래서 5라는 숫자에 집착하게 된 거구나."

"그냥 어릴 때부터 5라는 숫자에 끌렸어. 손가락도 발가락도 다 다섯 개씩이잖아."

"전에 원우라는 네 군대 동기를 만난 적이 있어."

"원우? 아! 김원우."

유령의 입가에 가벼운 미소가 감돌았다.

"원우는 네 친구 아니야?"

"그러고 보니 원우가 있었구나. 그래! 어쩌면 그 녀석은 친구라고 부를 수 있을지도 몰라."

"정말 친구가 없나 보구나."

"친구는 고사하고 내 말을 들어주는 사람도 없었어. 세상은 약자의 말에 절대 귀 기울이지 않으니까."

"그래서 폭발한 거야?"

"그렇게 간단한 게 아냐."

유령은 인상을 잔뜩 찡그리며 말했다.

"민수 선배는 어떻게 할 생각이야?"

"그건 네가 상관할 문제가 아니야."

"그러지 말고 알려줘. 어차피 내가 안다고 해서 민수 선배한테 고자질할 수 있는 상황도 아니잖아?"

"강민수 얘기가 나온 김에 그의 비밀 한 가지 알려줄까?"

유령은 빙긋이 웃으며 질문했다.

"어떤 비밀?"

"넌 강민수가 정말 연쇄살인범이라고 생각해?"

"그게 무슨 말이야?"

"눈에 보이는 게 다 진실은 아니란 말이야. 넌 누구보다 강민수와 가까웠으면서도 그를 잘 몰라."

"그럼 넌 민수 선배의 속마음을 볼 수 있단 말이야?"

"같은 남자로서, 아니 세상에 분노하는 한 사람으로서 난 그의 진실을 읽을 수 있었어."

"그럼 민수 선배의 주장이 모두 사실이라는 거야?"

"그건 네가 판단할 문제야. 어떻게 보면 강민수 정말 불쌍한 사람이야. 세상에서 가장 사랑하는 사람까지도 자신을 믿어주지 않으니까. 그게 얼마나 억울하고 분통 터지는 일인지 겪어보지 않은 사람은 절대 알 수 없어."

"뭐가 널 그렇게 화나게 하는 건데?"

"됐어. 쓸데없는 얘기를 너무 많이 했군. 잠시 눈을 붙이는 게 좋겠어."

유령은 돌아누우며 말했다.

둘은 따뜻한 온기에 취해 달콤한 휴식을 취했다. 유령은 곧 코를 골기 시작했다. 그녀도 졸렸지만 앞으로 잘 시간은 충분했다. 잘못되면 영원한 잠을 자야 할 처지다. 그녀는 생각을 정리했다. 유령의 트라우마가 뭔지 알아내면 그를 좋은 쪽으로 변화시킬 수 있을 것 같았다. 하지만 그에 대한 고민은 1분을 넘기지 못했다. 유령이 한 말이 계속 뇌리를 맴돌았다. 그간 민수 선배가 일관되게 주장했던 게 모두 사실인 걸까? 정말 그런 걸까? 그래서 그가 가끔 불같이 화를 내는 걸까? 여태 그가 첫사랑을 못 잊었다고 느꼈는데 그것도 다 오해였던 걸까? 의문이 꼬리를 물었다.

만일 유령이 진실을 말한 거라면? 그러면 난 선배를 어떻게 대해야 하는 걸까? 지금까지 그녀가 민수와 적정한 거리를 유지할 수 있었던 건 그가 연쇄살인범이었기 때문이다. 만일 그렇지 않다면 마지막 방어선까지 모두 무너져 내릴 것 같았다. 그녀는 당장 한 치 앞도 볼 수 없으면서 사랑 타령을 하는 자신이 낯설고 어리석게 느껴졌다.

유령이 잠에서 깼는지 부스럭거리는 소리가 들려왔다. 그녀는 재빨리 몸을 웅크리고 자는 시늉을 했다. 유령은 난로의 불을 끄고는 그녀를 흔들어 깨웠다.

"눈이 오면 골치 아파지니까 빨리 움직이는 게 좋겠어."

유령이 말했다. 그의 손에는 눈가리게의 재갈, 포승줄이 들려 있었다. 그는 눈가리개부터 씌운 다음 재갈을 물리고 포승줄로 그녀를 결박했다. 그녀는 반항하지 않았다. 그는 결박이 단단한지 확인한 후 밖으로 나갔다.

차 소리가 들렸다. 이번에는 엔진 소리가 무척 시끄러웠다. 더 낡은 차이거나 4륜구동 차량이 아닐까 싶었다. 그녀의 예상이 맞았다. 그는 차 뒤편에 그녀를 밀어 넣었다. 4륜구동 차량이 분명했다.

어디를 가려고 차까지 바꾼 걸까? 아무튼 정말 용의주도한 놈이다. 차량도 한 대가 아니라 여러 대를 사용하고 있다. 그래서 다른 사람 눈에 잘 띄지 않은 것이다. 하긴 같은 차가 계속 따라다녔으면 피해자들 주변의 누군가는 스토킹을 눈치챘을 것이다.

유령은 뉴스를 틀었다. 지금부터 내일 밤까지 많은 눈이 내릴 것이라고 한다. 하지만 그녀는 다른 생각에 푹 빠져 있었다. 민수는 블랑카라는 암호에 담긴 속뜻을 알아차렸을 것이다. 그런데도 탈옥을 시도할까? 덫인 걸 알면서도 유령이 원하는 대로 순순히 따를까? 그럴 가능성이 높아 보였다.

과연 무사히 살아 돌아갈 수 있을까? 어딘지는 몰라도 차가 쉬지 않고 덜컹거리는 걸 보면 비포장도로를 꽤나 달린 게 틀림없다. 운 좋게 탈출한다고 해도 이런 곳을 달랑 모포 한 장 두른 상태로 벗어날 순 없다. 이미 체력도 많이 떨어진 상태다. 유령은 음식에 약을 타는 눈치다. 그녀는 음식을 섭취하고 나면 몽롱해지는 걸 느꼈다. 그래서 최소한의 양만 먹고 버텼다. 추운 겨울이라 체력은 급속도로 고갈됐다. 이런 상태라면 겨우 몇 킬로 걷다가 저체온증으로 사망하고 말 것이다.

한편으로 그녀는 안도하고 있었다. 그녀는 처음과 마찬가지로 눈가리개를 한 상태였다. 그녀를 죽일 목적이라면 굳이 눈가리개를 씌울 필요가 없다. 그녀는 생존이 얼마나 비열한 것인지 깨달았다. 무슨 짓을 해서라도 그 불씨를 꺼트리고 싶지 않았다.

그러고 보면 그가 분노하는 대상은 그녀가 아니다. 그가 존경하는, 아니 존경하던 민수가 사실은 경찰 끄나풀에 불과하다는 사실에 분노할 뿐이다. 이제 민수는 그의 어머니만큼이나 그가 저주하는 존재가 됐다. 그는 틈만 나면 민수에게 화를 냈다. 물론 무능한 경찰 역시 그의 분노를 피해 갈 리 없었다. 희진은 그가 경찰 조사과정을 지나치게 자세하게 알고 있다는 느낌을 받았다. 하지만 당장은 살아남는 방법을 고민하는 것만으로도 벅찼다. 어떻게 해야 곧 불어닥칠 폭풍우 속에서 생존의 불씨를 살릴 수 있을까? 우선 유령의 트라우마가 뭔지 알아내는 게 급선무였다. 그간 그를 지켜본 바에 따르면 어머니나 민수에 대한 분노가 전부는 아니었다. 사실 일부분이라고 봐도 무방했다. 그럼 그를 괴물로 만든 트라우마는 도대체 뭘까?

49

민수는 불면의 밤을 보냈다. 머릿속에 진도 9의 강진이 몰아치는 바람에 명상도 아무런 소용이 없었다. 모든 것이 뒤섞여서 나중에는 자신의 이름마저 의심스러워졌다. 하지만 한 가지만은 확실했다. 그가 아무런 반응을 보이지 않으면 유령은 애가 탈 것이다. 녀석은 발끈해서 더 많은 걸 내놓을 것이다. 잘못되면 희진의 목숨이 위험해지겠지만.

그의 마음을 읽었는지 또 김영해에게서 편지가 왔다. 보낸 사람 주소와 소인은 전날 보낸 것과 동일했다. 민수는 떨리는 손으로 편지를 개봉했다. 편지는 이번에도 워드프로세서로 적은 걸 출력한 것이었다.

안녕하세요.

어제 처음으로 편지 드렸던 김영해입니다.

하얀 첫눈이 내리네요. 거기도 눈이 오겠죠?

도로가 엉망이 되면서 짜증 내는 사람들도 많지만 눈이란 건 참 좋은 것 같아요.

이런 날 생각나는 사람이 있으신가요?

혹시 저와 같이 옛 추억에 잠겨보고 싶다거나 연말을 맞아 누군가에게 카드를 보내고 싶다면 저한테 한번 보내시는 건 어떨까요? 혹시 생각이 있으시다면 아래 주소로 보내주세요.

srheavenow@gmail.com

혹 인터넷 사용이 용이하지 않으면 제가 밖에 나와 있는 경우가 많으니 아래 주소로 편지를 보내주세요.

충북 청주시 서청주 우체국 사서함 XX.

5년 전 동해의 일출을 보러 갔던 그날이 생각나네요.

찬란히 떠오르는 첫 해를 보면서 새해 소망으로 영원한 사랑을 약속했었죠.

처음 받아볼 답장이 너무 기대됩니다.

추위에 감기 조심하시고요.

또 연락드릴게요.

블랑카

이상하다. 이번 편지에는 어제 사용한 암호가 들어 있지 않다. 이미 암호를 해독했다고 생각하는 걸까? 이번 편지도 그냥 무시해버릴까?

느닷없이 편지의 한 구절이 그를 오래전 추억으로 이끌었다. 5년 전 동해의 일출. 그때 민수는 희진과 일출을 보러 정동진을 찾았다. 사람이 너무 많아서 불편한 점도 있었지만 좋은 추억이 더 많았다. 한창 사랑에 빠졌던 두 연인은 편지에 적힌 것처럼 떠오르는 태양을 보며 영원한 사랑을 약속했었다.

한가롭게 추억에 잠길 여유는 없었다. 편지를 읽고 또 읽었다. 이번 편지에는 암호를 하나도 남기지 않았다. 왜일까? 그냥 희진이 자기 수중에 있다는 것만 알리려는 속셈인가? 아니다. 잘 생각해보자. 녀석은 감옥에서 이메일을 사용할 수 없다는 걸 알고 있다. 그런데도 굳이 이메일 주소를 남겼다. 혹시 애너그램?

민수는 이메일 주소에 사용된 철자들을 급하게 조합해봤다. 금방 답이 나왔다. Save her now. 이메일 주소에는 당장 그녀를 구하라는 녀석의 협박 메시지가 숨겨져 있었다.

다급해졌다. 민수는 초조해지는 자신을 달래기 위해 잠시 명상에 잠겼다. 하지만 머릿속이 복잡해서 좀처럼 집중할 수 없었다. 갖가지 생각과 불안, 고뇌가 날카로운 창날이 되어 그의 머리를 사정없이 찔러댔다.

명상을 그만두고 유령이 보낸 편지를 몇 번이고 정독해서 읽었다. 문득 녀석이 실수를 저질렀음을 깨달았다. 유령은 그가 편지를 받았는지, 암호는 해독했는지 확인할 수 없는 상황이다. 그래서 위험을 감수하면서까지 답장을 받아보길 원하고 있다. 녀석이 편지를 받을 우체국 사서함을 감시하면 녀석을 찾을 수 있을지 모른다. 그는 철수를 불러야겠다고 생각했다. 녀석에게 보낼 답장도 생각해둬야 했다.

한 명에게만 편지를 보내면 교도소 측에서 의심할 가능성이 높다. 그래서 그는 그간 꾸준히 편지를 보내온 사람들에게도 답장을 적었다. 유령에게 보내는 편지는 제일 마지막에 썼다.

새해의 첫 해를 보고 싶군요.

3년 전이 마지막이었나?

… 오래전 일이라 기억이 잘 안 나네요.

2일 전 일 같기도 하고

20년 전 일 같기도 하네요.

여긴 걱정하는 것만큼 춥지 않습니다.

건강하게 잘 지내고 있습니다.

올 한 해 마무리 잘 하시고 새해 복 많이 받으세요.

유령은 그가 암호를 해독했는지 궁금해할 것이다. 그래서 유령이 사용한 암호체계를 그대로 사용했다. 둘째 줄부터 다섯째 줄까지 문장의 첫 단어를 적으면 3.22가 된다. 이를 해독하면 'I see'가 된다. 교도관들은 이 암호를 눈치채지 못하겠지만 유령은 자신이 만든 암호를 금방 알아볼 것이다.

민수는 철수를 불러 면회를 했다. 짧은 시간에 많은 걸 얘기해야 했기 때문에 최대한 간략하게 설명했다. 생긴 것과 달리 철수는 무척 영리한 녀석이다. 그는 금방 모든 상황을 이해했다. 그는 걱정 말라며 민수를 위로하기까지 했다.

면회를 마치고 감방으로 돌아오자 피로가 엄습했다. 바로 자리에 누웠다. 하지만 잠을 청할수록 녀석은 더 멀리 달아났다. 고뇌가 그를 좀먹기 시작했다. 그녀가 질러대는 비명 소리가 귓가에 울려 퍼졌다. 이불을 뒤집어썼다. 오히려 역효과가 났다. 비명 소리가 한층 더 커졌다.

결국 그는 자리를 털고 일어났다. 잠시 좁은 방 안을 서성이다 명상을 시도했다. 불면의 긴 밤이 그의 고뇌를 윤활유 삼아 더디게 흘러갔다.

50

시동이 꺼졌다. 드디어 목적지에 도착한 모양이다. 몹시 지루하고 힘든 여정이었다. 하지만 그건 맛보기에 불과하다. 이곳에는 불도 없을 것이다. 얼마나 추울까? 좁고 불편하지만 희진은 따뜻한 뒷좌석을 떠나고 싶지 않았다.

문을 여는 소리가 들렸다. 아무것도 볼 수 없지만 눈이 꽤 많이 내린 게 분명하다. 눈을 밟는 소리가 들렸다. 뽀드득거리는 소리는 차츰 멀어져갔다. 대신 물 흐르는 소리가 들렸다. 아직 개울 바닥까지는 얼지 않은 모양이다.

뭘 하는지 유령은 금방 돌아오지 않았다. 한파가 몰려온다더니 기온이 뚝 떨어진 걸 체감할 수 있었다. 좀 전에 시동을 껐는데 벌써 한기가 몰려왔다. 몸을 잔뜩 움츠렸다. 조용해서 그런지 졸음이 몰려왔다. 깜빡 조는데 문을 여는 소리가 들렸다. 유령은 그녀를 거칠게 끌어당기더니 어깨에 둘러멨다.

생각보다 꽤 많이 걸었다. 유령의 숨소리가 점점 거칠어졌다. 그가 멈춰 섰다. 곧 문을 여는 소리가 들렸다. 실내로 들어서자 더 이상 살을 에는 차가운 바람은 느껴지지 않았다. 다행이다. 온기는 전혀 없지만 외풍 또한 거의 없는 곳이다. 유령은 그녀를 차가운 바닥에 내려놓더니 또 문을 열었다. 그는 다시 그녀를 둘러메고 움직였다. 그녀는 아래로 내려간다는 걸 느낄 수 있었다.

지하실은 바람 한 점 없었다. 이곳이라면 불이 없어도 충분히 견딜 수 있을 것 같았다. 그는 매트리스 위에 그녀를 눕힌 다음 굵직한 수갑을 오른팔에 채웠다. 그리고 안대와 결박, 양손에 채운 수갑을 풀었다.

그녀는 팔에 채운 게 뭔지 확인했다. 누군가를 납치하기 위해 오래

전부터 준비한 모양이다. 오른팔에 채운 수갑은 벽에 걸린 큰 고리에 연결되어 있었다. 양손에 수갑을 찼을 때보다는 자유로웠지만 움직일 수 있는 공간은 50센티가 넘지 않았다.

그녀의 위치는 방의 네 모서리 중 하나였다. 주위를 둘러보았다. 전기도 들어오지 않는지 방 한가운데 낡은 호롱불이 걸려 있었다. 어둠에 적응된 터라 크게 불편하지는 않았다. 지하실은 전에 있던 곳보다 훨씬 컸다. 족히 대여섯 배는 될 것 같았다. 썰렁했던 그곳과 달리 물건이 많았다. 각종 공구는 물론 생수, 휴지 같은 생활용품도 보였다. 창고 한구석에는 나무 상자들이 잔뜩 쌓여 있었다. 유령의 성격을 반영하듯 모든 물건은 질서정연하게 정돈되어 있었다. 하지만 계단 끝부분은 그렇지 않았다. 거기에는 유리조각들이 잔뜩 널려 있었다. 행여 그녀가 도망치지나 않을까 싶어서 뿌려둔 것 같았다. 수갑을 풀 방법도 전혀 없는데. 정말 철두철미한 인간이다. 유령은 뒤돌아선 채 뭔가를 계속 만지작거리고 있었다.

"이곳에서 TATP를 만든 거야?"

희진이 질문했다.

"그래. 이곳이 내 작업장이지. 정확하게 말하면 여기가 아니라 바로 위에서 폭탄을 만들었어."

유령은 오른손으로 천장을 가리키며 말했다.

"혹시 저기 나무 상자에 있는 게 바로 그 폭탄이야?"

"그래. 역시 수사관답게 눈치가 빠르군."

유령은 웃으며 말했다.

"위험하지 않아? 조금만 잘못해도 폭탄이 터질지 모르는데."

"세상은 너무 악하기에, 여기에서 사라지는 일쯤 하나도 힘들지 않아."

"에일린 워노스가 한 말이군."

에일린 워노스는 레즈비언 매춘부로 플로리다에서 고객 여러 명을 총으로 쏘아 죽인 여자 연쇄살인범이다.

"그래, 정말 멋진 여자지. TATP가 민감하긴 해도 최소한의 안전장 치는 마련해뒀으니까 걱정 마. 생각하는 것처럼 위험하지는 않아."

"도대체 폭탄을 얼마나 준비한 거지?"

그녀는 나무 상자의 숫자를 가늠하며 질문했다. 상자는 눈에 보이는 것만 여섯 개였다.

"글쎄, 이곳을 흔적도 없이 날려버리기에 부족함이 없을 거야."

유령은 웃으며 말했다.

민수 선배는 어떻게 이 난관을 헤쳐나갈까? 자신이 단지 덫이라는 걸 그는 알고 있다. 유령 역시 그 사실을 잘 알고 있다. 한숨이 절로 나 왔다. 패를 다 까놓고 도박을 하는 것과 마찬가지인 상황이다. 아무리 생각해봐도 기적 외에는 답이 없었다. 하지만 모든 걸 하늘에 맡기고 아무것도 하지 않는 건 그녀의 방식이 아니었다. 어떻게 해야 할까? 그녀는 유령을 힐끔 쳐다보며 생각했다.

"이곳에는 언제부터 있었던 거야?"

희진이 질문했다.

"올해 초부터."

"그때부터 폭탄을 만든 거야?"

"아니, 그렇지는 않아. 하지만 폭탄은 충분해. 여기 말고 위층에도 있어."

"도대체 얼마나 많은 사람을 죽이려고 그래? 이쯤에서 그만두면 안 될까?"

"난 내 일을 할 뿐이야."

"아까 민수 선배 얘기를 하면서 그의 마음을 읽었다고 했지?"

"그런데 왜?"

"민수 선배가 정말 후회하고 있다는 생각은 안 들었어?"

"그렇다고 경찰 따까리 짓이나 하는 게 정당화되지는 않아."

"민수 선배는 나 때문에 어쩔 수 없이 도와주는 것뿐이야. 네가 생각하는 것하고 다르다고."

"어떤 면에선 그가 질투 날 정도로 부러워. 이렇게 자신을 생각해주는 사람이 있잖아. 당신은 정말 괜찮은 여자야. 당신 같은 사람이 내 곁에 한 명만 있었어도 내가 이렇게 되지는 않았을 텐데."

희진은 해영의 눈에서 깊은 슬픔을 보았다. 바로 그 순간 뭔가를 깨달았다.

"너 누군가를 정말 사랑했구나. 그래, 내가 처음에 생각했던 게 맞았어. 넌 이윤주를 진심으로 사랑했어. 그래서 그녀의 몸에 뚜렷한 타살 흔적을 남길 수 없었던 거야. 아! 박민영의 몸에 남아 있던 GHB도 그런 이유 때문이었구나. 이제 모든 걸 알겠어. 넌 그런."

"쓸데없는 소리 하지 마. 자꾸 이러면 가만 안 두겠어."

유령은 벌컥 고함을 내지르더니 서둘러 위로 올라갔다. 1층 문을 여는 소리가 들렸다. 밖으로 나가는 모양이다. 뭐 하려는 걸까? 그녀는 차가 멈춰 설 때마다 자판을 두드리던 소리를 기억해냈다. 유령은 수시로 핸드폰으로 인터넷에 접속하는 게 분명하다. 이곳에서는 접속이 용이하지 않아서 밖으로 나가는 것이다. 이곳은 그만큼 외진 곳이다. 과연 민수 선배가 이곳을 찾아낼 수 있을까? 희망은 천장에 걸린 낡은 호롱 불빛보다 미약했다.

51

오늘도 여느 때와 다름없이 백 통 가까운 편지가 왔다. 제발 그 이름이 없길 바랐는데. 편지를 쥔 민수의 손이 사정없이 떨렸다. 김영해란 이름을 본 순간 끝없는 심연으로 추락하는 기분을 느꼈다.

> 답장 잘 받았습니다.
> 기대하지도 않았는데 답장을 보내주셔서 정말 감사합니다.
> 길게 쓰고 싶은데 일이 많아서 아쉽네요.
> 연말이라 무척 분주하지만 굶어 죽지 않으려면 열심히 일해야겠죠.
> 그럼 올 한 해 마무리 잘 하시고 새해 복 많이 받으세요.
>
> 바쁜 블랑카가

이럴 수가. 최후의 보루였던 철수는 허탕만 치고 말았다. 유령은 사서함 주위에 얼씬도 하지 않았다. 그렇지만 편지 내용을 보면 그가 보낸 편지를 받은 게 분명하다. 아무래도 심부름센터 직원이나 다른 사람을 이용한 모양이다.

어쩌면 공범이 편지를 가져갔는지도 모른다. 누굴까? 황 기자는 아니다. 철수는 그의 얼굴을 알고 있다. 우체국 소인은 서울 강동구였다. 이번에는 충북이 아니라 서울에서 보냈다. 여기에는 명백히 그를 조롱하는 의미가 담겨 있었다. 충북에서 아무리 잠복해봐야 자신을 잡을 수 없다는. 가장 괴로운 건 유령을 잡을 수 있는 절호의 기회를 놓쳤다는 겁이다.

후회와 아쉬움을 접고 편지에 집중했다. 녀석은 바쁘다는 걸 유난히 강조하고 있다. 죽음이라는 노골적인 단어까지 사용했다. 일종의 경고와 함께 민수가 빨리 행동하길 재촉하고 있는 것이다.

민수는 급하게 황 기자를 찾았다. 황 기자는 어디 아프냐는 말로 인사를 대신했다. 누가 봐도 민수는 정상이 아니었다. 수척한 데다 눈에 핏발이 잔뜩 곤두서 있었다. 민수는 비밀로 할 것을 전제로 일련의 과정을 상세하게 설명했다.

"아무래도 경찰에 알리는 게 좋지 않겠습니까?"

황 기자가 조심스럽게 질문했다.

"그건 절대 안 됩니다. 경찰은 여느 때와 마찬가지로 일을 망치기만 할 겁니다."

민수는 얼굴을 잔뜩 찌푸리며 말했다.

"그럼 어떻게 할 생각입니까?"

"잘 들어요. 다음 번 면회 올 때 데카드론을 가지고 오도록 하세요."

민수는 속삭이듯 작은 소리로 말했다.

"데카드론? 그게 뭐죠?"

황 기자도 목소리를 최대한 낮췄다.

"부신피질 스테로이드입니다."

"그건 왜요? 그 약을 먹어서 뭐하려고? 설마?"

당장이라도 황 기자의 눈이 밖으로 튀어나올 것 같았다.

"그냥 약만 구해줘요."

데카드론은 인체의 모든 장기에 영향을 미치는 부신피질 스테로이드 덱사메타손의 브랜드명이다. 이걸 복용하면 백혈구 백분율이 변화된다. 혈액은 깜짝 놀랄 정도로 비정상적으로 보인다. 불가항력적인 감염에 대처해 백혈구의 숫자가 엄청나게 늘어나는 것과 동일하게.

민수는 장파열로 위장하기 위해 이 약을 원했다. 단지 배가 아프다는 꾀병에 속아 넘어갈 교도소 의사는 없다. 하지만 혈액 샘플을 조사하면 달라질 것이다. 명백한 실험 결과를 부정하는 의사는 없다.

"제가 감히 충고할 입장은 아니지만 한마디 안 할 수가 없군요. 난 경찰도 프로파일러도 아니지만 나름대로 꽤 많은 사건을 접해왔습니다. 당신만큼은 아니겠지만 범죄 관련 서적들도 꽤 많이 탐독했습니다. 그래서 유령이 뭘 노리고 있는지 당신만큼 잘 알고 있습니다."

황 기자는 잠시 호흡을 가다듬은 다음 말했다.

"녀석이 진정으로 원하는 건 자신을 모독한 인간 강민수를 완벽하게 지배하는 겁니다. 희진 씨를 납치한 건 그녀에게 관심이 있어서라기보다 당신을 지배하기 위해서라고요."

"나도 알고 있어요."

민수는 인상을 긁으며 말했다.

"알면서 왜 녀석이 원하는 대로 하려는 거죠? 탈옥하는 순간 당신은 끝장나는 거야. 앞으로 경찰이 당신한테 협조를 구할 리도 없고, 남은 생애 동안 햇볕도 들지 않는 삼엄한 독방에 갇혀 면회는 물론 책 읽는 것도 마음대로 못 할 거요. 그리고 가장 중요한 건……"

황 기자는 민수와 눈을 마주치며 말했다. 민수는 그 눈을 피하지 않았다.

"당신이 탈옥하면 희진 씨가 위험해진다는 겁니다. 녀석에게 희진 씨는 단지 미끼일 뿐이니까. 당신이 탈옥하면 당장 그녀의 목숨을 빼앗을지도 몰라요. 흥분하지 말고 제발 정신 좀 차려요."

"그럼 어떻게 하란 말이지? 녀석은 내가 자기를 찾아와주길 간절하게 원하고 있어. 그래서 희진이를 납치했어. 그런데 내가 꼼짝 않고 감옥에 틀어박혀 있으면 희진이를 풀어줄 것 같아? 너구나 조만간 전국적으로 수배가 내려질 거야. 녀석은 시간이 갈수록 초조해질 거라고."

희진이 납치된 사실은 그만이 알고 있다. 하지만 머지않아 경찰도 알게 될 것이다. 전국적으로 수배가 내려지면 녀석은 초조해질 수밖에 없다. 잔뜩 흥분한 녀석이 어떤 반응을 보일지는 불을 보듯 뻔했다.

오늘따라 어쩔 수 없이 끊었던 담배 생각이 간절했다. 술도 한잔 마시고 싶었다. 신경이 날카로워져서 자신의 숨소리마저 거슬렸다.

황 기자는 물끄러미 민수를 바라봤다. 그는 몇 번이고 말을 삼키고 나서야 입을 열었다.

"흥분이 좀 가라앉았길 바랍니다. 차분하게 생각해봅시다. 유령은 당신을 지배하기 전에 귀중한 미끼를 버리지는 않을 거예요. 탈옥하지 않음으로써 시간을 좀 더 벌 수 있다는 말이죠. 당신이 탈옥하면 녀석은 바로 그 소식을 들을 수 있을 테죠. 그럼 귀찮은 미끼를 달고 다닐 필요가 없어져요. 녀석에게 희진 씨는 짐일 뿐이니까요. 그리고 탈옥이 성공한다는 보장도 없잖아요? 천운으로 탈옥한다고 해도 도대체 얼마나 오랫동안 숨어 지낼 수 있을 것 같아요? 일단 철수 씨한테 도움을 청할 생각이죠? 경찰이 그걸 모를 것 같아요? 그럼 철수 씨 남은 인생은 어떻게 되겠어요?"

"젠장."

민수는 자리에서 벌떡 일어났다. 그는 창가로 걸어갔다. 황 기자는 그를 잠시 내버려뒀다. 하지만 민수는 금방 진정될 기미가 보이지 않았다. 황 기자는 민수 곁으로 다가갔다. 그는 최대한 차분한 목소리로 말했다.

"저 또한 민수 씨 못지않게 답답해요. 하지만 이럴 때일수록 냉정해져야 해요. 흥분해서는 절대 녀석을 상대할 수 없어요. 더구나 그 괴물과 대적할 수 있는 사람은 민수 씨뿐이에요. 제발 이성을 찾아요. 당신의 그 날카로운 이성과 동물적인 감각으로 희진 씨를 살려낼 방법을 생각해내라고요. 우리에게 주어진 시간이 그다지 많지 않아요. 경찰이 자신을 옥죄어온다는 판단이 들면 녀석은 희진 씨를 인질로 삼는 대신 증거를 남기지 않기 위해 당장 살해해버릴 겁니다. 그건 누구도 원하지 않는 결말이에요."

민수는 어떠한 대답도 할 수 없었다. 상대의 말이 모두 옳았기 때문이다. 그는 잠시 방 안을 서성였다. 하지만 머릿속에는 그녀가 내지르는 비명만이 메아리칠 뿐 어떤 아이디어도 떠오르지 않았다.

"내일 오전에 다시 와줄 수 있습니까?"

민수가 말했다.

"물론이죠. 열 일 제쳐놓고 달려와야죠."

"좋습니다. 그럼 내일 같은 시간에 보도록 합시다. 흥분을 가라앉히고 어떻게 하면 희진이를 살릴 수 있을지 차분하게 생각해봐야겠습니다."

"당신이라면 반드시 그녀를 살릴 수 있습니다. 힘내세요. 저도 어떻게 하는 게 좋을지 고민해보겠습니다."

52

면회실로 들어서던 황 기자는 흠칫 놀랐다. 민수에게서 비장한 기운이 느껴졌기 때문이다. 그는 모든 걸 내려놓은 것 같았다. 심지어 자신의 목숨까지도. 새삼 그의 사랑이 얼마나 거대한지 깨달았다. 거기에 비하면 자신의 감정은 초라하기 그지없었다. 그러나 지고 싶지 않았다. 단지 경쟁심리 때문은 아니었다. 그녀를 좀 더 알고 싶었고, 그녀의 마음도 얻고 싶었다. 이건 억지로 참는다고 해결되는 게 아니었다. 파도가 밀려오듯 자연스러운 것이었다.

민수는 인사도 하지 않았다. 그는 황 기자가 자리에 앉자 나지막하지만 힘이 실린 목소리로 말했다.

"지금부터 제가 하는 말을 잘 들어주세요."

황 기자는 대답 대신 고개를 끄덕였다.

"아무리 생각해봐도 희진이를 구하려면 유령이 원하는 걸 들어줄 수밖에 없습니다."

"하지만 탈옥은."

"말 끊어서 미안한데 제 말을 다 듣고 나서 판단하세요."

황 기자는 이번에도 고개를 끄덕였다.

"솔직히 말씀드려서 이건 황 기자님도 곤란해질 수 있는 일입니다. 탈옥을 도운 현행범으로 체포되기 때문이죠. 그럴 일이 없도록 최선을 다할 테지만 백 퍼센트 장담할 수는 없습니다. 그래도 도와주실 겁니까?"

"다른 방법은 전혀 없는 겁니까?"

황 기자는 민수와 눈을 마주치며 말했다. 민수는 묵묵히 고개를 저었다. 황 기자의 머릿속으로 수만 가지 생각이 떠올랐다 사라졌다. 생각의 사슬은 점점 꼬이기만 할 뿐이었다. 그는 이를 밤새도록 경험했다. 그래서 거침없이 말했다.

"알겠습니다. 희진 씨를 구하기 위해서라면 감옥도 마다하지 않겠습니다."

"어떻게든 황 기자님에게 피해가 가지 않도록 최선을 다하겠습니다. 우선 제 계획을 말씀드리죠. 들어보고 수정이 필요하거나 보충할 내용이 있으면 가차 없이 지적해주세요."

민수를 담당했던 교도관이 큰 사고를 치는 바람에 교정국은 체면을 잔뜩 구겼다. 혹시 있을지 모를 재발을 우려한 교정국에서는 상당수의 교도관을 교체했다. 그래서 이곳 죄수들의 얼굴에 익숙하지 않은 교도관들이 대부분이다.

민수와 황 기자가 옷을 갈아입고 상대방인 척 연기하는 게 이 계획의 핵심이다. 다행스럽게도 민수와 황 기자는 나이 차이도 얼마 나지 않는 데다 키나 체격도 비슷하다. 황 기자가 머리만 짧게 깎으면 쉽게 구분하기 힘들 정도로 얼굴도 닮았다. 하지만 그것만 가지고 교도관들을 완벽하게 속여 넘길 수는 없다. 그들이 두 사람에게 집중할 수 없게 만들어야 한다.

이를 위해 황 기자가 유령에게 민수의 메시지를 보낸다. 민수를 담당하는 교도관이 휴가를 가는 이틀 후, 황 기자가 면회 오는 시간에 맞춰 교도소에 폭탄을 설치했다는 거짓 협박 메일을 보내달라는 내용이다. 폭파범인 유령이 협박 메일을 보내면 교도소는 당장 비상이 걸린다. 교도관들은 서둘러 면회객들을 돌려보낸다. 이때 황 기자와 옷을 갈아입은 민수가 이들 틈에 섞여 자연스럽게 교도소를 빠져나간다. 일이 잘 풀려서 희진을 무사히 구조하고 나면 면회를 신청해 이곳에서 다시 만난다. 그때 옷을 갈아입고 태연스레 각자의 일상으로 돌아간다.

"한번 시도해볼 만한 가치는 있군요."

황 기자가 말했다.

"유령이 우리의 의도에 따라주는가가 문제죠."

"민수 씨를 간절하게 원하고 있는데, 그가 이쪽의 제안을 거부할 이유는 없다고 판단됩니다. 일단 머리부터 깎아야겠군요."

황 기자는 머리를 쓰다듬으며 말했다. 안 그래도 머리를 깎은 지 한 달이 지나서 손을 보려던 참이었다. 민수처럼 스포츠머리로 깎을 생각은 없었지만.

"변장하기 쉽게 안경 같은 소품도 미리 준비해두는 게 좋을 것 같습니다."

민수는 안경을 끼지 않지만 황 기자는 가끔 안경을 쓰곤 한다. 딱히 눈이 나쁜 건 아니지만 선글라스 대용으로 색깔 있는 안경을 착용했다.

"좀 진한 색깔로 준비해야겠군요. 아무튼 이 방법이 현재로서는 최선이라는 거군요."

"혹시 더 좋은 방법이 있습니까?"

"아뇨. 없습니다. 그런데 밖으로 나간 다음에는 어떻게 할 생각입니까?"

"일단 황 기자님 차에 제가 사용할 스마트폰을 준비해두도록 하세요. 유령과 계속 메일을 주고받으려면 스마트폰이 제일 편할 것 같습니다. 메일은 유령이 저한테 보낸 편지에 남긴 주소로 보내면 될 겁니다. 참! 가시기 전에 스마트폰 사용법도 알려주세요."

"그건 전혀 어렵지 않습니다."

"밖으로 나가게 되면 가장 먼저 희진이가 살아 있는지 확인해야겠다는 메일을 보낼 생각입니다."

"유령이 거기에 응해주지 않으면 어떡하죠?"

"희진이의 생사를 확인하기 전에는 절대 움직이지 않겠다고 단언할 겁니다. 그리고 날 가지고 놀려면 그 정도는 해줘야죠. 아무튼 내가 보낸 메시지를 본 희진이는 내가 뭘 원하는지 바로 눈치챌 겁니다. 자신이 있는 곳에 대한 힌트를 보내오면 문 경감님과 철수를 그곳으로 보낼 생각입니다."

"민수 씨는요?"

"전 녀석의 주의를 끌기 위해 계속 녀석과 게임을 해야겠죠."

"희진 씨를 꼭 구해내실 거죠?"

"물론입니다."

"이건 제 폰인데요. 이것하고 같은 기종으로 구해놓겠습니다. 우선
이놈을 가지고 사용법을 알려드리죠."

황 기자는 자신의 스마트폰을 탁자 위에 올려놓으며 말했다.

53

황 기자는 민수가 찾기 쉽게 주차장 입구에 차를 세웠다. 차창 너머
로 보이는 감옥이 오늘따라 위압적으로 느껴졌다. 잠시 후, 저곳에서
일반인과 범죄자 사이에 놓인 좁다란 줄을 따라 위험한 줄타기를 해
야 한다. 저 육중한 건물이 당장이라도 그를 짓이길 것만 같았다.

유령에게 메일을 보내긴 했지만 과연 이쪽의 의도대로 순순히 따라
줄지 의문이었다. 민수와 비슷하게 보이기 위해 머리를 짧게 깎고 변
장하기 쉽게 안경까지 꼈다. 그래도 혹시나 두 사람이 바뀐 걸 눈치채
지 않을까 걱정됐다. 고민은 그게 끝이 아니었다. 감옥생활에 대한 사
전 지식도 충분하고, 민수에게 주의사항을 꼼꼼하게 들었지만 과연 이
런 지옥 같은 곳에서 견딜 수 있을지 자신할 수 없었다.

그는 입대하던 당시를 떠올리며 불안을 잠재우려고 노력했다. 그때
깨달은 게 있다면 사람 사는 곳은 다 거기서 거기라는 것이다. 아무리
힘든 곳이라도 사람은 금방 적응한다. 더구나 민수의 독방은 최상급인
데다 길게 잡아도 이틀만 견디면 된다.

민수는 태연하게 황 기사를 맞았다. 그의 침착함이 부러웠다. 교도관
이 문을 닫고 나가자 그들은 창문의 사각지대로 이동했다. 그곳에서 옷

을 갈아입었다. 바깥 동정에 신경 쓰느라 생각처럼 빨리 갈아입을 수 없었다. 민수는 넥타이를 제대로 매지 못해 쩔쩔맸다. 보다 못한 황 기자가 민수 대신 넥타이를 매줬다.

옷을 다 갈아입자 황 기자는 민수 맞은편 의자에 앉았다. 그는 민수를 물끄러미 바라봤다. 안경까지 끼고 있으니 자신과 많이 닮긴 했다. 불현듯 희진의 얼굴이 떠올랐다. 이 남자와 난 무척 닮았는데 왜 그녀는 이 남자만 좋아하는 걸까? 사실 그는 답을 알고 있었다. 민수와 그녀 사이에는 애틋한 과거가 있지만 자신과는 아무것도 없었다. 짝사랑은 그의 전공이 아니지만 어쩔 수 없었다. 살아만 있다면 앞으로 기회는 얼마든지 있다. 우선 그녀가 무사해야만 한다. 더구나 감옥에 갇혀 있는 민수와 달리 그는 자유의 몸이다. 결국 승자는 내가 될 것이다. 조금만 참자. 그는 초조함에 다리를 떨며 생각했다.

"긴장하지 마세요. 얼굴은 몰라도 행동이 다르면 금방 눈치챕니다. 교도관들의 감각은 무척 예민해요. 마치 사냥개 같은 종족들이죠. 제 목소리와 걸음걸이는 충분히 연습하셨죠?"

민수는 나지막한 목소리로 말했다.

"네. 핸드폰으로 촬영한 동영상을 보면서 밤새도록 연습했습니다. 그나저나 우황청심환을 먹고 왔는데도 좀처럼 진정이 안 되네요."

"심호흡을 해보세요. 도움이 많이 됩니다."

"시간은 얼마나 남았습니까?"

유령에게는 면회를 막 시작한 시점인 10시 10분경에 협박 메일을 보내달라고 부탁했다.

"시간이 됐습니다."

민수는 물끄러미 황 기자의 것이었던 손목시계를 바라보며 말했다. 그의 말이 끝나기가 무섭게 비상벨이 울렸다. 비상벨 소리는 순식간에 모든 건물로 퍼져나갔다. 마치 쓰나미가 몰아치는 것 같았다. 교도관들의 다급한 발걸음 소리와 고함 소리가 이어졌다.

"제가 말한 대로만 행동하면 아무 문제 없을 겁니다. 걱정 마세요. 차는 주차장에 세워놓았죠?"

민수는 문으로 가 바깥 동정을 살피며 질문했다.

"네, 주차장 입구로 가면 바로 보일 겁니다. 검은색 SM5입니다. 차 넘버는."

"외우고 있습니다. 그나저나 차가 퍼지면 그냥 길가에 버리고 갈 겁니다."

민수는 일부러 농담을 던졌다.

"제발 좀 그렇게 해주세요. 이참에 새로 하나 장만하게."

황 기자는 굳었던 얼굴을 풀며 말했다. 다급한 발소리가 점점 가까워졌다. 교도관은 노크도 없이 면회실 문을 벌컥 열었다.

"뭡니까?"

민수는 신경질적으로 내뱉었다.

"비상입니다. 모든 면회객들은 서둘러 돌아가셔야 합니다."

"무슨 일입니까?"

"지금 말씀드리긴 곤란합니다. 어서 나가주십시오."

"이제 막 면회를 시작했는데요."

"오늘만 날은 아니지 않습니까? 다음번에 오늘 면회 못 한 시간까지 채워드릴 테니까 이만 돌아가 주십시오. 시간이 없습니다."

민수는 더 이상 반박하지 않고 자리에서 일어났다. 그는 황 기자를 향해 가볍게 고개를 끄덕인 다음 밖으로 나갔다. 교도관들은 면회객들을 한시라도 빨리 내보내기 위해 사정없이 재촉했다. 마치 소 떼를 모는 카우보이 같았다. 이런 상황이라 아무도 민수를 의심하지 않았다.

교도관은 얼굴도 확인하지 않고 기계적으로 신분증과 소지품을 돌려줬다.

살아서는 넘어보지 못할 줄 알았는데, 교도소 문을 제 발로 나섰다. 불과 담장 하나를 사이에 두고 있을 뿐인데 전혀 새로운 세상에 발을 들인 느낌이었다. 햇살도 더 따뜻하고 하늘도 더 맑았다. 그가 갇혀 있던 좁은 독방, 어딜 가든 높은 담장이 가로막고 있는 교도소와 달리 이곳은 사방이 뻥 뚫려 있었다. 들이마시는 공기에서는 자유가 느껴졌다. 하지만 그런 감상에 젖을 시간이 없었다.

황 기자의 차는 주차장 입구에 주차되어 있었다. 운전석에 앉자 그제야 긴장이 몰려왔다. 손끝이 가볍게 떨렸다. 다리도 마찬가지였다. 짧게 숨을 들이마신 다음 내뱉었다. 떨림은 금방 멈췄다. 그는 시동을 걸고 차를 몰았다. 오랜만에 하는 운전이라 실수하지나 않을까 신경 쓰였다. 차가 오토라서 다행이라는 생각이 들었다. 기름도 가득 차 있었다. 이곳에 올 때 채워놓은 모양이다.

혹시라도 사고가 나면 곤란하다. 너무 빨리 몰지 않도록 신경 썼다. 차량이 드문 외딴 길가에 차를 세웠다. 공구함을 열어보니 황 기자가 준비해둔 스마트폰이 있었다. 그 외에 백만 원이 넘는 현금과 잭나이프, 수갑, 망원경 등도 들어 있었다. 뒷좌석에는 그가 부탁한 캐주얼복과 패딩점퍼, 비니, 운동화가 있었다. 몇 년 만에 넥타이를 매니 교수형 밧줄을 목에 매단 기분이 들던 참이었다. 그는 당장 뒷좌석으로 가서 옷부터 갈아입었다.

민수는 문 경감과 철수에게 전화를 걸어서 무사히 탈옥했음을 알렸다. 문 경감은 조심하라고 했고 철수는 자신만 믿으라고 했다. 둘 다 민수가 바쁜 걸 알기에 금방 전화를 끊었다. 그는 유령에게 자신이 탈옥했다는 메일을 보냈다. 그러자 바로 '축하한다.'는 답장이 왔다. 민수

는 희진의 안부를 확인하기 위해 '언제 어디서 어떤 상황에서 그녀와
내가 첫 키스를 했나?'라는 메일을 보냈다. 이번에는 답장이 금방 오
지 않았다. 그는 다시 메일을 보냈다. '답을 듣기 전에는 절대 움직이
지 않겠다.'

그는 뉴스에 귀를 기울였다. 유령이 보낸 협박 메일은 이번에도 장
안을 떠들썩하게 만들었다. 교도소에 폭탄을 설치했다는 뉴스 때문에
GP에서 북한군이 총을 쏜 뉴스까지 묻힐 정도였다. 덩달아 황 기자의
전화기도 불이 났다. 이름이 입력된 사람뿐만 아니라 모르는 번호로
도 계속 전화나 문자가 왔다. 전화기를 꺼버릴까 하다가 그러면 의심
을 받을지도 모른다는 생각이 들었다. 그는 전화기를 뒷좌석에 던져
버렸다.

라디오를 켜두었지만 스마트폰으로 인터넷을 검색했다. 작은 자판
에 익숙하지 않아서 불편했다. 다행스럽게도 그가 탈옥했다는 뉴스는
방송에서도 인터넷에서도 찾을 수 없었다. 황 기자가 잘해주고 있는
게 분명하다.

유령으로부터는 답장이 오지 않았다. 메일을 보낸 지 10분 가까이
되어가는데. 설마 희진이가 잘못된 건 아니겠지? 민수는 스마트폰 액
정을 뚫어져라 쳐다보며 생각했다.

54

"답장을 보내야 해."

유령은 휴대폰을 내밀며 말했다. 거기에는 민수에게서 온 메일이 있
었다. 희진은 민수가 뭘 원하는지 바로 알아챘다. 문제는 유령 역시 그

걸 알고 있을 거라는 점이었다. 다행스럽게도 이 게임은 처음부터 그녀에게 유리했다. 과거를 공유하고 있는 두 사람과 달리 유령은 무엇이 진실이고 무엇이 거짓인지 구별할 방법이 없기 때문이다.

너무 시간을 끌면 유령이 의심할 것이다. 희진은 민수에게 힌트를 주기 위해 바쁘게 머리를 굴렸다. 그녀는 이곳까지 온 과정을 되새겨보았다. 눈가리개를 한 상태로 이동했기 때문에 시간도 거리도 무의미했다. 분명한 건 이곳이 외딴 곳에 있는 농가 지하실이라는 점과 가까운 곳에 개울이 있다는 것뿐이다. 그녀는 유령이 재촉하기 전에 재빨리 그날의 기억을 수정했다.

"선배랑 속초에 놀러 갔다가 집으로 돌아가는 길이었어. 갑자기 선배가 갓길에 차를 정차했어. 반주 삼아 마신 술이 올라서 그러니 잠시 쉬어가자고 그러더군. 한동안 선배는 아무런 말이 없었어. 개울물 흐르는 소리만 들렸어. 그러다 갑자기 입술을 갖다 댔어. 정말 부드럽고 달콤했어."

사실 두 사람은 휴일을 맞아 서해안으로 나들이를 갔다. 집으로 돌아가는 길에 민수는 반주 삼아 마신 술을 핑계로 갓길에 차를 세웠다. 그는 잠시 망설이다 그녀를 좋아한다며 입술을 갖다 댔다. 옆에 개울따위는 없었다.

그녀는 이곳까지 오는 길에 희미한 파도 소리를 들었다. 바다 냄새도 맡았다. 하지만 서해안은 아닌 것 같았다. 험난한 산길을 꽤 달렸기 때문이다. 그녀는 어림짐작으로 강원도, 그것도 속초 근처라고 추정했다. 다른 건 몰라도 근처에 개울이 있다는 건 확실했다.

첫 키스가 부드럽고 달콤했다는 것도 거짓말이다. 민수는 뜨겁고 거친 남자였다. 나중에 그녀는 생애 첫 키스가 너무 거칠어서 무드라곤 없었다며 몇 번이나 투정하곤 했다. 지금 생각해보면 당시에는 그런 나쁜 남자 스타일에 강하게 끌렸던 것 같다. 아무튼 민수는 그녀가 전하려는 메시지를 이해할 것이다. 유령이 사실은 부드러운 남자라는 사실을. 그래서 그를 설득하는 게 불가능한 일은 아니라는 걸. 다른 사람은 몰라도 유령이 존경하던 민수라면 그의 마음을 돌리는 것도 가능할지 모른다.

"그게 전부야?"

유령이 말했다.

"이 정도만 말하면 선배가 금방 알아볼 거야."

"알았어."

유령은 밖으로 나가 그녀가 불러준 대로 민수에게 메일을 보냈다. 개울이라는 단어를 보고 그녀가 자신을 속이고 있다는 걸 눈치챘지만 그는 개의치 않았다. 처음부터 만일의 경우를 대비해두었기 때문이다. 그들이 있는 곳은 속초가 아니라 춘천 근처다. 그는 그녀가 바다 내음을 맡을 수 있게 일부러 바닷가를 거쳐 이곳까지 왔다. 물론 춘천이라는 사실을 알게 된다고 해도 이곳을 찾는 데만 족히 며칠은 걸릴 것이다.

그는 희진이 먹을 빵과 음료수를 그녀 옆에 갖다 놓았다. 이틀은 충분히 먹을 수 있는 양이었다. 유령은 미리 준비한 가방을 챙겼다.

"이제 움직여야겠군."

유령이 말했다.

"민수 선배를 어떻게 할 생각이지?"

희진은 민수가 탈옥했다는 사실이 지금도 믿기지 않았다. 영리한 사람이라고 생각했는데 이렇게 무모한 짓을 저지르다니. 그런데 어떻게 탈옥했을까? 문 경감은 아무런 도움이 안 됐을 텐데. 더구나 교도소의 경비에는 한 치의 빈틈도 보이지 않았는데.

"그쪽보다는 너부터 신경 써야 할 텐데."

"가방에 들어 있는 건 폭탄이야? 그걸로 뭘 하려고? 이윤주는 이런 널 결코 좋아하지 않을 거야."

"윤주 얘긴 그만해."

유령은 인상을 긁으며 말했다.

"조금만 더 차분하게 생각하면 안 될까? 응?"

"이미 늦었어. 그간 고생 많았어."

그녀는 머릿속이 복잡해졌다. 유령의 말투에서 마지막이라는 걸 직감했다. 그간 유령은 밖으로만 나돌아 다녔다. 한번 나가면 며칠씩 돌아오지 않을 때도 있었다. 이번에도 그랬다. 그는 이틀이나 자리를 비우더니 느닷없이 민수의 메시지와 함께 돌아왔다. 뭔지 몰라도 큰 걸 준비하는 눈치였다. 롯데월드 때보다 더 파괴적이고 엽기적인 것을.

설마 많은 사람, 특히 민수 선배를 길동무 삼아 자폭하려는 건 아니겠지? 그녀는 자신을 책망했다. 처음부터 그게 목적이었는데 너무 순순하게 유령의 요구에 응해줬다. 만일 민수 선배가 잘못된다면 그건 순전히 자신의 책임이었다.

"민수 선배는 아무 잘못도 없어. 선배를 수사에 끌어들인 건 나야."

희진은 애원하듯 말했다.

"걱정 마. 그건 나도 알아."

"이제 그만해도 되지 않을까? 원한다면, 아니 반드시 법정에서 증언해줄게. 진실이 밝혀지면 평생을 감방에서 보내진 않을 거야."

"강민수를 보면서도 그런 말이 나와? 이 세상에 정의가 존재한다면 그가 사형수가 되지는 않았을 거야."

"그렇지만."

희진은 더 이상 할 말이 없었다.

"그만. 세상은 너무 악하기에, 여기에서 사라지는 일쯤 하나도 힘들지 않아."

"하지만 살아볼 만한 곳이기도 해. 모든 생명에게는 살아갈 가치가 있어. 제발 너의 목숨을 그리고 다른 사람의 목숨을 하찮게 여기지 마. 그리고 세상 모든 사람이 너에게 등을 돌렸다고 착각하지 마. 당장 나만 해도 널 이해해주잖아? 진실을 밝히면 민수 선배도 금방 널 이해해줄 거야."

"그동안 고마웠어. 너처럼 내 말을 잘 들어준 사람도, 진실된 대화를 나눈 사람도 거의 없었어. 전에도 한 번 말한 것 같은데 너 같은 사람이 내 주위에 한 명만 있었어도……."

"제발 마지막이라는 말은 하지 마."

"모든 일에는 끝이 있는 법이야. 뿌린 만큼 거두게 할 거야. 그래서 이 세상에 나란 존재를, 아니 나의 생각을 알게 할 거야. 그게 이 못난놈이 그녀를 위해서 해줄 수 있는 유일한 일이니까."

55

민수는 당장 문 경감과 철수를 속초로 보냈다. 근처에 큰 개울이 있는 외딴 가옥을 중심으로 최근 유령이 드나든 적이 있는지 탐문수사를 해줄 것을 부탁했다. 서울에서 김 서방 찾기지만 다른 방법이 없었다. 그리고 유령에게 메시지를 확인했다는 짧은 답장을 보냈다. 잠시 후, 게임의 서막을 알리는 문제가 도착했다.

내가 살인한 것 중에 빠뜨린 게 뭐가 있나?

문제가 너무 추상적이다. 살인한 것 중에 빠뜨린 것? 뭘 말하는 걸까? 당장 생각나는 건 롯데월드였다. 당시 검거될 위기에 처한 유령은 설치해둔 폭탄을 다 터트리지 못했다. 이렇게 쉬운 문제를 낼 리가 없을 텐데. 정답이 아니라는 느낌이 들었지만 달리 연상되는 게 없었다. 민수는 이 내용을 메일로 보냈다.

1분도 되지 않아 답장이 왔다. 'No'라는 단 한 문장이었다. 너무 뻔한 답이었나? 그런데 롯데월드가 아니면 도대체 뭐지? 아무리 머리를 굴려도 마땅한 답이 떠오르지 않았다. 자존심이 상하지만 민수는 힌트를 달라고 요구했다. 이번에도 금방 답장이 왔다.

힌트를 주는 대신 제한시간을 단축하겠다.

민수는 잠시 고민했다. 희진을 찾으려면 많은 시간이 필요하다. 그렇다고 아무것도 하지 않고 무작정 시간을 끌 수는 없다. 눈치 빠른 유령이 이쪽의 속내를 눈치채고 분노할 가능성이 크기 때문이다. 어떻게든 유령을 게임에만 집중하게 만들어야 한다. 쉽진 않겠지만.

민수는 조건을 수용하겠다는 답장을 보냈다. 유령은 곧바로 단서를 보내왔다.

오행과 장소.
명심해라. 이제 두 시간 남았다.

겨우 두 시간? 그는 시계를 보며 생각했다. 시간에 구애 받을수록 사고가 좁아진다. 그는 문제에 집중했다.

오행? 장소?

아무래도 문제의 정답은 특정한 장소를 지칭하는 것 같았다. 이를 풀려면 우선 오행에 대해서 알아야 한다. 오행은 화(火), 수(水), 목(木), 금(金), 토(土)다. 이들 각각이 유령의 살인행각과 어떤 식으로든 연관되어 있어야 한다.

가장 먼저 떠오른 건 화(火)였다. 오행 중에서 가장 먼저이고, 가장 화끈했던 살인행각이기 때문이다. 화는 롯데월드에서 폭탄을 터트린 걸 의미하는 것 같다.

그렇다면 수(水)는 물에 빠뜨려 죽이는 걸 의미할까? 글쎄, 유령은 그런 식으로 사람을 죽인 적이 없다. 그러니까 오행 중에 빠진 건 수가 아닐까? 가만, 첫 번째 피살자가 발견된 곳은 개울가 바로 옆이었다. 혹시 이걸 의미하는 걸까?

목(木)은 금방 답이 나왔다. 첫 번째 피살자는 자작나무에 목이 매달려 죽어 있었다. 두 번째 피살자도 울창한 숲에서 발견됐다.

금(金) 역시 금방 답이 나왔다. 유령은 두 번째 피살자와 세 번째 피살자를 살해하는 데 쇠로 만든 칼을 사용했다. 살인한 날짜도 금요일이다. 일단 화, 목, 금은 확실한 것 같다.

토(土)는 아무리 머리를 굴려봐도 답이 나오지 않았다. 처음에는 두 번째 피살자가 수풀에서 발견된 걸 의미한다고 생각했지만 그건 아닌 것 같았다. 만일 흙을 나타내려고 했으면 땅에 묻든지 흙으로 덮든지 했을 것이다. 시신은 울창한 수풀 사이에 누워 있었을 뿐 흙과는 전혀 관련이 없었다. 혹시 흙을 덮었는데 바람에 날려간 건 아닐까? 아니다. 시신이 입고 있던 옷을 정밀하게 조사했지만 흙으로 덮은 흔적은 발견되지 않았다.

아무리 봐도 수와 토 둘 중에 하나가 정답이다. 민수는 토가 정답이라고 생각했다. 첫 번째 시신은 일부러 개울가에 유기했다. 굳이 그곳까지 갈 이유가 전혀 없었는데도. 그러고 보니 희진이 납치된 곳도 개울가 근처였다.

흙이라? 흙으로 유명한 곳이 어디 있지? 그리 먼 곳은 아닐 것이다. 감옥을 탈옥한 민수가 전국을 헤집고 돌아다니긴 곤란하기 때문이다. 분명 유령은 그것까지 염두에 두고 문제를 냈을 것이다. 더구나 제한 시간은 겨우 두 시간이 아닌가? 아무래도 서울일 가능성이 높아 보였다. 경기도까지 다 뒤지기엔 두 시간으로 턱없이 부족한 데다 알려진 범행 장소가 모두 서울이었다.

곧 답을 찾을 수 있었다. 서울에서 흙으로 유명한 곳은 풍납토성과 몽촌토성이다. 과연 둘 중에 어디일까? 두 곳 모두를 수색할 인원도 시간도 부족하다. 벌써 10분이 훌쩍 지났다. 황 기자의 수첩을 펼쳐 서울 시내 지도를 확인했다. 민수는 풍납토성이라고 추측했다. 풍납토성은 지하철 5호선 천호역 바로 옆에 있다. 혹시 풍납토성이 아니면 몽촌토성으로 가면 된다. 두 곳은 그리 멀지 않다. 물론 그럴 시간이 있을지는 의문이지만.

민수는 혹시 몰라 근처 서점에 달려가서 대형 지도를 샀다. 내비게이션에 목적지인 풍납토성을 입력하고 차를 몰았다. 마음은 급했지만 단속에 걸리지 않기 위해 최대한 신경 썼다. 서울 도심은 여전히 번잡했고, 사람들은 여유라곤 없었다. 정속으로 주행하면 차 뒤꽁무니에 바짝 붙었고, 신호등에서 조금만 지체해도 사정없이 클랙슨을 울렸다. 화가 난다기보다 그동안 이런 곳에서 어떻게 살았는지 의아했다.

풍납토성에 도착한 민수는 토성 주변을 돌며 노란색으로 된 물체부터 찾았다. 유령은 이 넓은 곳을 주어진 시간 내에 모두 뒤질 수 없다는 걸 알고 있다. 분명 어떤 힌트를 남겼을 것이다. 민수는 그게 노란색이라고 추측했다. 색채를 음양오행 사상에 의한 방위와 상징으로 대비시켜보면, 동쪽(木)은 청색, 서쪽(金)은 백색, 남쪽(火)은 적색, 북쪽(水)은 흑색, 그리고 중앙(土)은 황색으로 나타내기 때문이다.

그는 특히 자작나무나 서양산사나무에 주목했다. 그의 예상은 틀리지 않았다. 커다란 자작나무에 노란색 스프레이로 그려진 오각별을 발견했다. 토(土)를 상징하는 노란색과 유령의 트레이드마크인 5를 상징하는 자작나무, 오각별의 조합이라면 유령이 남긴 메시지가 틀림없다.

그는 다급하게 자작나무로 달려갔다. 아쉽게도 나무에는 오각별 문양 외에 다른 메시지는 남겨져 있지 않았다. 근처를 둘러봤지만 특별히 눈에 띄는 건 없다. 땅바닥을 본 민수는 아차 싶었다. 힌트는 흙(土)이다. 그는 다급하게 오각별 문양 아래의 땅을 팠다. 땅이 얼어서 생각처럼 빨리 파지지 않았다. 가지고 있던 잭나이프로 힘겹게 흙을 뒤집었다. 흙을 약간 들어내자 검은색 비닐에 싼 물체가 나왔다. 그는 다급하게 비닐을 풀었다. 거기에는 쪽지 한 장과 열쇠, 장갑이 들어 있었다. 쪽지를 확인했다. 근처에 있는 건물 주소와 거기까지 가는 약도가 그려져 있었다. 걸어서 5분도 안 걸리는 가까운 곳이었다.

한 쌍의 장갑이 마음에 걸렸다. 거기서 범죄의 냄새가 물씬 풍겼다. 한겨울인데도 등줄기를 타고 식은땀이 흘러내렸다. 누가 혹은 무엇이 건물에서 그를 기다리고 있을지 몰라서 더 긴장됐다. 특별히 장갑을 준비해놓은 건 현장에 증거를 남기지 말라는 배려 같았다. 어차피 그는 유령이 원하는 대로 움직일 수밖에 없는 상황이다. 그는 장갑을 착용하고 건물을 향해 달려갔다.

예상했던 바이지만 건물은 텅텅 비어 있었다. 입구에 스프레이로 써갈긴 글들을 보니 소유권 문제로 분쟁이 벌어진 모양이다. 정문에는 접근금지라는 글이 커다랗게 쓰여 있었다. 민수는 가시고 온 열쇠를 열쇠구멍에 밀어 넣었다. 딱 맞았다. 그는 심호흡을 한 번 한 다음 문을 열고 들어갔다. 한동안 사용하지 않아서 그런지 녹슨 문이 비명을 토해냈다. 대낮이라 조명이 없어도 건물 내부는 환했다. 환기를 시키지 않아서 텁텁하고 쉰 냄새가 가득했다. 그는 잠시 기다렸다. 어디에서도 인기척은 느껴지지 않았다.

지하층부터 뒤질까 하다가 곧바로 5층으로 올라갔다. 이상하게 그곳이 끌렸기 때문이다. 그는 희진의 이름을 큰 소리로 부르며 5층까지 단숨에 뛰어올라갔다. 그의 목소리만 메아리 칠 뿐 기대했던 그녀의 목소리는 들려오지 않았다.

그는 복도를 따라가며 문을 열어젖혔다. 문을 잠근 곳은 없었다. 그녀도 없었다. 마지막 방에 도착했을 때 그는 희미하게 풍기는 죽음의 냄새를 맡았다. 그는 잔뜩 긴장해서 잭나이프를 꺼냈다. 거칠게 문을 열어젖혔다. 그를 기다리고 있던 건 살아 있지 않았다. 싸늘한 주검이 그를 맞았다.

다행스럽게도 시신은 그녀가 아니었다. 건장한 중년 남성이 잠자는 듯한 자세로 차가운 바닥에 누워 있었다. 민수는 다가가서 얼굴을 확인했다. 왠지 낯이 익다. 그러고 보니 유령과 많이 닮았다. 유령의 외삼촌이라는 김민석인 듯하다. 그나저나 김민석이 왜 여기 있을까?

다음 순간 민수는 절망했다. 유령은 주변의 모든 사람을 길동무 삼으려는 게 분명하다. 운 좋게 희진이 있는 곳을 알아낸다고 해도 그녀를 순순히 내주는 대신 자폭을 택할 가능성이 높다.

시간이 없다. 민수는 현장에 집중했다. 다른 방이 그렇듯 이 방 역시 먼지가 잔뜩 쌓여 있었다. 손이 닿는 곳마다 거미줄이 널려 있었다. 유리창도 먼지를 잔뜩 뒤집어써서 밖이 제대로 보이지 않을 정도였다. 사무집기와 소파를 보면 이 방은 사무실로 사용했던 것 같다. 민수는 다급하게 서랍과 캐비닛을 뒤졌다. 오래된 신문과 각종 전단지뿐, 눈에 띄는 건 없었다.

그는 시신 곁으로 다가갔다. 시신 바로 옆에 있는 테이블에 눈이 갔다. 열쇠가 놓여 있었기 때문이다. 열쇠? 이번에도 특정 장소로 그를 유인하려는 것 같았다. 그렇다면 다음 장소를 알려주는 단서는 뭐지? 그제야 벽에 보라색 매직으로 적어놓은 1992라는 숫자가 눈에 들어왔다. 1992? 이것만 가지고 알 수 있는 건 없었다. 민수는 시신을 살폈다. 옷에 쪽지 같은 게 남아 있지는 않았다. 소지품도 하나도 없었다. 사후강직이 뚜렷한 걸 보면 금방 살해된 건 아니다. 별다른 외상이 눈에 띄지 않는 걸 보면 독살됐을 가능성이 높다. 특이하게도 시신은 맨발이다. 그런데 이 방 어디에도 구두나 양말은 눈에 띄지 않는다. 외출복을 입은 걸 보면 집에서 맨발인 상태로 살해된 건 아니다. 이곳 또는 어딘가에서 살해한 후 신발과 양말을 벗긴 게 분명하다. 발바닥을 확인했다. 거기에 힌트가 있었다. 한쪽 발에는 붉은색 매직으로 900이, 다른 쪽 발에는 푸른색 매직으로 1200이라는 숫자가 적혀 있었다. 900, 1200, 그리고 벽에 있는 1992. 이들 세 숫자가 다음 장소를 가리키는 힌트다.

민수는 우선 색깔에 주목했다. 분명 붉은색과 푸른색은 오행과 관련이 있다. 하지만 보라색은 그렇지 않다. 왜 보라색으로 1992라는 숫자를 적었을까? 혹시 비밀번호가 아닐까? 하지만 캐비닛과 서랍은 다 열려 있었고 따로 자물쇠 따위로 잠근 곳은 없었다. 혹시나 싶어 재빨리 방을 둘러봤지만 역시나 자물쇠는 발견되지 않았다. 어쩌면 다음 장소에서 사용해야 하는 비밀번호는 아닐까? 아무래도 금방 답이 나올 것 같진 않았다.

그는 지도를 펼쳤다. 이곳을 중심으로 남쪽(붉은색)으로 900미터, 동쪽(푸른색)으로 1200미터 지점을 찾아보았다. 거긴 주택가였다. 시간을 확인했다. 어느새 한 시간 20분이 지났다. 그는 열쇠를 챙긴 다음 재빨리 건물을 나섰다. 차를 가져갈까 하다가 그냥 달렸다. 차로 돌아가는 시간을 감안하면 뛰어가는 것과 시간상 별 차이가 없을 것 같았다. 더구나 목적지는 주택가라 차를 댈 곳이 마땅찮아 보였다.

민수는 가쁜 숨을 가다듬으며 건물을 바라봤다. 그가 도착한 곳은 30평 정도의 아담한 단층 주택이었다. 집이 작아서 마당도 거의 없었다. 문은 굳게 잠겨 있었다. 혹시나 하는 마음에 벨을 눌러봤다. 분명 벨 울리는 소리는 들리는데 아무런 응답이 없다. 그는 열쇠를 꺼내 대문을 열었다. 대문과 달리 현관문은 잠겨 있지 않았다. 문을 열자 역겨운 냄새가 그를 맞았다. 좁은 거실에는 피투성이가 된 건장한 남자가 누워 있었다. 대충 봐도 상처는 한두 군데가 아니었다. 그는 가까이 다가가 시신을 살폈다. 사후강직과 시반으로 미루어 이번 피살자 역시 금방 살해된 건 아니었다. 그 말은 유령이 오래전부터 이 모든 걸 준비해왔다는 걸 의미한다. 동시에 그가 이 근처에 없을 것이라는 것도.

피살자는 꽤 덩치가 컸다. 독살당한 것으로 보이는 김민석과 달리 격렬하게 저항했을 텐데, 의외로 몸에는 방어흔이 남아 있지 않았다. 사방에 굴러다니는 술병을 보니 이유를 알 수 있었다. 술에 잔뜩 취한 상태에서 공격을 당한 모양이다. 덕분에 큰 고통은 없었을 것이다. 몸에는 아무런 메시지도 남아 있지 않았다. 온몸이 피투성이라 굳이 몸에 단서를 남기지는 않은 것 같다. 그렇다고 벽에 단서를 남기지도 않았다.

민수는 서둘러 집 안을 둘러봤다. 방 세 개에 거실, 부엌, 화장실이 전부라 수색은 금방 끝났다. 남자 혼자 산 게 분명하다. 살림살이도 변변찮고 청소를 안 해서 쓰레기와 먼지가 잔뜩 쌓여 있었다. 애석하게도 딱히 눈길을 끄는 물건은 없었다. 자물쇠로 채워놓은, 비밀번호를 알아야만 열 수 있는 것도 없었다. 딱 하나 신경 쓰이는 게 있긴 했다. 시신이 누워 있는 쪽 벽에 걸린 동양화였다. 특이하게도 흰색이 아니라 노란색 먹지에 백호가 그려져 있었다. 백호 그림은 이 집의 분위기와 전혀 어울리지 않았다. 그림도 조잡해서 벽에 걸어놓고 감상할 수준의 작품이 아니었다. 집 어디에도 먹이나 붓은 보이지 않았다. 유령이 직접 그려서 가져다 놓은 게 틀림없다.

노란색 먹지에 그려진 백호라? 뭘 의미하는 걸까? 그는 우선 색깔에 주목했다. 바탕색인 노란색은 중앙, 즉 이 집을 가리키는 것 같았다. 그렇다면 백호의 흰색은 서쪽을 의미한다. 그런데 호랑이가 무얼 의미하는지는 전혀 감이 오지 않았다. 그는 지도를 펼쳐서 근처에서 호랑이와 관련 있는 지명을 찾아봤다. 아쉽게도 눈에 띄는 건 없었다.

이렇게 머뭇거릴 시간이 없다. 그는 근처에 있는 가장 높은 건물로 달려갔다. 엘리베이터가 사용 중이라 그냥 뛰어서 꼭대기까지 올라갔다. 보통 옥상으로 가는 문은 닫아두기 마련인데 이곳은 그냥 열렸다. 옥상에서 담배를 피우는 사람을 보고 여기까지 달려온 보람이 있었다.

마침 옥상에는 아무도 없었다. 그는 서쪽 방향을 주시했다. 호랑이 형상이 그려졌거나 호랑이를 조각한 물건을 찾았다. 아무것도 눈에 띄지 않았다. 좀 더 멀리 볼 수 있다면. 차에 망원경이 있던 게 생각났다. 하지만 그곳까지 갔다 올 시간이 없었다.

호랑이가 도대체 뭘 의미하는 거지? 아무리 머리를 굴려도 마땅한 답이 떠오르지 않았다. 급한 대로 스마트폰으로 호랑이에 대해 검색했다. 자판도 액정도 모두 작아서 제대로 누르기가 힘들었다. 짜증이 겹치자 계속 오타가 났다. 그러는 동안 시간은 하염없이 흘러갔다. 유령이 허락한 두 시간에서 채 5분도 넘지 않았다. 시간에 속박당할수록 두뇌회로의 속도가 눈에 띄게 느려졌다. 그는 시간 안에 문제를 푸는 건 불가능하다는 걸 깨달았다. 그는 유령에게 호랑이에 대한 힌트를 달라고 요구했다. 1분, 2분, 시간은 하염없이 흘러갔다. 피가 바짝 마르는 것 같았다. 아무리 기다려도 답장은 오지 않았다. 그는 다시 한 번 힌트를 요구하는 메일을 보냈다.

어느덧 약속했던 두 시간이 지나고 있었다. 1분 정도 지났을까? 라디오에서 긴급속보가 흘러나왔다. 경기도의 외딴 창고에서 폭발사고가 발생했다. 분명 화재가 아니라 폭발이었다. 바닥이 빙빙 돌기 시작했다. 똑바로 서려고 안간힘을 쓸수록 바닥이, 아니 세상이 더 빠르게 돌았다. 그는 바닥에 털썩 주저앉았다.

민수는 고함을 내지르는 대신 낮게 으르렁거렸다. 유령보다 시간 내에 문제를 풀지 못한 자신을 더 원망했다. 하지만 자책의 시간은 길지 않았다. 분노의 화살은 금방 유령을 향했다. 그는 유령에게 그가 아는 온갖 욕설을 모두 적어 보냈다. 그 정도로 분노가 풀릴 리 없었다. 녀석을 갈가리 찢어 죽이고 싶었다. 그는 벌떡 일어나 벽을 향해 사정없이 주먹을 날렸다. 양손이 부서질 것처럼 얼얼했다. 문득 유령이 준 장갑을 끼고 있다는 걸 깨달았다. 장갑을 벗어서 힘껏 내던졌다. 장갑은 바람을 타고 생각보다 꽤 멀리 날아갔다.

이건 꿈일 거야. 민수는 뺨을 두드리며 생각했다. 희진이가 죽다니. 어떻게 이런 일이. 모든 것이 꿈이길 바랐다. 현실과는 정반대인 꿈.

56

순식간에 TV, 라디오, 인터넷 등 모든 매체가 폭발 소식으로 도배됐다. 갖가지 정보들이 난무해서 뭐가 진실인지 파악하기 힘들었다.

폭발 현장에서 성인 남성으로 추정되는 시체가 발견됐다는 것도 그 중 하나였다. 민수는 거기서 희미한 희망을 보았다. 결코 놓치고 싶지 않은.

끝난 줄 알았는데 유령이 보낸 메일이 도착했다.

　　이번은 연습게임이었다. 또 실패할 경우 번화가에 설치한 폭탄을 터트리겠다.
　　만일 세 번째도 실패할 경우 그때는 네 여자를 죽이겠다.

끔찍한 내용이었지만 민수는 기쁨에 가슴이 메어왔다. 희진이는 죽지 않았다. 그녀는 아직 살아 있다. 하지만 환호는 잠시뿐이었다. 유령은 대량살인을 예고했다. 롯데월드에서의 실패가 녀석에게는 약이 됐을 것이다. 그때처럼 실수하지는 않을 것이다. 그건 수백 명이 목숨을 잃는다는 걸 의미한다. 솔직히 얼굴도 모르는 사람의 죽음에는 큰 관심이 없었다. 그들이 죽음으로 인해서 그녀의 목숨 또한 위태로워진다는 게 걱정이었다.

뭐라고 답장을 보내야 하지? 지금처럼 끌려만 다녀서는 승산이 없다. 이건 처음부터 녀석에게 철저하게 유리한 게임이다. 녀석을 이기려면 게임의 흐름을 바꿔야 한다. 어떻게? 유령은 다른 사람을 조종하고 자신이 우월하다는 걸 증명하고 싶은 욕망에 사로잡혀 있다. 그걸 이용해야 한다. 민수는 유령의 승부욕을 자극하기 위해 도발했다. 이왕 게임을 할 거면 공평하게 하자며 지금까지 유령이 문제를 냈으니 이번에는 자신의 차례라는 메일을 보냈다.

답장은 금방 왔다.

너에게 선택권은 없다. 다시 게임을 시작한다.

30분 안에 미처 풀지 못한 문제의 정답을 보내오면 시내에 폭탄을 설치해둔 장소를 알려주겠다.

명심해라.

30분 남았다.

　손에 쥔 스마트폰은 자판과 액정 모두 익숙하지 않아서 검색하기가 불편했다. 민수는 욕을 내뱉으며 바로 앞 건물에 있는 PC방으로 달려갔다. 자리에 앉자마자 검색엔진에 접속해 호랑이에 대해 검색했다. 젠장. 무수한 자료가 쏟아져 나왔다. 그는 이곳 풍납토성과 호랑이를 키워드로 입력했다. 풍납토성 경당지구에서 호랑이로 추정되는 짐승 얼굴 와당이 발견됐다는 기사를 찾아냈다. 그것 외에 딱히 눈에 띄는 건 없었다. 유령이 그에게 고대 유적을 찾으라고 주문할 리는 없다. 아무리 봐도 이건 아닌 것 같았다. 그림과 호랑이를 키워드로 다시 검색했다. 호랑이 그림은 주로 병귀나 사귀를 물리치는 액막이용으로 사용된다고 한다. 이것도 아닌 것 같았다. 사람을 죽여놓고 액막이용 그림을 걸어놨을 리가 없다.

　문득 그림이 유화가 아니라 동양화였다는 걸 깨달았다. 그는 동양화에서 호랑이가 귀신을 쫓는 것 외에 어떤 의미를 가지는지 검색했다. 신기하게도 호랑이는 보은을 뜻하기도 한다는 검색 결과가 나왔다.

　이번에도 앞뒤가 맞지 않는다. 사람을 죽여놓고 보은을 뜻하는 그림을 걸어두다니? 그때 뭔가가 핑 하며 머리를 꿰뚫고 지나갔다. 좀 전에 시신을 발견했던 현장들이 떠올랐다. 유령은 시신의 머리가 향한 쪽 벽마다 힌트를 남겼다. 첫 번째 장소에는 보라색 매직으로 1992라는 숫자를 적어놓았다. 두 번째는 백호 그림을 걸어놓았다. 아직 첫 번째 힌트에 대해서 하나도 알아낸 게 없다. 1992? 1992년을 말하나? 그때 무슨 일이 있었지? 당장은 떠오르는 게 없었다. 하필이면 왜 보라색을 썼을까? 보라색이 뭘 의미하는 거지? 잡다한 생각이 머릿속을 휘저었다. 가만. 보라색은 청색과 적색을 혼합해서 만든다. 그럼 동남쪽을 의미하는 걸까? 아니다. 방향과는 상관없다. 그냥 힌트를 주는 데 사용했던 붉은색과 푸른색의 혼합색이라 선택한 것일까? 그렇게 단순하지는 않을 것이다. 좀 더 고민해보자.

청색은 목(木)을 적색은 화(火)를 의미한다. 나무에 불이 붙는다. 소각장? 근처에 소각장이 있나? 급하게 검색을 해봐도 근처에 소각장은 없었다. 그럼 뭐지? 잠깐. 붉은색은 여성을 푸른색은 남성을 의미하기도 한다. 그래서 이 두 색깔이 합쳐진 보라색은 게이의 색이라고 불리기도 하지만 넓게 보면 남과 여가 합쳐져야 나오는 색이다. 이 경우 보라색은 남과 여의 결합을 의미한다고 볼 수도 있다. 정확하게는 성폭행을 의미하는 색을 찾을 수 없어서 어쩔 수 없이 보라색을 고른 듯하다. 다음 순간 그는 그 이름을 외칠 뻔했다.

김보은. 아무리 봐도 김보은이 틀림없다. 백호의 흰색은 금(金), 즉 김씨를 의미하고 호랑이는 보은을 의미한다. 1992라는 숫자는 사건이 발생한 연도를 가리킨다. 모든 게 1992년에 발생한 김보은 사건을 가리킨다.

이 사건은 어린 시절부터 딸을 강간한 의붓아버지를 딸과 그녀의 남자친구가 살해한 엽기성 때문에 언론의 큰 주목을 받았다. 이 사건과 1991년에 발생한, 9세 때 자신을 성폭행한 이웃집 남자를 살해한 김부남 사건의 여파로 1994년 '성폭력 범죄의 처벌 및 피해자 보호 등에 관한 법률'이 제정되었다. 민수가 신문과 칼럼에 기고한 글에도 수차례 인용됐던 아주 유명한 사건이다.

　민수는 확실히 하기 위해 밖으로 나와 문 경감에게 전화를 걸었다.

　"아무래도 시간이 좀 걸리겠어. 어디 있는지 짐작도 못 하겠다."

　문 경감은 벨이 울리기 무섭게 전화를 받으며 말했다.

　"경감님. 빠르게 설명드릴 테니까 잘 들으세요. 메모지 있으시죠?"

　"녹음하면 돼. 말해봐."

　민수는 시신을 발견한 장소들과 지금 그가 처한 상황에 대해 간략하게 설명했다. 문 경감은 폭탄에 지대한 관심을 보였다. 하지만 민수는 그의 질문을 묵살했다. 대신 민수는 두 번째 시체의 신원을 최대한 빨리 알려줄 것을 요구했다. 문 경감은 다소 시간이 걸릴지도 모르겠다고 답했다.

　시간이 없다. 민수는 문 경감에게 혹시 피살자들의 사진을 휴대하고 다니는지 질문했다. 눈치 빠른 문 경감은 마침 피살자가 가족과 함께 찍은 사진이 있다며 사진을 전송해줬다. 이를 통해 민수는 자신이 발견한 두 번째 시신이 세 번째 피살자의 아버지라는 사실을 확인할 수 있었다.

　유령이 준 30분에서 겨우 1분이 남았다. 민수는 다급하게 답을 보냈다.

　김보은, 가정 내 성폭력

　유령에게서 답장은 오지 않았다. 그렇다고 폭탄이 터졌다는 뉴스도 없었다. 자신이 정답을 보냈다는 걸 그것으로 확인할 수 있었다.

　안도의 한숨을 내쉬는데 자신이 뭔가를 놓치고 있다는 걸 깨달았다. 그건 희진이 보낸 메시지였다. 정말 부드럽고 달콤했다고? 그는 그녀가 거친 키스에 화를 내던 모습을 떠올렸다. 그래! 그게 희진이가 진짜로 말하고 싶었던 거였다. 유령은 사실 잔인한 킬러가 아니라 부드러운 사람이다. 녀석은 단지 가정 내 성폭력 때문에 분노하고 있을 뿐이다.

머리가 급하게 돌아갔다. 이제 녀석이 어떤 인간인지, 왜 화가 났는지 알았으니 그에 맞게 대처해야 한다. 왜 이제야 희진이가 보낸 메시지를 깨달았을까? 자책할 시간이 없었다. 민수는 다급하게 메일을 보냈다.

> 이제 네가 무엇을 말하고 싶은지 확실하게 알겠다. 너무 늦게 깨달아서 미안하다. 아무리 억울해도 이제 살인은 그만둬라. 만나서 얘기하자. 어디 있는지만 말하면 당장 달려가겠다.

유령은 10분 정도 지나서 메일을 보내왔다. 아쉽게도 자신이 있는 곳은 알려주지 않았지만 폭탄을 설치한 장소가 표시되어 있었다. 놀랍게도 폭탄은 코엑스몰, 그중에서도 유동인구가 많은 곳에 다섯 개나 설치되어 있었다. 민수는 이를 당장 문 경감에게 알렸다. 문 경감은 민수가 유령과의 게임에서 처음으로 이긴 걸 칭찬했다. 그리고 피살자의 가족들에 대해서 설명했다. 그는 두 번째 피살자의 가족과 연락이 전혀 닿지 않는다며, 폭발로 사망한 사람이 두 번째 피살자의 가족일 가능성이 높다고 말했다.

"첫 번째 피살자인 이윤주의 가족은요?"

민수가 질문했다.

"그쪽은 연락이 닿았어."

"누구하고 통화한 거죠? 아버지하고 통화했나요?"

가정 내 성폭력이 도화선이었다면 당연히 표적은 이윤주의 친부일 것이다. 이 모든 비극의 근원을 유령이 결코 지나칠 리가 만무하다.

"아니, 부인이 전화를 받았어. 남편은 조금 전에 약수터에 갔다고 하던데. 별달리 수상한 낌새는 느껴지지 않았어."

문 경감은 살짝 말끝을 흐렸다.

"주소가 어떻게 되죠?"

문 경감은 속았을지 몰라도 민수는 그 말을 믿지 않았다. 민수의 육감이 문 경감의 본능을 자극한 모양이다. 문 경감은 머뭇거리며 주소를 알려주지 않았다.

"경감님! 빨리 주소 불러주세요."

민수는 역정을 냈다.

"녀석을 만나려는 거냐? 녀석이 거기 있는 거냐?"

"그냥 주소만 불러주세요."

"이쯤에서 물러나는 게 어떠냐? 나머지는 경찰이 알아서 할 거다."

"경감님! 제 말 잘 들으세요. 운 좋게 폭탄을 설치한 장소는 알아냈지만 아직 희진이는 유령의 손아귀에 있습니다. 폭탄을 잔뜩 쌓아둔 곳에 멍청한 경찰들이 잔뜩 몰려가면 어떻게 될 것 같아요? 더구나 유령이 원하는 건 경찰이 아니라 바로 접니다. 희진이를 무사히 구해내려면 제가 직접 유령을 만나야 합니다. 녀석이 탈옥을 요구한 것도 그때문입니다."

"알겠다. 주소는 문자로 바로 보내줄게."

"제가 연락하기 전에 절대 경찰에 연락하면 안 됩니다. 아시겠죠?"

대답이 없었다.

"아시겠죠?"

여전히 대답이 없었다. 민수는 그만 전화를 끊었다. 곧 문자메시지가 도착했다. 주소는 경기도 외곽의 전원주택이었다. 내비게이션에 목적지를 입력했다. 출발하기 전, 마지막으로 유령에게 메시지를 보냈다.

> 지금 네가 있는 곳으로 가겠다. 네가 이윤주를 죽이지 않았다는 거 알고 있다. 내가 도착할 때까지 누구도 죽이지 말고 기다리기 바란다. 그동안 널 오해해서 정말 미안하다.

자존심 강한 유령이 그의 말을 따라줄지는 모를 일이었다. 그렇지만 그의 육감은 유령이 자신의 요구를 수용해줄 것이라고 확신하고 있었다. 상처 받은 녀석이 진정으로 원했던 건 따뜻한 위로였다. 그것도 그가 가장 좋아했던 사람, 바로 자신의 위로였다. 녀석이 감옥에 찾아왔을 때 진심을 알아챘다면 일이 이렇게까지 커지지는 않았을 텐데. 후회가 밀려왔다.

지금 생각해보니 처음 유령에 대해 프로파일링 했던 게 정확했던 것 같다. 당시 시신에 옷을 입혀준 걸 보고 유령이 살인을 저지른 후 수치심을 느낀다고 추측했다. 희진의 경우 유령이 첫 희생자인 이윤주를 사랑한 건 아닌가 하고 생각하기도 했다. 이후 롯데월드에서 대량살인을 저지른 걸 보고는 아니라고 판단했지만.

두 번째 피살자의 몸에 남아 있던 상처도 이제는 설명할 수 있다. 서로 다른 두 사람이 찌른 것처럼 얕은 상처와 깊은 상처가 혼재되어 있었던 건, 살인을 망설이던 유령의 고뇌 때문이었다. 감옥에서 녀석과 면담했을 때 감쪽같이 속아 넘어간 것도 설명이 가능하다. 녀석은 압정 따위를 가져와서 자신의 감정을 숨겼던 게 아니다. 너석은 진실을 말했던 것이다. 그는 사람을 죽이며 희열을 느끼는 잔인한 살인마가 아니었다.

그렇지만 여전히 의문은 남아 있다. 왜 여자들을 죽였을까? 그것도 요란스러운 방법을 총동원해서. 가장 이해가 되지 않는 건 롯데월드에서의 대량살인이다. 피에 굶주린 살인마가 아니라면 그런 끔찍한 짓을 저지를 리가 없는데.

혹시 여자들을 죽인 건 그들의 고통을 덜어주기 위해서가 아니었을까? 피살자들은 김보은처럼 가정 내 성폭력의 희생자들이다. 유령은 먼저 여자들을 죽인 다음 그녀들을 강간한 가족들을 살해했다. 가만, 그의 외삼촌도 그의 손에 죽었다. 그리고 보니 두 사람은 무척 닮았다. 그렇다면? 머릿속이 너무 혼란스러웠다. 녀석을 만나면 모든 진실을 알 수 있을 것이다. 그는 액셀러레이터를 힘껏 밟았다.

57

민수는 시동을 껐다. 목적지까지는 꽤 거리가 있지만 일부러 이곳에 주차했다. 여기서부터 걸어갈 생각이었다. 혼자 왔다는 사실을 유령에게 각인시키기 위함이었다. 망원경을 꺼내 목표지점을 관찰했다. 넓은 뜰 뒤로 목적지가 보였다. 목조로 지어진 전원주택은 예상보다 웅장했다. 주택이 아니라 펜션이 아닐까 하는 착각이 들 정도였다. 집은 2층이었는데 한 층이 40평은 넘어 보였다. 각 층마다 발코니가 따로 있었다. 집 뒤편으로는 10여 평 정도의 창고가 있었다. 딸은 죽기 전까지 좁은 원룸에 살고 있었는데.

창문을 통해 내부를 관찰하려고 했지만 상대적으로 지형이 낮은 이곳에서는 안이 잘 보이지 않았다. 그렇지만 그가 자신을 기다리고 있다는 걸 느낄 수 있었다. 잭나이프를 가져갈까 잠시 망설였다. 아니다. 유령은 칼로 협박한다고 통할 상대가 아니다. 희진이 있는 곳을 알아내려면 그에게 협조하는 방법밖에 없다. 칼을 공구함에 집어넣었다. 차문을 열고 밖으로 나섰다. 기다렸다는 듯 차가운 바람이 그를 맞았다. 지퍼를 끝까지 채웠다. 다음 순간 움츠러든 모습을 보이기 싫어서 어깨를 쫙 폈다.

녀석에게 무슨 말을 해야 할까? 이곳까지 오는 동안 어떻게 하는 게 좋을지 곰곰이 생각해보았다. 하지만 눈이 쌓인 비포장길을 걸어가는 지금, 그의 머릿속은 주변 풍경처럼 새하얗기만 했다. 현관 계단에 올라 초인종을 누르려는데, 미처 벨에 손을 갖다 대기도 전에 문이 열렸다. 분노의 불길이 활활 타오를 줄 알았던 유령의 얼굴은 의외로 평온했다. 수많은 사람을 죽인 살인마인데 그가 무섭다거나 역겹지 않았다. 오히려 불쌍하다는 생각이 들었다. 자신과 마찬가지로 그의 인생 또한 엉망이 되어버렸다. 동정과 함께 동질감이 느껴졌다. 인생의 밑바닥까지 가본 사람만이 가질 수 있는 감정이었다.

민수는 유령을 따라 거실로 들어갔다. 남향이라 햇볕을 받는 데다 난방이 잘 되어 있어서 따뜻했다. 비니와 점퍼를 벗고 커다란 가죽소파에 앉았다. 실내 인테리어도 신경 쓴 흔적이 역력했다. 거실 한가운데 커다란 샹들리에가 있고 값비싼 도자기와 그림 들이 실내를 장식했다. 맞은편 벽에는 대형 벽걸이 TV가 켜져 있었고, 벽난로에서는 장작이 타고 있었다. 그가 사는 좁은 독방과 비교하면 이곳은 천국이었다. 유령은 잠시 기다리라고 하더니 주방에 가서 김이 모락모락 나는 차를 가지고 왔다.

"특별히 준비한 오과차입니다."

유령은 차를 건네며 말했다.

"희진이는?"

"그녀는 여기 없습니다. 걱정 마세요. 안전한 곳에 잘 있습니다."

유령은 웃으며 말했다.

"이 집에 살던 사람들은 어디 있지? 벌써 처치했어?"

"아뇨. 안주인은 집 뒤편 창고에 있습니다. 그 썩을 놈은 2층 침실에 감금해놓았습니다."

"그녀에게 전화를 받게 했어?"

"네, 생각보다 연기를 잘하더군요."

유령은 고개를 끄덕이며 말했다.

"네가 자신을 죽이지 않을 거라고 판단했기 때문일 거야. 여자의 육감은 무시무시하거든."

"그렇긴 하죠."

민수는 벽장에 줄지어 놓여 있는 수많은 술병에 눈길이 갔다. 하나같이 먹어보지는 못하고 이름만 들어본 비싼 것들이었다. 민수는 벽장으로 가서 코냑을 한 병 꺼낸 다음 부엌으로 갔다. 이윤주의 어머니는 살림을 무척 잘했다. 거실과 마찬가지로 부엌도 깔끔하게 정리되어 있었다. 싱크대와 바닥에는 물 한 방울도 남아 있지 않았다. 저런 정성의 10분의 1이라도 자식한테 쏟았더라면. 괜히 화가 났다. 순간적으로 부엌칼에 눈이 갔지만 외면해버렸다. 그는 잔을 두 개 챙겨서 거실로 돌아갔다.

"한잔하지?"

민수는 유령에게 술을 권하며 말했다.

"저는 됐습니다. 술을 끊은 지 좀 됐거든요."

"왜, 어디 아파?"

"아뇨, 그럴 일이 좀 있어서요."

유령은 멋쩍게 웃었다.

"혼자 마시면 맛이 없는데."

"죄송합니다. 대신 담배는 어떠세요?"

유령은 담뱃갑을 뒤적였다.

"됐어. 담배는 완전히 끊었거든."

민수는 술잔을 내려놓았다. 술을 마시면 좀 더 화기애애한 분위기
에서 대화할 수 있을 텐데. 그다지 적대적인 분위기는 아니니 이 정도
로 만족할 수 있었다.

"제 얘기를 듣고 싶으시죠?"

"그래서 여기까지 달려왔는데 당연히 듣고 싶지. 물론 희진이가 어
디에 있는지가 더 궁금하지만."

"조금 있다 알려드리겠습니다. 지겨우시더라도 제 얘기를 끝까지 들
어주셨으면 합니다."

"난 얘기 듣는 걸 좋아해. 그리고 네 얘기가 궁금해서 왔는데 지겨울
리도 없고. 자! 이제 나한테 털어놓고 싶었던 얘기를 들려줘. 사람을
죽이는 건 그만하고."

유령은 거실 TV를 켜놓고 있었다. 교도소에 폭탄을 설치했다는 협
박편지와 이후 시 외곽에서 벌어진 폭발로 성인 남성이 사망한 사건,
그리고 방금 코엑스몰에서 발견된 폭탄 관련 소식으로 뉴스가 도배됐
다. 심지어 정규방송을 중단하면서까지 폭탄 관련 속보를 내보냈다.
폭탄을 설치한 사람이 유령이라는 사실이 알려지자 도시는 아수라장
으로 변했다. 하지만 두 사람은 대화에 집중했다.

"제가 왜 그렇게 극단적인 방법을 사용해야 했는지 이젠 아시겠
쇼?"

유령은 편안한 얼굴로 질문했다.

"그렇지만 정말 세상에 알릴 방법이 그것밖에 없었을까?"

"덕분에 모든 사람들이 절 주목하게 됐잖아요."

유령은 TV를 턱짓하며 말했다.

"하지만 네가 원한 건 사람들을 공포에 떨게 만드는 것도, 날 조종하는 것도, 경찰을 조롱하는 것도 아니었잖아?"

"그렇긴 하죠. 하지만 이런 방법이 아니었으면 아무도 제 얘기에 귀를 기울이지 않았을 겁니다. 형의 얘기에 어느 누구도 귀를 기울이지 않듯이 말이죠."

"외삼촌이 친아버지라는 게 이 악몽의 시발점이었더군. 언제 그 사실을 알게 된 거야?"

"군대 갔다 와서 알았어요. 그전에도 대충 눈치채고 있었지만 몰래 DNA 검사를 하고 나서야 확실하게 알게 됐죠. 그 썩을 인간은 자기 친동생을 어릴 때부터 성추행했어요. 그걸 방관한 다른 가족들도 그 인간하고 다를 게 하나도 없어요."

"설마 그들을 다 죽였어?"

"아뇨, 그들한테까지 손을 대지는 않았어요. 하지만 제가 모든 걸 밝히면 남은 평생 손가락질 받으며 살게 될 거예요. 그게 제가 유명해져야 하는 이유 중 하나예요."

"이윤주는 자살했지?"

"네, 제가 그렇게 만류했는데 결국 견디지 못하더라고요……. 형도 알다시피 제 인생은 이 세상의 어떤 단어로도 표현하기 힘들 정도로 비참했잖아요. 그래서 저란 놈한테는 사랑 같은 건 없을 줄 알았어요. 그건 정말 다른 세계에 존재하는 환상이었거든요……. 그런데 살아보니 그게 아니더라고요. 그녀를 처음 본 순간 영화에서나 보던 운명 같은 사랑을 느꼈어요."

"그녀가 성폭행을 당한다는 것도 그때 바로 알았던 거야?"

"네, 저 또한 같은 일을 겪어본 사람이니까요. 그래서 그녀가 더 애틋하게 느껴졌어요. 지금 생각해보니 같은 아픔을 공유했기에 다른 사람에게 마음을 열지 못하던 우리 두 사람이 그렇게 가까워진 것 같아요. 전 어떻게든 그녀에게 힘이 되고 싶었어요. 처음에는 그녀도 조금씩 나아지는 것 같았어요. 살려는 의지도 있었고 정말 열심히 살았으니까요. 언제부턴가 윤주는 제 일이 끝날 때쯤 절 찾아왔어요. 우린 여느 연인들처럼 데이트를 즐겼어요. 짧았지만 그때가 제 인생에서 제일 행복했던 시절이었어요."

유령은 허공을 바라보며 말했다. 그는 난생처음 놀이공원에 간 어린애 같은 표정을 지었다.

"그런데 이윤주 주변 사람들 중에는 널 알아보는 사람이 없었다고 하던데."

민수는 그의 상념을 깨뜨리기 싫어서 잠시 뜸을 들인 다음 말했다.

"우린 정말 조심스럽게 만났어요. 혹시라도 그 미친놈 귀에 윤주가 데이트한다는 소문이 흘러들어가면 난리가 날 테니까요."

"그랬구나."

"마침 모델 에이전시의 눈에 띄어서 모델로 활동할 수 있는 기회도 얻었어요. 하지만 좋은 일은 딱 거기까지였어요. 그 미친놈이 윤주를 찾아와서 또 강간했어요. 혹시 빈 껍질뿐인 사람을 본 적 있어요?"

민수는 대답 대신 고개를 끄덕여주었다.

"윤주가 딱 그랬어요. 겉으로는 아름답고 활기차 보이지만 속은 완전히 타버려서 재도 남아 있지 않았어요. 전 조만간 윤주가 일을 저지를지도 모른다는 걸 알고 있었어요. 하나못해 정신과 상담이라도 받게 했어야 했는데…… 따지고 보면 모든 게 제 잘못이에요."

"아니, 네 잘못이 아니야. 그건 신도 막을 수 없었어."

"아뇨, 제 잘못이에요. 그녀에게 약속까지 했는데, 결국 지켜주지 못했으니까요. 하지만 유언은 꼭 지켜주고 싶었어요."

"유언장을 남겼었니?"

"네, 이 힘든 곳을 떠나기 직전 저한테 문자를 보냈어요. 윤주는 마지막 순간까지도 정말 말도 못하게 착했어요……. 세상 사람들이 자신 같은 사람에게 더 관심을 가질 수 있도록 꼭 도와달라고 부탁하더군요. 지독하게 외롭고 가슴을 짓이기는 고통을 견딜 수 없어서 목숨을 끊으면서도 다른 사람을 먼저 생각하는 애였다고요."

"그 유언을 지키기 위해서 살인을 저지른 거니?"

"처음부터 거기까지 생각한 건 아니에요. 일단 윤주가 타살된 것처럼 위장한 다음 메시지를 보내서 경찰이 윤주의 죽음 뒤에 도사린 진실을 알아내길 바랐어요. 하지만 경찰은 윤주의 죽음에 아무런 관심도 보이지 않았어요. 메시지를 보냈는데도 시신을 찾을 생각도 하지 않았어요. 심지어 부검도 하지 않았죠. 부검만 했더라도 그녀의 몸에 남아 있던 폭행의 흔적을 발견했을 거예요. 그럼 그 쓰레기 같은 자식이 무슨 짓을 저질렀는지 세상 사람들이 다 알게 됐을 테고요."

"그래서 황 기자에게 연락한 거니?"

"네, 아무리 고민해봐도 방법이 없더라고요. 이미 시신은 화장해버렸으니까요. 혹시 황 기자님이라면 진실을 밝혀주지 않을까 하는 마음에 접근했어요. 하지만 그 사람 역시 증거를 외칠 뿐 경찰과 다를 게 없더군요. 그 상황에서 제가 선택할 수 있는 건 그것밖에 없었어요."

"너한테 살해당한 여자들은 심각한 자살 충동을 느끼고 있었지? 아마, 아니 틀림없이 자살 시도도 여러 번 했을 테고."

"네, 그래서 고민 끝에 그들을 선택했는데……. 어떤 변명을 해도 용서 받지 못할 짓이었습니다. 덕분에 관심을 끄는 데는 성공했지만요."

"일차적인 목적은 성공했지만 사실 네가 원한 건 그게 아니었잖아?"

"네, 지나치게 극단적인 방법을 선택한 대가를 톡톡히 치러야 했어요. 누군가는 감춰진 진실을 밝혀내줄 거라고 생각했는데 아무도 진실에는 관심이 없었으니까요. 심지어 믿었던 황 기자님까지도요."

"그래서 더 분노한 거니? 폭탄을 사용할 만큼?"

"아뇨, 폭탄을 터트릴 생각은 전혀 없었어요. 폭탄과 함께 메시지를 남겨서 진실을 밝힐 생각이었어요. 기왕이면 스포트라이트를 받고 싶은 욕심에 폭탄이라는 수단을 사용한 것뿐이에요. 그런데 그만 일이 꼬이고 말았어요. 아니, 지금 생각해보면 그건 핑계일 뿐이에요. 어느 순간부터 전 살인이 주는 쾌락에 중독된 건지도 몰라요. 경찰이 허둥대는 모습과, 덩달아 사람들이 공포에 떠는 광경을 지켜보고 싶은 욕심에 현장에 너무 오래 남아 있었어요. 저를 의심한 형사한테 검거될 위기에 처하자 저도 모르게 스위치를 눌러버렸어요. 정말 어이없게도 하필이면 메시지를 넣어둔 폭탄이 터져버렸어요. 맹세코 이게 그날의 진실이에요. 그렇지만 저도 믿기 힘든데 아무도 제 말을 안 믿어줄 거예요. 그렇죠 형?"

"난 널 믿어. 그 말이 그렇게 하고 싶어서, 아니 위로를 받고 싶어서 날 찾아왔던 거야?"

"네."

유령은 소년 같은 수줍은 미소를 지으며 말했다.

"날 정말 좋아한 모양이구나."

"끔찍했던 시절, 형의 기사가 큰 도움이 됐으니까요. 세상 사람들이 모두 등을 돌린 줄 알았는데 그렇지 않은 사람도 있다는 걸 알게 됐으니까요. 더구나 형은 진심으로 참회하는 데다 억울한 누명까지 쓴 상태라 누구보다 절 잘 이해해줄 줄 알았어요."

"그런 내가 널 비난만 하니까 화가 많이 났겠구나. 그래서 희진이를 납치한 거야?"

"꼭 그런 건 아닌데, 형을 이렇게 다시 만나려면 그것 말고는 방법이 없었어요."

"나한테 너무 가혹했다는 생각은 안 들었어?"

민수는 가볍게 웃으며 질문했다.

"솔직히 조금 놀랐어요. 진짜로 모든 걸 내던질 줄은 몰랐거든요."

"너 역시 모든 걸 걸지 않았나?"

"듣고 보니 그러네요."

유령은 힘없는 미소를 지어 보였다.

"이제 게임은 끝난 거지?"

"계속할까요?"

"아니, 사양하겠어. 직접 뛰어보니 생각보다 힘들더라. 예전 같으면 그렇게 많은 단서들을 허투루 놓치진 않았을 텐데. 나도 이젠 늙었나 봐."

"소중한 사람을 잃을지도 모른다는 공포 때문에 시야가 좁아져서 그런 거죠. 여전하시던데요 뭘."

"처음부터 너한테 희생된 사람들의 복수를 직접 해줄 생각이었지?"

"네."

유령은 가볍게 고개를 끄덕였다.

"이제 만족하니?"

"잘 모르겠어요. 이걸 뭐라고 표현해야 할지……. 형이 오기 전부터, 아니 오래전부터 고민해봤는데 마땅한 단어가 떠오르지 않네요."

유령은 울먹이기 시작했다. 곧 그의 몸이 격렬하게 떨렸다. 잠시 지켜보던 민수는 그에게 다가가 등을 토닥여주었다. 유령은 괜찮다며 화장실로 갔다. 다시 돌아온 그의 얼굴은 이전처럼 침착해 보였다.

"하고 싶은 얘기가 있으시죠?"

유령이 질문했다.

"응."

민수는 유령과 눈을 맞추며 대답했다.

"황 기자님 얘기죠?"

"그래."

"황 기자님을 용서해주겠다고 이 자리에서 약속하시면 희진 씨가 있는 곳을 알려드릴게요."

"만일 그렇게 하지 않으면?"

"굳이 그렇게까지 할 필요가 있을까요? 형은 지금 경찰이 아니잖아요. 더구나 황 기자님도 피해자의 한 사람이에요."

"그런가?"

두 사람은 잠시 그에 대해 얘기를 나눴다. 마지막에 유령은 희진을 감금한 장소를 알려줬다. 민수는 문 경감과 철수에게 전화해 그녀가 있는 곳을 알렸다.

"이런 말 하긴 좀 그런데. 그러니까……."

민수가 말했다.

"자수하라고요?"

유령이 말꼬리를 자르며 말했다.

"그래. 그냥 자수하는 게 어떻겠어? 침실에 묶여 있는 이윤주의 아버지도 숨이는 것보단 법정에 세워서 법의 심판을 받게 하는 게 어떨까? 물론 기껏해야 몇 년 살고 나오겠지만 언론에 공개된 이상 평생 고통 받게 될 거야. 너도 잘 알겠지만 양심의 고통은 생각보다 괴로워. 눈을 감을 때까지 그 고통과 더불어 살게 하는 게 더 효과적인 처벌 아닐까?"

"글쎄요. 전 제 방식대로 끝내고 싶어요. 저런 철면피는 절대 후회하지 않는다는 거 잘 아시잖아요? 더구나 이제 증거도 없고, 저 여자는 남편에게 손톱만큼이라도 피해가 가는 말은 하지 않을 거예요……. 씨발. 평생을 그렇게 살았으니까요. 저 망할 년은 심지어……. 죄송해요. 아 씨발. 미치겠네. 저년은 저 미친놈과 마찬가지로……. 이게 씨발 말이 돼요. 저 씨발 놈들은 심지어 모든 게 윤주 잘못이라고 나무라기까지 했어요. 그게 말이 돼요? 그런데 진짜 좆같은 건 그런 미친 인간이 저것들만이 아니라는 거예요. 그게 부모라는 것들이 할 말이에요? 지금도 왜 내가 저걸 살려주려는지 이해할 수가 없어요."

"폭력에 길들여지면 그 끝은 상상 이상으로 비참해지게 마련이야. 너도 충분히 겪어봤잖아? 여기서 한발 물러나서 냉정하게 생각해봐?"

"그래서요? 설령 하늘에서 증거가 우수수 떨어지더라도 이 좆같은 나라에서는 얼마나 솜방망이 처벌을 받는지 잘 알잖아요? 피해자는 수차례 자살 시도를 하고 겨우 살아남아도 인생이 막장이 되어버리는데 저런 개새끼들은 집행유예로 풀려나서 떵떵거리며 사는 걸 누구보다 잘 알잖아요? 기억나요? 그래서 형이 앞장서서 강력한 처벌을 요구하기도 했잖아요? 심지어 잘릴 걸 각오하고 1인시위도 했죠? 형식적이지만 언론에서 그런 형을 인터뷰하기도 했고요. 그나마 열심히 뛴 게 황 기자님이었죠. 그리고 보니 당시에는 정말 잘나가는 프로파일러와 기자였네요. 존나 잘나가는 두 사람이 피땀을 흘렸는데 결과는 어땠나요? 죄송하지만 뭔가 바뀐 게 하나라도 있었나요? 아이 씨발. 왜 이 좆같은 나라는 피해자만 계속 상처를 받아야 하죠? 네?"

"미안하다. 변명같이 들리겠지만 세상은 쉽게 변하지 않아. 기득권자들이 그걸 원하지 않기 때문이야. 그래도 희망을 버리지는 마. 권력을 쥔 자들이 선거 때마다 굽실거리는 건 지금도 우리 같은 개미들이 욱하면 바꿀 수 있다는 증거니까. 웃기지 않냐? 평소엔 그 귀하신 분들이 어디 한번 고개라도 까딱하니?"

"솔직히 전 그런 개새끼들도, 입으로만 그런 새끼들을 까는 사람들도 믿지 않아요. 하지만 형 말처럼 변화가 있길 바랄게요. 절대 빈말이 아니에요. 진심이에요. 그게 윤주가 진정으로 원했던 거고, 제가 모든 걸 걸었던 이유니까요. 형도 최선을 다해주실 거죠?"

"어떤 일이 있어도 너와의 약속은 꼭 지킬게."

"고마워요. 그런데 형은 이만 돌아가는 게 좋겠어요. 좀 전에 화장실에 갔다 오면서 언론사에 연락했거든요. 지금쯤 벌 떼같이 달려오고 있을 거예요."

"왜 그런 짓을 했어?"

"경찰과 기자들은 형을 금방 알아볼 거예요. 집 뒤편에 샛길이 있어요. 그 길로 가면 다른 사람 눈에 띄지 않고 차가 있는 곳까지 갈 수 있을 거예요. 빨리 가세요."

"그래도."

"형을 기다리는 사람한테 가셔야죠. 저처럼 되지 않으려면 빨리 가세요. 더구나 형이 잘못되면 형을 도와준 사람들도 다치잖아요. 부탁이에요. 제 인생을 여기서 더 엉망으로 만들지 마세요."

유령은 쓸쓸하게 웃으며 말했다. 그러나 민수는 머뭇거렸다. 기다렸다는 듯, TV에서 유령의 은신처를 알아냈다는 뉴스속보가 흘러나왔다. 민수는 마지못해 자리를 떴다. 샛길은 숲 한가운데로 이어져 있어서 외부에서는 그를 볼 수 없었다. 덕분에 그는 누구에게도 들키지 않고 차에 도착할 수 있었다. 잠시 상황을 지켜볼까 고민했다. 하지만 황기자의 차라는 걸 알아보는 사람이 있으면 곤란해진다. 그는 조심스럽게, 그러나 빠르게 현장을 벗어났다.

58

"더 이상 다가오지 마라! 부비트랩을 설치해놓았다."

유령은 확성기에 대고 고함을 내질렀다. 거짓말이지만 효과는 탁월했다. 경찰도 기자들도 순식간에 10미터는 뒤로 물러났다.

"원하는 게 뭐냐?"

책임자인 듯한 남자가 확성기로 질문했다. 한겨울 한파에도 불구하고 그는 땀을 비 오듯 흘리고 있었다.

"간단하다. 지금부터 내가 말하는 내용을 여과 없이 전부 다 방송에 내보내라. 그러면 더 이상 폭탄을 터트리지 않겠다."

"그게 전부냐?"

"그렇다."

"나 혼자서 결정할 수 있는 문제가 아니다. 시간이 필요하다."

"시간이 없다. 지금 당장 방송에 내보내라."

경찰이 머뭇거리는 사이 방송사 기자들 사이에서 한바탕 소동이 벌어졌다. 한 기자가 양손을 번쩍 들어 자신을 알리더니 손가락으로 오케이 사인을 내보냈다. 유령은 해당 방송사로 채널을 돌렸다. 화면에는 방금 손을 든 기자가 나왔고 현장음도 생생하게 전송되고 있었다. 유령은 채널을 고정한 다음 미리 준비해둔 유서를 읽었다.

"나는 친오빠에게 강간당한 여자의 버림받은 자식이었다."

길지도 짧지도 않은 분량이지만 그의 인생이 거기에 오롯이 담겨 있었다. 민수에게 모든 걸 털어놓은 다음이라 그런지 담담하게 밝힐 수 있었다. 읽다 보니 지나치게 짧은 건 아닌가 하는 생각이 들었다. 아니다. 불행이 너무 길었을 뿐이다.

"다시 한 번 말하지만 나는 이윤주를 죽이지 않았다. 그녀는 파렴치한 아버지 때문에 자살한 것이다. 그러나 그녀를 지켜주지 못한 주제에 성폭력 피해자인 두 명의 여자를 잔인하게 살해한 것도, 롯데월드에서 폭탄을 터트린 사람도 나다. 거기에 대해서는 진심으로 용서를 구한다. 앞에서도 말했지만 폭탄을 터트린 건 실수였다. 이 못난 놈 때문에 억울하게 돌아가신 모든 분과 그 유가족들에게 마지막으로 진심어린 사죄를 구한다. 내가 저지른 천인공노할 죄는 죽음으로도 용서받을 수 없다는 걸 잘 알고 있다. 믿어지지 않겠지만 지옥에서라도 속죄하면서 살고 싶다. 지금까지 내 얘기를 들어준 모든 사람들에게 감사하다는 말을 전하며, 더불어 내가 한 얘기를 잊지 말아주기 바란다."

유령은 유서를 내려놓고 폭파 스위치에 손을 갖다 댔다. 일말의 후회도 없을 줄 알았는데, 순간적으로 망설여졌다. 윤주도 이랬을까? 그녀도 마지막 순간에 주저했을까? 윤주는 여러 번 자살을 시도했었다. 그때마다 무섭고 지독하게 외로웠다고 했다. 이제 그녀를 완전히 이해할 수 있었다.

유령은 핸드폰에 저장해둔 그녀의 사진을 뚫어져라 바라봤다. 그곳에서 그녀를 다시 만날 수 있을까? 내 메마른 가슴에 품었던 유일한 사람을. 내가 살아 있는 생명체라는 사실을 깨닫게 해준 사람을. 내 심장을 모두 가져간 사람을. 지나온 거친 삶보다 그녀와의 이별이 몇 갑절이나 쓰라렸다. 이제 그녀를 만날지도 모른다는 희망에 가슴이 메어왔다. 이 길고 힘들었던 외로움이 드디어 끝나다니. 그녀를 처음 만난 날이 떠올랐다. 이제 그 떨림을 다시 느낄 수 있다.

다음 순간 그는 가혹하기만 한 자신의 운명을 깨달았다. 나는 틀림없이 지옥의 불구덩이에서 영겁의 세월을 보내게 될 것이다. 죽어서도 그녀와는 만나지 못하겠지. 아니, 반드시 그렇게 되어야만 한다. 삶이 지옥이었으니 죽어서는 편안하길 바라니까. 그녀를 볼 수 없지만 후회는 없다. 나란 사람은 늘 혼자였으니까. 이건 그녀를 위해 떠나는 길이니까. 그의 존재 이유가 바로 거기에 있었다. 그는 망설임 없이 버튼을 눌렀다.

59

철수에게서 희진을 찾았다는 연락이 왔다. 그녀는 무사하다고 했다. 근처 병원으로 가는 길이며, 도착하는 대로 다시 연락을 주겠다고 했다. 민수는 급히 철수가 말한 병원으로 차를 몰았다. 가는 도중에 문경감의 전화를 받았다. 검사 결과 몸에 별 이상은 없지만 일단 입원했다며 병실번호를 알려줬다.

운전하면서 계속 뉴스에 집중했다. 예상했던 대로 유령은 자폭으로 생을 마감했다. 집은 흔적도 없이 사라졌다. 다행히 창고는 무사했다. 잠시 후, 경찰은 그곳에서 결박당한 이윤주의 어머니를 발견했다. 죽음만이 유일한 해결책이었을까? 그로서는 답을 알 수 없었다.

늦은 시간이지만 로비는 사람들로 붐볐다. 병원에 올 때마다 느끼는 거지만 세상에는 아픈 사람들이 정말 많다. 유령도 그랬다. 그도 그랬다. 지금 병실에 있는 희진 역시 마찬가지다. 복도로 들어서자 소독약 냄새가 코를 찔렀다. 그녀가 있는 병실은 독방이었다. 청결하고 따뜻했다. 문 경감과 철수가 병실을 지키고 있었다. 그가 들어오는 모습을 본 희진은 몸을 일으키려고 했다. 안타깝게도 그녀는 며칠 사이 몇 년은 늙은 것 같았다.

"됐어. 그냥 누워 있어. 그러고 보니 꽃이라도 사 와야 했는데……. 그럴 정신이 없었어."

민수는 그녀를 보고 나서야 빈손으로 왔다는 걸 깨달았다.

"어때요? 죽지는 않겠죠?"

민수는 문 경감을 보며 질문했다.

"왜, 내가 죽기를 바랐어?"

문 경감 대신 희진이 대답했다.

"체력이 많이 떨어진 데다 감기기운까지 있지만, 보다시피 생명에는 지장이 없다고 하더라. 며칠 푹 쉬면 나을 거래."

문 경감이 말했다.

"저 경감님."

철수가 문 경감의 두툼한 옆구리 살을 슬쩍 찔렀다.

"왜?"

"이제 교대할 시간인 것 같습니다."

"아!"

두 사람은 민수에게 윙크를 한 다음 방을 나갔다. 잠시 어색한 침묵이 흘렀다. 그는 그녀에게 다가갔다.

"얼굴이 엉망이지?"

희진이 말했다.

"아니."

"거짓말."

"전에 얘기했을 텐데. 넌 아침에 막 눈을 떴을 때부터 불을 끄고 잠자리에 누울 때까지 항상 예뻐."

민수는 그녀의 머리를 가볍게 쓰다듬어주며 말했다. 좀 전에 샤워를 한 모양이다. 그녀의 몸에서 샴푸와 비누 냄새가 났다. 살아 있다는 걸 각인시켜주는 그 냄새가 황홀했다. 그녀의 이마에 키스를 하려는데 그녀가 그를 힘껏 끌어안았다. 얇은 환자복 아래로 그녀의 따뜻한 체온과 부드러운 몸이 느껴졌다. 입을 맞추자 그녀의 봉긋한 가슴이 딱딱해졌다. 그녀의 손끝이 스치자 전기가 흐르는 것처럼 짜릿했다. 그 감각은 오랫동안 잊고 있던 그의 욕망을 부채질했다.

연인과 같이 맞이하는 아침은 눈부셨다. 그녀의 아침 입 냄새마저 사랑스러웠다. 그녀의 매력적인 몸은 그를 다시 달아오르게 했다. 그는 시간이 이대로 멈추길 바랐다. 하지만 야속한 시간은 이별을 향해 치달았다.

"고백할 게 있어."

희진이 말했다.

"무슨 고백? 날 사랑한다는 거?"

민수는 웃으며 말했다.

"어제는 정신이 없어서 미처 말하지 못했는데……. 뒤늦게 알게 됐어."

"뭘?"

"선배가 연쇄살인범이 아니라는 거."

"그럼 그간 계속 그렇게 생각하고 있었던 거야?"

"미안해요."

희진은 고개를 숙이며 말했다.

"미안할 필요 없어. 어쨌든 내가 살인범이라는 사실은 변함없으니까."

"그래도."

"그래도 너만이라도 진실을 알게 돼서 정말 다행이야."

"어떻게든 억울한 누명은 풀어야 하지 않을까?"

"이제 가봐야 해."

민수는 시계를 보며 말했다.

"그냥 이대로 멀리 도망치면 안 돼?"

그녀의 눈가는 이미 축축했다.

그 역시 그 생각을 안 해본 건 아니다. 더 이상 좁은 감방에서 고독하게 지내고 싶지 않았다. 그곳에서 느끼는 외로움과 공포는 삶을 갈기갈기 찢어놓았다. 철수의 도움을 받는다면 외국으로 밀항하는 것도 불가능하지 않다. 새로운 곳에서 새 삶을 시작할 수 있다. 하지만 황기자는 어떻게 하고? 그를 믿고 모든 걸 던진 남자를 배신하고 싶진 않았다. 비록 그처럼 평생을 감옥에서 썩진 않겠지만.

"그곳에서 또 만날 수 있잖아. 그러려면 어느 미친놈이 또 살인을 저질러야 하지만."

민수는 웃으며 말했다. 그녀는 아무런 대답이 없었다.

"그럼 가볼게."

그는 마음이 약해지기 전에 뒤돌아섰다. 그녀의 눈물을 지켜보다간 자신이 어떻게 행동할지 자신할 수 없었다.

문 경감은 복도에서 그를 기다리고 있었다. 나를 감시하고 있었나? 설령 그렇다고 해도 야속하진 않았다. 문 경감은 그와 달리 가진 게 많았다. 그만큼 잃을 것도 많았다.

황 기자의 차에 가서 정장으로 갈아입었다. 그가 먼저 출발했다. 문 경감은 바싹 붙어서 따라왔다. 여진히 그를 믿지 못하는 눈치였다. 문 경감과 함께 면회실로 향했다. 이곳까지 와서도 긴장을 풀지 못했는지 그는 민수 바로 옆에서 이동했다.

모퉁이를 돌던 민수는 화들짝 놀랐다. 젠장. 이 시간에 저 악마를 여기서 만나다니. 그를 담당하는 교도관이 맞은편에서 걸어오고 있었다. 유령이 교도소에는 폭탄을 설치하지 않았다고 밝혔고, 그래서 이렇게 면회도 허락받았는데. 그런데도 교도관들의 휴가 일정은 물론이고 근무 스케줄까지 전면적으로 재조정된 모양이었다.

평소 입고 다니는 옷의 스타일만 바꿔도 사람이 확 달라 보인다. 수형복 대신 정장을 착용하고 주의를 다른 곳으로 돌리기 위해 색깔 있는 안경까지 썼다. 그보다 2센티 정도 큰 황 기자의 키와 맞추기 위해 태어나서 처음으로 깔창도 사용했다. 하지만 교도관을 속인다는 보장이 없다. 무엇보다 걸음걸이가 문제였다. 황 기자에게는 자신의 걸음걸이를 따라 하도록 주문했고 연습까지 시켰는데, 정작 그는 아무것도 하지 않았다. 무의식중에 평소 걸음걸이가 나올지도 모른다. 상대는 그가 아는 사람 중에서 관찰력이 가장 뛰어난 부류에 속했다. 그렇다고 여기서 갑자기 되돌아가면 더 상대의 이목을 끌게 된다.

어떻게 해야 하지? 민수는 급하게 머리를 굴렸다. 긴장할수록 머리 회전은 느려졌고 몸도 뻣뻣해졌다. 발을 내디딜 때마다 늪에 빠지는 것 같았다. 이런 부자연스러운 움직임은 상대를 자극한다는 사실을 민수는 누구보다 잘 알고 있었다.

방법은 이것밖에 없다. 둔해 보여도 문 경감은 눈치가 백 단이다. 민수는 문 경감의 두툼한 옆구리를 힘껏 찔렀다.

"에취!"

문 경감은 갑자기 기침을 했다.

"아 내 이럴 줄 알았어. 에취."

문 경감이 상대의 시선을 끄는 데 성공했다. 교도관은 민수 쪽으로는 눈길도 주지 않았다.

"저기 죄송한데 휴지 없습니까?"

문 경감은 코를 훔치며 교도관에게 질문했다.

"죄송합니다. 없습니다."

"그럼 화장실은 어디 있습니까? 거기에는 휴지가 있겠죠?"

"저기 복도 끝 모퉁이를 돌면 보일 겁니다."

교도관은 몸을 돌리며 설명했다. 그 틈에 민수는 무사히 교도관을 지나쳐 갈 수 있었다. 문 경감은 민수가 시야에서 완전히 사라질 때까지 교도관을 붙잡고 이런저런 얘기를 늘어놓았다. 어쩌면 그가 민수보다 배는 놀랐을 텐데, 그런 상황에서도 연기력이 출중했다.

면회실로 들어온 문 경감은 민수를 보더니 특유의 새우 눈웃음을 지었다. 그의 이마는 땀으로 흥건했다.

"순발력은 여전하시군요."

민수가 웃으며 말했다.

"말도 마. 다리가 후들거려서 미치는 줄 알았다. 혹시 들킬까 싶어서 진짜 조마조마했다. 인마. 쪽팔리는 얘기지만 이 나이에 오줌까지 지렸다면 믿겠어?"

"하긴 이제 그럴 나이가 됐네요."

"뭐라고? 이 자식 말하는 거 봐라."

"그래서 제가 살 빼라고 노래를 부르지 않았습니까? 그 어마어마한 살들에 하루 종일 짓눌려 있는데 방광이 제 구실을 할 수 있겠습니까?"

"어쭈, 이 새끼가 아주 막 나가는데?"

"꼬우면 고소하든지. 아니면 살을 빼든지."

문 경감은 대답 대신 입을 크게 벌리며 소리 없이 웃었다. 민수도 입을 막고 배를 두드리며 웃었다. 하지만 즐거운 시간도 잠시, 두 사람은 누가 황 기자를 데려올지 몰라 바짝 긴장했다. 민수를 잘 아는 교도관이 황 기자와 동행한다면 뭔가 달라진 점을 발견할지도 모른다. 여태까지 모든 게 다 잘 해결됐는데. 마지막에 틀어지진 말아야 할 텐데. 아무런 부담이 없는 민수는 비교적 침착했지만 문 경감은 안절부절못했다. 그의 거대한 몸에서 김이 모락모락 솟았다. 거의 1초 간격으로 뱉어내는 거친 숨소리와 뜨거운 열기가 방 안을 가득 메웠다.

잠시 후, 황 기자가 면회실로 들어왔다. 문 경감은 반사적으로 고개를 돌렸고 민수는 태연한 척하느라 곁눈으로 확인했다. 다행스럽게도 낯선 교도관과 함께였다. 그는 실내를 한번 쓱 훑어보고는 바로 자리를 떴다. 잔뜩 굳어 있던 문 경감은 교도관이 사라지기 무섭게 바닥에 쓰러질 기세였다.

황 기자는 오랜 전쟁을 치른 군인처럼 피곤해 보였다. 감옥에서의 하루는 사람을 그렇게 만드는 법이다.

"정말 수고하셨습니다."

황 기자는 민수의 손을 꽉 움켜쥐며 말했다.

"일단 옷부터 갈아입고 나서 얘기합시다. 시간은 많습니다."

민수는 웃으며 말했다. 다시 수형복을 입으려니 착잡했다. 막상 입고 나니 피부처럼 편안했지만. 두 사람이 옷을 갈아입을 동안 문 경감은 잔뜩 긴장한 상태로 망을 봤다. 둘은 옷을 갈아입고 자리에 앉았다. 민수는 지난 하루 동안 있었던 일을 상세하게 설명했다. 황 기자는 묵묵히 듣기만 했다.

"그나저나 이런 말 하긴 좀 그런데……."

민수는 일부러 분위기를 잡았다.

"뭡니까?"

황 기자는 문 경감을 힐끗 쳐다보며 말했다.

"그게 제가 큰 실수를 저질렀습니다."

"실수요? 혹시 밖에서 돌아다닐 때 누가 민수 씨를 알아본 겁니까?"

황 기자의 안색이 창백해졌다.

"그게 아니라 조만간 과속 스티커가 정신없이 날아들 겁니다."

"난 또 뭐라고. 그래, 많이 찍혔나요?"

"뭐 그것 때문에 굶어 죽기야 하겠습니까? 참! 핸드폰 확인해보세요. 장난이 아니던데."

황 기자는 황급히 옷을 뒤져 핸드폰을 꺼냈다. 얼마나 전화가 많이 왔던지 배터리가 간당간당했다.

"이런, 캡이 날 때려죽이려고 하겠군요."

황 기자는 얼굴을 찡그리며 말했다.

"지금부터 할 일이 태산 같을 텐데……. 오늘 면회는 여기서 마치는 게 어떻습니까?"

"그래야 할 것 같습니다. 조만간 다시 찾아오겠습니다. 굶어 죽지 않으려면 일단 기사부터 끝내야 할 것 같습니다."

"제가 얘기한 내용을 그대로 기사에 싣기는 힘들 텐데요."

"제 나름대로 유령에 대한 특집 기사를 쓸 생각입니다."

"무척 기대되는군요."

"경찰은 적당히 씹으세요."

침묵을 지키던 문 경감이 처음으로 입을 열었다. 어느새 얼굴을, 아니 온몸을 적셨던 땀이 다 말라 있었다.

"글쎄요. 장담하긴 힘들 것 같은데요. 나가는 길에 두부 한 모 사주신다면 몰라도요."

황 기자가 말했다.

"두부 백 모라도 사드리겠습니다."

"아 참! 경감님은 어떻게 되는 겁니까?"

민수가 질문했다.

"여전히 직무정지 상태긴 한데 분위기가 좋은 쪽으로 흐른다는군. 며칠 지나면 어떤 식으로든 결판이 나겠지."

"그러면 다들 수고하세요. 황 기자님 바쁘실 텐데 오늘은 이만하죠. 다들 정말 수고 많으셨습니다."

민수가 자리에서 일어섰다.

"영화에만 해피엔딩이 있는 줄 알았는데 현실에도 그런 게 있긴 하군요."

황 기자가 문을 나서며 말했다.

글쎄, 이게 과연 해피엔딩일까? 민수는 쓸쓸하게 웃었다.

에필로그

 황 기자는 환하게 웃으며 민수를 맞았다. 그는 대뜸 민수에게 신문을 건넸다. 아침에 봤지만 민수는 다시 꼼꼼하게 읽었다. 황 기자의 기사가 1면을 장식했다. 그는 유령의 어두웠던 과거를 소상하게 밝혔다. 그 때문에 유령이 괴물로 변한 과정도 차분하게 기술했다. 워낙 세간을 떠들썩하게 만든 사건인 데다 수많은 사연들이 복잡하게 얽혀 있어서 다루지 못한 내용도 많았다. 그는 이에 대한 특집 기사를 계속 내보낼 예정이고, 그래도 못 다한 얘기는 책으로 펴낼 것을 약속했다.
 "정작 이 기사를 봐야 할 사람은 이 세상에 없군요."
 민수는 신문을 내려놓으며 말했다.
 "그러게 말입니다. 누구보다 이 기사를 간절하게 원했는데."
 "그래도 이렇게 세상에 널리 알려졌으니 소원은 풀었다고 봐야죠. 그나저나 무척 바빴던 모양입니다."
 황 기자는 수척했다. 머리도 수염도 전혀 손보지 않아서 단정하던 사람이 산적처럼 변해 있었다.
 "사회생활이 몇 년인데, 몸이 힘든 건 충분히 견딜 수 있습니다. 하지만…… 마음의 고통은 어떻게 할 방법이 없더군요. 정말 사이코패스는 타고나나 봅니다. 머리털 나고 그런 놈들을 부러워해보긴 처음입니다."
 "대부분의 사이코패스는 그다지 위험하진 않습니다. 사실 잔인한 연쇄살인범보다 양심을 팔고 이득을 취하는 사이코패스들이 더 해로운 놈들이죠. 그들은 수천, 수만, 어떨 때는 수억 명을 괴롭히니까요."

"하늘은 뭐 하는지 모르겠습니다. 정작 감옥에 가야 할 놈들이 더 큰 소리를 치고 있으니."

"법은 가진 자들이 자신을 지키기 위해서 만든 것이니까요."

"저…… 사실 할 말이 있습니다."

"희진이한테 고백했다가 차인 거 말인가요?"

민수는 웃음으로 받았다. 하지만 황 기자는 웃지 않았다.

"그간…… 유령을 도와줬습니다."

"알고 있습니다."

민수는 담담하게 말했다.

"알고 있었다고요?"

"명색이 전직 수사관, 그것도 프로파일러였는데 그 정도도 눈치채지 못할 줄 알았습니까? 사실 너무 쉬웠습니다. 우선 누구보다 앞장서서 경찰을 비난하지만 속내를 보면 지나치게 협조적이었습니다. 경찰 쪽에서 정보가 새어 나가서 특종을 놓친 경우까지 있는데도 경찰의 요구를 꽤 오랫동안 받아들이곤 했죠. 이에 대한 보답으로 경찰은 수사 과정을 상세하게 알려줬고요. 왜 그렇게까지 수사정보에 집착해야 했을까요?"

"제가 흔적을 많이 남기긴 했군요. 또 뭐가 있죠?"

"수사정보가 누출돼서 가장 이득을 본 사람은 다름 아닌 유령이었습니다. 홍대에서 살인을 저지를 당시 이 정보가 밖으로 새어 나가서 수사팀은 큰 혼란에 빠졌습니다. 그들의 일거수일투족이 공개되다시피 했으니까요. 혹시 이를 노리고 일부러 정보를 누출한 게 아닐까 하는 의혹을 지울 수가 없었습니다."

"네, 맞습니다. 유령을 도와주려고, 아니 그가 검거될까 두려워서 제가 일부러 흘린 겁니다."

황 기자는 고개를 끄덕였다.

"제가 유령을 도발할 때 황 기자님을 불렀던 건 사실 테스트를 위한 목적도 있었습니다."

"테스트요?"

"내 요구를 어느 정도까지 수용해주나 하는 거였습니다."

"아!"

"지나칠 정도로 유령을 비하했는데도 크게 신경 쓰지 않더군요. 그건 유령이 자신을 버릴 수 없다는 사실을 인지하기 때문에 생긴 자신감으로 보였습니다."

"듣고 보니 많이도 흘리고 다녔군요."

"그게 끝은 아닙니다."

"더 있단 말입니까?"

"네, 평소 경찰을 질타하던 사람이 최근 들어 수사팀을 옹호하는 것도 의심스러웠습니다. 조직이 재편되면 따끈한 정보를 얻기 힘들어지죠. 아무래도 새로운 조직에는 아는 사람도 적고 정보 누출에 대해서 만큼은 철저하게 신경 쓸 테니까요. 더구나 각별한 사이인 희진이를 통해 기밀정보를 얻어내는 것도 불가능해지죠."

"맙소사, 그런 것도 모르고 멋지게 속여 넘겼다고 자부하고 있었으니……. 세상에 이런 바보가 또 없군요."

황 기자는 뒷머리를 긁적였다.

"혹시 누가 또 알고 있습니까?"

다음 순간, 황 기자는 의자를 바싹 낭겨 앉으며 질문했다.

"황 기자님과 저, 그리고 유령이 전부입니다. 이미 한 명은 이 세상 사람이 아니군요."

"희진 씨한테는 말하지 않았군요."

"쓸데없는 말은 잘 안 하는 스타일이라서요."

"왜 절 고발하지 않은 거죠? 그러면 희진 씨한테 덤벼드는 라이벌이 당장 사라질 텐데요."

"몰랐어요? 우린 공범이잖아요. 제 탈옥을 도와준."

민수는 웃으며 말했다.

"민수 씨가 탈옥한 건 무덤까지 안고 가겠습니다. 하지만 유령을 도와준 건 그렇게 하지 못하겠습니다. 탈옥을 도와준 덕분에 많은 사람, 특히 희진 씨를 살릴 수 있었습니다. 반면 제가 유령을 도와줬기 때문에 너무 많은 사람이 목숨을 잃었습니다. 홍대에서 유령이 검거됐더라면 이후에 무고한 사람들이 억울한 죽음을 당하진 않았을 겁니다. 솔직히…… 처음 유령을 도와줬을 때 짜릿한 기분을 느끼기도 했습니다. 대리만족이라고 할까요? 경찰이 무참하게 짓밟히는 모습을 지켜보면서 환호를 터트리기도 했습니다. 부끄러운 얘기지만 사람이 죽었다는 건 당시에는 큰 문제가 아니었습니다. 복수와 성공에 도취돼서 다른 건 전혀 눈에 들어오지 않았으니까요. 어쩌면 사회부 기자 생활을 오래하다 보니 나도 모르는 사이 죽음에 무감각해진 건지도 모르겠습니다. 수십 명이 목숨을 잃고 나서야 비로소 제가 무슨 짓을 저질렀는지 깨닫게 됐습니다……."

"유령이 폭탄을 터트린 건 실수였습니다. 마지막에 유령이 처단한 자들은 죽어 마땅한 인간들이었고요. 유령에게 희생된 여성들 역시 그가 손을 쓰지 않았어도 오래 살진 못했을 겁니다. 이미 수차례 자살 시도를 했던 사람들이고…… 어쩌면 유령이 지옥 같은 삶을 끝내주길 바랐을지도 모릅니다……. 사실상 유령의 첫 번째 희생자라고 할 수 있는 박민영의 몸에 남아 있던 GHB는 뭘 의미하는 걸까요? 망설이는 유령을 부추기기 위해, 그리고 잠시 후 온몸으로 전해질 끔찍한 고통을 잊기 위해 술에 타서 같이 복용한 흔적 아닙니까? 사람들은, 아니 황 기자님의 기사에서조차 유령이 강제로 먹였다고 주장하지만 말입니다."

"기사 내용에 대해서는 이미 합의를 봤습니다."

"저도 들어서 알고 있습니다. 유령은 어떤 경우에도 살인에 대해서 동정 받고 싶어하지 않더군요."

"저 또한 진실이 무엇이든 살인이 정당화되지는 않는다고 생각합니다."

황 기자는 잠시 뜸을 들인 다음 말했다.

"그래서 자수할 생각입니까?"

"네."

"유령의 유언을 밝힐 시점이 된 것 같군요."

"유령의 유언요? 그날 벌어진 일에 대해서 저한테 말하지 않은 게 있군요."

"사실 황 기자님이 자수할 생각이 없었으면 무덤까지 가져갔을 겁니다. 그렇게 약속했으니까요. 그렇지만 황 기자님이 자수할 의향을 내비치면 이 말을 꼭 전해달라고 하더군요."

"어떤 말요?"

"우선 황 기자님에게 고맙다는 말을 꼭 전해달라고 하더군요. 자기때문에 너무 고생이 많았다면서요. 황 기자님을 협박한 건 죽음으로 사죄할 테니 꼭 용서해달라고 했습니다."

"그런 말을 하던가요!"

"네, 황 기자님이 경찰 수사정보를 슬쩍 흘린 걸 미끼로 협박했다고 하더군요. 희진이를 구하기 위해 뭐든지 하겠다고 제안했다가 거부당한 얘기도 들었습니다. 얘기가 잠시 옆길로 샜군요. 유령은 당신이 앞으로도 사회의 치부를 속속들이 밝혀주길 간절하게 원했습니다. 생각해보세요. 김보은 사건과 김부남 사건은 당시 사회에 큰 충격을 안겨줬고 성폭력특별법까지 제정하게 만들었습니다. 그런데 그걸로 이 사회에 실질적인 변화가 있었다고 생각합니까? 어차피 역사는 반복된다며 자위하는 이들도 있는데, 그런 끔찍한 일이 재발하는 걸 막는 게 당신 같은 사람이 해야 할 일 아닌가요? 아무도 관심을 가지지 않는 어두운 곳을 계속 들여다보고 그걸 공론화해서 지속적으로 변화를 이끌어내는 건 언론이 아니면 누구도 할 수 없는 일입니다. 당장 몇 달만 지나면 사람들은 김보은 사건, 김부남 사건이 뭐였는지 전혀 기억하지 못할 겁니다. 그리고 몇 년이 지나면 유령에 대해서도 관심을 완전히 끊게 되겠죠. 한편에서는 이런 사건의 재발을 막기 위해 또 무슨 법을 만드네 마네 떠들어대고 있지만 그게 부질없는 짓이라는 걸 누구보다 잘 알지 않습니까? 그게 유령이 원하는 걸까요? 그가 목숨을 버려가면서, 심지어 죽어서도 세상의 모든 비난을 짊어지면서까지 진정으로 원한 건 깊은 관심과 애정을 가지고 실질적인 변화를 이끌어내는 겁니다. 옆에서 뜯어 말리더라도 황 기자님은 평생 거기에 모든 걸 쏟아부을 사람입니다. 능력도 충분하고요. 당신의 글에는 사람의 마음을 움직이는 힘이 있습니다. 그래서 유령이 특별히 당신을 선택했던 겁니다. 제2, 제3의 김보은, 김부남, 유령 사건이 발생하지 않으려면 당신 같은 사람의 도움이 반드시 필요합니다."

"정말 제가 그럴 자격이 있을까요?"

황 기자는 고개를 저으며 말했다.

"그럼 누가 그런 자격이 있죠? 아무리 부르짖어도 대답하지 않는 신만이 할 수 있는 건가요?"

"애초에 그런 거창한 단어는 필요 없습니다. 저같이 바닥인 사람도 세상을 성토할 수 있으니까요……. 실제로 모든 사람들이 자기 의견을 피력할 수 있는 세상이 됐습니다."

"정말 그렇게 생각합니까? 방송사나 언론에서 떠드는 것과 일반인의 말이 파급력이 같다고 생각합니까?"

"물론 그건 아닙니다."

"당신은 일반인입니까?"

"아닙니다. 하지만 저 같은 사람이 어떻게 아무 일 없었다는 듯이 범죄를 고발합니까?"

"저도 범죄자지만 범인을 잡는 데 도움을 줬습니다."

"민수 씨와 제 상황은 다릅니다."

"그래서 감옥에 가면 다 해결되나요?"

"그건 아니지만……."

"이곳의 삶은 지독하게 황폐합니다. 전에 한번 겪어봤잖아요? 그걸 이겨낼 수 있겠어요?"

"마땅히 받아야 할 벌이라면 힘들어도 감수해야겠죠."

"잘 아시겠지만 공권력은 한계가 있습니다. 사실 정당하게 집행되지 않을 때도 있죠. 언론 역시 공정하지 않을 때가 많습니다. 하지만 그들이 파수꾼 역할을 해주지 않는다면 바로 옆에 늑대가 와도 사람들은 깨닫지 못할 겁니다."

"전 그저 그런 기자 중의 한 명일 뿐입니다. 먹고살기 위해 휴지통을 뒤질 뿐, 거창한 직업윤리 따위 변기에 버린 지 오랩니다."

"그럼 지금부디라도 초심으로 돌아가세요. 이곳에서 내가 매일 꿈꾸는 게 바로 그겁니다. 이전으로 돌아갈 수 있다면. 그래서 그 끔찍한 짓을 저지르지 않았더라면……. 이미 모든 게 끝난 나와 달리 당신에 겐 아직 기회가 있습니다."

"왜 이렇게까지 절 신경 써주는 거죠? 유령의 부탁 때문인가요?"

"황 기자님이 진심으로 반성하고 있기 때문입니다. 전 그간 수많은 범죄자들을 만나왔습니다. 지금은 아예 그들과 같이 살고 있죠. 그들 중에 진심으로 반성하는 이는 그렇게 많지 않습니다. 아무튼 잘 생각 해보세요. 뭐가 최선의 길인지."

"제가 희진 씨를 채갈지도 모르는데 두렵지 않습니까?"

"그렇다고 세상 남자를 다 감방에 집어넣을 순 없는 거잖아요?"

"만일 시간이 지나서 제가 변하면 그땐 어떻게 할 겁니까?"

"다른 기자를 불러 진실을 밝힐 겁니다. 잘 아시겠지만 만일을 대비 해 유령은 따로 증거를 보관해뒀습니다. 만일 황 기자님이 자신의 사 리사욕만 챙긴다면 망설이지 않고 그걸 넘길 겁니다. 그럼 또 한 번 유 령 사건이 세상의 이목을 끌게 될 겁니다. 거기까지가 유령과의 약속 이었습니다."

"협박 때문에 그러는 게 아니라 생각을 좀 해봐야겠습니다."

"어떤 결정을 내리든 전 황 기자님의 판단을 존중할 겁니다."

"그런데 뭐 하나 물어봐도 되나요?"

"희진이에 관한 것만 빼고 다 답변해드리죠. 라이벌에게 정보를 넘 기긴 싫거든요. 아 참! 증거에 대한 것도요."

민수는 웃으며 말했다.

"혹시 민수 씨가 검거됐을 때 했던 말 기억합니까? 신문에도 대문짝 만 하게 실렸었는데."

"검거됐을 때 했던 말이라?"

민수는 잠시 고개를 갸웃거렸다.

"아! 사람이 악마다! 그 말 말인가요?"

"네."

황 기자는 고개를 끄덕였다.

"그런데 그게 왜요?"

"지금, 아니 언제부터인가 민수 씨가 말하는 걸 보면 전혀 그렇게 생각하지 않는 것 같아서요."

"삶이, 아니 사랑이 좋은 쪽으로든 나쁜 쪽으로든 많은 걸 변하게 하더군요."

"그 일이 있기 전부터 민수 씨를 알았지만 요즘처럼 편안한 얼굴을 본 적이 없는 것 같습니다."

"참! 유령의 시신을 거둬줬다면서요?"

민수는 화제를 돌렸다.

"네, 비록 시신의 일부밖에 찾지 못했지만 납골당에 모셔놨습니다."

"많은 반대가 있었다던데요."

"유령 때문에 목숨을 잃은 사람들 유가족들이 거세게 항의했죠. 사실 제가 그 입장이라도 그렇게 했을 겁니다."

"그래도 유령을 지지하죠?"

"네, 전 그를 이해할 수 있습니다."

"저도 황 기자님을 이해할 수 있습니다. 그리고 지지합니다."

민수는 손을 내밀며 말했다. 두 남자는 악수를 나눴다.

사람이 악마다

지은이 안창근

펴낸곳 도서출판 창해
펴낸이 전형배

출판등록 제9-281호(1993년 11월 17일)
1판 1쇄 발행 2015년 11월 27일
1판 2쇄 발행 2016년 1월 28일

주소 서울시 마포구 토정로 222(신수동 448-6) 한국출판협동조합 A동 208-2호
전화 02-333-5678
팩스 02-707-0903
E-mail chpco@chol.com

ISBN 978-89-7919-588-0 03810
ⓒ안창근, 2015, Printed in Korea

「이 도서의 국립중앙도서관 출판예정도서목록(CIP)은
서지정보유통지원시스템 홈페이지(http://seoji.nl.go.kr)와
국가자료공동목록시스템(http://www.nl.go.kr/kolisnet)에서
이용하실 수 있습니다.(CIP제어번호: CIP2015030645)」